**PIERRE EMME**

Zwanzig/11

**WELT IN ANGST** Wien, im November 2011. Max Petrark wacht am Krankenbett seines Bruders Moritz, genannt Maurice. Dieser hat einen schweren Autounfall nur knapp überlebt, da er sich glücklicherweise nicht angeschnallt hatte. Max kommt das verdächtig vor, da Maurice ein fanatischer Anschnaller ist. Deshalb glaubt er auch nicht – wie die Polizei – an einen Selbstmordversuch, sondern vermutet Fremdeinwirkung. Hatte etwa der letzte Auftrag seines Bruders mit dem Unfall zu tun?

Während Maurice im Koma liegt, macht sich Max auf die Suche nach der Wahrheit. Doch diese scheint unbequem, ja sogar tödlich zu sein. Erst allmählich begreift er das ganze Ausmaß der Ereignisse: Zehn Jahre nach den Terroranschlägen von New York zeichnet sich eine neue Tragödie von weltpolitischer Bedeutung ab – in einem Zug zwischen Salzburg und Wien.

*Pierre Emme, geboren 1943, lebte bis zu seinem Tod im Juli 2008 als freier Autor bei Wien. Der promovierte Jurist konnte auf ein abwechslungsreiches Berufsleben zurückblicken und damit aus einem aus den unterschiedlichsten Quellen gespeisten Fundus an Erfahrungen und Erlebnissen schöpfen. Im Februar 2005 erschien mit »Pastetenlust" der erste Band seiner erfolgreichen Krimiserie um Mario Palinski, den Wiener Kult-Kriminologen mit der Vorliebe für kulinarische Genüsse.*

Bisherige Veröffentlichungen im Gmeiner-Verlag:
Diamantenschmaus (2010)
Pizza Letale (2010)
Pasta Mortale (2009)
Schneenockerleklat (2009)
Florentinerpakt (2008)
Ballsaison (2008)
Tortenkomplott (2007)
Killerspiele (2007)
Würstelmassaker (2006)
Heurigenpassion (2006)
Schnitzelfarce (2005)
Pastetenlust (2005)

**PIERRE EMME**

# Zwanzig/11

*Kriminalroman*

GMEINER *Original*

Besuchen Sie uns im Internet:
www.gmeiner-verlag.de


Im Ehnried 5, 88605 Meßkirch
Telefon 07575/2095-0
info@gmeiner-verlag.de

1. Auflage 2011

Lektorat: Claudia Senghaas, Kirchardt; Sven Lang, Meßkirch
Herstellung: Julia Franze
Umschlaggestaltung: U.O.R.G. Lutz Eberle, Stuttgart
unter Verwendung eines Fotos von: © Claireliot - Fotolia.com
Druck: Fuldaer Verlagsanstalt, Fulda
Printed in Germany
ISBN 978-3-8392-1174-8

# VORWORT DES VERLAGS

Pierre Emme verstarb am 8. Juli 2008. Obwohl er eine erstaunliche Weitsicht besaß, was politische und historische Entwicklungen betraf, sei es auf europäischer oder auf globaler Ebene, konnte er beispielsweise den Sieg Barack Obamas bei den internen Ausscheidungswahlkämpfen der Demokraten gegen Hillary Clinton und folglich seinen späteren Einzug ins Weiße Haus, als er den republikanischen Herausforderer John McCain klar hinter sich ließ, kaum vorhersehen.

Der Aktualität der geschilderten Ereignisse sowie dem Lesevergnügen tut dies jedoch keinen Abbruch. Ich bitte daher, Unstimmigkeiten gegenüber den aktuellen, realen Bezügen vor diesem Kontext zu betrachten.

Aus Respekt gegenüber dem Autor und seinem Werk wurde von tiefgreifenden Änderungen im Manuskript abgesehen.

Claudia Senghaas
Lektoratsleitung
Gmeiner-Verlag

Max Petrark war freier Autor mit Wohnsitz in Wien. Er hasste es, Anzug mit Krawatte zu tragen, sein ansehnliches Übergewicht auf einem dieser zierlichen, fragil wirkenden Barocksessel zu balancieren und warten zu müssen.

Heute musste er alle drei Inkommoditäten auf einmal über sich ergehen lassen und war in entsprechender Laune. Im Moment konnte er sich eigentlich nur eine einzige Situation vorstellen, die noch unangenehmer gewesen wäre: Wenn er bei all dem hätte stehen müssen.

Nein, das stimmte nicht ganz. Viel schlimmer wäre es, wenn sich das alles stehend im Freien abgespielt und es dazu noch geregnet hätte.

Eine offensichtlich seit Jahrhunderten gelangweilte Putte lächelte ihn milde von der reich verzierten Decke des riesigen Raumes an. Es sah fast so aus, als ob sich das Gfrast da oben über ihn lustig machte. Missmutig senkte Max wieder den Blick.

Dabei hatte das Jahr 2012 für ihn ganz gut begonnen. Die Ereignisse im Spätherbst davor hatten ihm einen gewissen Bekanntheitsgrad gebracht, der sich derzeit … toi, toi, toi … recht gut auf den Verkauf seiner Bücher auswirkte. Wenn das so weiter ging, konnte er die eine Hypothek auf das Haus doch noch heuer bezahlen.

Wovon sprach der Kerl da vorn eigentlich die ganze Zeit? Der Mann hatte doch keine Ahnung, wie sich die Dinge wirklich abgespielt hatten. Am besten, er sandte ihm eine Ausgabe seines neuen Buches, sobald es erschienen sein würde.

Wenn der Gute bloß bald mit dem Gequatsche aufhörte, damit Max wieder zum Schreiben kam. Das tat er nämlich am liebsten.

# 1.

Der Anruf hatte Max am Donnerstag, dem 3. November so gegen 16.30 Uhr erreicht. Kurz vor München. Ja, genau, der ICE war eben in den Ostbahnhof eingefahren, als sich sein Handy mit dem üblichen schwachsinnigen Tidelidü Tidelida bemerkbar gemacht hatte.

Es war Anne gewesen, die ihn mit der schlimmen Nachricht konfrontiert hatte. »Die Polizei hat hier angerufen«, hatte sie zögernd begonnen, »nachdem sie sonst niemanden erreichen hatte können. Maurice ist …, hat heute am frühen Morgen auf der Autobahn zwischen Seewalchen und Sankt Georgen einen schweren Unfall gehabt.« Sie hatte gestockt. »Er ist …«

»Ja, gut, und?«, war es Max entfahren. Und dann als erste substanzielle Frage: »Lebt er noch?«

»Ja, ja, er lebt, aber er ist sehr schwer verletzt«, Max konnte hören, wie seine Frau leise weinte. »Entschuldige, die Sache macht mir mehr zu schaffen als ich dachte.«

O Gott, ging es Max durch den Kopf, das war wieder typisch. Da wurden täglich in aller Welt Menschen geschlagen, geschändet und getötet und seine Frau brach schon bei einem simplen Verkehrsunfall in Tränen aus. Gut, das Opfer zählte zu ihrer angeheirateten Verwandschaft, aber trotzdem.

»Und wohin hat man ihn gebracht?«, er ging nicht weiter auf die Befindlichkeit Annes ein. Dazu war jetzt keine Zeit. Schließlich ging auch ihm die Sache an die Nieren, und wie. Hatte er doch nicht die geringste Ahnung, wie er sich jetzt verhalten sollte. Was wurde von einem in so einer Situation erwartet?

»Ich meine, in welchem Krankenhaus liegt Maurice?«

Sein Bruder hieß eigentlich Moritz, der Vorname war ihm aber immer zu bieder gewesen. Max und Moritz, Maurice hatte nie verstanden, was sich die Eltern eigentlich dabei gedacht hatten.

Also hatte sich Moritz Maurice genannt, das hatte etwas, und Max tat ihm seither den Gefallen, ihn so zu nennen. Meistens, wenn er den Kleinen nicht gerade ärgern wollte.

»Im Landeskrankenhaus in Vöcklabruck, auf der Intensivstation.« Max hatte Anne schon wieder schniefen gehört. »Er ist noch immer ohne Bewusstsein.«

»Was ist mit Katharina?«, das war Maurice' zweite Frau, eine gebürtige Weißrussin, die aber bereits seit mehr als 15 Jahren in Österreich lebte und die Staatsbürgerschaft besaß.

Natürlich hatte Anne ebenso wenig Ahnung über den aktuellen Aufenthaltsort seiner Schwägerin wie er. Zwar war bekannt, dass sie sich mit ihrer Tochter Nadja seit mehr als einer Woche bei Verwandten in Minsk befand. Wie diese Leute hießen und wie man sie erreichen konnte, war allerdings ein großes Geheimnis. Und würde es möglicherweise auch bleiben, denn er konnte sich nicht an Katharinas früheren Namen erinnern. Der klang wie ›Bstralovschinsky‹ oder so ähnlich, war ihm jedoch nicht mit der für Nachforschungen nötigen phonetischen Exaktheit in Erinnerung. Und selbst wenn: Wie transkribierte man das ins Kyrillische?

»Du könntest ja Katharinas Mädchennamen über das Standesamt im 3. Bezirk in Erfahrung bringen«, hatte

Max angeregt. Dort hatten die beiden vor etwa zwei Jahren geheiratet. »Außerdem wird sich ihre Handynummer wahrscheinlich in Maurice' Sachen finden.«

Anne hatte gerade noch gemeint, sich darum kümmern zu wollen, als ein gnädiges Funkloch dem Gespräch brutal ein Ende bereitet hatte.

Max war ganz mulmig im Magen geworden. Ein Verwandter im Krankenhaus, das hatte ihm gerade noch gefehlt. Darüber hinaus einer, um den man sich kümmern musste, wollte man nicht als mieser Charakter dastehen. So ein alter Onkel oder ein entfernter Cousin – dem schickte man Blumen und die besten Genesungswünsche. Aber bei einem Bruder wurde eindeutig mehr erwartet.

Also gut, da musste er durch. Obwohl ihm der Unfall zu dem Zeitpunkt so gar nicht ins Konzept passte. Den Termin morgen Nachmittag mit Eggenbach konnte er mit Sicherheit vergessen. Und den Samstagmittag wahrscheinlich auch. Andererseits wieder, war der Produzent nicht als praktizierender Familienmensch verschrien, dem ein mitfühlender zukünftiger Drehbuchlieferant am Bett des schwerverletzten Bruders sicher gut gefallen würde?

Erschrocken über seine eigenen Gedanken rief sich Max zur Ordnung. Was war los mit ihm, dass er den Unfall des Bruders danach beurteilte, ob er ihm ins Konzept passte oder nicht? Würde ihm ein schwerverletzter Moritz weniger ausmachen, hätte er keine Termine in den nächsten Tagen?

Kurz vor 19 Uhr hatte Max dem Zug in Attnang-Puchheim adieu gesagt und sich von einem Taxi zum Krankenhaus in Vöcklabruck bringen lassen. Dann war es ihm gelungen, eine hartnäckige Oberschwester davon zu überzeugen, ein Verwandter des auf der Intensivstation liegenden Moritz Petrark zu sein. Und damit ein Recht darauf zu haben, den schwer verletzten, Gott sei dank aber nicht mehr in Lebensgefahr befindlichen Patienten zu sehen.

Also stand Max jetzt in einem, neben einem Bett mit technischen Geräten, Bildschirmen und diversen anderen furchteinflössenden Dingen vollgerammelten Raum. Schockiert betrachtete er die trotz ihrer ursprünglich immerhin 1,86 Meter Größe ganz klein und zerbrechlich wirkende Gestalt des Bruders. Der bandagierte Kopf, das leichenblasse Gesicht mit einem deutlichen Bartschatten, ein eigenartiger kleiner Schlauch in der Nase, eine Infusion, die im rechten Arm mündete – es sah schrecklich aus. Immerhin schien der Bewusstlose selbst atmen zu können, denn der Max aus verschiedenen Folgen einschlägiger Fernsehbildung bekannte Beatmungsschlauch fehlte, der Mund war frei.

Während er versuchte, den Schock des dramatischen Anblicks zu verkraften, hatte sich die Türe leise geöffnet und ein etwa 40-jähriger Mann im weißen Kittel betrat das Zimmer.

»Doktor Sommerauer«, stellte sich der Arzt vor. »Wir mussten Ihren Bruder operieren. Der Druck auf das Gehirn wäre sonst zu groß geworden. Jetzt besteht aber keine Gefahr mehr.«

Im Übrigen hatte sich Maurice noch das linke Wadenbein, den linken Arm sowie einige Rippen gebrochen. Dazu jede Menge eher harmloser Schürf-, Riss- und Quetschwunden.

»Sieht schlimmer aus als es ist«, beruhigte der Arzt. »Nichts, was nicht wieder zusammenwachsen würde. Ihr Bruder hatte Glück im Unglück, dass er nicht angeschnallt war. Wäre er nicht vor der eigentlichen Kollision aus dem

Wagen geschleudert worden, er hätte bei dem Aufprallwinkel trotz des Airbags wohl keine Chance gehabt.«

»Und wann wird er wieder zu Bewusstsein kommen?«, Max blickte den Arzt direkt an.

»Nun ja«, Sommerauer war die Frage offenbar etwas unangenehm. »Das lässt sich nicht so genau sagen. In den nächsten Stunden, in ein paar Tagen.« Er zuckte unmerklich mit den Achseln.

»Was Sie eigentlich meinen ist, dass Sie es selbst nicht wissen«, brachte Max es auf den Punkt. »Man könnte auch sagen, Sie haben keine Ahnung.« Das hatte unfreundlicher geklungen als er beabsichtigt hatte.

»Tja«, konzidierte der Arzt, »etwas hart formuliert, aber Sie haben recht. Bei einem so schweren Schädel-Hirn-Trauma wird jede Prognose letztlich zur Glaubenssache.«

»Kann ich über Nacht hier bleiben?«, Max hatte plötzlich das ungemein starke Bedürfnis, seinen Bruder jetzt nicht allein zu lassen. Wenn er schon aus seinem bequemen Tagesablauf gerissen wurde und die ganz normalen Annehmlichkeiten missen musste, dann wollte er das richtig auskosten. Mitleiden, eine unvergessliche Erfahrung gewinnen.

»Wir werden sicher irgendwo ein freies Bett für Sie finden«, stimmte Sommerauer zu. »Ich werde gleich eine Schwester bitten, sich darum zu kümmern.«

»Ich will nicht nur im Krankenhaus bleiben, ich will hier bleiben, in diesem Raum, bei meinem Bruder«, insistierte der zu allem entschlossene Max. Mit »Vielleicht wacht er ja auf, dann möchte ich bei ihm sein« hatte er sogar eine plausible Erklärung für sein leicht an Masochismus grenzendes Verlangen.

»Ja, aber …«, Sommerauer blickte sich um, »… hier ist kein Platz für ein weiteres Bett. Sie sehen ja selbst«, er deutete in die beengte Runde.

»Ich brauche auch kein Bett, mir genügt ein Liegestuhl oder ein etwas bequemerer Sessel«, stellte Max fest. »Und eine Decke vielleicht.« Obwohl das fast schon zu viel Komfort war.

Im Blick des Oberarztes lag so etwas wie leise Bewunderung. »Na gut«, meinte er dann. »Ich habe einen Schaukelstuhl im Büro. Wenn Ihnen der recht ist? Und morgen werden wir weiter sehen. Vielleicht können wir Ihren Bruder in den nächsten 24 Stunden ohnehin schon auf Normalstation verlegen. O. K.?«

*

»Lass mich endlich mit deinem Jammern in Ruhe«, herrschte Janina Petrark ihren ältesten Sohn Georg an. »Was kann ich dafür, dass dein Vater …«, sie sprach dieses Wort so aus, als ob es sich dabei um eine unappetitliche, ja obszöne Sache handelte, mit der sie absolut nichts zu tun haben wollte, »… sich jetzt nicht einmal mehr an eure Geburtstage erinnert. Er war schon immer und ist nach wie vor ein Schwein, das nur seine eigenen Angelegenheiten im Kopf hat. Und seit er mit diesem Weib beisammen ist …«, die Art, wie Janina dieses Wort aussprach, ließ noch schlimmere Assoziationen befürchten als ›Vater‹ vorhin, »… ist ihm auch der letzte Rest Hirn in die Hose gerutscht.« Dabei blickte sie selbstzufrieden durch die starken Brillengläser, die ihre Augen ungewöhnlich groß erscheinen ließen.

Ihr konnte Moritz nichts vormachen. Das hatte er nie

gekonnt und würde er nie können, dieser Bastard. Aber ihre armen Lieblinge, ihre Buben, die glaubten hin und wieder immer noch, dass ihr Vater nicht der miese Kerl war, der er nun einmal war. Der sich nicht um seine Familie kümmerte, ja nicht einmal die vom Gericht zugesprochenen Alimente für sie und ihre Kinder überwies. Zumindest nicht regelmäßig.

Gut, er hatte ihr und den Kindern zwar das von den Eltern geerbte Haus überlassen. Aber das war ja selbstverständlich gewesen. Das Schlimmste war jedoch: Irgendwie hatte es der Scheißkerl verstanden, allen vorzumachen, dass er kein Geld hatte und sie damit quasi gezwungen, wieder arbeiten zu gehen. Dabei wusste sie ganz genau, dass Moritz irgendwo Geld hatte, auf einem Nummernkonto in der Schweiz oder irgendwo in der Karibik. Oder eine Menge wertvoller Münzen unter der Matratze. Es machte sie verrückt, dass der Kerl nichts rausrückte.

»Ja, aber meinen Geburtstag hat der Papa noch nie vergessen«, so schnell gab sich Georg nicht geschlagen. »Wir haben noch vor vier Tagen miteinander gesprochen.« Bei der Gelegenheit hatte Maurice darauf hingewiesen, sich diese Woche ohnehin noch einmal melden zu wollen.

»Na, vielleicht liegt er wieder mit seiner Hure im Bett und hat nichts anderes im Kopf«, meinte Janina bissig.

»Vielleicht ist ihm aber auch nur etwas dazwischengekommen«, so leicht wie früher war Janinas Ältester nicht mehr zu beeinflussen. »Immerhin ist er diese Woche mit zwei Chinesen und einem österreichischen Geschäftsmann unterwegs. Da kann es doch passieren, dass er einmal keine Zeit hat. Nicht dazu kommt, Privates zu erledigen.«

»Für ein Telefonat ist immer Zeit«, stellte Janina apodiktisch klar und leitete damit das Gesprächsende ein.

»Ende der Diskussion, dein Vater ist und bleibt ein verantwortungsloser Mistkerl.«

»Und ich sage, vielleicht ist ihm ja auch etwas passiert. Ausschließen kann man das nicht«, flüsterte Georg vor sich hin. Eines Tages würde er sich die Behandlung seiner Mutter nicht mehr gefallen lassen, dachte er frustriert. Dann würde er ihr ordentlich die Meinung sagen. Aber soweit war der 26-Jährige noch nicht.

*

Max hatte die diensthabende Schwester nach den persönlichen Dingen seines Bruders gefragt. Außer den total verschmutzten und zerrissenenen Kleidungsstücken, die in einem großen Plastiksack aufbewahrt wurden, war nichts vorhanden. »Wahrscheinlich liegen die Papiere Ihres Bruders, sein Handy und seine sonstigen Wertgegenstände«, genau das war es, was ihn besonders interessierte, »noch bei der Polizei.«

»Welche Dienststelle hat den Unfall denn überhaupt aufgenommen?«, wollte Max wissen, doch Schwester Gerlinde zuckte nur mit den Achseln. »Am besten, Sie fragen morgen früh in der Verwaltung, die werden das vielleicht wissen.« Sie überlegte kurz. »Wahrscheinlich die Autobahnpolizei, was weiß ich.«

Auch gut, dachte Max. Dann musste die Verständigung Katharinas, besser, der Versuch, seine Schwägerin irgendwo in Minsk ausfindig zu machen und über den Zustand von Moritz zu informieren, eben noch bis morgen warten. Inzwischen war es ohnehin schon, er blickte auf seine Armbanduhr, fast 23 Uhr geworden und er konnte seine Müdigkeit nicht mehr verleugnen. Nun ja, den ganzen Tag unterwegs – und der Jüngste war er ja schließlich auch nicht mehr.

»Kann ich noch etwas für Sie tun?«, wollte die freundliche Schwester wissen. »Falls Sie später Wünsche haben, ich komme ohnehin immer wieder in das Zimmer nachsehen.«

»Danke, Schwester«, Max machte eine verneinende Geste, »ich werde versuchen, ein wenig zu schlafen. Oder mit Maurice plaudern, das soll ja angeblich helfen, dass er schneller aufwacht.« Er lachte unbeholfen.

Gerlinde nickte eifrig mit dem Kopf. »Unser Doktor Sommerauer glaubt zwar nicht recht daran, dass die vertraute Stimme lieber Menschen auch wirklich zu Komapatienten durchdringt«, erklärte sie. »Ich bin aber überzeugt davon, dass Ihr Bruder Sie hören kann. Also sprechen Sie mit ihm, soviel wie möglich. Je mehr Sie ihm erzählen, desto rascher wird er wieder bei uns sein.«

Dann verließ sie den Raum und überließ Max sich selbst und seinem Bruder.

*

Das hübsche Haus in Oberstanzing, Gartenhauszeile 12, sah nicht nur ziemlich neu aus, sondern war es auch. Anne, Max und die 19-jährige Alma, die jüngste der drei Petrarktöchter waren erst letztes Frühjahr in dieses Wunschdomizil etwa 20 Kilometer nordnordwestlich von Wien übersiedelt. Die große Eigentumswohnung in der Peter-Jordan-Straße hatten sie verkauft und sich dafür ein 48-Quadratmeter-Appartement in der Sommergasse zugelegt. Falls es einmal später werden oder die Großstadt sonstwie locken sollte.

Die 25-jährige Alexandra und die 22-jährige Antonia Petrark verfügten schon länger über ein eigenes Zuhause, eine kleine Gemeindewohnung in Döbling.

Das eigentliche Grundstück war ziemlich klein und erlaubte neben dem Gebäude gerade noch eine einigermaßen großzügig bemessene Terrasse. Da das anschließende Grünland, das bis zu einer den Horizont begrenzenden Baumreihe reichte, aber nur landwirtschaftlich genutzt werden durfte, entstand der faszinierende Eindruck endloser Weite und grenzenloser Freiheit, zumindest auf der Rückseite des Hauses. Und da dieses Grünland ebenfalls Anne gehörte, juristisch gesehen war sie daher auch ›Bäuerin‹, würde sich daran nie etwas ändern. Egal zu welcher Tages- oder Jahreszeit, sie würde diesen Ausblick jedesmal wieder aufs Neue genießen können, ohne Gefahr zu laufen, dass man ihr etwas vor die Nase baute.

So auch jetzt, wo sie mit einem Glas Zweigelt in der Hand in die Dunkelheit der Nacht hinausblickte und versuchte, zur Ruhe zu kommen. Aber das war gar nicht so einfach. Zu viel ging ihr durch den Kopf.

Vorgestern, am Abend vor Max' Abreise zu seinem Verleger in Süddeutschland, hatte sie mit ihrem Mann wieder eine dieser unsinnigen Diskussionen geführt, die in den letzten Jahren häufiger geworden waren. Dabei ging es eigentlich immer nur um völlig unwichtige Themen, an denen sie sich mit zunehmender Intensität rieben. Bis schließlich einer der beiden zornig vom Schauplatz der sinnlosen Auseinandersetzung floh und den anderen mit dem Gefühl zurückließ, sich wieder einmal besonders kindisch durchgesetzt zu haben. Es war schlimm, das zugeben zu müssen, aber manchmal stellte bereits Max' schlichte

Präsenz eine derartige Provokation dar, auf die sie nicht anders reagieren konnte.

Jetzt hätte sie allerdings weiß Gott was dafür gegeben, wenn ihr Mann dagewesen wäre. Die Andeutungen des Arztes am Telefon, der sie über die Ergebnisse ihrer letzten Untersuchung informiert hatte und dabei in einem Punkt sehr vage geblieben war, hatten ihr richtig Angst gemacht. Näheres sollte sie erst morgen in der Ordination erfahren. Wie gern hätte sie jetzt mit Max gesprochen, in solchen Situationen war er nach wie vor erstaunlich einfühlsam und trotz allem eine Stütze. Und ihre Töchter wollte sie mit ihren trüben Gedanken nicht belasten, die hatten ihre eigenen Sorgen.

Aber was konnte sie groß dagegen sagen, dass Max die Heimfahrt unterbrochen hatte, um seinen offenbar lebensbedrohlich verletzten Bruder aufzusuchen? Nichts.

Inzwischen war es saukalt geworden. Das Schönwetter dieser Tage konnte nicht darüber hinwegtäuschen, dass es bereits November war. Anne stand auf, schloss die Terrassentüre und setzte sich wieder in den komfortablen Fernsehstuhl. Sie wollte jetzt die Spätnachrichten ansehen, das Glas Wein austrinken und danach versuchen, Schlaf zu finden.

Die Schlagzeilen der TVNews wurden wie schon in den letzten Wochen dominiert von den wachsenden sozialen und politischen Spannungen innerhalb der EU und ihrer Institutionen. Anne war zwar kein unpolitischer Mensch, absolut nicht. Dank ihrer beruflichen und privaten Probleme hatte sie sich allerdings zu wenig mit den Details dieser Thematik befasst, die anscheinend zunehmend an zentraler, ja sogar existenzieller Bedeutung gewannen. Max würde ihr das bei nächster Gelegenheit erklären müssen.

Ihr Mann regte sich fast täglich über die seiner Meinung nach fatalen Fehlentwicklungen und nationalen Egoismen auf, die einen vernünftigen Progress in seiner weiteren Heimat Europa immer schwieriger machten. Manchmal so sehr, dass er ihr damit schon schrecklich auf die Nerven gegangen war.

Es war schon seltsam, wie manchmal …

*

Nicht nur Anne war eingenickt, sondern knapp 250 Kilometer westlich von ihr auch Max Petrark. Vorher hatte er kurz die Krankenhauskantine besucht, um sich aus den Automaten mit einer einigermaßen betagten Wurstsemmel, einer Tafel Schokolade und einer Flasche Mineralwasser für die Nachtwache zu rüsten. Bei der Gelegenheit hatte er im Fernsehen auch die Meldungen über die neuerlichen, nicht ganz friedlichen Demonstrationen in London, Paris, Rom, Berlin, Bukarest, Sofia und den drei baltischen Hauptstädten mitbekommen. Und wieder einmal waren mehr als hundert Verletzte zu beklagen gewesen. Leider auch etwas mehr als 30 Personen, die es ganz böse erwischt hatte. Darunter einige Polizisten.

Erstaunlich, wie die Gewaltbereitschaft weiter Teile der europäischen Bevölkerung zugenommen und gleichzeitig das Vertrauen in die Problemlösungskompetenz der Politiker in den letzten Jahren abgenommen hatte. Es war schlimm, sehr schlimm. Und es war zu befürchten, dass der Tiefpunkt der gesellschaftlichen Destabilisierung noch lange nicht erreicht war.

Dennoch musste Max plötzlich lachen. Nicht über die Verletzten, auch nicht über die Scheißstimmung, die allerorts herrschte, sondern über seine Assoziation zu der Tafel Schokolade, die er eben angeknabbert hatte. Sie erinnerte ihn an Alma, die sich in letzter Zeit sehr intensiv mit Fragen der gesunden Ernährung befasst hatte. Max mit seinen …, na, also einer ganz schönen Menge überschüssiger Kilos auf den Rippen, war da in Verbindung mit Süßigkeiten natürlich immer wieder Ziel ihrer ständigen, mitunter harschen, letztlich aber liebevoll gemeinten Kritik gewesen.

Zurück im Krankenzimmer hatte er es sich in dem inzwischen eingetroffenen Schaukelstuhl bequem gemacht. Wobei der Ausdruck ›bequem‹ bestenfalls im übertragenen Sinn zu verstehen war. Denn das gute Stück war eigentlich für …, na ja, für etwas zierlichere Menschen gedacht.

Trotz alledem, das leise Hin und Her des Möbels hatte seine Wirkung nicht verfehlt. Offenbar hatte der lange Tag ziemlich rasch seinen Tribut gefordert. Als Max das nächste Mal auf seine Armbanduhr blickte, war es daher bereits kurz nach halb drei.

Sein nächster Blick galt Maurice, der völlig unverändert dalag. Was empfand er eigentlich angesichts dieses … Körpers, dessen Beeinträchtigungen das Bewusstsein seines Inhabers so nachhaltig unterdrückten? Wer war das denn, der da lag? O. K., sein Bruder, aber was bedeutete das eigentlich?

Es war schon eigenartig, Max hatte sich den größten Teil seines Lebens als Einzelkind wahrgenommen. Natürlich hatte er immer gewusst, dass er einen Bruder hatte, aber er hatte es nur selten empfunden.

Das mochte vor allem an den fast neun Jahren Altersunterschied gelegen haben. Die für die Prägung entscheidende Phase hatte Max als alleiniger Mittelpunkt der Familie verbracht. Dabei war er von seiner Mutter und vor allem von der im selben Haushalt lebenden Großmutter nach Strich und Faden verwöhnt worden. Wahrscheinlich war er sogar froh darüber gewesen, dass er endlich Luft zum Atmen bekommen hatte, als Moritz plötzlich gekommen und die geballte Ladung Fürsorge auf den Kleinen übergegangen war.

In den folgenden Jahren war Moritz, nun ja, eben ›da gewesen‹ wie auch ein kleiner lieber Hund ›da gewesen‹ wäre. Der Bruder hatte lediglich den Vorteil, nicht zum Äußerln geführt werden zu müssen. Zunächst kümmerten sich die Frauen im Hause um die Beseitigung seiner Stoffwechselrückstände, ab irgendeinem Zeitpunkt war Moritz dann allein dazu imstande gewesen.

Max war versucht, sich angesichts der regungslos auf dem Bett liegenden Gestalt wegen des wirklich unpassenden Vergleichs mit einem kleinen Hund zu genieren, ließ es jedoch bleiben. Was hatte die Situation jetzt mit der vor 50 oder mehr Jahren zu tun? Vielleicht war es ja geschmacklos, auf jeden Fall war es auf die damalige Situation bezogen absolut zutreffend. Und damit basta.

Ganz leise war Schwester Gerlinde in den Raum gekommen und an das Bett getreten. »Ich hoffe, ich habe Sie nicht geweckt«, meinte sie. »Aber ich muss Ihren Bruder ein wenig umlegen, damit er sich nicht wundliegt.« Sie begann, den schweren Körper zu bewegen.

»Kann ich helfen?«, bot Max an, dem das untätige Danebenstehen irgendwie peinlich war.

»Ich bin schon fast wieder fertig«, wehrte der Engel in Weiß ab. »Aber nett, dass Sie es angeboten haben.« Sie hatte Moritz zur Seite gedreht, die Arme leicht angewinkelt platziert und war dem Patienten abschließend fast liebevoll über die Haare gefahren. »Morgen könnten wir ihn rasieren«, regte sie an. »Glauben Sie, das würde Ihrem Bruder gefallen?«

In seinem doch schon recht langen Leben war Max die seltsamsten Sachen gefragt worden. Aber diese Frage schlug mit deutlichem Abstand alles bisher Dagewesene.

»Sie wollen wissen, ob ich glaube, dass sich Moritz über eine Rasur freuen würde?«, fasste er ungläubig zusammen. Das war sicher so ein Krankenhaus-Insiderschmäh, mit welchem das Personal die Angehörigen auf die Schaufel nahm und sich dann über ihre Reaktionen abhaute. Oder gab es hier sogar so etwas wie die ›Versteckte Kamera‹? Na gut, an ihm sollte es nicht scheitern.

»Moritz hat sich immer schon einmal einen Bart wachsen lassen wollen«, entgegnete er, »soviel ich weiß. Aber nie den Mut dazu gehabt. Ich denke, er würde das für eine gute Gelegenheit halten. Also lassen wir das mit der Rasur erst einmal.«

»Auch gut«, meinte Schwester Gerlinde. Sie blickte dem Bewusstlosen direkt ins Gesicht. »Würde ihm sicher ganz gut passen, so ein Mehrtagesbart. Aber von Zeit zu Zeit ein wenig fassonieren darf ich schon, oder?«

Blitzartig war ihr klar geworden, was sie eben ganz arglos und unbedacht von sich gegeben hatte und korrigierte sofort. »Aber das kann ich ihn ja sicher bald selbst fragen.« Sie lachte und wandte sich zum Gehen. »Soll ich Ihnen einen Kaffee bringen?«

*

Trotz der späten oder wohl zutreffender frühen Stunde war die Bar des Hotels ›Vier Jahreszeiten‹ in der Münchner Maximilianstraße gut besucht. Menschen, vor allem Männer aus allen Teilen der Welt, die in die bayrische Hauptstadt gekommen waren, hockten wie übermüdete Zugvögel auf Überlandleitungen an den Tischen und auf den Hockern. Sie wollten oder konnten nicht schlafen, da es dort, wo sie hergekommen waren, noch immer oder schon wieder keine Schlafenszeit war. Einige extrem nachtaktive Typen, also Vertreter verschiedener europäischer Spezies, die den anderen den Weg durch die Nacht ebneten, rundeten die famose Ansammlung bunter Vögel ab.

An einem der kleinen Tische saßen zwei Asiaten, Japaner, Chinesen, Koreaner oder ähnliches Gesocks. Anton, der rassistische Barkellner, konnte diese Typen einfach nicht auseinanderhalten. Wollte es eigentlich auch nicht. Die Schlitzaugen waren alle gleich. Hielten sich den ganzen Abend lang an einer einzigen Flasche Bier fest. Als Ausgleich für diesen exzessiven Konsum war ihnen der Begriff ›Trinkgeld‹ so gut wie unbekannt. Lediglich der Deutsche, der bei den beiden saß, machte eine rühmliche Ausnahme. Bisher allerdings nur bei der konsumierten Menge. Was den Tip betraf, das würde erst die Zukunft weisen. In diesem Punkt war Anton aber eher skeptisch.

Die drei Männer waren in ein Gespräch vertieft, das in leidlich schlechtem Englisch geführt wurde. Einzelne Absprachen zwischen den beiden Asiaten waren allerdings in ihrer dem Deutschen offensichtlich fremden Muttersprache erfolgt.

»O. K. Dietel, youl ultimate chance is to go back to this place and to make sule, that this man cannot tell anything to anyone anymole.« Der Chinese tätschelte dem Deutschen scheinbar freundlich die Wange. »In case it is necessaly you will do, what has to be done. Will you?« Er blickte den Deutschen ernst an. »Othelwise …«

Der große, kräftige Mann nickte stumm. Er konnte sich nur zu gut vorstellen, was passieren würde, falls er nochmals versagte. Die Chinesen zahlten hervorragend, waren allerdings kompromisslos grausam. Nur, was hatte er davon, falls …?

*

Der Kaffee war vielleicht doch keine sehr gute Idee gewesen. Max hatte dieses typische Kantinengschlotter erwartet, aber Schwester Gerlinde hatte ihn offenbar an ihren privaten Koffeinvorräten teilhaben lassen. Und das, was er erhalten hatte, war ein ganz hervorragender, sehr kräftiger und die Lebensgeister voll anregender Espresso gewesen. Er durfte nicht vergessen, ihr morgen eine angemessene Spende für die Kaffeekasse zukommen zu lassen.

Komisch, wie Moritz so dalag, er selbst in einen Schaukelstuhl gequetscht danebensaß und beobachtete, wie das Dunkel der Nacht ganz, ganz langsam, fast unmerklich dem bleiernen Grau des nahenden Morgens wich.

In diesem Augenblick fühlte sich Max dem Bruder eigenartigerweise so nahe wie schon lange nicht. Wann hatte er den Kleinen eigentlich das erste Mal bewusst als Angehörigen, nein, als lieben Menschen registriert?

»Kannst du dich noch an diese verrückte Silvesterparty erinnern?«, plötzlich wurde Max bewusst, dass er schon die ganze Zeit leise mit dem Bruder sprach.

Warum auch nicht, dachte er, für den Fall, dass es nichts half, so würde es zumindest sicher nicht schaden. Und auch ihm tat es ganz gut, eine Stimme zu hören. Selbst wenn es nur seine eigene war.

»Bei diesem wunderschönen Mädchen, wie hieß sie noch schnell? Lili oder Tilly oder so ähnlich.«

Lilis oder Tillys Vater war Amerikaner gewesen und hatte mit der Produktion einiger preisgekrönter Dokumentarfilme genug Geld verdient, um sich in Wien niederzulassen. In einer Villa mitten in den Weinbergen. Dort, wo man seit Jahrzehnten keine Baugenehmigung mehr bekam. Zumindest nicht auf legalem Wege. Aber dieser Blick über die Stadt konnte einem schon damals einiges wert gewesen sein.

»Du musst 14 Jahre alt gewesen sein«, Max erinnerte sich, sich bis dahin strikt geweigert zu haben, den kleinen Bruder vor Erreichen dieser Altersgrenze auch nur ins Kino mitzunehmen. Geschweige denn auf eine Gesellschaft mit seinen Freunden.

Max war damals mit Angeliki, einer Griechin mit polnischen Wurzeln ›verlobt‹ gewesen, die in Wien Gesang und Architektur studierte. Eine hochinteressante, ja explosive Mischung sowohl der Gene als auch der Interessen.

Diese doch zumindest offiziöse Beziehung hatte ihn nicht daran gehindert, sich nebenbei noch mit Marisa zu befassen, der Cousine eines guten Freundes. Die er allerdings rein zufällig und ohne Zutun seines Freundes Walter einige Tage vorher kennengelernt hatte.

»Das war ein hektischer Silvesterabend«, erinnerte er sich. »Zunächst großes Abendessen mit Angeliki und ihrer Familie, dann diese unerträglichen Kopfschmerzen gegen 23 Uhr, die einfach nicht besser werden wollten.« Max grinste Moritz an. »Obwohl ich bis heute nicht sicher bin, ob mir die Stephanides diese Show abgenommen haben. Eher nein, würde ich meinen. Aber das ist jetzt auch egal. Schließlich Abgang kurz nach 23.30 Uhr, unter großem

Bedauern der Gastgeber und ein wenig schlechtem Gewissen meinerseits. Danach Eintreffen auf Lilis oder Tillys Party, gerade rechtzeitig zum Jahreswechsel.«

Wo schon Marisa auf ihn gewartet hatte.

Es war erstaunlich, welchem Stress er sich seinerzeit freiwillig ausgesetzt hatte, nur um mit seinen Hormonen klarzukommen.

Das wahrhaft Verblüffende an jenem Abend war jedoch der kleine Moritz gewesen. Max sah das Bild vor sich, als ob sich das Ganze erst gestern abgespielt hätte. Irgendwann an diesem 1. Jännermorgen hatte er Fritzi Weiler erblickt, die Schwester eines Freundes. Die damals 20-Jährige war halb liegend in einem bequemen Fauteuil gehangen und hatte geschlafen.

Und just dahinter, auf dem Boden an der Rückseite ihres Stuhls, hatte Moritz mit all seinen Pickeln leicht betrunken am Boden gelagert. Der kleine Wichser hatte den über die Lehne ragenden Arm Fritzis fest in seinen beiden Händen gehalten und ihn unentwegt mit heißen Küssen bedeckt. Verzückt die Augen geschlossen, Bussis rauf bis zum Anschlag, dann wieder runter und neuerlich hinauf, soweit es ihm seine kauernde Position erlaubte. Das selige Lächeln im Gesicht des Kleinen würde Max sein Leben lang nicht mehr vergessen.

Ja, das war das erste Mal gewesen, dass er seinen Bruder bewusst wahrgenommen hatte.

Langsam war es hell im Zimmer geworden. Moritz' Gesicht hatte einen strengen Zug angenommen, ganz so, als ob ihm diese Silvestergeschichte nicht gefallen hätte. Hatte ihn der Bruder möglicherweise gehört?

Max trat ans Fenster und blickte in den erwachenden Morgen. Mit dem Tageslicht war wieder diese Unruhe gekommen. Dieses Gefühl, dass irgendetwas einfach nicht stimmte.

Was er dringend brauchte, waren Antworten auf zwei Fragen:

Warum war das Ein-Mann-Autobusunternehmen mit seinem siebensitzigen Kleinbus am frühen Morgen leer von Linz Richtung Salzburg unterwegs gewesen? Das ergab keinen Sinn. Seit es bei Moritz finanziell so eng zuging, hatte er sich zu einem echten Sparmeister entwickelt. Also wozu die leeren Kilometer?

Und dann war da die Sache mit dem ›Nicht angeschnallt gewesen sein‹. Sein Bruder war immer wie der Teufel hinter einer armen Seele her gewesen, wenn sich einer seiner Fahrgäste oder Mitfahrer nicht anschnallen wollte. Max konnte sich noch sehr gut an die letzte derartige Auseinandersetzung erinnern. Er hatte sich nicht angeschnallt, da die Fahrt eigentlich nur um zwei Blocks gehen sollte. Daraufhin hatte Maurice sich einfach geweigert loszufahren. ›Glaubst du etwa, Unfälle passieren erst nach zehn oder mehr Kilometern‹, hatte er gemeint und damit natürlich recht gehabt.

Im vorliegenden Fall war es allerdings offenbar lebensrettend gewesen, dass sein Bruder auf den Gurt verzichtet hatte. Aber das war nicht Moritz' Entscheidung gewesen, da war er sich ganz sicher. Oder eine andere Überlegung hatte dahintergesteckt. Nur welche?

# 2.

Der Zustand der Europäischen Union gegen Ende des Jahres 2011 war mit dem Ausdruck ›bedenklich‹ ziemlich treffend beschrieben. Gar nicht so wenige Zyniker unter den politischen Kommentatoren und sogar die Bevölkerung hielten diesen Befund allerdings für etwas geschmeichelt. Sowohl im Inneren als auch in der Außenwirkung war die EU immer mehr mit einem aus Söldnern bestehenden Haufen zu vergleichen, der wegen einiger weniger eher oberflächlichen Gemeinsamkeiten gelegentlich den Eindruck einer Einheit zu vermitteln versuchte. Solange das Geld stimmte, klappte das sogar einigermaßen.

Von der vielzitierten und immer wieder beschworenen ›größeren Heimat Europa‹ war sowohl in den Köpfen als auch in den Herzen der Menschen jedoch kaum mehr etwas übrig geblieben. Bei jeder Gelegenheit fielen die immer schamloser von Eigeninteressen und glatten Nationalegoismen gelenkten Angehörigen des Europäischen Rates förmlich übereinander her. Natürlich diplomatisch verbrämt.

Die Diplomatie schien noch halbwegs zu funktionieren. Aber inhaltliche Sprachlosigkeit hatte auch ›diplomatisch verbrämt‹ keine Substanz und konnte selbst durch das dem Pingpong ähnliche Hin und Her sinnentleerter Worthülsen nicht länger vorgetäuscht werden.

Lediglich gewisse, wechselnde und von aktuellen Interessen geprägte Allianzen verhinderten das offene Ausbrechen von Animositäten zwischen verschiedenen Staaten beziehungsweise ihren Vertretern.

Aber auch die Stellung der Kommission war in den letzten Jahren immer problematischer geworden. Waren ihr Präsident und ihre Mitglieder ursprünglich und, mit einigen Abstrichen, sogar bis vor wenigen Jahren mehr oder weniger profilierte Persönlichkeiten mit einer gewissen Europaorientierung gewesen, so war diese zentrale Institution nach den letzten Europawahlen weitgehend zu einem Refugium für in ihren Entsenderstaaten abgehalfterte Politiker und Politikerinnen geworden. Denen man das reichlich bemessene Gnadenbrot eben nicht zu Hause, sondern auf der europäischen Bühne in Brüssel von Herzen gönnte.

Natürlich befanden sich darunter tüchtige, verdienstvolle Leute mit einer europäischen Perspektive. Das waren aber nur vereinzelte Glücksfälle.

Seit der 2009 erfolgten Konstituierung der Kommission unter der Führung des Dänen Jan Erik Adder hatten zahlreiche ihrer Mitglieder ein höchst seltsames Amtsverständnis an den Tag gelegt. Die oberste Maxime dieser ›Europäer‹ schien es zu sein, auf schamlose Art und Weise möglichst viel für ihre jeweiligen Herkunftsländer herauszuholen. Da das inzwischen aber von großen Teilen der Bevölkerung sogar erwartet wurde, fand die Mehrheit das ganz in Ordnung.

Die wenigen Kommissare, die sich nach wie vor Europa und nur Europa verpflichtet sahen, resignierten je nach Mentalität und Temperament früher oder später. Mit dem Ergebnis, dass von dieser zentralen Institution der EU kaum noch echte politische Impulse ausgingen.

Die einzige Einrichtung, die noch immer einigermaßen funktionierte und die auch demokratisch legitimiert war, war das Europäische Parlament. Es verfügte jedoch nach wie vor nur über sehr wenige wirklich wichtige Kompetenzen und konnte daher praktisch kaum etwas bewegen.

Die 2005 am ›Nein‹ der französischen und niederländischen Bevölkerung vorläufig gescheiterte Verfassung wurde zwar ununterbrochen immer wieder diskutiert und beschworen. Hin und wieder hörte man durch Zufall davon, dass schon wieder ein nationales Parlament das Vertragswerk ratifiziert hatte. An ihr tatsächliches Inkrafttreten glaubten allerdings nur mehr ganz wenige hoffnungslose Optimisten und Euromantiker.

Und das knapp zwei Monate vor dem Beitritt Kroatiens und unter dem Eindruck der für sämtliche Beteiligten ernüchternden Verhandlungen mit den Ländern des Westbalkans und der Türkei.

Auf den Punkt gebracht, es war ein Wahnsinn. Die ursprüngliche Vision der Initiatoren, dieses gigantische Friedensprojekt Europa, war 60 Jahre nach Gründung der Montanunion auf dem besten Weg, zu einer reinen Spiel- und Profilierungswiese für egozentrische Politiker zu verkommen.

Entsprechend, ja fast noch schlimmer, war die Stimmung bei den Menschen, also an der weitgehend entsolidarisierten Basis.

Neben allgemeinen Gräben wie ›alte‹ gegen ›neue‹ EU-Staaten oder arme gegen reiche Länder, die den Kontinent trennten, waren da auch noch:

die Konzerne gegen die kleine und mittlere Wirtschaft, die Globalisierungsgewinner gegen die -verlierer, die Menschen mit gegen die ohne Arbeit und natürlich auch die Rechten gegen die Linken. Weiters die Jungen gegen die Alten, die Gesunden gegen die Kranken und alle die, die noch Ansprüche hatten gegen die, denen diese Ansprüche schon gestrichen worden waren. Und so weiter und so fort.

Dass das nicht unbedingt die günstigsten Voraussetzungen dafür waren, aus Ungarn, Slowenen, Portugiesen, Finnen, Letten und all den anderen Nationen in der EU glühende Europäer zu machen, war irgendwie verständlich. Zumal es ja neben dem Zusammenwachsen Europas auch die gleichzeitig ausufernde Globalisierung mit ihren obszönen, mitunter menschenverachtenden Regeln zu verkraften gab. Bei diesem schleichenden Abfluss der faktischen Macht von den Regierungen zu den Konzernleitungen musste man nicht unbedingt erst seinen Brecht gelesen haben, um dem Fressen eine gewisse Priorität einzuräumen.

Max legte die letzte der heutigen Tageszeitungen zur Seite, die er eben ausführlich studiert hatte. Er saß in einem Café am Stadtplatz in Vöcklabruck. Nach der Nacht im Krankenzimmer hatte er plötzlich das Gefühl gehabt, sofort ersticken zu müssen, falls er nicht endlich aus dem Krankenhaus hinauskam. So hatte er sich entschlossen, das Frühstück außerhalb einzunehmen und genoss seine Entscheidung jetzt in vollen Zügen.

Endlich hatte er den Kopf soweit frei, nachzudenken, was als nächstes zu tun war und wie es weitergehen sollte. Irgendwie musste er Katharina verständigen, dann natürlich auch die drei Buben von Moritz. Auch wenn der Kontakt zwischen Vater und Söhnen umständehalber nicht gerade der beste war, so hatten sie doch ein Recht darauf, informiert zu werden.

Und dann waren da immer noch die Fragen, die seit gestern ständig bohrten: Was hatte Maurice zu dieser Zeit an diesem Ort verloren gehabt? Und warum war er nicht angeschnallt gewesen?

Er beschloss, sich nicht weiter zu quälen und unangenehmen Antworten nicht länger auszuweichen. Also bezahlte er und machte sich auf den Weg zur Polizei.

*

Die bevorstehende Europareise der amerikanischen Präsidentin beschäftigte nicht nur die US-Administration und den Secret Service, sondern hielt auch die Staatskanzleien in London, Paris, Berlin, Moskau und Warschau ordentlich auf Trab. Damit aber nicht genug. Nach ihrer Wahl hatte die ehemalige Senatorin von Pennsylvania unter anderem Glückwünsche einer Anna Hebsack aus Hallwang bei Salzburg erhalten. In dem Schreiben hatte die alte Dame glaubhaft versichert, die Urenkelin einer gewissen Hermine Gostinger, geborene Klington zu sein, die ihrerseits wieder die Schwester des aus Traunstein stammenden und 1892 in die Vereinigten Staaten emigrierten August Klington gewesen war. Und so lautete nun einmal der Name des Ururgroßvaters der mächtigsten Frau der Welt.

Also hatte die Präsidentin, ein Mensch mit Familiensinn und Herz, der sich auch nicht scheute, dieses von Zeit zu Zeit zu zeigen, beschlossen, bei Gelegenheit ihren bayrisch-salzburgischen Wurzeln nachzugehen. Und genau diese Chance wollte Präsidentin Joanna Midgard jetzt im Rahmen der anstehenden Europareise nutzen und dem offiziellen Besuch in Berlin einen privaten Tag in Salzburg folgen lassen. Oder was man als mächtigster Mensch der Welt eben so unter privat verstand.

Damit war aber vor allem für Aufregung und Arbeit im Wiener Außenamt und für die österreichische Polizei gesorgt.

Am Abend des 12. November sollte es dann, wieder offiziell, nach Moskau weitergehen. Letzte Station dieser Europatournee würde schließlich Warschau sein, die Hauptstadt der derzeit den EU-Ratsvorsitz führenden Polen. Wo sich Frau Midgard mit den führenden Köpfen Europas oder was sich zumindest formal dafür halten durfte, treffen sollte.

Midgard, die die erste große Überraschung bereits in den Primaries der Demokraten geliefert hatte, als sie ihre viel prominentere Mitbewerberin aus New York auf den zweiten Platz verwiesen hatte, war nach Meinung einer deutlichen Mehrheit der europäischen Öffentlichkeit ein echter Glücksfall für Amerika und die gesamte Welt. Nachdem festgestanden war, dass sie die Wahlauseinandersetzung mit dem bärbeißigen Republikaner John B. Delorme aus Ohio doch mit sicherem Vorsprung für sich entschieden hatte, herrschte zunächst einige Ratlosigkeit unter den politischen Beobachtern.

›Präsidentin Midgard ist ein weitgehend unbeschriebenes Blatt‹ hatte eine renommierte Tageszeitung so treffend formuliert, ›was immer sie tun wird, es wird uns überraschen.‹ Wie schön, dass gelegentlich so tiefschürfende Weisheiten festgestellt und dem Volke zugänglich gemacht wurden. Dann hatte man etwas, an dem man sich auch als mäßig informierter Bürger orientieren konnte.

Dabei hatte der Kommentator mit seiner sehr allgemein gehaltenen Prognose voll ins Schwarze getroffen. Die Midgard war gekommen, hatte gesehen und gesiegt.

Sie hatte ›Guantanamo‹ und alles das, wofür dieser

Begriff in den letzten Jahren gestanden war, endlich wieder auf das reduziert, was es früher schon immer gewesen war.

Ein aus heutiger geopolitischer Sicht strategisch völlig überflüssiger US-Stützpunkt auf Kuba, ein lästiges Wimmerl am Hintern Kubas. Aber nicht mehr der akute Inbegriff amerikanischer Unrechtskultur.

Unter Midgard hatte die Terrorismusbekämpfung eine Art und Weise angenommen, die auch den Menschen- und Bürgerrechten wieder eine Chance ließen. Ohne, dass deswegen gleich das ganze Land im Chaos versunken wäre.

Vor allem aber hatte sie erstmals eine Diskussion in Gang gesetzt, die nicht nur die Symptome dieser Geißel des 21. Jahrhunderts bekämpfte, sondern den Blick auf die Ursachen des Terrorismus richtete. ›Man kann den Schnupfen nicht aus der Welt schaffen, indem man das Niesen verbietet‹, war eines der Zitate Midgards, die rasch zu rhetorischem Allgemeingut wurden.

Natürlich war die Präsidentin nicht so naiv, anzunehmen, dass ein freundliches ›Vergessen wir, was bisher war und fangen ganz neu von vorne an‹ zu einer Beruhigung der explosiven Lage führen könnte. Sie war aber felsenfest davon überzeugt, dass man durch differenziertere Betrachtung des Problems, ausgewogenere Wahl der Mittel und gezieltere Maßnahmen neue Ungerechtigkeiten vermeiden könnte. Damit würde die fast schon automatische Zuführung neuer Sympathisanten für Hamas, Hisbolla oder Taliban mit der Zeit unterbunden, der harte Kern dieser Organisationen isoliert werden.

Ganz klar, dass dieser Kurs in Washington und Umgebung nicht nur Anhänger gefunden hatte.

Aber erste Erfolge gaben Frau Midgard recht. Die letzten

Gespräche mit der iranischen Führung stimmten optimistisch. Angeblich zeigten sich selbst einige der einflussreichsten Islamisten beeindruckt von der Offenheit und Ehrlichkeit dieser Präsidentin. Was angesichts des Geschlechts des ›amerikanischen Teufels‹ doppelt bemerkenswert war.

Ja, auch mit dem Irak, der nach wie vor weit entfernt von jeglicher Normalität war, schien es ganz, ganz langsam wieder aufwärtszugehen. Dank der schrittweisen Reduzierung der US-Truppen, deren langfristiger völliger Austausch gegen eine internationale Polizeitruppe unter der Führung der UNO geplant war, und der in Diskussion stehenden Entsendung einer aus Freiwilligen bestehenden Neuauflage des ›Friedenskorps‹ entwickelte sich auch die Stimmung in den Vereinigten Staaten sehr positiv für die Präsidentin.

Im Land der angeblich unbegrenzten Möglichkeiten roch es deutlich nach Aufbruch. Alte Hasen wurden immer mehr an die Ära John F. Kennedys erinnert. Auch wenn einige politische Menschen offen vor der Naivität der Präsidentin warnten und das Menetekel des Verrates an den Vereinigten Staaten an die Wand malen wollten.

Wie auch immer, die Beliebtheitswerte Midgards näherten sich langsam jenen des Mannes mit dem legendären Ausspruch: ›Ask not what your country can do for you, ask what you can do for your country‹.

Ja, so schnell konnte es gehen. Nur wenige Jahre nach dem Desaster im Irak, dieser verdammten Iranaffäre und all dem sonstigen Scheiß, den die vorherige Administration übrig gelassen hatte, stand an der Spitze des mächtigsten Staates der Welt ein Mensch, der Hoffnung aufkommen ließ. Der das Zeug dazu hatte, vielleicht sogar einmal als Lichtfigur in die Geschichte einzugehen.

Nicht allen im US-Establishment, aber auch in Europa und der übrigen Welt, gefiel diese Vorstellung.

*

Das Recherchieren des früheren Familiennamens ihrer Schwägerin hatte sich als schwieriger erwiesen, als Anne vermutet hatte. Telefonisch war da schon gar nichts zu machen. Wenn überhaupt, dann müsse ›die Dame schon selbst im Amte erscheinen, um ein begründetes und rechtlich relevantes Interesse an dieser Information nachzuweisen‹.

Was war ihr also übergeblieben, als zum Karl-Borromäus-Platz zu fahren und dem ›schröcklichen Herrn mit dem Federkiel‹ persönlich die Stirne zu bieten.

Was letztlich mit einem Blick in den Computer erledigt war, – tatsächlich, so ein neumodisches Ding war hierorts auch schon im Einsatz -, nahm insgesamt mehr als eine Stunde von Annes ohnehin knapper Zeit in Anspruch.

Nach einem Telefonat mit der Autobahnpolizei in Seewalchen, die den Unfall eines gewissen Moritz Petrark bestätigt hatte, war der Standesbeamte dann endlich bereit gewesen, den Namen herauszurücken: Stalownitzky. Jetzt war nur zu hoffen, dass Katharinas Minsker Verwandtschaft ebenso hieß.

Da Anne noch etwas Zeit bis zum Arzttermin blieb, setzte sie sich in ein Kaffeehaus in der Inneren Stadt. Sie überlegte gerade, ob sie Max jetzt oder erst nach der unangenehmen Aussprache über ihre Zukunft anrufen sollte, als ihr ihr Mann zuvorkam.

»Hallo, Liebes«, schnurrte er. »Ich bin gerade auf dem

Weg zur Polizei in Vöcklabruck. Und stell dir vor, wo ich dabei vorbeigekommen bin? An einer Buchhandlung.«

Anne ahnte, was jetzt kam. Als Autor konnte Max an keinem Buchladen vorbeigehen, ohne sich zu vergewissern, dass nicht zumindest einer seiner unter einem Pseudonym veröffentlichten Kriminalromane im Angebot geführt wurde. Am schönsten war es natürlich, mindestens einen seiner Titel direkt in der Auslage zu finden. Aber bitte, so berühmt war er auch noch nicht, dass man das als Standard hätte erwarten dürfen. Aber im Laden selbst konnte man eigentlich annehmen, dass er vorrätig war.

»Stell dir vor, diese ländlichen Ignoranten haben noch nichts von Massimo Petrin gehört«, Max' Stimme klang richtig beleidigt. »Aber dafür habe ich das Oevre eines weitgehend unbekannten Vladim Stalownitzky entdeckt. Und dabei ist mir wieder eingefallen, wie Katharina früher geheißen hat. Nämlich auch Stalownitzky. Toll, was?«, meinte er ganz stolz. »Ich glaube aber nicht, dass die beiden verwandt sind, denn dieser Vladim ist ein polnischer Biochemiker. In jedem Fall musst du dich nicht mehr weiter um den Namen kümmern.«

Anne wusste nicht, ob sie lachen oder weinen sollte, entschied sich aber verhalten für Ersteres. »Danke, wie rücksichtsvoll von dir«, meinte sie leicht ironisch. »Ich habe ohnehin so viel um die …« Sie kam gar nicht dazu, auszusprechen, denn ihr Max hatte schon weiter gedacht.

»Es wäre aber nett von dir, wenn du mir die Anrufe nach Minsk abnehmen könntest«, fühlte er vorsichtig vor. »Ich glaube nicht, dass ich hier in Vöcklabruck einen Dolmetsch für Russisch auftreiben kann. Und ohne einen solchen wird es ja kaum gehen. Für dich mit deinen Kontakten«, er spielte wohl darauf an, dass Anne Dolmetsch studiert hatte, allerdings für Spanisch und Englisch, »kann das doch kein Problem sein.«

Das hatte sachlich natürlich schon etwas für sich. Immerhin hatte eine ihrer Spanisch-Kolleginnen als Zweitsprache Russisch gewählt. Sie hoffte nur, dass sich Julia, die beruflich sehr viel unterwegs war, gerade in der Stadt aufhielt.

»Gut, ich übernehme das. Wie geht es Maurice übrigens?«

»Unverändert, wir hoffen, dass er jetzt bald aufwacht.« Max Stimme klang wieder ganz ernst. »Die Schwester meint, ich soll möglichst viel mit ihm reden. Reden, reden, immer wieder reden. Ich habe bloß keine Ahnung, was ich ihm erzählen soll. Sie schwört aber darauf, dass Moritz mich hören kann. Vielleicht hat sie ja recht.«

»Lass ihn schön von mir grüßen«, meinte Anne. Warum auch nicht, falls Moritz Max wirklich hören konnte. »Und sag ihm, ich werde dafür Sorge tragen, dass seine Frau so schnell wie möglich zu ihm kommt.«

Nach einigen eher unverbindlichen Freundlichkeiten, wie sie unter langjährigen Eheleuten eben vorkommen, war das Gespräch auch schon wieder beendet.

*

Mehrere klärende Telefonate der uninformierten, aber überaus hilfsbereiten Polizei in Vöcklabruck hatten bewirkt, dass sich Max schließlich von einem Taxi zu der für Moritz' Unfall zuständigen Dienststelle in Seewalchen bringen lassen konnte.

Postenkommandant Herbert Thaler wusste sofort,

worum es diesem dicken Menschen aus Wien ging. »Ach, der Verunfallte ist Ihr Bruder«, meinte er mit einer Art routiniertem Bedauern in der Stimme, die Max Brechreiz verursachte. »Ein klarer Fall von Sekundenschlaf«, konstatierte der Beamte in einer Tonlage, aus der die Berufserfahrung vieler, sehr vieler Jahre geradezu troff. »Diese Zeit zwischen Nacht und Morgen ist am gefährlichsten. Wenn das Dunkel beginnt, langsam dem Licht zu weichen, lässt die Konzentration nach und die Müdigkeit wird immer drückender.«

»Da werden Sie sicher recht haben«, räumte Max ein. »Bloß, mein Bruder ist Berufsfahrer. Und er war vor dem Unfall sicher nicht lange unterwegs. Möglicherweise ist er aus Wien gekommen, aber genau so gut kann er von Linz aus aufgebrochen sein. Aber selbst wenn er schon 200 Kilometer hinter sich gebracht hatte, das ist doch keine Strecke, nach der man bereits erschöpft ist.«

»Na und?«, der Polizist war nicht so schnell von seiner Meinung abzubringen. »Was ist mit Alkohol, Drogen und dergleichen? Wer behauptet denn, dass man erst 500 Kilometer fahren muss, um in einen Brückenpfeiler zu donnern?« Der Mann hatte wirklich eine feinfühlige Art, mit den Angehörigen von Unfallopfern umzugehen. Respekt, Respekt.

»Im Krankenhaus hat kein Mensch etwas von Alkohol oder Ähnlichem gesagt«, Max wurde langsam sauer. »Mein Bruder hat auch nie etwas getrunken, wenn er danach fahren musste.«

»Das heißt noch lange nichts«, wusste der Postenkommandant. »Im Spital haben sie den Vorfall als normalen Unfall behandelt. Wer weiß, ob da überhaupt auf Alkohol oder Drogen untersucht worden ist.«

In einem hatte der unmögliche Mensch ja eigentlich recht, ging es Max durch den Kopf. Falls man mehr wissen wollte, musste man sich auf unangenehme Fragen einlassen. Ihm selbst saß ja auch eine im Nacken und wartete nur darauf, losgelassen zu werden. Vielleicht war das jetzt der richtige Moment dafür.

»Eines ist schon seltsam«, räumte er daher ein. »Mein Bruder ist nie, und ich meine *wirklich nie* im Auto gefahren, ohne sich vorher angeschnallt zu haben. Wieso hat er es diesmal nicht gemacht? Können Sie mir das beantworten?«

»Aber seien Sie doch froh«, meinte der Postenkommandant. »Angeschnallt hätte Ihr Bruder diesen Aufprall nicht überlebt.«

»Bin ich ja auch«, gab Max zu. »Nur die Frage wird dadurch nicht beantwortet.«

»Hmmm«, das gab dem Polizisten doch zu denken. »Das würde ja bedeuten, dass Ihr Bruder bewusst auf die Verwendung des Gurtes verzichtet hat. Aber warum hätte er das getan?«

Genau das war die Frage, deren Antwort Max instinktiv fürchtete. Sich weigerte, ihre schlichte Logik zur Kenntnis zu nehmen oder zumindest als eine Alternative zu akzeptieren. Doch der Vertreter der Staatsmacht kannte keine Rücksichtnahme.

»War Ihr Bruder in letzter Zeit vielleicht irgendwie … traurig?«, versuchte er es für seine Verhältnisse relativ feinfühlig. »Hat er irgendwelche Probleme gehabt, gesundheitlich, finanziell oder in der Partnerschaft?«

Max wollte sich schon aufregen, gegen diese taktlose Zumutung protestieren, überlegte es sich jedoch. Der Mann hatte ja eigentlich recht. Und jeder noch so verzweifelte Versuch, das verdrängen zu wollen, würde die Sache nur noch schlimmer machen.

»Wenn ich Sie richtig verstehe, geht Ihre Frage dahin«, Max tat sich wirklich sehr schwer, die zwangsläufige Schlussfolgerung auch auszusprechen, »ob mein Bruder … unter Umständen einen Grund gehabt haben könnte … oder auch mehrere, sich …«, die Stimme drohte ihm fast zu kippen, »… sich das … Leben zu nehmen?« Jetzt war es raus und sofort fühlte sich Max besser. Wie von einer Zentnerlast befreit.

Stumm nickte der Postenkommandant und blickte Max mitfühlend an. Irgendwie schien der Mann doch sensibler zu sein, als der erste Eindruck hätte erwarten lassen. Aber das täuschte.

»Das haben Sie richtig erkannt«, stellte er fest. »Und es wäre auch keine sonderliche Überraschung, wenn es sich im vorliegenden Fall um einen Selbstmordversuch handelt. Der Brückenpfeiler, den sich Ihr Bruder ausgesucht hat, ist sehr beliebt in den einschlägigen Kreisen. Allein fünf Vorfälle in den letzten drei Jahren. Ohne den von gestern. Und drei davon waren auch erfolgreich.«

»Mein Bruder hat zwar, wie wir alle, sicher auch das eine oder andere Problem gehabt«, kam es zornig aus Max heraus, »er war aber ein durch und durch positiv denkender Mensch. Maurice ein Selbstmörder, nie im Leben.«

Der Polizist war durch den Gefühlsausbruch nicht aus der Ruhe zu bringen. »Es ist natürlich durchaus möglich, dass jemand den Vorfall wie einen Selbstmord aussehen lassen wollte. Das wäre allerdings einmal was Neues.«

*

Gott sei Dank, Anne war erleichtert wie nie zuvor. Die Auskunft, die sie eben erhalten hatte, war erfreulich gewesen. Dennoch hatte ihr der Arzt empfohlen, die sich munter vergrößernden Muttermale vor allem am Rücken entfernen zu lassen. Derzeit waren die mitunter kirschgroßen Gewächse soweit erkennbar gutmütig, aber man konnte nicht vorsichtig genug sein. Nun gut, das würde sie gleich nächste Woche in Angriff nehmen.

Es war schon interessant. Seit das beklemmende Gefühl weg war, war der Tag schlagartig schöner geworden. Die Sonne schien, es war angenehm warm für Anfang November und sie hatte plötzlich riesigen Appetit auf eine Portion Kastanienreis mit Schlag. Nicht, dass sie auf faschierte Maroni süchtig gewesen wäre, überhaupt nicht. Sie mochte das Zeug normalerweise gar nicht so sehr. Im Moment schien ihr die Süßspeise aber das Begehrenswerteste auf der Welt zu sein. Also warum nicht, sie steuerte die nächstliegende Filiale der Konditorei Aida an. Und die lag in Wien immer näher als man allgemein annehmen würde.

Eigenartig, vor einer Stunde hätte sie noch wer weiß was dafür gegeben, wäre ihr Mann bei ihr gewesen. Oder sonst jemand, mit dem sie ihre Zweifel, ihre dumpfe Angst vor einer ungewissen Zukunft hätte teilen können.

Jetzt beherrschte sie exakt das gleiche Verlangen unter entgegengesetzten Vorzeichen. Wo war der Mensch, mit dem sie ihre Erleichterung nach den schrecklichen Tagen des Wartens auf den Befund teilen, mit dem sie die Freude am wiedergewonnenen Leben feiern konnte?

Es war schon erstaunlich, aber sie konnte sich innerhalb der letzten zwanzig, fünfundzwanzig Jahre an keine Situation erinnern, in der ihr Mann da gewesen wäre, wenn sie ihn gebraucht hatte.

Das war weiter nicht erstaunlich, denn er war eigentlich nie da gewesen. Entweder war er aus gutem Grunde unterwegs, irgendwo oder auch sonst wo. Oder er hatte sich in seine euphemistisch als ›Büro‹ bezeichnete Höhle mit ihren mit dunklen Tüchern verhängten Fenstern zurückgezogen und geschrieben.

Einige Freunde meinten, Max schriebe rascher als viele Leute lesen konnten. Und dazu noch in erstaunlicher Qualität. Obwohl Anne das nicht beurteilen konnte. Kriminalromane waren so überhaupt nicht ihre Sache. Und schon gar nicht diese verqueren Typen, die Max in seiner unerschöpflichen, reichlich pervertierten Fantasie erfand.

Aber vielen Leuten gefielen seine Geschichten und das machte sie irgendwie stolz. Auch wenn Max derzeit noch so gut wie kein Geld damit verdiente.

Irgendwie musste ihr Mann etwas von einem Vampir an und in sich haben. Nicht nur, dass er das Tageslicht mied. Wegen seiner empfindlichen Augen, wie er immer wieder betonte.

Nein, das, was sie meinte, war viel erschreckender. Immer wenn sie sich, direkt oder auch nur indirekt, mit Max befasste, und das war ja irgendwie fast ständig der Fall, fühlte sie sich nachher leer, wie ausgelaugt. In so einem Moment wollte sie ihn eigentlich zum Teufel jagen.

Andererseits, war er dann überhaupt nicht da, ging er ihr wieder ab. Irgendwie zumindest. Sie hatten schon eine verrückte Beziehung.

*

Als Max wieder im Krankenhaus einlangte, war es bereits spät am Nachmittag. Einerseits hatte er ein schlechtes

Gewissen, Moritz so lange allein gelassen zu haben. Andererseits war ihm bewusst, dass er diese Wache am Bett des Bruders ohne den regelmäßigen Kontakt mit der Außenwelt kaum länger durchstehen konnte.

Da drängte sich überhaupt die Frage auf, wie lange er eigentlich diese Situation durchhalten wollte? Falls Moritz noch eine Woche, 14 Tage, wie lange auch immer, im Koma blieb, wie viele weitere Nächte würde er neben dem Bett im Schaukelstuhl sitzend verbringen können? Wohl kaum mehr als weitere ein, zwei, mehr würde er schon rein körperlich nicht schaffen.

Immerhin war Max bereits 63 Jahre alt, hatte erklecklich Übergewicht und auch ohne dieses Nachtprogramm schon genug Probleme mit dem Schlafen. Normalerweise schlief er nächtens zunächst so drei Stunden, nach ein, zwei wachen Stunden nochmals zwei weitere. Und legte dafür unter Tags die eine oder andere erfrischende Siesta ein.

Das brachte für einen freien Autor keine sonderlichen Probleme mit sich, er schrieb eben, wann immer er wach war. Wurde aber ausnahmsweise einmal ein einigermaßen normaler Tag-Nacht-Rythmus vom ihm erwartet, konnte das unangenehm werden.

Vielleicht sollte er sich ja ein Zimmer irgendwo in der Nähe des Krankenhauses nehmen, in dem er sich zwischendurch etwas ausruhen und pflegen konnte. Das kostete zwar wieder Geld, aber musste wahrscheinlich sein.

Denn eines war Max klar: er konnte Moritz nicht verlassen, ehe er nicht dieses verdammt schlechte Gefühl losgeworden war, das ihn derzeit befallen hatte.

Schön, dass er in Anne eine Partnerin hatte, die dafür Verständnis aufbrachte und gewohnt war, von Zeit zu

Zeit ohne ihn auszukommen. Wahrscheinlich war sie insgeheim sogar ganz froh darüber, dass er ihr nicht ständig im Genick saß.

Als Max in das Zimmer zurückkam, in dem er Moritz am Vormittag verlassen hatte, war eine ihm unbekannte Schwester gerade dabei, den wie leblos daliegenden Körper wieder einmal umzubetten.

»Aha, damit er nicht wundliegt«, demonstrierte er sein neu erworbenes Wissen. »Danke, Schwester«.

Diese ließ sich von dem seichten Schmäh nicht einkochen. »Wer sind Sie eigentlich?«, wollte sie etwas forsch wissen, »und was machen Sie hier überhaupt?«

»Ich bin der Bruder«, er deutete auf den im Bett Liegenden. »Und ich spreche mit ihm, damit er rasch wieder aufwacht.«

»Ach, so was, Sie sind der Bruder«, der Engel in Weiß wirkte misstrauisch. »Wie haben Sie es denn geschafft, in …«, sie warf einen Blick auf ihre Armbanduhr, »… knapp einer Stunde von Wien hier zu sein? Das müssen Sie mir aber schon erklären.«

Wie nicht anders zu erwarten verstand Max kein Wort. Nicht im technischen Sinne, sondern im übertragenen natürlich.

»Wieso soll ich in einer Stunde von Wien hierher gekommen sein? Vor einer Stunde war ich schon in eurer Stadt hier.« Er deutete auf die Plastiktüte mit dem Namen eines Einkaufszentrums darauf, die er in der Hand hielt.

»Aber wir haben doch vorhin miteinander telefoniert«, jetzt war es an der Frau, verwundert zu sein. »Ich bin Schwester Doris und Sie wollten wissen, wie es Ihrem Bruder geht. Erinnern Sie sich wirklich nicht?«

Max schüttelte nur stumm den Kopf.

»Na, dann hat vielleicht ein anderer ... Bruder angerufen«, versuchte es Doris nochmals und blickte Max fragend an.

»Das wäre die einzige mögliche Erklärung«, bestätigte Max. »Bloß – es gibt keinen weiteren Bruder.«

»Sie meinen ...«, jetzt hatte es Doris die Rede verschlagen, »es gibt nur Sie und ... ihn.« Sie deutete scheu auf den still daliegenden Moritz.

»So ist es, Schwester«, bestätigte Max. »Die Frage ist jetzt lediglich, wer hat angerufen und sich als unser Bruder ausgegeben? Und was haben Sie diesem Menschen erzählt?«

Nach dem Empfinden Schwester Doris' hatte es sich bei dem Anrufer um einen 30- bis 40-jährigen Mann gehandelt, der mit deutlichem Akzent gesprochen hatte. »Aber nicht Wienerisch, eher wie ein Salzburger oder ein Niederbayer. Und er wollte wissen, wie es Maurice R. Petrark gehe und ob er schon ansprechbar wäre.« Was sie wahrheitsgemäß verneinte, im Übrigen aber darauf verwiesen hatte, dass telefonische Auskünfte selbst an Blutsverwandte nicht möglich wären.

»Der Anrufer hat tatsächlich nach Maurice R. Petrark gefragt?«, vergewisserte sich Max. Das war der Business-Name seines Bruders auf den Visitkarten. Das R. stand für Richard, und angewöhnt hatte er sich diese Art, seinen Namen zu schreiben, als er vor mehr als zwei Jahrzehnten für eine amerikanische Hotelkette gearbeitet hatte. Zuletzt fast fünf Jahre in Hongkong.

»Würden Sie von Ihrer Schwester als Susan M. Irgendwas sprechen, wenn Sie irgendwo anrufen? Noch dazu, wenn sie eigentlich Susi heißt und privat nie anders gerufen wurde?«

Doris' Mund stand ziemlich weit offen. Nach einer längeren Nachdenkpause nickte sie entschieden mit dem Kopf. »Da haben Sie recht«, räumte sie ein. »Da bin ich wohl nicht ganz die Hellste gewesen.«

*

Voll frischen Schwungs ob des erfreulichen Befundes und des köstlichen Kastanienreises in der ›Aida‹ hatte sich Anne sofort daran gemacht, eine der russischen Sprache mächtige Person aufzutreiben. Ihre ehemalige Kommilitonin Julia war, zu ihrem Bedauern, für Julia natürlich erfreulich, beruflich in St. Petersburg auf einem Kongress.

Über das Sekretariat des Slawistikinstituts hatte sie dann die Telefonnummer von Renate erhalten, einer Studentin, die ein Austauschjahr in Moskau verbracht hatte.

Renate hatte später stundenlang über die Botschaft, die Telefongesellschaft in Minsk und Bekannte in Moskau einige möglicherweise relevante Telefonnummern ermittelt. Und dabei ein kleines Vermögen vertelefoniert. Aber sie war jeden Euro wert gewesen, denn schon der zweite Anruf aus der erarbeiteten Liste hatte sich als Volltreffer erwiesen.

»Da, da«, hatte es geheißen, Katharina sei hier bestens bekannt, aber mit einer Tante gerade unterwegs in der Stadt. Sie wäre aber ganz sicher ab 23 Uhr unter dieser Nummer zu erreichen.

Das bedeutete 21 Uhr Mitteleuropäischer Zeit. Also noch ungefähr eine Stunde Wartens und weitere 15 Euro Honorar für die nette Studentin. Diesen Monat würde Anne ihr Konto wieder einmal ganz schön überziehen.

»Wie wäre es mit noch einem Kaffee?«, wollte sie gerade

von Renate wissen, als sich ihr Handy auf seine unnachahmliche Art meldete.

»Ich bin's, Schatz«, meldete sich Max. Seine Stimme klang schon wieder etwas vitaler als bei ihrem letzten Gespräch heute Mittag. »Stell dir vor, im Krankenhaus hat jemand angerufen, sich als Bruder von Max ausgegeben und sich nach seinem Befinden erkundigt. Was sagst du dazu?«

»Ich frage mich manchmal bloß, warum du so umständlich bist«, erwiderte Anne, meinte es aber scherzhaft. »Nein, Spaß beiseite, was hat denn das wieder zu bedeuten?«

»Keine Ahnung, aber sicher nichts Gutes«, meinte Max. »Übrigens, hast du schon mit Katharina gesprochen?«

»Nein, aber …«, Anne hatte keine Chance, denn Max unterbrach sie sofort. »Stell dir vor, die Polizei hat mir die persönlichen Sachen von Moritz ausgehändigt. Darunter auch sein Handy. Ich habe ein wenig herumtelefoniert, du weißt schon. Die Nummern angerufen, die Moritz eingespeichert hatte.« Er lachte. »Und stell dir vor, wen ich da auf einmal am Hörer hatte? Das wirst du nie erraten.«

Anne hatte plötzlich eine lächerliche Vision. Sie suchte den ganzen Tag nach einer ganz bestimmten Person. Und nachdem sie diese Person endlich geortet hatte und kurz davor stand, mit ihr zu sprechen, erreichte Max, ihr Mann, diese Person einfach so.

»Lass es mich einmal versuchen«, erwiderte Anne mit leichtem Sarkasmus. »Katharina?«

»Richtig, und sie war gerade mit einer Tante in der Stadt unterwegs. Na, die hat vielleicht einen Schrecken bekommen, als sie das von Moritz gehört hat. Auf jeden Fall hat es ein Gutes. Du brauchst dich jetzt nicht mehr darum kümmern«, meinte er mit rührender Naivität, »du hast sicher ohnehin genug um die Ohren. An das Handy hätten wir wirklich früher denken können. Na ja, Hauptsache, wir haben sie gefunden.«

Katharina würde sich noch heute oder spätestens morgen mit ihr in Verbindung setzen, teilte er seiner Frau gönnerhaft mit. Und: »Sie wird die erste mögliche Maschine nach Wien nehmen.«

Anne blickte resigniert zu Renate, die natürlich nicht wusste, was los war. Eigentlich sollte sie Max jetzt irgendetwas Gemeines sagen, ihn einen egozentrischen, aufgeblasenen Rüpel nennen und sich damit selbst etwas Erleichterung verschaffen. Aber das hätte nichts geändert. Und vor allem, er hatte es dort in dem Krankenhaus sicher auch nicht ganz leicht.

»Wie schön«, meinte sie mit aller Selbstüberwindung, der sie fähig war. »Dann ist dieses Problem ja gelöst. Gib mir halt Bescheid, wenn ich etwas helfen kann.«

Das war ein Stichwort für Max. »Es wäre nett, wenn du Janina und die drei Buben verständigen könntest. Das hätten wir eigentlich schon längst machen müssen. Immerhin ist Moritz der Vater. Falls uns diese schreckliche Frau Vorwürfe macht, weil wir uns so lange nicht gemeldet haben, wären die ausnahmsweise einmal sogar berechtigt.«

Noch lange, nachdem sie das Gespräch beendet hatten, hatte Anne das Gefühl, in der ganzen Geschichte irgendwie die Blöde zu sein. Obwohl das natürlich ganz auf die jeweilige Perspektive ankam.

# 3.

Archimedes war 65 Jahre alt und ein kritischer Idealist. Der brilliante Mathematikprofessor an der Universität Gent, dessen bürgerlicher Name natürlich anders lautete, war Präsident der belgischen Sektion der ›Liga Kritischer Intellektueller‹, LIC. Gleichzeitig aber auch geschäftsführender Vizepräsident des Europäischen Dachverbandes dieser nahezu unbekannten, aber überaus einflussreichen Institution.

Archimedes war von Anfang an dabei gewesen, als sich die Liga im Herbst 1968 in Lille als Folge der Mai-Ereignisse in Paris konstituiert hatte. Knapp zwei Dutzend über den moralischen Verfall im öffentlichen Leben frustrierte Studenten, Soziologen, Psychologen, Philosophen und Mathematiker, aber auch mehrere Professoren hatten sich an einem stürmischen Donnerstagabend im November zusammengefunden. Das Ziel, das sie anstrebten, war ein System zu schaffen, das die Intelligenz eines Landes, des Kontinents oder auch der Welt auf Basis ihrer ursprünglichen Ideale in die Pflicht nahm. Um auf diesem Wege dem teuflischen – ja, man musste fast schon sagen – Automatismus Einhalt zu gebieten, mit der junge, idealistisch denkende Menschen im Verlauf ihres Lebens zunehmend korrumpiert wurden. Durch Macht oder Geld, meistens durch beides.

Das sollte so funktionieren: Von jedem neuen Mitglied, das den strengen Aufnahmekriterien entsprach, wurde bei seinem Beitritt ins LIC ein Profil erstellt, das sämtliche Wertvorstellungen und Prinzipien des neuen ›Bruders‹ beziehungsweise der neuen ›Schwester‹ erfasste und festhalten sollte. Gleichzeitig unterschrieb die betreffende Person auch die Erklärung, sich diesen Werten ihr Leben lang verpflichtet zu fühlen und sich für ihre Beibehaltung einzusetzen. Notfalls mit allen Konsequenzen.

Die Profile wurden alle drei Jahre überprüft und gegebenenfalls innerhalb der möglichen ethischen Bandbreite nachjustiert. Ging eines der Mitglieder der LIC in die Politik oder übernahm eine hohe Position im öffentlichen Dienst oder in der Wirtschaft, so wurde ihm ein ›Superviseur‹ zur Seite gestellt. Ein Aufpasser, der darauf achten sollte, dass sich sein ›Kritischer Intellektueller‹ auch wirklich an den selbst gesetzten Verhaltenskodex hielt.

Soweit die bemerkenswerte, an liebenswerter Naivität kaum zu übertreffende Idee, die hinter der LIC steckte. Dieser Mut wurde sogar belohnt, zumindest in den ersten zehn, zwölf Jahren. Für die Zeit bis 1980 war tatsächlich so etwas wie ein leichtes Ansteigen der Ethik im öffentlichen Bereich festzustellen gewesen. Und das nicht nur in Belgien, sondern bald auch in den übrigen Mitgliedsstaaten der damaligen EG, in den meisten anderen europäischen sowie einigen außereuropäischen Staaten.

Mit der Zeit hatte sich die Liga allerdings stark verändert. War, überspitzt formuliert, selbst ein Opfer der Korruption geworden, wie Archimedes selbstkritisch eingestehen musste.

Aus einer weltweit im Hintergrund agierenden Institution mit dem Anspruch einer moralischen Instanz war eine Charity-Organisation geworden, die zwar den Auswirkungen von Machtmissbrauch und Korruption entgegenwirkte, aber in aller Stille und ohne das Spektrum an vorhandenen Maßnahmen zur Korrektur und gegebenenfalls zur Disziplinierung auch nur ein einziges Mal in Anspruch genommen zu haben.

Wen immer man nach der LIC fragte, niemand kannte die Liga. Die einen wirklich nicht, die anderen wiederum wollten nicht darüber sprechen.

Ja, ja, sie hatten sich über die Jahre zu einem veritablen Geheimbund gemausert, dachte der frustrierte Archimedes. Waren zu einer riesigen, doch völlig zahnlosen Organisation verkommen. Die de facto selbst Opfer jener Korruption geworden war, die zu bekämpfen sie einmal angetreten war. Dank ihrer Mitglieder zwar durchaus einflussreich, aber durch ihre langjährige Untätigkeit politisch unwichtig.

Es war daher hoch an der Zeit gewesen, dass sich da endlich etwas änderte, als Archimedes und einige seiner Mitstreiter vor einigen Monaten den Entschluss fassten, jetzt endlich einmal ein Exempel zu statuieren. Den eigenen Regeln entsprechend vorzugehen. ›Back to the roots‹ also.

In wenigen Tagen würde es soweit sein. Die Vorbereitungen waren abgeschlossen, die einzelnen Maßnahmen mussten jeweils nur den aktuellen Entwicklungen angepasst werden. Ungeachtet der Tatsache, dass es bereits nach Mitternacht war, griff Archimedes zum Telefon und vergewisserte sich bei den Freunden in Heidelberg, Lyon, Bologna, Malmö, Santander und Saloniki, dass alles nach Plan verlief.

*

Die zweite Nacht im Schaukelstuhl hatte Max ganz schön zu schaffen gemacht. Nachdem er knapp zwei Stunden vor sich hin gedämmert hatte, hatte er den unwiderstehlichen Zwang verspürt, aufzustehen und sich zu bewegen. Sein ganzer Körper hatte vom starren Dasitzen in dem eher zierlichen Sitzmöbel geschmerzt. Es war wie in der ›Holzklasse‹ der ›Mallorcabomber‹ gewesen. Nichts für Menschen jenseits der 1,80 Meter Körpergröße und 100 Kilogramm.

Aber nicht nur der mangelnde Komfort und die ohnehin schon vorhandenen Wehwehchen eines alten Körpers hatten sich unangenehm bemerkbar gemacht. Vielmehr machten ihm auch die nach wie vor fehlenden Antworten zu schaffen.

War es denkbar, dass der ›Unfall‹ kein Unfall gewesen war? Dass Moritz Probleme haben sollte, die ihm keinen anderen Ausweg gelassen hatten als … Er hatte sich gescheut, das Wort auszusprechen, was eigentlich dumm war. Denn in seinem Kopf hatte es sich bereits festgesetzt und wütete wie weiland die Hunnen unter ihrem König Attila.

War es möglich? Natürlich war es möglich, alles war möglich. Also musste die Frage anders lauten: War es wahrscheinlich, – ja, das war besser, – war es wahrscheinlich, dass Moritz ganz bewusst in den Brückenpfeiler gefahren war? Die Tatsache, dass er sich gegen seine sonstige Gewohnheit nicht angeschnallt hatte, konnte als Indiz dafür gesehen werden. Es war schon eine Ironie des Schicksals, dass sein Bruder gerade diesem Umstand letztlich sein Überleben zu verdanken schien.

Selbstmord war die treffende Bezeichnung dafür, damit auch dieses Wort endlich einmal ausgesprochen worden war. Komisch, Max fühlte sich jetzt, nachdem der Begriff gefallen war, irgendwie besser. Nicht gut, aber besser als vorhin.

Aber: Selbstmord kam überhaupt nicht infrage. Sein Bruder hatte in seinem Leben so viel Mist verkraften müssen und das stets mit einem Lächeln ausgehalten. Gut, es hatte gelegentlich recht gequält gewirkt, jedoch hatte er es immer irgendwoher gezaubert. Moritz war einfach nicht der Typ, alles hinzuschmeißen, dazu liebte er das Leben zu sehr. Ja, selbst die oft faustdicken Knüppel, die sich ihm aufs Neue zwischen die Beine geschwindelt hatten, hatte er schließlich ins Herz geschlossen. Irgendwie zumindest, immerhin gehörten ja auch sie zu seinem Leben.

Genau das war das Stichwort. Das Leben, *sein* Leben war Moritz viel zu wertvoll. Trotz seines Morbus Wasauchimmer, einer chronischen Erkrankung, die die Lebensqualität nicht unbeträchtlich einschränkte. Oder dem finanziellen Desaster, mit dem sowohl seine Beteiligung an einem Wiener Innenstadthotel als auch an einem Nachtlokal geendet hatte. Und trotz der daraus resultierenden Schulden, die ihn zum Schuften verdammten wie ein Muli, nur um einigermaßen über die Runden zu kommen.

Moritz, der sich seit seiner Bilderbuchkarriere in einer internationalen Hotelkette Maurice nannte, hatte sich erst vor knapp einem halben Jahr finanziell wieder so weit gefangen, um als ›Ein-Mann-AG‹ mit einem geleasten, relativ luxuriös ausgestatteten Kleinbus ›Exklusive Fahrten- und Reiseservice‹ anbieten zu können.

Dann seine Heirat mit Katharina, einer bewundernswerten Frau, die schon seit mehr als zehn Jahren an seiner Seite ausharrte und an allem, das Moritz zu bieten hatte, interessiert war. Und das konnte mit Sicherheit nicht sein Geld sein.

Nein, nein, trotz aller Scheiße dominierte das Positive im Leben seines Bruders. Für Max stand daher ganz klar fest, dass das Geschehen von gestern, nein, vorgestern Morgen kein Selbstmordversuch gewesen war. Womit allerdings die Frage, warum sich Moritz nicht angeschnallt hatte, weiter unbeantwortet blieb.

»Was hast du eigentlich um 4.43 Uhr«, das war die Zeit, an der Maurice total zerdepperte Armbanduhr stehen geblieben war, »in dieser Gegend überhaupt verloren gehabt?«

Ohne dass es ihm bewusst war, hatte Max wieder begonnen, leise mit dem regungslos Daliegenden zu sprechen. Den handschriftlichen Aufzeichnungen in Moritz' Buchkalender war diesbezüglich nichts wirklich Aufschlussgebendes zu entnehmen gewesen. Sein ›elektronisches Gehirn‹, ein Notebook, das er angeblich immer mit sich geführt hatte, war im Wrack nicht gefunden worden.

Und wer war der seltsame Anrufer, der sich als Bruder ausgegeben und nach dem Befinden von Moritz erkundigt hatte? Ein Freund oder Bekannter, der sich Sorgen gemacht hatte?

»Wer von deinen Freunden hat denn überhaupt gewusst, dass du diesen Unfall hattest und nun in Vöcklabruck im Krankenhaus liegst?«, murmelte Max in Richtung Bett. Soweit ihm bekannt war, hatten sich die vielen ›Freunde‹ aus den guten Jahren nach dem Bauchfleck mit dem Hotel, spätestens aber nach dem Desaster mit dem Nachtlokal zurückgezogen. Und da sich Katharina und Nadja, ihre Tochter aus erster Ehe, seit mehr als einer Woche im Ausland befanden, kamen auch die beiden Frauen als Informationsquellen nicht infrage.

Blieben nur die Medien, die den Anrufer über den Unfall informiert haben konnten. Max hatte in den Tageszeitungen keine Meldung darüber gefunden, allerdings musste das nichts bedeuten. Immerhin war der Vorfall ja keine riesige Schlagzeile wert gewesen. Höchstens eine kurze Meldung im Lokalteil. Aber nicht einmal davon war er überzeugt.

Und wenn überhaupt, dann sicher im Lokalteil Oberösterreich oder Salzkammergut und nicht in dem einer Wiener Zeitung. Laut Aussage von Schwester Doris hatte der ›Bruder‹ aber aus Wien angerufen.

Rein theoretisch kamen jetzt noch Rundfunk und Fernsehen infrage. Zweiteres konnte er wohl getrost ausschließen, das Radio wahrscheinlich auch. Um jedoch auf Nummer sicher zu gehen, würde er morgen einmal bei dem zuständigen Landesstudio anrufen. Falls die Antwort so ausfiel, wie er vermutete, was bedeutete das dann?

Max' größtes Kapital als freier Autor war seine lebhafte, häufig ausufernde und von Bekannten und Verwandten mitunter sogar als krankhaft apostrophierte Fantasie. Sie ermöglichte es ihm, auch noch so unwahrscheinliche Zusammenhänge dort zu sehen und plausibel darzustellen, wo für die meisten bereits das spekulative Nirwana ausgebrochen war.

»Moritz, Moritz«, brummelte er jetzt vor sich hin. »Ich fürchte, wir müssen uns auf noch etwas Schlimmeres als auf deinen Selbstmord einstellen. Das Einzige, was dein Nichtanschnallen und diesen eigenartigen Anruf logisch erklären würde, wäre, dass es jemand auf dich abgesehen hat. Was hast du denn jetzt schon wieder angestellt?«

*

Einer der bedrohlichsten Konflikte innerhalb der EU war jener zwischen den ›alten‹ und den ›neuen‹ Mitgliedern.

Unter den ›Neuen‹ waren jene zwölf Staaten zu verstehen, die der Union seit 2004 beigetreten waren.

Sie hatten sich schon von Anfang an durch überlange Übergangsbestimmungen zum Arbeitsmarkt sowie im Vergleich zu den ›Alten‹ deutlich schlechtere Bedingungen bei Subventionen und Programmen diskriminiert gefühlt. Aber gehofft, dass diese Ungleichbehandlung mit der Zeit in der gelebten Praxis enden und dann die ursprünglich erwarteten ›paradiesischen‹ Zustände auch für sie ausbrechen würden.

Nur seit der aus der Sicht der ›alten‹ Mitglieder durchaus verständlichen Ablehnung und nachfolgenden Entschärfung der ursprünglichen ›Dienstleistungsrichtlinie‹ hatte sich diese Hoffnung weitestgehend verflüchtigt. Im Gegenteil, in Verbindung mit der täglich spürbaren Arroganz gegenüber den ›Neuen‹ sowie der fast totalen Übernahme der wichtigen Schlüsselbereiche der jeweiligen Volkswirtschaften durch ›Big Player‹ der ›alten‹ Mitglieder, ein Vorgehen, das nicht nur von glühenden Nationalisten als schleichender Neokolonialismus angesehen wurde, war die Skepsis vieler ›neuer‹ Europäer zunehmend in handfeste Ablehnung umgeschlagen. Ablehnung, die sich auf die unterschiedlichste Weise manifestierte. Teils getarnt, hinter Symbolen versteckt, teils offen und durchaus bedrohlich wirkend. Auf jeden Fall aber so, dass Polizei, Verfassungsschutz und Terrorismusbekämpfung begonnen hatten, sich ernsthaft damit zu befassen.

Völlig unabhängig davon wurde unter Europa-Parlamentariern und sogar in der kostenbewussten Öffentlichkeit bereits die längste Zeit die Aufgabe Straßburgs als Parlamentsstandort diskutiert. Dieser in den Verträgen verankerte zweite Sitz der Volksvertreter verursachte nicht nur jährliche Mehrkosten in Höhe einiger hundert Millionen Euro, sondern bedeutete für die Angehörigen und Mitarbeiter dieser europäischen Institution sehr viel Mehrarbeit. Also völlig leere Kilometer, wie sehr viele von ihnen meinten. Ohne jegliche praktische oder demokratiepolitische Bedeutung. Rein historisch bedingte Symbolik, von der die Stadt Straßburg allerdings sehr gut lebte.

Diesem bereits betagten, bisher eher moderat geführten Diskurs war vor wenigen Wochen ein weitaus ernsterer, erheblich emotioneller und engagierter geführter Streit um die Hauptstadt der EU, also um Brüssel selbst, gefolgt. Eine Auseinandersetzung, die von Tag zu Tag an Intensität zunahm. Es war wie die gewaltige Serie an Hurrikans vor sechs, drei und zwei Jahren, als die Angaben über die Gefährlichkeit des jeweils gerade die Küstenregionen bedrohenden Sturms im Stundentakt hinaufgesetzt worden waren.

An der zunächst ganz unschuldig von zwei neuen Mitgliedsstaaten aufgeworfenen Frage, warum eigentlich ausgerechnet eine Stadt am entgegengesetzten Ende des Kontinents sämtliche Organe der Union beheimatete, entzündete sich innerhalb weniger Tage eine hitzige Diskussion. Dem Hinweis, der in diesem Thema Konservativen, dass es sich dabei um ein historisch gewachsenes Faktum handle, begegneten die Progressiven nicht ganz unlogisch, dass die seither erfolgte geografische Entwicklung der Union natürlich durchaus auch bei der Situierung der europäischen Institutionen ihren Niederschlag finden sollte.

»Es muss ja nicht unbedingt Kleinmaischeid sein«, lautete ein geflügeltes Wort, das sich auf den momentanen geografischen Mittelpunkt der EU, eine kleinen Stadt im

Westerwald, bezog. Vor allem die voraussichtlichen Beitritte der Staaten des Westbalkans, möglicherweise auch der Türkei und vielleicht sogar der Ukraine würden viel eher für eine Kapitale im Zentrum Europas sprechen, etwa Budapest, Bratislava oder Bukarest. Diese Argumentation hatte vieles für sich und fand daher immer mehr Anhänger. Weniger in den Regierungen, sondern vielmehr in den Köpfen der Bürger. Obwohl der Gedanke einer von den Bürgern ›erstrittenen‹ Hauptstadt Europas im Abtausch gegen Brüssel, dem Symbol für alles, was in der EU bisher schiefgelaufen war, einigen Charme hatte. Wie man in der Kommission, aber auch in mehreren Staatskanzleien hinter vorgehaltener Hand sehr wohl erkannt hatte.

Die ›Weg von Brüssel‹-Bewegung ermöglichte es darüber hinaus allen, die mit irgendetwas in der EU nicht zufrieden waren, also praktisch der großen Mehrheit der Bevölkerung, sich hinter einer auf breiter Basis akzeptierten Forderung zu sammeln, zivilen Ungehorsam an den Tag zu legen und gewaltfreien Widerstand zu leisten.

Seither verging kein Tag, an dem die Medien nicht über irgendwelche Aktionen oder Demonstrationen in zahlreichen Städten der verschiedensten Länder berichteten. An denen sich immer mehr Menschen beteiligten. Leider nicht nur friedliebende Bürger, sondern auch Typen, denen es zunächst vor allem um Radau und auf Dauer um noch viel Schlimmeres ging.

Kurz und gut, die Europäische Union geriet immer weiter in eine Sackgasse, aus der es kaum mehr ein Zurück geben würde. Falls nicht bald jemand entschlossen das Ruder herumriss und den Kurs des riesigen, für seine Ausmaße viel zu schwach strukturierten Schiffes neu bestimmte.

Das sahen viele so. Allerdings aus ihren eigenen, mitunter höchst unterschiedlichen Perspektiven.

*

Der Kommandant des Polizeipostens in Seewalchen hatte sich Max' aufgeregt vorgebrachte Beweise für einen Anschlag an Moritz Petrark zwar geduldig angehört, aber deutlich erkennen lassen, was er davon hielt. Nämlich gar nichts.

»Ich glaube, Sie geheimnissen da Dinge in einen ganz normalen Unfall in Folge von Sekundenschlaf«, hatte er ohne langes Herumgerede gemeint. »Ihr Bruder war nicht angeschnallt. Na gut, das kommt vor, obwohl Anschnallen gesetzlich vorgeschrieben ist. Auch bei Menschen, die sich sonst immer anschnallen. Was glauben Sie, was wir bei Kontrollen immer zu hören bekommen. ›Herr Inspektor, sonst bin ich immer angeschnallt.‹« Den letzten Satz hatte er mit einer Piepsstimme gesprochen, offenbar eine weibliche Autofahrerin nachäffend, und selbst darüber lachen müssen. Obwohl Max das ganz und gar nicht lustig gefunden hatte.

»Und was haben wir noch?«, der Kommandant schien die seiner Ansicht nach konsequente Demontage von Max' Argumentationskette richtig zu genießen. »Ein Unbekannter, der sich am Telefon als Bruder ausgibt und wissen möchte, wie es dem verunfallten Bruder geht. Na und, was ist denn da so verdächtig daran? Da hat halt ein Freund Ihres Bruders geschwindelt. Sie wissen doch sicher, dass nur Blutsverwandte Auskunft über das Befinden von Patienten erhalten.«

»Und genau das ist der Punkt«, entgegnete Max. »Mein

Bruder hat keine Freunde, die sich nach seinem Befinden erkundigen und dafür sogar falsche Angaben machen würden. Also, ich kenne zumindest keinen«, schränkte er ein.

»Na, sehen Sie«, der Postenkommandant hatte jetzt einen Ton in der Stimme wie ein Vater, der mit seinem schwachsinnigen Sohn spricht. »Sie können zumindest nicht ausschließen, dass es da nicht vielleicht den einen oder anderen Bekannten gibt, der Anteil am Schicksal Ihres Bruders nimmt.«

»Ja, aber woher sollte ein solcher Bekannter denn die Information über den Unfall von Moritz haben?« Max war jetzt unwillkürlich etwas lauter geworden. Die betuliche Sturheit, mit der ihn dieser Staatsdiener abschasseln wollte, war ja nicht länger auszuhalten. »Weder in den Zeitungen noch in den elektronischen Medien hat es eine entsprechende Nachricht gegeben.«

»Na wahrscheinlich …«, plötzlich hatte der Polizist seinen Redefluss abgebrochen.

Das war's offenbar gewesen, freute sich Max, endlich waren dem uniformierten Klugscheißer die Argumente ausgegangen.

»Sie werden sehen, alles wird sich aufklären«, jetzt versuchte es der Gesetzeshüter offenbar mit kalmierender Rhetorik. »Für jedes Fragezeichen wird sich eine logische Antwort finden.« Da war er wieder, dieser Tonfall des Vaters im Umgang mit dem schwachsinnigen Sohne.

Das hier brachte ihn keinen Schritt weiter. Entschlossen stand Max auf: »Na gut, dann vergessen wir das Ganze. Wahrscheinlich haben Sie recht.«

Der Kommandant hatte sich ebenfalls erhoben. »Das ist gescheit, Herr Petrark. Wenn etwas aussieht wie eine Ente und geht …«

»… wie eine Ente, dann ist es mit Sicherheit … ein Unfall.« Max hatte den Spruch aufgegriffen und entsprechend modifiziert beendet. Bloß, dass das Viech hatschte wie ein plattfüßiger Elefant. Na gut, dann musste er das eben anders angehen.

»Was ist jetzt eigentlich mit dem … Fahrzeug meines Bruders? Das gehört ja nach wie vor ihm. Da müssen doch auch Entscheidungen getroffen werden. Fallen nicht Kosten an? Abstellgebühren oder so«, wollte Max wissen.

»Das Wrack befindet sich am Abstellplatz der Polizei in Sankt Georgen und kann dort jederzeit von einem Berechtigten übernommen werden«, meinte der Beamte. »Soviel mir bekannt ist, wird es behördlicherseits nicht mehr benötigt. Holen Sie den Wagen, lassen Sie ihn verschrotten und dann vergessen Sie die ganze Geschichte. Das wird das Beste sein.«

*

Die Maschine aus Minsk war zehn Minuten früher gelandet als der Flugplan angekündigt hatte. Ein freundlicher Rückenwind hatte Kerosin sparen und damit Kosten senken geholfen. Zwar nur wenig, aber in Zeiten wie diesen war man für alles dankbar. Katharina hatte Anne bereits kurz nach 6 Uhr am Morgen aus den Federn geholt. Da war es in Minsk allerdings schon einige Minuten nach 7 Uhr gewesen. Die Maschine am frühen Morgen würden sie und Nadja nicht mehr schaffen, aber die nächste nehmen. Die, die gegen Mittag in Wien landen würde.

Anne wäre nicht Anne gewesen, hätte sie ihrer Schwägerin nicht angeboten, sie vom Flughafen abzuholen. Mehr noch als das. Nach dem letzten Telefongespräch mit Max hatte sie den Eindruck gewonnen, dass sich ihr Mann innerlich darauf eingestellt hatte, noch einige Zeit in Vöcklabruck zu bleiben. Falls sie ihn also sehen wollte, musste sie zu ihm fahren, denn mit seinem Kommen war nicht so bald zu rechnen.

War er zu Hause, so sah sie ihn zwar ebenfalls kaum. Er saß die ganze Zeit in seiner als ›Büro‹ bezeichneten Wohnhöhle und schrieb. Aber es war doch ein besseres Gefühl, wenn er da war. Sie verstand zwar nicht warum, aber so war es nun einmal.

Aus diesem Grund hatte sie beschlossen, sich einige Tage freizunehmen und Katharina, falls diese nach Vöcklabruck fuhr, was sie eigentlich annahm, zu begleiten.

Anne, die sich in ein Café in der Nähe des Ankunftsbereiches gesetzt und einen kleinen Braunen getrunken hatte, legte einige Münzen auf den Tisch und stand auf. Langsam schlenderte sie hinüber bis zu dem für Besucher gesperrten Bereich, wo sie das Eintreffen Katharinas und Nadjas in Kürze erwartete.

Knapp drei Stunden später waren die beiden Frauen westwärts unterwegs, um nach ihren Männern zu sehen.

*

Gegenüber dem strahlend sonnigen Morgen hatte das Wetter am Nachmittag völlig umgeschlagen. Kurz nach 13 Uhr hatte der Himmel seine Schleusen geöffnet und Wasser gelassen, als gelte es, die Wüste Negev an einem einzigen Tag in ein Feuchtbiotop zu verwandeln.

Dazu kam noch, dass im Zuge der Parkplatzerweiterung vor dem Krankenhaus auch irgendwelche Leitungen erneuert wurden. Mit der Konsequenz, dass der gesamte

Bereich vor dem Spital mehrfach aufgegraben und damit sehr viel Schmutz auf den Asphalt aufgebracht worden war. Das bedeutete ›Achtung, Rutschgefahr‹ ebenso wie ›Vorsicht, dreckige Schuhe‹.

Max hatte seine eigene Bekleidung gegen den Kittel und die speziellen Gesundheitsschlapfen getauscht, die ihm zur Verfügung gestellt worden waren, und hatte das Zimmer betreten.

Am Bett stand ein ziemlich großgewachsener Arzt, der gerade etwas an der Zuleitung der Transfusion gemacht hatte. Was, hatte Max nicht erkennen können.

»Guten Tag, Doktor«, machte er sich freundlich bemerkbar. »Na, wie sieht es denn heute mit meinem Bruder aus?«

Der Arzt schien zunächst nicht zu reagieren. Schließlich brummte er irgendetwas, das wie »Unverändert, wird schon werden« und damit reichlich unverbindlich klang. Dann drehte er sich um und verließ einfach den Raum.

Eigenartiger Kerl, dachte Max. Gut, bei Ärzten war Höflichkeit nicht unbedingt das herausragende Anforderungskriterium. Aber ein Minimum an Umgangsformen konnte man eigentlich schon erwarten. Der Mann war überhaupt seltsam gewesen. Er hatte irgendwie anders gewirkt als die anderen Ärzte, die er bisher hier kennengelernt hatte. Irgendetwas war da gewesen, was ihn ziemlich irritierte.

Max nahm in dem ihm inzwischen fast lieb gewordenen Schaukelstuhl Platz. Er hatte seit mehr als 50 Stunden kein Bett mehr gesehen, im übertragenen Sinne des Wortes natürlich. Tatsächlich hatte er fast die ganze Zeit über das mit seinem Bruder vor Augen gehabt. Seither hatte er vielleicht zehn Stunden geschlafen oder wie man das Vorsich-hin-Dämmern in dem sich ständig leicht bewegenden Sitzmöbel nennen mochte. Er spürte, dass er kurz davor stand, entweder zusammenzubrechen oder durchzudrehen. Aufputschende Medikamente wollte er um keinen Preis nehmen, daher blieb ihm nur eines. Er würde spätestens morgen einen Schlaftag einlegen. Sich irgendwo in der Nähe ein Zimmer nehmen, ausgiebig baden und dann schlafen, schlafen, schlafen.

»Na, da haben Sie uns ja einen schönen Dreck hereingeschleppt«, bellte ihn jetzt Schwester Doris an, die unbemerkt das Zimmer betreten hatte. »Wieso haben Sie nicht Ihre Hausschuhe angezogen?«

Fast angewidert deutete sie auf die verräterischen kotigen Fußspuren am Linoleum des Fußbodens. »Wie komme ich dazu, das jetzt extra aufwaschen zu müssen?«

»Ja, aber …«, der in Gedanken versunkene Max schreckte auf. »… ich habe mir die Schuhe ja ausgezogen.« Er deutete auf seine Füße. Und plötzlich fiel ihm auch ein, was ihn an dem komischen Arzt vorhin gestört hatte. »Da war gerade ein Arzt bei meinem Bruder, der hatte total verschmutzte Schuhe.«

»Ah, schau mal einer an«, Doris' Stimme hatte fast einen triumphierenden Klang angenommen. »Das war sicher wieder dieser Doktor Häussler. So ein kleiner, etwa 55 Jahre alter Mann. Der nimmt überhaupt keine Rücksicht.«

Damit fiel der rücksichtslose Häussler aber diesmal aus. »Nein, der Mann war mindestens 1,85 Meter groß, blond, relativ lange Haare und höchsten 35 Jahre alt. Ein sehr unfreundlicher Mensch.« Und die Fußabdrücke am Boden ließen auf eine Schuhgröße von mindestens 44 schließen.

Ein Arzt, auf den diese Beschreibung zutraf, war Schwester Doris allerdings nicht bekannt. Und Max' unbändige Fantasie machte sich sofort mit einigen durchaus plausiblen Erklärungen bemerkbar. Von der aber keine einzige zu seiner Beruhigung beitrug.

»Was hat denn der Arzt überhaupt getan?«, wollte Schwester Doris wissen.

»Keine Ahnung. Es hat aber so ausgesehen, als ob er an der Zuleitung der Transfusion herumgefummelt hätte«, erinnerte sich Max. »Ich hatte den Eindruck, dass er den Verschluss zunächst geschlossen und dann wieder geöffnet hat. Oder umgekehrt?« Er war sich plötzlich nicht mehr sicher.

»Das wäre ja …«, Doris sprach es nicht aus, das war aber auch nicht notwendig. Max verstand auch so. Sie überprüfte die Kanüle und den Zulauf, ob alles in Ordnung war.

»Ja«, meinte er nur knapp, »das befürchte ich auch.« Dann erzählte er ihr von den anderen Verdachtsmomenten und von der Polizei, die ihm nicht glauben wollte.

»Ein Onkel von mir war beim Werkschutz drüben in Lenzing«, begann die Schwester völlig unbegründet über einen Teilaspekt ihres Lebens zu plaudern. »Der ist heute noch ein kräftiger Bursche, an dem man nicht so leicht vorbeikommt. Dem ist den ganzen Tag über fürchterlich langweilig. Wenn Sie wollen, frage ich ihn, ob er sich in den nächsten Tagen nicht in der Nacht oder am Tag für einige Stunden zu Ihrem Bruder setzt. Ein bisserl aufpassen, falls wieder wer kommen sollte. Wenn Sie ihm pro Tag 20 Euro geben, bringt er Ihnen sogar noch ein Frühstück mit.«

Max brauchte nicht lange nachzudenken. Das war eine

gute und vor allem für ihn als Pensionist mit nur bescheidenen Einkünften finanziell tragbare Lösung. »Eine prächtige Idee«, stimmte er zu. »Rufen Sie ihn gleich an. Ich zahle, sagen wir, fünf Euro pro Stunde und die Verpflegung. Ich muss nämlich endlich einmal ausschlafen.«

»Das kann man sehen«, bestätigte Schwester Doris. »Gut, dann bestelle ich ihn gleich für morgen her. Und wegen der Bezahlung lassen Sie mich nur reden.« Dann wandte sich sich zum Gehen. »Soll ich Ihnen noch einen Kaffee vorbeibringen lassen?«

»Danke, aber vielleicht erst in zwei Stunden. Ich werde versuchen, ein bisschen Schlaf zu bekommen.« Max hatte sich wieder gesetzt.

»Bevor Sie jetzt schlafen, sollten Sie besser einige Aufnahmen von den Fußabdrücken machen«, regte die Schwester an. »Sie wissen schon, Beweissicherung und so.« Hier zeigte sich wieder einmal der volksbildnerische Wert von Sendereihen wie ›Tatort‹ und ähnlichen. »Ich selbst werde das Anschlussstück beim Transfusionsschlauch austauschen und sicherstellen«, kündigte sie an. »Es könnten ja immerhin Fingerabdrücke drauf sein.«

Eine prachtvolle Frau, ging es Max durch den Kopf, während er in seiner Reisetasche nach der kleinen Digitalkamera suchte. Das hätte ihm alles eigentlich auch selbst einfallen können. Wahrscheinlich lag es an dieser verdammten Müdigkeit, dass sein Kopf nicht mehr so richtig funktionierte.

# 4.

»Die Welt wird immer verrückter«, meinte Anne zu Katharina, die fast die ganze Zeit über geschwiegen hatte.

Der besonders kleine Kleinwagen, mit dem die beiden Frauen eben die Ausfahrt St. Pölten passiert hatten, hatte eine Zeit lang für eine gewisse Irritation zwischen Max und Anne gesorgt. Denn das Auto war so minimalisiert, dass Max nicht nur keinen Platz hinter dem Lenkrad hatte, sondern überhaupt nicht hineinpasste. Er hatte das für Absicht, lieblos sowie äußerst boshaft gehalten und sie hatte dem nie so richtig widersprochen. Mit der Zeit hatte Max, der sich mit seiner relativ bescheidenen Pension kein eigenes Auto leisten konnte, allerdings auch die Vorteile eines Lebens ohne Auto erkannt und zu genießen begonnen. Kein Ärger im Stau mehr, kein verzweifeltes Suchen nach einem Parkplatz, das hatte schon etwas für sich.

Die Bemerkung Annes über den Zustand der Welt war der Versuch, ihre offenbar noch immer etwas unter Schock stehende Schwägerin zum Sprechen zu bewegen. Gleichzeitig war es aber auch ein Kommentar zu den eben im Autoradio empfangenen Kurznachrichten. Es war eine mehr als treffende Charakterisierung dessen, was an einem einzigen Nachmittag so alles passiert war:

In einem Londoner Vorort war ein Moslem fast zu Tode geprügelt worden, weil er mit einem Baby auf dem Arm am Weg zum Arzt fälschlicherweise für einen Kindesentführer gehalten worden war.

Etwa zur gleichen Zeit war es in der EU-Botschaft in Ankara zu einer schweren Explosion gekommen, die zwei Tote und mehrere Verletzte gefordert hatte. Alles türkische Staatsbürger. Über die Urheber dieser Wahnsinnstat und deren Motive tappten die zuständigen Behörden derzeit im Dunkeln.

In Deutschland waren in einer konzertierten Aktion um exakt 15 Uhr die Bundesagentur für Arbeit in Nürnberg sowie sieben Arbeitsagenturen im gesamten Bundesgebiet von radikalen Arbeitslosen besetzt worden. Gegenstand ihres gewaltsamen Protests waren zweifellos die weiteren Verschärfungen beim Arbeitslosengeld, die demnächst mit Hartz IV anstehen sollten. Was die Besetzer darüber hinaus besonders zornig machte, war die gleichzeitig geplante weitere Absenkung des Körperschaftssteuersatzes auf 10 Prozent. ›Die Scheiß-Coupon-Ausschneider schlagen sich den Wanst weiter voll, während das Volk langsam am Krepieren ist‹ war das zornige Credo dieser Leute.

Nicht zuletzt hatten sogar die Ösis den Beweis erbracht, dass sie in diesem anwachsenden Konzert der europäischen Unzufriedenen durchaus ihren Platz hatten. Die aus Langzeitarbeitslosen über 60 Jahre, sogenannten ›Unvermittelbaren‹, bestehende Gruppe, die bereits am Vormittag das Büro des Sozialministers gestürmt hatte (›Wie wir in unseren 13 Uhr-Nachrichten berichtet haben‹), dachte anscheinend nicht daran, wieder abzuziehen. Ihr Protest richtete sich gegen den eben zur Begutachtung ausgesandten Entwurf der ›Neuen Pensionssicherungsreform‹, die neben der Anhebung des Pensionsantrittsalters auf 69 Jahre weitere Leistungskürzungen vorsah. Auch Eingriffe in bereits bestehende Pensionsbezüge wurden nicht mehr ausgeschlossen.

Im Augenblick drehten sich die Verhandlungen zwischen den Besetzern und ihren Gesprächspartnern allerdings um etwas eher Unpolitisches. Nämlich die Frage der Abendverpflegung. Insbesondere, ob künstlich gesüßter Milchreis ein akzeptables Angebot für die vier Diabetiker unter den Aktivisten war.

Und das waren lediglich jene Nachrichten gewesen, die die zwangsläufig notwendige journalistische Selbstbeschränkung einer Fünf-Minuten-Sendung überstanden hatten. In denen außerdem das Wetter und das nächste Konzert der ›Hinterdodler Wassermandln‹ Platz finden mussten.

»Seit du mirr gestern gesagt chast, was Maurrice zugestoßen ist, frage icch micch, was err zu dieserr Zeit an dieserr Stelle zu tun gechabt chat.« Katharina hatte tatsächlich zu reden begonnen. Obwohl sie bereits mehr als 15 Jahre in Österreich war und nahezu perfekt Deutsch sprach, konnte die mit knapp 1,60 Meter eher kleine, jedoch perfekt proportionierte Weißrussin ihre slawische Herkunft nicht verbergen. Das rollende R und das kehlige H würde sie wohl nie loswerden. Aber warum sollte sie auch?

»Übrrigens Anne, was bedeutet es eigentlicch, wenn das rote Lämpcchen chier dauernd aufleucchtet?«

*

Der Österreich-Abstecher der amerikanischen Präsidentin stellte sowohl die bayrischen als auch vor allem die österreichischen Sicherheitsverantwortlichen vor fast unlösbare Probleme. Das Programm sah vor, dass Mrs. Midgard, sie würde diesen Teil ihrer Reise ja als Privatperson absolvieren, am Samstag, dem 11. November mit der Air Force

One von Berlin nach Salzburg flog. Nach einem kurzen Empfang durch Vertreter des Landes und der Stadt Salzburg würde der hohe Gast gemeinsam mit ihrer Urururgroßcousine in einem Sonderzug, die Garnitur sollte sogar den über hundert Jahre alten Salonwagen Kaiser Franz Josefs mit sich führen, die knapp 25-minütige Fahrt über die deutsche Grenze nach Traunstein antreten.

Dort stand ein Besuch des ehemaligen Anwesens des August Klington samt kleinem Imbiss mit den heutigen Eigentümern auf dem Programm. Nach einem kurzen Ständchen der Traunsteiner Ortsmusik würde man mit dem Zug wieder zurück nach Salzburg fahren. Um exakt zu sein nach Hallwang-Elixhausen. Von dort sollte es mit dem Auto, immerhin fuhr die Bahn ja nicht überall hin, zu Cousine Annas Häuschen gehen. Wo die zahlreichen Angehörigen des Hebsackclans schon auf die berühmte Verwandte aus den USA warten würden.

Danach sollte es wieder zurück zur Station Hallwang-Elixhausen gehen, rein in den kaiserlichen Sonderwaggon und neuerlich zurück nach Salzburg. Eine Fahrt von vielleicht zehn Minuten.

Für den Abend stand der Besuch einer Sondervorstellung des ›Idomeneo‹ im ›Haus für Mozart‹, dem ehemaligen kleinen Festspielhaus, auf dem Programm. Dann Abendessen und Übernachtung im Hotel Sacher.

Das Programm war an kitschiger Absurdität wahrlich kaum zu überbieten und sowohl für das Protokoll als auch den Secret Service eine Horrorvision besonderer Qualität.

Allein der Einfall, die paar Kilometer im Umkreis von Salzburg und nach Traunstein im kaiserlichen Salonwagen, also mit dem Zug, zu absolvieren, brachte eine Unmenge sicherheitstechnischer Probleme mit sich, über die sich ein Laie keine Vorstellungen machen konnte. So wollte der Secret Service doch anfänglich tatsächlich den kaiserlichen Salonwagen panzern und damit gegen Raketenbeschuss sicher machen. Nur das vom Österreichischen Denkmalamt unnachgiebig vertretene Nein zu dieser Absurdität sowie das eigensinnige Beharren der Präsidentin auf der Eisenbahnfahrt hatte das ursprüngliche Programm gerettet.

Gleichzeitig hatte Frau Midgard damit den Beweis erbracht, dass sie durchaus in der Lage war, sich erfolgreich gegen ihre eigene Bürokratie zu behaupten.

Damit nicht genug. Um die Fahrt mit dem kaiserlichen Luxuswaggon wirklich auskosten zu können, hatte sie den Wunsch geäußert, am nächsten Tag, also am 12. November die Fahrt von Salzburg nach Wien ebenfalls mit der Bahn zu absolvieren. Ab Linz sollte es allerdings mit ›Privat‹ wieder zu Ende sein. Hier sollte programmgemäß der Österreichische Bundeskanzler samt Gefolge zusteigen, um die Möglichkeit eines Meinungsaustausches mit den amerikanischen Gästen zu nutzen. In St. Pölten wollten sich dann auch noch der Herr Bundespräsident samt Gattin in den Zug begeben, um mit Präsidentin Midgard und den anderen Gästen ein spätes Mittagessen in zwei speziell dafür adaptierten Speisewägen einzunehmen. Damit die Herrschaften nicht zu schnell essen mussten, sah der Sonderfahrplan für die rund 50 Kilometer von St. Pölten nach Wien eine Fahrtdauer von fast 3 Stunden vor. Das war rekordverdächtig.

Am frühen Abend sollte es dann von Wien aus mit der Air Force One weiter gehen nach Moskau, der nächsten offiziellen Station.

Eben hatte Tim Buckman, der Chef des Secret Service, Michael ›Buzz‹ Fullton, den allmächtigen Stabschef im

Weißen Haus ein weiteres Mal nach allen Regeln der Kunst bekniet, die Chefin von dieser ›schwachsinnigen Reiseplanung‹ abzubringen, da die damit verbundenen Risiken kaum kontrolliert werden konnten. »Allein die Strecke von Salzburg nach Wien ist eine einzige Abfolge von Sicherheitsproblemen«, hatte er inzwischen schon fast gebetsmühlenartig wiederholt. Doch vergebens, denn Fullton signalisierte ihm zwar Verständnis. Aber die Präsidentin hatte sich diese Tour eben in den Kopf gesetzt. In diesem Fall fuhr nun einmal der Zug darüber. Und nur dieser. Und damit basta.

Auf dem Weg zurück in sein Büro überlegte Tim wieder einmal ernsthaft, ob es seinerzeit nicht vielleicht doch klüger gewesen wäre, das Angebot des Vaters anzunehmen und als Juniorpartner in die väterliche Kanzlei einzutreten.

*

Max war eben am Einnicken, als das Handy wieder einmal mit seinem unvermeidlichen Didelidü didelidei auf sich aufmerksam machte. Wer war denn so rücksichtlos, mitten in der Nacht … Ein Blick auf die Uhr ließ ihn seinen Gedanken abbrechen, denn es war erst knapp vor 22 Uhr.

»Hallo«, brummte er in das kleine Gerät.

Das stimmte eigentlich überhaupt nicht und das war es auch, was ihn immer wieder erstaunte. Sobald man es ans Ohr hielt, brummte man nämlich exakt im rechten Winkel am Handy vorbei. Na egal, Hauptsache, man verstand ihn. Oder konnte ihn zumindest hören.

»Hallo Schatzi«, es war Anne und im Hintergrund waren Stimmen und das Klirren von Gläsern und Geschirr zu hören. »Ich sitze hier im Motel in St. Valentin, du weißt schon, beim ehemaligen ›Rosenberger‹. Ich habe eine kleine Panne mit der Lichtmaschine und kann erst morgen weiterfahren.«

»Aha«, brummte Max verschlafen. »Und wohin fährst du eigentlich?«

»Ach ja, das weißt du ja noch gar nicht. Katharina ist bei mir und wir sind unterwegs zu dir beziehungsweise zu Moritz. Wir kommen dann morgen im Laufe des Tages.«

»Challo, Maxim«, meldete sich seine russische Schwägerin. Sie pflegte ihn immer so anzusprechen. »Sag, Maxim, wie gäht es mein Maurice? Chat er schon gesprocchen?«

»Es geht ihm schon besser«, flunkerte Max. Mein Gott, was sollte er der Frau schon sagen. Er wusste ja selbst nicht mehr. »Ich glaube, er wartet mit dem Aufwachen, bis du da bist.«

»Icch liebe Dicch für deine Lügen«, Katharina war nicht nur fesch, sie war auch klug. »Schau gut auf mein Maurice, sag ihm, icch komme.« Dann war die Verbindung schon wieder weg.

Tja, Katharina war wirklich eine tolle Frau. Ganz im Gegenteil zu Maurice' erster, Janina, die sich aus Max' Sicht als Fehlgriff galaktischen Ausmaßes erwiesen hatte.

Johannes Petrark, der Vater von Max und Moritz, war Politiker gewesen und in der gesetzgebenden Versammlung des Landes gesessen. Sein um ein Jahr jüngerer Bruder Bernhard hatte sein Geld als leitender Angestellter und zuletzt sogar als Generalmanager eines großen Reise- und Freizeitkonzerns verdient. Im Gegensatz zu Johannes war Bernhard unverheiratet und kinderlos gewesen. Zumindest soweit bekannt.

Janina Domcic hatte seinerzeit, das war mittlerweile … na mindestens 25 Jahre her, in dem von Bernhard Petrark geleiteten Reiseimperium gearbeitet. Da Onkel Berni seine Neffen wie eigene Kinder liebte, waren die beiden Buben nicht nur häufig und gern gesehene Besucher in der Zentrale, sondern auch nebenbei als Reiseleiter oder in anderen freiberuflichen Funktionen tätig geworden. Wegen des Altersunterschiedes natürlich zeitlich nacheinander.

Auf diese Art und Weise hatte Janina Moritz kennengelernt. Der junge Mann musste für sie der Inbegriff aller geheimen Sehnsüchte gewesen sein. Durchaus ansehnlich, intelligent, der alleinige Liebling des Chefs, – Max war zu diesem Zeitpunkt ja schon anderweitig beschäftigt,- und Janinas Wunschdenken nach sein Thronfolger. Das zu einer Zeit, in der der Name Petrark für Tourismusexperten die Bedeutung hatte wie heute der Name Kuhn für einen echten Wagner-Fan. Also pure Insidermagie.

Nicht, dass Janina Moritz nicht auch geliebt oder zumindest gemocht hätte, aber ein wichtiger Bestandteil ihrer Triebkraft war zu jeder Zeit bis heute die Aussicht auf einen bekannten Namen, Geld und ein komfortables Leben gewesen. Und so hatte sie sich allen Antibabypillen zum Trotze schwängern lassen. Ihre Rechnung sollte jedoch nur zum Teil aufgehen. Moritz hatte sie zwar geheiratet, das riesige Reisebüro, zu dem auch einige Hotels gehörten, nach Onkel Bernis Tod aber natürlich nicht geerbt. Wie auch.

Da Moritz dem Onkel nicht in der Geschäftsleitung nachgefolgt war, was ja nie zur Diskussion gestanden war, war selbst die ökonomisch fundierte Minimalerwartung Janinas nicht aufgegangen. Das war typisch ›Eing'fahrn‹, wie man in Wien zu sagen pflegte. Also ein krasser Fall von Fehlspekulation, von völlig falscher Einschätzung der tatsächlichen Gegebenheiten und Entwicklungen. Janina hatte in ihrer Gier schlicht übersehen, dass Onkel Berni lediglich Angestellter des Unternehmens gewesen war. Mit viel Macht, aller Kompetenz und gut bezahlt, aber nur eben angestellt. Zu diesem Zeitpunkt waren allerdings neben Georg auch bereits seine Brüder Martin und Stefan auf die Welt gekommen.

Moritz selbst war damals Direktor des ›Königsberg‹ gewesen, eines gut gehenden Viersternhotels in Wien. Demselben Haus, in dem eine gewisse Katharina Stalownitzky ihr Geld als Hausdame verdiente.

»Tja, man kann Janina vieles vorwerfen«, murmelte Max in Richtung Moritz' Bett. »Aber eines hat sie gut gemacht, nämlich die drei Buben. Auch wenn sie sie andererseits unheimlich versaut hat.«

Seine drei Neffen, zumindest Georg und Martin waren eine nicht verheilende Wunde auf Max' Seele. War er doch Taufpate der beiden Knaben, hatte sich aber so gut wie nie um sie gekümmert. Dafür gab es zwar eine Menge guter Gründe, doch mindestens ebenso viele, dass er es dennoch hätte tun sollen. Was die beiden betraf, hatte er wirklich ein schlechtes Gewissen.

Allerdings, die Vorstellung, bei jedem Besuch der beiden Kinder auch deren Mutter treffen zu müssen, eine Frau, die sich nach ihrer Heirat, vor allem nach der Zerstörung aller ihrer Illusionen zum Unsympathischsten entwickelt hatte, was Max je begegnet war, hatte jedes noch so stark belastende schlechte Gewissen bisher erfolgreich in Schach gehalten.

Leise hatte sich die Türe geöffnet und Schwester Gerlinde war erschienen, um Moritz wieder einmal umzubetten. Komisch, wie vertraut ihm diese Frau inzwischen vorkam, dachte Max. Was für wunderbare Menschen das waren, die hier ihre wirklich nicht einfachen Aufgaben erfüllten und dennoch immer guter Laune zu sein schienen. Ob die zu Hause auch so waren? Oder sich zum Ausgleich vielleicht völlig gehen ließen? Ihre Mitmenschen kujonierten und herumscheuchten, nur um genug Kraft zu sammeln, das hier auszuhalten.

Er lächelte die Schwester an, stand auf und holte etwas aus seiner Reisetasche. Das hatte er gestern in Seewalchen besorgt, um ihr eine kleine Freude zu bereiten. Eine große Schachtel Katzenzungen, wie er sie als Kind so gern gegessen hatte.

»Hier, für Sie«, er hielt Gerlinde die Schachtel hin. »Um Ihnen das Leben etwas zu versüßen.«

»Das ist lieb«, die Schwester freute sich sichtlich. »Leider nichts für mich. Altersdiabetes«, erklärte sie ungerührt. »Ich habe mehr als 150 Blutzucker, da wäre das das reinste Gift. Aber ich gebe es an die Kolleginnen weiter, die freuen sich sicher darüber. Übrigens, freuen tu ich mich ja auch über die Katzenzungen. Nur essen tue ich sie nicht.«

Eine Krankenschwester, die krank war. Was es nicht alles gab. An diese Möglichkeit hatte er ja gar nicht gedacht. Na, so etwas, wollte er sagen, doch sie erriet seine Gedanken und kam ihm zuvor.

»Warum verblüfft Sie das so? Rechtsanwälte begehen Verbrechen, Bankdirektoren haben Schulden, warum soll eine simple Krankenschwester nicht Zucker haben.« Inzwischen war sie mit ihrer Arbeit an Moritz fertig geworden. »Nun, wie wäre es jetzt mit einem guten Kaffee, oder wollen Sie gleich weiter schlafen, Herr Max?«

*

Einige hochrangige, zum Teil sogar höchstrangige europäische Politiker und Politikerinnen hatten das, seiner speziellen Widmung wegen ohnehin schon sehr kontemplative verlängerte Wochenende Anfang November dazu verwendet, sich klammheimlich in einer abgelegenen, auf derlei Visiten spezialisierten Abtei in der Schweiz zu treffen. Offiziell, um sich zu sammeln und gegenseitig im erbaulichen Gespräch zu ergehen. Faktisch aber, um fern der unbestechlichen Augen der Medien und des ganzen Jubels, Trubels der offiziellen Geschäfte Gedanken aller Art auszutauschen. Und auch, um bei dieser Gelegenheit die eine oder andere Weichenstellung für die Zukunft in die Wege zu leiten. Gleichzeitig plätscherte man in alten Bottichen mit fürchterlich kaltem Wasser, stapfte bloßfüßig durch die morgenfeuchten Wiesen und ließ sich mit zu Bündeln geschnürten Birkenästen den Hintern oder was auch immer verhauen. Angeblich war das alles unheimlich gesund und gab den gestressten Dienern des Volkes die Kraft, ihr aufreibendes Hochamt am Altar der Öffentlichkeit noch eine weitere Gesetzgebungsperiode durchzuhalten.

Dieses Jahr waren erstmals einige als vertrauenswürdig eingestufte Persönlichkeiten aus den beiden jüngsten EU-Mitgliedsstaaten Rumänien und Bulgarien sowie aus dem demnächst zur Union stoßenden Kroatien zur Teilnahme an dieser exklusiven Runde eingeladen worden.

Der heutige, letzte Abend diente dem Abschiednehmen, dem geselligen Zu-Grabe-Tragen der diesjährigen Session der Sankt Bernhard-Bruderschaft. Diesen Namen hatten sie sich selbst gegeben und auch dann beibehalten, nachdem einige Schwestern zu den Brüdern gestoßen waren.

Die in der Bruderschaft vertretenen Persönlichkeiten vertraten bei ihren Gesprächen ausschließlich ihre individuellen Meinungen, die sehr oft nicht oder nicht mit dieser Konsequenz den offiziellen Positionen der von ihnen vertretenen Staaten entsprachen.

Dabei handelte es sich vor allem um Vertreter der in letzter Zeit scheinbar etwas in den Hintergrund getretenen Theorie eines Kerneuropas, auch bekannt unter dem etwas älteren Begriff des ›Europa der zwei Geschwindigkeiten‹. Allen Anwesenden ging es demnach viel zu langsam voran mit der Entstehung eines wirklich kraftvollen und handlungsfähigen politischen Gebildes. Eines Europas, das nicht nur wirtschaftlich mit den USA, China und Japan und demnächst mit Indien als Weltmacht mithalten konnte.

Dabei gingen die Vorstellungen einiger Herrschaften noch wesentlich weiter als sich selbst die überzeugtesten Europäer mit all ihrer Fantasie vorstellen hätten können. Konkret handelte es sich um neun Persönlichkeiten, die sich selbst ›Die Utopisten‹ nannten und eine verschwiegene Gemeinschaft, also eine eigene Gruppierung innerhalb der Bruderschaft darstellten. Unter ihnen war ein streng vertrauliches, verschlüsseltes Papier mit der internen Kurzbezeichnung ›BC 11‹ kursiert. Mit der ultimativen Aufforderung, nein, dem Befehl, das Dokument nach Kenntnisnahme des Inhaltes sofort zu vernichten.

Sollten die in dem Papier angekündigten Maßnahmen realisiert werden und sich die prognostizierten Erfolge einstellen, so würde zumindest in der EU bald nichts mehr so sein wie vorher. Ob das gut oder schlecht sein würde, war wieder einmal eine Frage des Standpunktes des Betrachters. Und damit war Skepsis auf jeden Fall angebracht.

*

Auch Max hatte zweimal geheiratet. Das erste Mal im Alter von 26 Jahren eine gewisse Susanne Baum, genannt ›Quexi‹, wegen ihres Temperaments. Die bildhübsche junge Frau hatte seinerzeit über einen gewissen Bekanntheitsgrad in der Illustrierte lesenden Öffentlichkeit verfügt. Als talentierte Eiskunstläuferin hatte sie es ohne sonderliche technische Ausbildung zur Wiener Eisrevue geschafft, einer seinerzeit äußerst bekannten und bewunderten Eisshow, die in ganz Europa unterwegs gewesen war. Dank ihrer äußerlichen Attribute, einer naiven Intelligenz und eines nicht zu unterschätzenden Mundwerks hatte es Quexi rasch geschafft, sich innerhalb der Truppe einen der vorderen Plätze zu erkämpfen. Dem waren einige Spielfilme gefolgt, die Quexi in die zweite Reihe der damaligen Starlets des deutschsprachigen Filmes gespült hatten. Eine über mehrere Ausgaben einer Illustrierten laufende Romanze mit einem berühmten Schiläufer, ›Quexi und Bernd Dieter – das Traumpaar der Saison‹, hatten ihr schließlich auch noch gutes Geld gebracht und sie ziemlich populär gemacht. Zumindest für damalige Verhältnisse.

Letztendlich hatte sich bei der klugen jungen Frau die weise Erkenntnis eingestellt, dass ihr bisheriges Leben zwar sehr lustig und recht lukrativ gewesen aber eben keinem Konzept gefolgt war, sondern sich einfach so ergeben hatte. Und dass sie klug beraten wäre, das Ende dieser Phase selbst zu bestimmen und diese Entscheidung nicht anderen zu überlassen.

Als Max die nach wie vor populäre Quexi kennengelernt hatte, war sie als Ground Hostess einer mittelgroßen Fluglinie beschäftigt gewesen. Der erste Anlauf zu einer Beziehung der beiden war zunächst allerdings am etwas herben Mundwerk der vifen Susi gescheitert. Er hatte gefunden, dass ihr Schmäh einfach zu maskulin und damit nicht ganz das war, was er sich bei einer Frau erwartete. Und sich einfach nicht mehr weiter um sie bemüht.

Einige Monate und zwei Karten für die West Side Story später hatte dann plötzlich alles anders ausgesehen. In Ermangelung weiterer Alternativen hatte er Susi zu Jahresende in eine Aufführung des Musicals eingeladen und sie war dieser Einladung gefolgt. Und siehe da, die goscherte Quexi gab es nicht mehr. Susis Spruch war mit einem Mal erträglich, ja geradezu liebenswert geworden. Woran das damals wirklich gelegen hatte, war bis heute unklar. Wie auch immer, die beiden hatten ungefähr ein Jahr später geheiratet.

Hatte sich Max das jetzt nur eingebildet oder hatte Moritz wirklich den Zeigefinger der rechten Hand kurz bewegt. Konzentriert starrte er minutenlang auf die Hand des Bruders, aber nichts tat sich.

Tat sich nichts oder tat sich nichts mehr?

Es war schon faszinierend, wie sehr einen ein scheinbar kurz bewegter Finger in Aufregung versetzen konnte. In einer Umgebung totaler Unbewegtheit. Max war ziemlich sicher, sich nicht getäuscht zu haben. Andererseits, für wie sicher hätte er selbst die Aussage eines Menschen gehalten, der zwei Tage dasaß und nur darauf wartete, dass sich irgendetwas tat. Bewegte oder ein Geräusch verursachte. Was immer.

Nüchtern betrachtet hatte er sich wahrscheinlich bloß geirrt. Nur zu verständlich. Und dennoch …

*

Bei der Europol in Den Haag war es durchaus üblich, rund um die Uhr zu arbeiten. Aber der Druck, der sich in den letzten Monaten kontinuierlich aufgebaut hatte, war immens und machte den Mitarbeitern mehr und mehr zu schaffen. Immerhin war es ein Unterschied, ob man aus Gründen der jederzeitigen Erreichbarkeit und der prinzipiell rascheren Verfügbarkeit gewisser Informationen die meisten Abteilungen auch nachts besetzt hatte oder ob das volle Programm gefordert war, weil seit Monaten die zweithöchste Alarmstufe herrschte.

So wurden für die kommende Woche allein im Bereich der Beneluxstaaten zwei Anschläge auf Politiker sowie fünf terroristische Akte gegen allgemeine Ziele erwartet. Aufgabe der Europol war es nun nicht, diese Anschläge zu verhindern, dafür waren die örtlichen und nationalen Behörden zuständig. Sache der Europol war es vielmehr, aus der Summe aller terroristischen ›Bäume‹ das Muster zu erkennen, das verbindliche Rückschlüsse darauf zuließ, in welche Richtung sich der ›Wald‹ entwickeln, welche Fläche er wahrscheinlich bedecken würde.

Der Kontakt zwischen den europäischen Zentralstellen und den nationalen Polizeibehörden lag in den Händen der sogenannten ›Elos‹, das waren Europol Liaison Officers.

Major Rudi Freidler, 31, war einer der Elos aus Österreich. Und Rudis Freundin in Wien hieß Antonia Petrark und war die mittlere Tochter von Anne und Max. Das wussten die beiden aber nicht. Das mit der mittleren Tochter natürlich schon. Nein, das andere, das mit Rudi war ihnen unbekannt.

Noch, um ganz korrekt zu sein.

*

Die Nachricht vom Schicksal ihres Vaters hatte bei den drei Petrark-Buben unterschiedliche Reaktionen hervorgerufen. Martin und Stefan, die beiden jüngeren, standen sehr stark unter dem Einfluss ihrer vom Hass zerfressenen Mutter und taten so, als sei es ihnen völlig gleichgültig, ob Maurice starb oder nicht, im Koma lag oder nicht. Zumindest verhielten sie sich dementsprechend.

Georg, der älteste der drei Söhne, der insgeheim schon immer Kontakt mit dem zu Hause zur Unperson abgestempelten Moritz gehalten hatte, sah die Dinge naturgemäß etwas anders. Erstens fürchtete er um das Leben des Vaters, zweitens sah er im Gegensatz zu seinen Brüdern auch die Fehler, die seine Mutter gemacht hatte und noch immer machte. Für ihn war Maurice nicht jenes schreckliche, allein an allem Schuld tragende Monster, als das Janina ihn stets in den schillerndsten Farben darstellte. Er hatte als einziger Katharina bereits kennengelernt und fand, dass sie alles andere war als die von seiner Mutter immer wieder beschworene Hure, die den Kindern den Vater gestohlen hatte. So ein Blödsinn. Er ertappte sich öfter dabei, Verständnis für Vaters Entscheidung zu zeigen, wenn Janina wieder einmal mit ihrer unerträglichen Suada kein Ende fand.

Gestern, als seine Mutter Tante Annes Anruf entgegengenommen und kein Wort über Vaters Zustand verloren, sondern sofort begonnen hatte, wieder einmal auf Maurice und sein Pack zu schimpfen, – damit war sicher Onkel Max gemeint, – hatte er ihr ganz einfach den Hörer weggenommen.

Selbst wenn er kaum Kontakt mir ihr hatte, die wenigen Male, die er Tante Anne gesehen hatte, war sie immer sehr nett zu ihm gewesen. Onkel Max war zugegebenermaßen ein Fall für sich, dennoch verdiente er es nicht, so unflätig abgehandelt zu werden. Vor allem dachte er dabei an seinen Vater, wie immer er oder man zu ihm stand.

Seit dem Anruf ging ihm sein letztes Gespräch mit Maurice nicht aus dem Kopf. Vater hatte ihn am Abend vor dem Unfall aus Linz angerufen, aus dem Hotel Schillerpark. Dabei hatte er ihm anvertraut, dass seine momentanen Fahrgäste, zwei Chinesen und ein deutscher Geschäftsmann, so eigenartig wären. »Die drei sind mir irgendwie unheimlich«, hatte er wörtlich gemeint, »aber morgen Abend sind wir in München und dann bin ich sie ohnehin los.« Er hatte den Namen des Mannes fallen lassen, dem er den Auftrag verdankte. Der klang so ähnlich wie der des berühmten Rennfahrers. Darum hatte er sich ihn auch gemerkt. Schulmacher, ja, das war der Name, Dr. Schulmacher. Über den war die Fahrt gebucht worden.

Vielleicht sollte er das Tante Anne mitteilen, damit sie es der Polizei erzählen konnte. Wahrscheinlich würde er sich danach etwas besser fühlen.

Entschlossen holte er sein Handy hervor und tippte die Rufnummer ein, die er sich gestern vorsorglich notiert hatte.

Ungeachtet der späten Stunde drückte er den Verbindungsknopf, denn wenn Georg endlich einmal zu etwas entschlossen war, dann zog er es auch durch.

*

Er hätte Schwester Gerlindes Kaffeeangebot ablehnen sollen, denn es gelang Max jetzt einfach nicht, einzuschlafen. Wenn etwas noch schlimmer war als todmüde zu sein, dann todmüde zu sein *und* nicht einschlafen zu können.

Na, vielleicht half es ja, ein wenig in Erinnerungen zu kramen.

Die Ehe mit Susi hatte Max' Leben mehr beeinflusst als zunächst vorhersehbar gewesen war. Der Onkel seiner Frau hieß Lothar Baum und war Chef und Miteigentümer einer mittelständischen Firmengruppe im Lebensmittelbereich mit Sitz in Aalbach, einer kleinen Ortschaft am flachen Lande um Hannover. Onkel Lothar, der mit Tante Else zur Hochzeit nach Wien gekommen war, hatte offenbar etwas für seinen angeheirateten Neffen übrig. So hatte er ihn unter anderem eingeladen, als Trainee in seiner Unternehmensgruppe die Feinheiten des Produzierens und Verkaufens von Lebensmitteln und Conveniencefood von der Pike auf und aus allen Perspektiven zu erlernen.

Ein Angebot, das Max bei gegebener Gelegenheit angenommen und das ihn für mehr als zwei Jahre in den Norden Deutschlands geführt hatte. Zwei Jahre, in denen er sehr viel gelernt hatte und die zur Folge hatten, dass Max mit der Aussicht auf einen tollen Job nach Österreich zurückgekehrt war. Nämlich als Geschäftsführer eines Unternehmens in Niederösterreich, das sich mit der Herstellung und dem Vertrieb tiefgefrorener Lebensmittelspezialitäten befasste. Und an dem Onkel Lothar oder besser gesagt seine Unternehmensgruppe mit 50 Prozent beteiligt gewesen war. Max hatte sich damals ›top of the world‹ gefühlt, bereit, der ›Welt nicht nur ein Bein auszureissen‹. Mit 32 Jahren Geschäftsführer, wirklich nicht schlecht. Damit war man seinerzeit sehr gut im Karriereplan gelegen. Also wirklich nicht übel.

Aber leider sollte alles etwas anders kommen.

# 5.

Als Max irgendwann in der Nacht aufwachte, hatte er das Gefühl, dass sich außer Moritz und ihm noch jemand im Raum befand. Es war diese besondere, verräterische Art von Stille, die nur entsteht, wenn jemand bemüht ist, den Eindruck entstehen zu lassen, dass er gar nicht da ist. Das scheinbare Anhalten des Atems, das zwangsläufig irgendwann ein unkontrolliertes Schnaufen bedingt, eine unbeabsichtigte Gewichtsverlagerung, die die bestehenden Kräfteverhältnisse verändert und irgendwo zu einem Knarren führt. Oder zu dem einen oder anderen sonstigen Geräusch.

Jetzt war Max dran. Krampfhaft versuchte er, seinen Atem nicht zu beschleunigen oder zu verlangsamen. Nichts zu tun oder zu unterlassen, was er nicht auch getan oder unterlassen hätte, hätte er noch weiter geschlafen. Wie aber, bitte, sollte er wissen, was er getan oder nicht getan hätte, hätte er weiter geschlafen?

Dazu kam die ständig steigende Spannung, das Angstgefühl, das von ihm Besitz ergriff, der rasende Puls, der den Schwindel in ihm hochtrieb. Max war klar, dass er nicht mehr lange imstande sein würde, den Anschein des Schlafenden aufrecht zu erhalten. Am besten würde es also sein, sich so rasch und so energisch wie möglich dem Eindringling entgegenzustellen und zu versuchen, ihn in die Flucht zu schlagen. Wahrscheinlich würde es ja völlig ausreichen, wenn er den Eindringling ansprach und hinauswies.

Vorsichtig öffnete Max ein Auge und warf den Blick auf

das wie ein Spiegel wirkende Fenster. Im matten Licht der Notbeleuchtung konnte er eine über das Bett und damit über Moritz gebeugte Gestalt erkennen, die an irgendetwas herumfummelte. Dass das nichts Gutes für seinen Bruder bedeuten konnte, war Max sofort klar. Mit einem Urschrei und einer für sein beachtliches Übergewicht eigentlich unmöglichen Behendigkeit wuchtete sich Max aus dem Schaukelstuhl, machte ein paar Schritte hin zum Bett und stieß den Fremden zur Seite. Ein kurzer Blick genügte, um den Kerl zu erkennen. Es war dieser Pseudoarzt mit den dreckigen Schuhen, der gestern die Schweinerei am Fußboden hinterlassen hatte.

»Was tun Sie hier?«, brüllte Max nochmals. Gleichzeitig starrte er auf eine große, gefährlich wirkende Spritze in der Hand des Mannes.

»Weg mit dem Zeug«, schrie er erneut, doch der Mistkerl zeigte sich nicht sonderlich beeindruckt. Und so griff sich Max so rasch es ging die schwere Vase vom Nachttisch und hieb damit fest auf die Hand seines Gegners ein.

Mit einem Aufschrei ließ der die Spritze fallen, ein erster Erfolg für Max. Der sich aber nicht darauf verlassen wollte und – unabhängig davon – um Hilfe zu rufen begann. Was heißt rufen, zu brüllen, so laut es ihm möglich war. Und Max mit seinem mächtigen Resonanzkasten war einiges an Lautstärke möglich. Gleichzeitig versuchte er, den Bösen, der sich vom Bett abwenden und scheinbar davonmachen wollte, an den Aufschlägen des Ärztemantels festzuhalten.

Max zerrte hin, sein Gegner zerrte wiederum her und so wäre das wohl noch eine Zeit lang weitergegangen, hätte der um mindestens 25 Jahre jüngere und gut 40 Kilogramm leichtere Bösling seinem Kontrahenten nicht einen kräftigen Schlag aufs Kinn versetzt. Einen Kinnhaken also, der Max zu Boden warf und ihn ebenda leicht benommen liegen ließ. Dann trat ihm der Mann noch zwei, drei Mal fest in die Seite, ehe er sich endgültig abwendete und aus dem Zimmer rannte.

Sein Opfer hingegen brüllte weiter wie am Spieß, bis endlich nach endlos langen ein bis zwei Minuten eine atemlose Schwester Gerlinde in den Raum gestürmt kam.

»Was ist denn jetzt schon wieder los?«, war die erste Reaktion des Engels in Weiß. Als sie allerdings den mit schmerzverzerrtem Gesicht am Boden liegenden Bladen erblickte, wurde sie ernst. »Um Gottes willen, was ist denn hier passiert?«

»Der Kerl mit den schmutzigen Schuhen war wieder da und wollte meinen Bruder umbringen«, davon war Max jetzt restlos überzeugt.

»Wie kommen Sie denn auf so einen Blödsinn«, Gerlinde hatte ein Gemüt wie … wie ein Fleischerhund. »Da ist doch kein Mensch und draußen habe ich auch niemanden gesehen.«

»Und woher kommt das hier?«, Max deutete auf die einige Meter neben ihm am Boden liegende Spritze. »Und wie soll ich mich selbst in die Seiten getreten haben? Gerlinde, rufen Sie rasch die Polizei. Man wollte meinen Bruder umbringen und ich habe das eben noch verhindern können.«

Er versuchte sich aufzurichten, wieder hochzukommen. Ließ es jedoch bleiben und griff sich stattdessen ans Kinn. »Gott, tut mir der Unterkiefer weh.«

*

Kurz vor 10 Uhr stürmte ein Sonderkommando der Polizei eine Wohnung in Colmar, die bereits seit mehreren Monaten unter Beobachtung gestanden hatte und konspirativen Zwecken diente. Sowohl die französischen Behörden als auch ihre deutschen Kollegen vermuteten schon lange das Vorhandensein eines oder mehrerer geheimer Sprengstofflager im deutsch-französischen Grenzgebiet. Das hochexplosive Material stammte mit größter Sicherheit aus der Tschechischen Republik und wurde über zwei Routen, eine nördlich gelegene über Dresden–Frankfurt–Kaiserslautern und eine etwas südlicher über Nürnberg–Stuttgart–Karlsruhe führende in diesen wichtigen europäischen Zentralraum gebracht.

Ein in die Szene eingeschleuster Angehöriger der Polizei hatte die Adresse Rue d'Albi 10 aufgeschnappt, die durch weitere Recherchen des Verfassungschutzes als aller Wahrscheinlichkeit nach eines der zumindest zwei großen Sprengstofflager im Elsass verifiziert werden konnte. Daneben hatte man gehofft, Unterlagen zu finden, die Hinweise auf den zweiten Standort und einzelne Mitglieder der Terrorgruppierung zuließen.

Kurz vor zehn hatte also das Sonderkommando der Polizei die Wohnung Rue d'Albi 10 gestürmt und gleich darauf war schon wieder alles vorüber. Die Spezialisten hatten eine ganz besonders raffiniert getarnte Sprengfalle in der Küche übersehen. Ein auf einer erhitzen Kochplatte stehender Wasserkessel pfiff, als gäb's kein Morgen mehr. Und so war es dann auch gewesen. Ein Mitglied des Kommandos hatte dem natürlichen Impuls nicht widerstehen können und den Kessel von der Platte genommen. Durch die plötzliche Gewichtsreduktion war ein Zünder ausgelöst worden und hatte eine Menge Semtex in die Höhe gejagt, die ausgereicht hätte, einen zehnstöckigen Wohnblock fachgerecht dem Erdboden gleichzumachen.

Klar, dass von dem Haus Rue d'Albi 10 nur mehr ein paar rauchende Trümmer übergeblieben waren. Auch die benachbarten Gebäude waren ziemlich in Mitleidenschaft gezogen worden.

Wie durch ein Wunder waren bei dem enormen Feuerwerk nur fünf Todesopfer zu beklagen gewesen. Außer zwei älteren Herrschaften im Obergeschoss war keiner der Bewohner im Haus. Für sie und drei Beamte des Sonderkommandos kam allerdings jede Hilfe zu spät.

*

Als Anne und Katharina am späteren Vormittag im Krankenhaus eintrafen, war die Spurensicherung gerade mit ihrer Arbeit fertig geworden. Da Schwester Gerlinde das wichtigste Beweisstück, die Spritze samt Restinhalt selbst ins Krankenhauslabor gebracht hatte und deren Inhalt sofort untersucht worden war, lag diese wichtige Information bereits vor. Erfreulich rasch, aufgrund diverser Formvorschriften vorläufig allerdings noch inoffiziell.

Bei dem Inhalt der Spritze, den der Unbekannte offenbar über die Infusion in Moritz' Blutbahn einschleusen hatte wollen, handelte es sich um Curare. Genauer gesagt um Turbocurarin, wie es in der Chirurgie Verwendung findet. Die vorhandene Dosis hätte in kürzester Zeit zur totalen Atemlähmung bei dem Patienten und damit zu seinem Tod geführt.

Max war verarztet worden, der Druckverband über zwei geprellten Rippen war äußerlich allerdings nicht erkennbar. Auch der Kinnhaken hatte keine sichtbaren Spuren hinterlassen. Schmerzte allerdings, erstaunlicherweise eher psychisch. Vor … na ja, sagen wir zehn Jahren hätte er schon eine passende Antwort parat gehabt. Aber dazwischen lagen eben … zehn Jahre.

Als Anne ihren Mann erblickte, war er gerade im Gespräch mit dem Kriminalbeamten der Dienststelle in Vöcklabruck, der die Untersuchung leitete.

Max war aufgestanden und musste dabei Schmerzen verspürt haben, wie aus seiner Körpersprache zu schließen war. Er umarmte Anne und sie hatte den Eindruck, dass er sich wirklich freute, sie zu sehen.

»Schön, dass du endlich da bist«, flüsterte Max ihr zu. »Ich habe mich sehr einsam gefühlt die letzten Tage. Er ist …«, er deutete auf Moritz und lachte schmerzlich, »… in letzter Zeit kein guter Gesellschafter.«

Katharina kam als nächste dran mit einer Umarmung. »Es tut mir so leid, was passiert ist«, versicherte er ihr.

»Icch wärde dir das nie verrgässen«, sie streichelte ihm über das Haar. »Icch danke dir so sehr, es ist gut, so eine Familie zu chaben.« Und wieder fuhr sie ihm über den Kopf und weinte.

»Ach, lass nur«, Max wurde die Wiedersehensszene langsam zu rührselig. Er konnte sich an diese Slawen mit ihren ›grroßen Cherzen‹ einfach nicht gewöhnen. »Das ist doch selbstverständlich gewesen.«

»Nicchts im Läben isst selbstverständlicch, chörst du«, die Russin war wirklich eine Nummer für sich, »nicchts. Wirklicch nicchts. Chörst du.« Dann fuhr sie Max ein weiteres Mal über die Haare. Das muss ein Tick von dieser Frau sein, ging es ihm durch den Kopf. War ihm vorher noch nie aufgefallen.

Jetzt fand auch Anne, dass es langsam Zeit wurde, diese Dr.-Schiwago-Stimmung wieder zu beenden.

»Ehe ich es vergesse, Georg hat mich gestern abend angerufen.«

Dann berichtete sie von den beiden Chinesen sowie dem unbekannten Deutschen, die Moritz angeblich suspekt gewesen waren. Und von diesem Dr. Schulmacher, von dem er nicht wusste, was er von ihm halten sollte.

»Und wenige Stunden nach diesem Vater-Sohn-Gespräch hat Moritz diesen seltsamen Unfall. Da gibt es doch möglicherweise einen Zusammenhang.«

Ein Gutes hatte der vereitelte Anschlag auf Moritz gehabt, fand Max. Endlich war klar, dass sowohl die bisher immer noch latent schwelende Selbstmordvariante Unsinn war, als auch, dass ganz offensichtlich die herrschende Unfallversion nicht länger zu halten war.

Maurice' angeblicher Unfall war ein Mordversuch gewesen und musste nur bewiesen werden. Wenn er allerdings den Kriminalbeamten so bei seiner Arbeit beobachtete, schien genau darin ein gewaltiges Problem zu liegen.

*

Im Laufe des Vormittags war das Wrack des Kleinbusses in die kleine Werkstatt in Gampern geschleppt worden, die Max von einem Salzburger Bekannten empfohlen worden war. Die Aufgabenstellung an den Eigentümer und einzigen Mitarbeiter, einen ehemaligen Gendarmeriebeamten und Fahrzeugtechniker lautete, den Wagen ganz genau auf allfällige technische Manipulationen, von der Norm abweichende Installationen und sonstige Auffälligkeiten zu untersuchen. Sowie diese Untersuchung auch entsprechend zu dokumentieren.

Hans Meyerhofer, der 57-jährige ehemalige Gendarm, der wegen einer schweren im Dienst zugezogenen Verletzung in den vorzeitigen Ruhestand ›getreten worden war‹, hatte sich gleich darauf an die Arbeit gemacht. Zu dem Zeitpunkt waren ihm die letzten Wendungen in dem Fall noch nicht bekannt. Er benötigte allerdings nur knapp fünf Minuten, um festzustellen, dass an dem Wagen manipuliert worden war und daher mit größter Wahrscheinlichkeit kein Unfall vorlag.

Die einzige Erklärung dafür, dass das in durchgedrücktem Zustand am Bodenblech fixierte Gaspedal nicht entdeckt worden war, dass bislang niemand mit der notwendigen Aufmerksamkeit nachgeschaut hatte.

Meyerhofer konnte es nicht fassen. Er war zwar nicht ganz in Frieden von seinem Korps geschieden, war aber nach wie vor Gendarm mit Leib und Seele. Wie konnte so etwas passieren? Da wurde jemand fast umgebracht und die Kollegen, er hatte Mühe, das Wort ohne verächtliche Betonung auszusprechen, verschafften dem oder den dafür Verantwortlichen den fast uneinholbaren Vorsprung von, soweit er informiert war, 72 Stunden. Das war mit notorischer personeller Unterbesetzung nicht zu erklären und auch nicht damit, dass immer mehr unerfahrene Tutter das Sagen hatten. Nein, das war einzig und allein eine bodenlose Schlamperei gewesen. In Verbindung mit der unentschuldbaren, irrtümlich als nonchalant angesehenen Art, mit der zunehmend Verantwortungslosigkeit mit allgemein angeordnetem Kostenbewusstsein verwechselt wurde.

Gut, etwas konnte einmal übersehen oder falsch interpretiert werden. Das war schlimm, jedoch nur menschlich. Aber einfach nicht hinzuschauen war ungeheuerlich, verbrecherisch. Meyerhofer merkte, wie sich sein Magengeschwür aufs Neue bemerkbar machte. Es war wieder Zeit, seine Medikamente zu nehmen. Ehe ihn der Ärger über den Zustand der Welt, vor allem über den der heutigen Polizei, noch umbrachte.

Er überlegte, ob er sofort Krach schlagen oder sich zunächst einen kompletten Befund verschaffen sollte. Meyerhofer entschied sich für zweiteres, denn die Kuh war ohnehin schon aus dem Stall. Vor allem konnte man ja nie wissen, um wie viel eindrucksvoller sein Keulenschlag ausfallen würde, sobald das komplette Ergebnis der Untersuchung vorlag. Voll motiviert machte er sich weiter an die Arbeit.

*

Auch sonst war einiges in der Welt vorgefallen an diesem Vormittag. Wieder einmal waren vor der Küste der Kanaren die im Wasser treibenden Leichen von 43 Schwarzafrikanern geborgen worden. An der Küste der Insel Lampedusa waren an diesem Tage lediglich acht ertrunkene Bootsflüchtlinge aus Nordafrika angeschwemmt worden. Bis jetzt.

Die Zahl der Todesopfer nach den schrecklichen Selbstmordanschlägen, die gestern Nachmittag Gaza und Jericho erschüttert hatten, war über Nacht auf insgesamt 34 angestiegen. Dafür war wieder der jüngste Anschlag in Bagdad mit einer Autobombe und lediglich zwei Opfern vergleichsweise glimpflich verlaufen.

Das scheinbare kleine Plus an Leben im Irak hatte allerdings ein holländischer UNO-Soldat in Kabul bereits letzte Nacht aufgebraucht, als der sonst als ruhig und besonnen beschriebene Mann plötzlich durchgedreht, wahllos in die Menge geschossen und dabei sechs Menschen getötet sowie 14 teils schwer verletzt hatte.

Dass die Nachrichten schließlich mit der sensationellen Information beendet worden waren, dass sich der viel bejubelte, zeitlos populäre weibliche Megastar Matadora mit 49 Jahren doch noch dafür entschieden hatte, sich künstlich befruchten zu lassen, um der Welt einmal etwas von sich zurücklassen zu können, war sicher erfreulich. Konnte den insgesamt eher negativen Eindruck dieses Vormittags aber nicht ganz vergessen machen.

*

Max hatte eigentlich erwartet, dass die Polizei nunmehr die Initiative ergreifen und sich aktiv auf die Aufklärung des Falles ›Maurice Petrark‹ stürzen würde. Formal war das wahrscheinlich auch der Fall, denn angeblich war inzwischen immerhin sogar ein Akt angelegt worden. Ja, und die bisher sichergestellten Beweismittel hatte der Kriminalbeamte entgegengenommen. Obwohl, die Fotos von den Fußspuren und die Teile der Verbindungsleitung, auf der sich Fingerabdrücke befanden, hatte man dem guten Mann fast aufdrängen müssen.

Soweit Max das beurteilen konnte, war damit die Auflistung der behördlichen Aktivitäten bereits beendet. Sein Vorschlag, vor das Zimmer des Bruders einen Wachmann zu setzen, wurde prinzipiell gut geheißen, kam aber mangels entsprechender Personalausstattung praktisch nicht infrage. Sorry. Was man allerdings tun wollte, war, alle zwei bis drei Stunden einen Streifenwagen vorbeizuschicken, der nach dem Rechten sehen sollte.

Auch gut, immerhin machte Adi Praschner, der Onkel von Schwester Doris, einen guten Eindruck. Für fünf Euro die Stunde und 50 Prozent Zuschlag für die Zeit von 22 bis 6 Uhr würde er sich mit Max den Platz neben Moritz' Bett teilen. Inwieweit Katharina und vielleicht sogar Anne untertags stundenweise einspringen würden, galt es noch zu klären.

Das Krankenhaus beziehungsweise der zuständige Primararzt hatte den letzten Vorfall zum Anlass genommen, Moritz in ein anderes Zimmer zu verlegen. Sein Zustand war stabil, es bestand keinerlei Lebensgefahr und daher sprach nichts dagegen, den Patienten in einer etwas weniger medizinintensiven Umgebung unterzubringen. Außer den Angehörigen sowie den mit diesem Patienten befassten Ärzten und dem entsprechenden Pflegepersonal sollte niemand erfahren, wo der Patient ›Michael Preinreich‹ lag. So lautete der falsche Name, unter dem Moritz vorübergehend im Computer geführt werden sollte.

Das war immerhin ein Paket ›Sicherheit light‹, dachte Max zufrieden. Die Initiative dazu hätte er eigentlich von der Polizei erwartet. Gut, dass wenigstens die Krankenhausverantwortlichen mitdachten und handelten. Aber bei der Aufklärung der Geschichte konnten sie ihm auch nicht helfen.

Kannte er jemanden bei der Bundespolizei beziehungsweise wie hieß die Behörde noch? Ach ja, Bundeskriminalamt. Nein, soviel ihm bekannt war, kannte er niemanden beim Bundeskriminalamt.

Nächste Frage: Kannte er vielleicht jemanden, der jemanden in diesem Amte kannte? Keine Ahnung.

War da nicht unter den Schulkolleginnen Antonias in der 6. oder 7. Klasse ein Mädchen gewesen, das einmal zu Besuch gewesen war und irgendetwas erzählt hatte? Irgendetwas in der Art, dass ihr Vater bei der Verhaftung dieses Millionenschiebers in Wien dabei gewesen war? Das musste dann doch ein Polizist gewesen sein, oder? Das war nur logisch. Ein Komplize war er ja wohl kaum gewesen.

Er nahm sich vor, seine mittlere Tochter im Laufe des heutigen Tages anzurufen und diesen Punkt zu klären. Aber nicht nur. Er freute sich schon, wieder einmal mit ihr zu sprechen. Er sah die Kinder viel zu selten.

Seine Beziehung zu Antonia und zu Alma, der 1,89 Meter großen ›Kleinen‹ war gut bis sehr gut, auch wenn die etwas cholerische 19-Jährige gern und heftig mit ihm stritt und dabei nicht sonderlich zimperlich war.

Sein Kontakt zur 25-jährigen Alexandra war dagegen von ganz spezieller Art und beschränkte sich fast zur Gänze auf nonverbale Kommunikation. Irgendwann hatte die grundsätzlich etwas schweigsame junge Frau gefunden, dass das Sprechen mit ihrem Vater nicht ihre Sache war und damit so gut wie aufgehört.

Seither nickten sich Tochter und Vater nur mehr zu und ersetzten unbedingt notwendige Äußerungen durch entsprechende Zeichen und Symbole. Nur wenn der Hut brannte, also etwas wichtig und dringend war, dann entschlüpften sogar Alexandra einmal sparsam dosiert Worte in herkömmlicher Lautstärke.

Max kannte den Grund für dieses Verhalten noch immer nicht, hatte sich allerdings daran gewöhnt. Natürlich war dieser Status unbefriedigend, obwohl das Schweigen auch Vorteile hatte. So kam es so gut wie nie zum Streit mit

Alexandra. Wenn er ehrlich war, war seine Beziehung zu seiner ältesten Tochter aber alles in allem eine schlichte Katastophe.

Er nahm sich wieder einmal vor, an der Beziehung zu Alexandra zu arbeiten, sobald das hier vorüber war.

Wer konnte noch helfen, die laxen Ermittlungen endlich richtig in Gang zu bringen? Wie sah es mit der Hilfe der Medien aus? Ein kleiner Tipp und die klopften der Polizei kräftig auf die Finger. Nur, der Schuss konnte auch ganz schön nach hinten losgehen. Also besser einmal abwarten, manche Dinge erledigten sich von selbst.

*

Der 34-jährige Mann, der letzte Nacht versucht hatte, im Krankenhaus Vöcklabruck Maurice Petrark Turbocurarin in einer tödlichen Dosis über die laufende Transfusion zuzuführen, saß in einer kleinen Mietwohnung in einem großen Wohnblock am Rande von Freilassing. Diese Wohnung gehörte nicht ihm, sondern war ihm zur Erfüllung dieses Jobs für einige Tage zur Verfügung gestellt worden.

Nervös ging der Mann in dem kleinen Wohnzimmer auf und ab. Er wartete auf einen Vertreter des Auftraggebers, der ihm angekündigt worden war, um irgendetwas abzuklären. Nachdem er bereits zwei Mal versagt hatte, konnte diese Aussprache nichts Gutes bedeuten. Wahrscheinlich würden sie sich weigern, den vollen vereinbarten Betrag zu bezahlen. Oder vielleicht wollten sie überhaupt nichts zahlen?

Das wäre aber unfair, denn immerhin hatte er ja nicht unbeträchtliche Ausgaben gehabt. Abgesehen davon, was konnte er dafür, dass dieser fette Alte die ganze Zeit über bei dem Kranken herumsaß? Vielleicht hätte er zuerst den Dicken und erst dann das eigentliche Opfer beseitigen sollen?

Er trat ans Fenster und blickte ins Freie. Draußen wurde es langsam dämmrig. Bei dem typischen Novembergrau, das den ganzen Tag über geherrscht hatte, war das Dunkelwerden direkt eine angenehme Abwechslung. Er hasste diesen Monat, diese Jahreszeit mit ihrem feuchtkalten Klima und dem ewigen Grau in Grau.

In dem kleinen Ort in der Nähe von Levice in der Slowakei, in dem er aufgewachsen war und bis zu seinem 17. Lebensjahr gelebt hatte, hatte ihm eine alte Frau einmal geweissagt, dass er im November sterben würde. Nicht, dass er das ernst genommen hätte. Aber die Prophezeiung trug nicht gerade dazu bei, die Beliebtheit dieses Monats bei ihm zu steigern. Um ehrlich zu sein, er war immer froh, wenn es auf den 1. Adventsonntag hinging und dieser Scheißspuk damit wieder einmal vorüber war. Doch heute war leider erst Mitte des Monats.

Leise und von dem in Gedanken versunkenen Mann am Fenster unbemerkt war ein grobschlachtiger Kerl mit gut zwei Metern Körpergröße in den Raum getreten. Erstaunlich, wie geräuschlos sich diese gut 250 Pfund schiere Muskeln bewegten.

Der Mann bemerkte erst, dass etwas nicht stimmte, als sich ihm ein ungemein muskulöser Unterarm um den Hals legte und kräftig zudrückte. Gleichzeitig fasste der Riese den Kopf seines Opfers und drehte ihn ruckartig und von einem hässlichen Knirschen begleitet zur Seite. Dazu sagte er mit leiser, fast kindlicher Stimme: »Ein Fehler ist immer drinnen, ein zweiter nie. Da kennt der Chef kein Pardon.«

Nachdem er sich vergewissert hatte, dass er den ersten Teil seiner Arbeit fehlerfrei erbracht hatte, packte er den Toten in den billigen Webteppich, der am Boden lag. Dann schulterte er die Rolle und verließ die Wohnung. Er verstaute das Transportgut im hinteren Teil eines Kleinlasters mit der Aufschrift ›A. Siezenbacher – Teppichreinigung, Eugendorf‹, nahm hinter dem Lenkrad Platz und fuhr los.

Es war wirklich zum abergläubisch werden.

*

Anne und Katharina hatten Zimmer im Hotel Auerhahn genommen und Max nahm die Gelegenheit beim Schopf, um sich wieder einmal ausgiebig in der Badewanne zu aalen.

Adi Praschner hatte die Wache bis Mitternacht übernommen und ihm somit die Möglichkeit verschafft, in Ruhe mit Anne zu Abend zu essen. Und mit Katharina, die konnte man in dieser Situation ja wohl kaum allein an einem Nebentisch sitzen lassen.

Schön, dass Anne so aufmerksam gewesen war, ihm frische Wäsche und Kleidung zum Wechseln mitzubringen. Während er sich die gemütliche Cordsamthose anzog und den bequemen grauen Pullover mit den Lederflicken an den Ellbogen überstreifte, fiel ihm ein, was er noch unbedingt erledigen wollte, ehe er hinunter ins Restaurant ging.

Antonia hatte nicht viel Zeit, sie war gerade auf dem Sprung, sich mit ihrem Freund zu treffen.

Wieso Freund, ging es Max durch den Kopf, die Sache mit Erich war doch angeblich seit mehr als zwei Monaten vorüber.

»Ja, weißt du Papa«, hatte sie dann eingeräumt. »Da gibt es jemand Neuen. Er heisst Rudi und arbeitet die meiste Zeit in Den Haag. Er ist jetzt drei Tage in Wien und diese Zeit muss ich nutzen. Das verstehst du doch.«

»Das ist klar, Toni, ich habe bloß eine Frage. Du hast doch eine Schulkollegin gehabt, deren Vater bei der Polizei war. Hast du da noch Kontakt? Ich brauche nämlich dringend eine Verbindung dorthin.«

»Ich weiß nicht, wen du da meinst«, Antonia wollte ihn hoffentlich nicht nur abschasseln. »Ich werde mit Rudi sprechen. Er ist nämlich bei der Polizei. Elos bei der Europol.« Der letzte Satz hatte richtig stolz geklungen.

»Elo- was?«, wunderte sich Max. »Was bedeutet Elox? Das habe ich noch nie gehört.«

»Das heißt Elos, mit ›s‹ hinten und steht für Europol Liaison Officer, mein Polizeimajor ist Verbindungsoffizier bei Europol«, klärte ihn Antonia auf.

Na, bumm, das war ja etwas. Er suchte Polizeikontakt und hatte ihn fast schon in der eigenen Familie. »Es geht um folgendes: Onkel Maurice ist Opfer eines Mordanschlages geworden, aber diese … diese Provinzsheriffs hier tun absolut nichts, um den Fall aufzuklären. Ich hätte gern Kontakt zu jemandem, der ihnen einmal so richtig von Amts wegen in den …«, er versuchte, einen weniger deftigen Ausdruck zu finden, gab es aber auf, »… in den Arsch tritt.«

Antonia lachte hell auf. »Ich kann diese Ausdrücke schon verkraften. Vergiss nicht, ich bin schon 22. Aber nett, dass du dich bemühst. Ich werde mit Rudi sprechen und ihn bitten, dass er dich morgen anruft. Natürlich nur, wenn er dir helfen kann. Ich bin aber sicher, er kann. Wenn einer kann, dann er. Glaube mir.« Sie lachte irgendwie seltsam, erfüllt vielleicht. Allerdings wollte Max das gar nicht so genau wissen.

Anne hatte das Gespräch soweit verfolgt, dass sie wusste, warum es ging. »Wenn du einen Kontakt brauchst, könnte ich ja mit dem Hofrat reden«, meinte sie jetzt.

›Hofrat‹ war die zwischen den beiden verwendete Kurzform für Dr. Emanuel Radisek, den stellvertretenden Leiter der Wirtschaftspolizei. Der Junggeselle war ein alter Tanzschulfreund Annes und nahm sie gern zu verschiedenen Konzerten mit. Darüber hinaus war der Theaternarr Prinzipal einer Truppe talentierter Laienschauspieler und das ganze Jahr über mit Regiearbeiten und dem Lernen irgendwelcher Rollen beschäftigt. Für ihn war das der perfekte Ausgleich für seine sicher nicht immer angenehmen beruflichen Verpflichtungen.

Max hatte anfänglich nicht so recht gewusst, was er von diesen Konzertbesuchen halten sollte. Dann war er zu dem Schluss gekommen, dass Misstrauen angesichts Annes Offenheit in diesem Thema nicht angebracht war.

Inzwischen hatte er sich daran gewöhnt.

»Gute Idee«, kommentierte er Annes Vorschlag. »Der Hofrat kennt sicher genau die richtigen Leute, die veranlassen können, dass endlich etwas im Falle Moritz unternommen wird. Du solltest gleich morgen mit ihm sprechen. Übrigens, weißt du, was ein Elos ist?«

*

Die bürgerkriegsähnlichen Zustände im Gazastreifen nahmen von Tag zu Tag an Intensität zu. Seit sich die Palästinenser in einer Volksbefragung 2007 mit knapper Mehrheit für die Anerkennung des Staates Israel ausgesprochen hatten, war der Landstrich nicht mehr zur Ruhe gekommen. Auf der einen Seite die Al Fatah, auf der anderen die Hamas, die sich nach wie vor zumindest formell auf eine Mehrheit im Palästinenserparlament berufen konnte. Allerdings gab es einen politischen und einen militärischen Arm und die waren nicht einmal hinsichtlich der Uhrzeit einer Meinung.

Auf jeden Fall war seither kein Tag vergangen, an dem nicht einige Vertreter der einen oder anderen Seite, meist gar beider Seiten in die Luft gesprengt, erschossen oder sonst irgendwie in eine andere Welt verabschiedet worden waren.

Die Israelis waren dadurch in die aus ihrer Sicht relativ angenehme Lage versetzt worden, dasitzen und zusehen zu können, wie sich das Palästinenserproblem durch gegenseitige Aufreibung mit der Zeit von selbst löste. So waren zum Beispiel allein heute bei einem Feuergefecht zwischen den verfeindeten Parteien 37 Personen getötet worden, darunter vier Frauen und fünf Kinder.

Allerdings setzten sich immer mehr Israelis kritisch mit dieser agressiven Politik ihrer Regierung auseinander. Die Aussicht, die Existenz des Landes nur mithilfe überlegener Waffentechnik zu sichern, erschien vielen ganz einfach zu menschenverachtend und letztlich auch zu unsicher.

Dazu lagen die Verluste der israelischen Armee in dem seit fünf Jahren unerklärten, mehr oder weniger intensiv geführten Krieg gegen den Libanon beziehungsweise die Hisbollah in einer Größenordnung, die im Lande selbst für immer heftigere Diskussionen sorgten.

Noch dazu schien es nur mehr eine Frage der Zeit zu sein, dass der eine oder andere arabische Staat offen an der Seite des Libanon in diese Auseinandersetzung eingriff.

Inoffiziell, beziehungsweise über die Beteiligung von Freiwilligen, war dies ja schon längst der Fall.

*

Das Abendessen mit Anne und Katharina war eine angenehme Abwechslung. Wenn er bloß nicht so müde gewesen wäre, hätte sich Max richtig wohl gefühlt. So aber befand er sich sowohl psychisch als auch physisch in einem seltsamen Zwischenreich. Er war nicht ganz da, es war ein Zustand, der am besten mit leichter Trunkenheit, begleitet von einem enormen Schlafbedürfnis beschrieben werden konnte. Gleichzeitig fühlte er sich körperlich wie in einer großen, mit Watte ausgelegten Schachtel liegend. Als Bub hatte er eine Zeit lang Insekten gesammelt und auf diese Art aufbewahrt. Vielleicht war er ja inzwischen zu einem Hirschkäfer mutiert, der sich schlafsuchend in einen Schaukelstuhl verkroch.

Das Schlimmste war jedoch, dass er trotz dieser bleiernen Müdigkeit nicht richtig einschlafen konnte. Ein, maximal zwei Stunden dahindösen, das war das höchste aller Gefühle. Dazu kamen die beiden geprellten Rippen, die sich trotz schmerzstillender Mittel bei jeder Bewegung, ja bei jedem Atemzug bemerkbar machten.

Wie lange er das noch aushalten würde?

Das neue Zimmer wirkte irgendwie heimeliger, weniger nach High-Tech-Medizin. Vor allem hatte der Raum ein zweites Bett, und das war leer. Es gab also eine mehr als adäquate Alternative zum Schaukelstuhl.

Max hatte Adi kurz nach 23.30 abgelöst und es sich nun selbst ›gemütlich‹ gemacht. Aus Gewohnheit oder Masochismus wieder im Schaukelstuhl.

Der Blick aus dem Fenster ging nicht auf den beleuchteten Vorplatz hinaus, sondern auf die hinter dem modernen Gebäude anschließende nächtliche Landschaft. Ein erfreulicher Anblick, der ihn irgendwie an die Gegend um Herzogenburg erinnerte. Dort hatte er immerhin fast fünf Jahre gelebt. Zunächst als Geschäftsführer von Onkel Lothars Tiefkühl-Schmankerlproduktion, später dann in seiner neuen Profession als Wirtschaftsberater.

Tja, der Moment seiner Bestellung zum Geschäftsführer war zweifellos einer der Höhepunkte seines Lebens gewesen. Gleichzeitig aber auch der Anfang eines schmerzvollen Erkenntnisprozesses, der schließlich mit dem schonungslosen Eingeständnis geendet hatte, als Geschäftsführer letztlich eine totale Fehlbesetzung zu sein.

Max hatte hervorragende Arbeit bei Planung und Entwicklung des Unternehmens in Österreich geleistet. Seiner Initiative war es schließlich zu verdanken gewesen, dass die Firma, die heute mehr als 300 Mitarbeiter beschäftigt, überhaupt ins Leben gerufen worden war. Dann kamen jedoch die Aufgaben der Geschäftsführung. Bürokratischer Kleinkram, sehr wichtig, aber fürchterlich langweilig. Anschließend die völlig legitime Forderung der Gesellschafter, ihr gutes Geld mit größtmöglicher Effizienz einzusetzen. Das bedeutete im konkreten Fall, je produzierter Einheit immer wieder einzusparen. Damals ein paar Groschen oder Schillinge, heute Eurocent. Und das tagtäglich.

Für den immer schon großzügig denkenden und auch agierenden Max waren das Vorgaben gewesen, an denen er einfach scheitern musste. Nach zwei Jahren ständiger Auseinandersetzungen mit den österreichischen Partnern wegen der reichlichen Anlaufverluste konnte sogar Onkel Lothar nicht mehr helfen.

Max hätte sich aber auch gar nicht mehr helfen lassen. Nachdem er im letzten halben Jahr als Geschäftsführer in der Nacht immer wieder aufgewacht war und von Rationalisierungsreserven gestammelt hatte, war er nur zu froh gewesen, den Vertrag im beiderseitigen Einvernehmen auflösen zu können.

In dem Zusammenhang hatte Susanne einen gleichermaßen ungemein lieben und naiven Ausspruch getätigt, den er sein Leben lang nicht vergessen würde.

›Dafür, dass er das zum ersten Mal gemacht hat‹, hatte sie zu Onkel Lothar gesagt – und damit war das Geschäftsführen gemeint, ›hat er seine Sache doch ganz gut gemacht.‹

Aber so war das eben nicht nur bei den Chirurgen. Da gab es kein ›ganz gutes erstes Mal‹, sondern nur Erfolg oder Mißerfolg.

»Du hast ja auch nicht gerade die idealen Pfoten für den Mammon.« Max grinste den stumm daliegenden Moritz an. »Aus deiner Beteiligung an diesem Innenstadthotel hast du ja auch keinen einzigen Euro zu sehen bekommen. Oder?«

Bei genauerem Hinsehen hatten selbst ihr Vater und Onkel Berni kein allzu gutes Gespür für Geld gehabt. Der Unterschied in ihrer Biografie war allerdings der, dass beide Männer bis zu ihrer Pensionierung relativ sehr gut bezahlte Positionen in der öffentlichen Verwaltung beziehungsweise der Wirtschaft innegehabt hatten. Und in den Genuss saftiger Pensionen gekommen waren. Daher hatte sich ihr mangelndes Gespür für Geld beziehungsweise ihre mangelnde Bereitschaft, ihre Seele zu verkaufen, nur in einem vergleichsweise bescheidenen Wohlstand im Alter ausgedrückt. Das aber auf einem relativ hohen Niveau, verglichen mit dem, was Moritz und ihm zur Verfügung stand.

»Scheint also in der Familie zu liegen«, obwohl das Thema eigentlich durch und durch ernst war, musste Max lächeln. »Falls wir nicht reich werden, liegt es wohl an der ererbten Unfähigkeit, mit Geld umzugehen. So eine Art Gendefekt, oder, Moritz?«

# 6.

Max hatte das Gefühl, gerade erst eingeschlafen zu sein, als ihn das unselige ›Didelidü Didelidei‹ seines Handys aufschrecken ließ. Es war allerdings bereits taghell, draußen schien zur Abwechslung sogar wieder einmal die Sonne und die Uhr zeigte 10 Minuten nach 8 Uhr an. Dank der offenbar auch sedierenden Wirkung der schmerzstillenden Pulver hatte er hervorragend geschlafen. Diesmal im Bett.

Am Apparat war ein gewisser Rudi Freidler, ein Name, der Max zunächst nichts sagte. Bevor er dies zum Ausdruck bringen konnte, erinnerte er sich an das gestrige Gespräch mit Antonia.

»Sind Sie der … Polizeibekannte von Antonia, also ich meine der Bekannte, der bei der Polizei ist?«, der Mann musste ihn für einen Trottel halten. »Entschuldigen Sie, aber ich war fast die halbe Nacht munter und bin gerade erst aufgewacht.«

Rudi lachte und es war ein durchaus sympathisches Lachen. Max versuchte, sich den Mann vorzustellen, der im Leben seiner Tochter offenbar eine ganz besondere Rolle spielte. »Schon gut, Herr Petrark, ja, ich bin der Polizist, von dem Antonia gesprochen hat. Sie hat gemeint, ich kann Ihnen vielleicht helfen.«

Max informierte den Major, ja, Freidler verfügte trotz seiner relativen Jugend tatsächlich bereits über diesen Rang. Und die knappen Fragen des Mannes bewiesen ihm, dass es sich bei Tonis Freund schon um ein ganz anderes kriminalistisches Kaliber handelte als bei den Leuten, die hier bisher Detektiv gespielt hatten.

»Ist das Blut Ihres Bruders nach der Einlieferung ins Krankenhaus auf sedative oder andere Substanzen untersucht worden?«, wollte Freidler wissen.

»Keine Ahnung«, musste Max einräumen, »Aber ich glaube nicht. Man ist ja von einem Unfall ausgegangen. Warum?«

»Falls jemand Ihren Bruder ans Steuer gesetzt hat, um den Wagen mit Vollgas in den Brückenpfeiler rasen zu lassen, so muss er ihn vorher irgendwie wehrlos gemacht haben. Freiwillig hätte Ihr Bruder ja wohl kaum dabei mitgespielt.«

Da war was dran, nur half diese Erkenntnis jetzt auch nichts mehr.

»Sagen Sie, Rudi, ich darf doch Rudi sagen?« Max nahm das leichte Knurren am anderen Ende der Leitung als Zustimmung. »Was kann ich machen, damit sich die Polizei hier in Zukunft ein bisschen mehr um die Aufklärung des Falles kümmert?«

»Ich werde mit einem Kollegen im Landeskriminalamt Oberösterreich sprechen«, meinte der Major. »Der wird sich dann mit Ihnen in Verbindung setzen. Ist das O. K.?«

»Danke, das wäre zumindest ein Anfang. Und Rudi, lassen Sie bitte Antonia herzlich von mir grüßen.« Max wollte das Gespräch schon beenden, als ihm noch etwas einfiel.

»Ja, eine Frage hätte ich noch: Sagt Ihnen der Name Dr. Schulmacher etwas?«

Am anderen Ende der Verbindung war plötzlich so etwas wie gespannte Stille spürbar geworden. »Wie kommen Sie zu diesem Namen?«, wollte Rudi nach einigen Sekunden wissen.

»Mein Bruder hat von einem Dr. Schulmacher den Auftrag für diese Fahrt erhalten. Er hat zwei Chinesen und einen Deutschen im Bus gehabt, kurz bevor er den …, also bis ihm das zugestoßen ist.« Max wunderte sich über das plötzliche Interesse Freidlers. »Wieso, was ist mit diesem Schulmacher?«

»Wissen Sie was, Herr Petrark. Ich werde selbst zu Ihnen kommen und mir die ganze Angelegenheit aus der Nähe ansehen. Falls Antonia Zeit und Lust hat, werde ich sie mitbringen. Ist Ihnen das recht?«

Natürlich war Max das recht. Sein »Und wenn es mir nicht recht ist?« war daher lediglich ein rein verspielter, ja unsinniger Scheinwiderspruch.

»Dann kommen wir dennoch«, erwiderte Rudi ohne jeden Anflug von Humor. Diese Anwort war dann doch etwas erstaunlich.

*

Eben hatte Archimedes in Telefonaten mit Heidelberg, Lyon, Bologna, Malmö, Santander und Saloniki die abschließende Phase der für kommende Woche geplanten Aktivitäten der LIC abgestimmt.

Nach den letzten Entwicklungen auf dem gestern zu Ende gegangenen Rat der Arbeits- und Wirtschaftsminister in Krakau stand für ihn fest, dass mit dem verspielten Aktivismus, mit dem seine Organisation den europäischen Bürgern bisher die brennendsten Probleme der Union vermittelt hatte, nichts zu gewinnen war. Die meisten Menschen waren bereits zu abgestumpft, um aufzubegehren. Zum Teil fehlte ihnen auch die politische Bildung, die es ihnen ermöglicht hätte, die auf sie zukommenden Konsequenzen zu erkennen und entsprechend zu handeln.

Man musste sich das nur einmal vorstellen: Da gab es in der EU seit Jahren mindestens 20 Millionen Arbeitslose, offiziell wohlgemerkt, tatsächlich waren wesentlich mehr Menschen ohne anerkannte Erwerbstätigkeit. Gleichzeitig brüsteten sich die zuständigen Regierungsverantwortlichen mit immer neuen Rekord-Beschäftigtenzahlen. Des Rätsels Lösung lag in der galloppierenden Umwandlung der früheren Vollzeit- Arbeitsplätze. Zu einem Teil in sogenannte ›atypische Beschäftigungsverhältnisse‹, die das Risiko ausschließlich auf den Arbeitnehmer konzentrierten und zur Selbstausbeutung führten. Zum anderen in Teilzeitjobs, die ihren Inhabern zu viel zum Sterben und zu wenig zum Leben einbrachten.

Dann diese schreckliche Perspektivlosigkeit für die jungen Menschen. Klar, dass sehr gut ausgebildete junge Menschen bessere Chancen hatten als weniger geschulte. Und der Wert einer möglichst erstklassigen Ausbildung wurde ja auch hochgehalten und entsprechend propagiert. Darüber hinaus wurde beklagt, dass die Akademikerquote in einigen Mitgliedsstaaten zu niedrig war.

Hier wurde jungen Menschen suggeriert, sie müssten bloß ihren Bakkalaureus oder Magister machen und alle Wege stünden ihnen offen. Was natürlich zutraf, nur zu selten in die von den Adressaten erhoffte Richtung.

Bei einigen Studienrichtungen würde man sicher in naher Zukunft, neben dem regulären Spektrum an Vorlesungen, Kurse zum Erwerb einer Taxilenkerkonzession anbieten. Von irgendetwas musste der frisch gebackene Herr Magister oder die Frau Doktor ja leben, nachdem er beziehungsweise sie für den Dienst an der Supermarktkasse wegen Überqualifizierung nicht infrage kam.

Aber zurück zum Rat von Krakau. Da waren also die

Minister und Ministerinnen aus den 27 Mitgliedsländern zusammengekommen und hatten überlegt, was sie den Konzernen alles hineinschieben und wie sie das ohnehin schon löchrige Sozialsystem noch weiter aushöhlen konnten. Um die USA zu überholen und endlich das ersehnte Ziel, stärkste Wirtschaftsmacht der Welt zu werden, zu erreichen.

Dabei hatte man damals allerdings völlig diese ›kleinen, bevölkerungsarmen‹ Länder in Asien übersehen. Wie hießen sie noch gleich. Ach ja, China und Indien.

Dieses Streben nach der ökonomischen Poleposition, die ursprünglich schon bis 2010 erreicht hatte werden sollen, war als einziges Ziel der seinerzeitigen ›Lissabon-Agenda‹ übergeblieben. Der in diesem Papier ebenfalls festgeschriebene soziale und ökologische Fortschritt war dagegen am besten Wege, völlig auf der Strecke zu bleiben. Wahrscheinlich war das bereits die erste Kurskorrektur auf dem noch nicht offfiziell formulierten Ziel, in den nächsten Jahren auch China und Indien als neue führende Weltwirtschaftsmächte zu verhindern.

Na, dann gute Nacht, Abendland, dachte Archimedes.

Wer den kritischen Mathematikprofessor so hörte, hätte zur Ansicht gelangen können, einen radikalen Antieuropäer vor sich zu haben. Eine nur zu verständliche Fehleinschätzung. Tatsächlich war der Flame nämlich ein glühender Anhänger und Verfechter Europas. Doch nicht dieses Europas, dessen offizielle Repräsentanten neben inhaltsleeren Lippenbekenntnissen nichts taten, um diese einmalige Vision vorwärtszubringen. Sondern sich darauf konzentrierten, nationale, parteipolitische und, ja, das musste man schon sagen, immer öfter eigene Interessen zu verfolgen.

Und dennoch, dieses Europa war nach wie vor besser als gar kein Europa. Das stand für Archimedes, der gewohnt war, in Alternativen zu denken, eindeutig fest. »Stellen Sie sich einmal vor, es gäbe die EU und Ihr Land wäre nicht dabei«, pflegte er Skeptikern oder Gegnern des europäischen Gedankens als Denkaufgabe mit auf den Weg zu geben.

Aber in dieses Europa musste ein anderer Geist einkehren. Einer, der sich nicht in der unablässigen Veranstaltung von Konferenzen und der Erarbeitung von gemeinsamen Erklärungen auf Basis des kleinstmöglichen gemeinsamen Nenners erschöpfte. Und Menschen in den Vordergrund treten ließ, deren oberstes Ziel es nicht war, auf den immer wieder auftauchenden ›Familienfotos‹ eine möglichst gute Figur zu machen.

Diese Bilder waren ja wirklich lachhaft. Spaßvögel warfen schon die Frage auf, wann denn die neue ›Bildformat-Richtlinie‹ der EU erscheinen würde, mit der sichergestellt werden sollte, dass alle Staatschefs, Minister und Kommmissare oder wer auch immer, auf den vielen ›Familienfotos‹ Platz fanden.

Das Europa, von dem Archimedes träumte, war Heimat für mehr als 500 Millionen Menschen, die hier in Frieden, Sicherheit, Wohlstand und unter Wahrung ihrer bürgerlichen, demokratischen und sozialen Rechte mit hoher Lebensqualität miteinander lebten.

Ob das Europa, von dem Archimedes träumte, dann die führende Wirtschaftsmacht der Welt war oder bloß an dritter Stelle lag, war ihm wie den meisten Bürgern eigentlich egal. Denn Lebensqualität war mehr als nur die Addition von teilweise diskussionswürdigen Wirtschaftsdaten.

Es war wirklich hoch an der Zeit, Europas Entwicklung in die richtige Richtung zu lenken. Hoffentlich würde LIC mit den Aktionen in der kommenden Woche einen Beitrag dazu leisten können.

*

Am späteren Morgen hatte auch Anne mit einem Kriminalisten telefoniert. Mit Hofrat Dr. Emanuel Radisek von der Wirtschaftspolizei.

Der hochrangige Polizeibeamte hatte sich die jüngsten Ereignisse mit und um Annes Schwager geduldig angehört und einige kleine Zwischenfragen gestellt. »Ist bekannt, in wessen Auftrag der Bruder deines Mannes unterwegs gewesen ist?«

»Angeblich war Moritz zuletzt mit zwei chinesischen Geschäftsleuten und einem Deutschen unterwegs. Der Auftrag dafür ist von einem gewissen Dr. Schulmacher gekommen«, gab Anne weiter, was sie von Georg erfahren hatte.

»Dr. Schulmacher?«, bei der Nennung dieses Namens klingelte irgendetwas in des Hofrats Hinterkopf. »Etwa Dr. Jakob Schulmacher, ein Schweizer Geschäftsmann mit internationalen Kontakten?«

»Keine Ahnung«, musste Anna gestehen, »ich weiß nur, dass ein Dr. Schulmacher darin verwickelt sein soll.«

»Na gut«, meinte der Hofrat, »ich werde mich einmal umhören und melde mich dann wieder. Übrigens, am Samstag in zwei Wochen ist Premiere von ›Das Haus in Montevideo‹. Ich hoffe, du wirst uns die Ehre geben.«

Anne würde, vorbehaltlich der aktuellen Entwicklungen, und damit war das Gespräch beendet. Und Dr. Emanuel Radisek dachte, was das wohl für ein Zufall wäre, wenn dieser Dr. Schulmacher *der* Dr. Schulmacher wäre, mit dem er noch ein ordentliches Hühnchen zu rupfen hatte. Falls jemand jemals eine zweite Chance in einem Fall verdient hatte, dann er. Die Geschichte hatte ihn mindestens drei Jahre in seiner Karriere zurückgeworfen.

Leicht erregt beauftragte er einen Mitarbeiter, ihm die komplette Akte ›Waxmayer‹ auszuheben und auf den Tisch zu legen. Dann griff er zum Hörer und rief einen alten Freund im Bundeskriminalamt an.

*

Hans Meyerhofer, der umtriebige ehemalige technische Experte der Gendarmerie und Eigentümer der kleinen Werkstatt in Gampern, hatte Blut geleckt. Nachdem einmal festgestanden war, dass es sich bei dem Unfall dieses Moritz Petrark um den Versuch einer vorsätzlich herbeigeführten Tötung handelte, also ein Mordversuch vorlag, hatte er als erstes die im Wrack gefundenen Spuren gesichert. Ja, ja, sogar Fingerabdrücke hatte er abgenommen, auch dieses Know-how hatte sich der heutige Hobby-Kriminalist angeeignet.

Als nächstes hatte er systematisch zu suchen begonnen. Er hätte nicht sagen können, wonach. Er wusste aber, dass er es erkennen würde, sobald er es gefunden hatte.

Doch das Einzige, das er bis vergangene Mitternacht entdeckt hatte, war ein kleiner Knopf am Armaturenbrett, der nicht serienmäßig vorgesehen und dessen Funktion nicht erkennbar war. Was immer er mit der Sonderausstattung auch angestellt hatte, nichts hatte sich getan.

Frustriert hatte er zwei Stunden Pause gemacht und ein

wenig geschlafen. Dann hatte Meyerhofer begonnen, die Verkleidungen der Türen und im Innenraum abzunehmen. Und da war er plötzlich fündig geworden. Die beiden winzigen Mikrofone waren so geschickt in zwei der vier Lautsprecher der Stereoanlage versteckt gewesen, dass er sie fast übersehen hätte. Meyerhofer schätzte, dass die beiden knopfgroßen Dinger empfindlich genug waren, um selbst geflüsterte Gespräche in der letzten Sitzreihe erfassen und aufnehmen zu können. Aber wo war das dazugehörige Aufnahmegerät?

Gegen 5 Uhr morgens hatte der ehemalige Gendarm auch dieses Rätsel gelöst. Nachdem er sich mit einer Schale heißen, starken Kaffees hingesetzt und überlegt hatte, wo er den Empfänger installiert hätte. Zunächst hatte er sich zwei, drei ausgefallene Optionen überlegt. Doch als er die kleine Unebenheit im linken Becherhalter neben dem Fahrersitz entdeckt hatte, war das Rätsel gelöst. Nach Betätigung der versteckten Verriegelung hatte sich der Becherhalter wegklappen lassen und ein kleines, technisch sehr hochstehendes Aufnahmegerät, das über den ›unnützen‹ Knopf am Armaturenbrett gesteuert werden konnte, war zum Vorschein gekommen.

Hans Meyerhofer ging es wie jedem Jäger, der endlich die lang verfolgte Beute erlegt hat. Er hatte ein richtiges Hochgefühl, war stolz und zufrieden. Das einzige, was ihm ein wenig zu schaffen machte, war der Gedanke daran, dass er dem netten dicken Herrn, der ihm den Auftrag zur Untersuchung des Fahrzeuges gegeben hatte, jetzt beibringen musste, dass sein Bruder doch nicht so ganz der harmlose nette Bursche sein dürfte, für den er ihn zweifellos hielt. Die Bandbreite der Optionen, auf die aus dem vorgefundenen Equipment geschlossen werden konnte, reichte immerhin von unbefugtem Abhören über Spionage bis möglicherweise hin zur Erpressung.

Damit war aber auch ein durchaus breites Spektrum möglicher Motive für den versuchten Mord gegeben.

*

Der gestern irrtümlich als Kindesentführer angesehene und von ›wehrhaften Christen‹ brutalst verprügelte 54-jährige Moslem Faoud Mamoudi hatte die Nacht nicht überstanden. Er war am frühen Morgen seinen schweren Verletzungen erlegen. Dem Baby seiner Nachbarn, die das an Lungenentzündung erkrankte Kind allein in der Wohnung gelassen hatten, ging es dagegen schon besser. Hätte Mamoudi nicht versucht, das wimmernde Baby ins Krankenhaus zu bringen, hätte es voraussichtlich nicht überlebt.

Als erste Reaktion auf diese Nachricht war es in einigen Londoner Vororten zu Zusammenrottungen von Zuwanderern, aber auch britischen Bürgern aller Konfessionen gekommen, die spontan gegen die rechten Fanatiker und die untätige Polizei demonstrierten. Vorsorglich wurde vom Innenministerium für die gesamte Polizei Urlaubssperre verhängt und die Alarmbereitschaft erhöht.

Nachdem die US-Amerikaner unter Präsidentin Midgard endlich die letzten jeder rechtlichen Grundlage entbehrenden und jedem Rechtsempfinden widersprechenden Gefangenenlager geschlossen hatten, begann man jetzt in Europa, die zumindest zwiespältige Rolle, die einige Mitgliedsstaaten bei dieser Schande gespielt hatten, aufzuarbeiten. Bereits im Juni 2006 hatte ja eine Untersuchungskommission des Europarates die Beteiligung mehrerer

EU-Staaten an den menschenrechtswidrigen Machenschaften der USA im Zusammenhang mit Guantanamo festgestellt. Ab morgen, fast viereinhalb Jahre später würde sich jetzt endlich auch ein Untersuchungsausschuss des Europäischen Parlaments damit befassen. Die Mühlen der Gerechtigkeit mahlten zwar langsam, aber immerhin, sie mahlten. Und das, obwohl sich einige Kommissare und mehrere Regierungschefs vehement dagegen ausgesprochen hatten. Es wäre jetzt nicht an der Zeit, alte Schmutzwäsche zu waschen, lautete ihre Argumentationslinie, sondern ›voll Optimismus den gemeinsamen Weg in die Zukunft zu beschreiten‹. Vor allem müsse man ja auch Rücksicht auf den Besuch der amerikanischen Präsidentin in Europa nehmen. Dabei hatte Joanna Midgard diese Untersuchung ausdrücklich gut geheißen.

Kein Witz, den Schmus mit dem ›vollen Optimismus‹ hatte ausgerechnet der Außenminister jenes Landes von sich gegeben, in dem die Existenz einer Art ›Guantanamo-Expositur‹ auf europäischem Boden nachgewiesen worden war, ging es Max durch den Kopf. Das wahrhaft Schlimme an der Situation war aber, dass das breiten Teilen der europäischen Bevölkerung ganz egal war. Nach wie vor fehlte diesen Menschen völlig das Unrechtsbewusstsein im Zusammenhang mit Guantanamo ebenso wie beispielsweise mit der lückenlosen Videoüberwachung des öffentlichen Raums oder ähnlichen ›Big Brother‹-Methoden.

Darauf angesprochen bekam man lediglich dieses idiotische ›Wer nichts zu verbergen hat, hat auch nichts zu befürchten‹ Gewäsch zu hören. Diese Menschen waren nicht im Stande oder gewillt zu erkennen, wem sie damit Tür und Tor öffneten. Und das noch ganz weit.

Damit hatte der internationale Terrorismus, völlig unabhängig von den einzelnen schrecklichen Ereignissen, bereits einen wichtigen Sieg gegen die Demokratie errungen.

Zu all dem passte irgendwie die jüngste Nachricht aus Österreich: Ein Oberleitungsschaden hatte vergangene Nacht die Südbahnstrecke zwischen Wien und Leoben lahmgelegt. Einige Züge waren auf offener Strecke stehen geblieben und hatten mehrere Stunden warten müssen. Besonders unangenehm hatte es den Nachtzug nach Venedig getroffen, der sich gerade im Pollerostunnel befunden hatte, als er mangels Saft zum Anhalten gezwungen worden war. Mehrere Reisende sollen nach Angaben der ÖBB klaustrophobische Anfälle bekommen haben. Auch nicht lustig, aber im internationalen Vergleich dennoch: ›Tu felix Austria.‹

Beendet wurden die mittäglichen Kurznachrichten mit der eben eingetroffenen Meldung, dass bei Flugmanövern im internationalen Luftraum über der Ägäis einige Maschinen miteinander kollidiert und abgestürzt waren. In den Vorfall sollen zwei griechische und eine türkische Maschine verwickelt gewesen sein. Wieder einmal. Die beiden griechischen Piloten hatten sich angeblich mithilfe des Schleudersitzes retten können.

Max drehte den kleinen TV-Empfänger in Annes Zimmer im Hotel Auerhahn leiser und machte sich auf den Weg ins Bad. Was war das bloß für eine Welt? Hätte sich die langsam doch schon etwas überwuzzelte ›Matadora‹ nicht entschlossen, sich künstlich befruchten zu lassen, Max hätte diese Woche noch keine einzige auch nur annähernd erfreuliche Nachricht gehört.

Na, wenigstens schien heute wieder einmal die Sonne.

*

Dr. Ferenc Balikay, James McReardsen, Julian Doremi und Ignacio DelMonte waren alles Namen für ein und dieselbe Person. Für einen Mann, dessen richtigen Vor- und Zunamen zu wissen niemand sicher sein konnte, außer vielleicht seine Mutter. Und die war schon lange tot.

Der Name, unter dem er hauptsächlich in Erscheinung trat, war Dr. Jakob Schulmacher. Der smarte Prager, tatsächlich war Schulmacher gebürtiger Tscheche, war inzwischen Schweizer Staatsbürger geworden und hatte Kontakte zu Polizeibehörden und Geheimdiensten zahlreicher Staaten.

Er hatte es immer sehr geschickt verstanden, seine Geschäfte innerhalb der Bandbreite ›nicht mehr und noch nicht kriminell‹ anzusiedeln. Obwohl es sich dabei um eine ständige Gratwanderung handelte und einige Details seines Handelns einer kritischen Betrachtung möglicherweise nicht standgehalten hätten, war Schulmacher nie mit dem Gesetz in Konflikt geraten. Amtlicherweise zumindest nicht. Ein Grund dafür sowie für die gelegentlich etwas großzügige Beurteilung seiner Aktivitäten durch offizielle Stellen war zweifellos, dass der gute Doktor seine Geschäfte gern mit eben diesen offiziellen Stellen abwickelte.

Nein, man akzeptierte Schulmacher, weil man sich aus der gelegentlichen Zusammenarbeit mit ihm erhebliche Vorteile versprach und sich diese auch etwas kosten zu lassen bereit war.

Für Major Rudi Freidler war Schulmacher ein Mann, der in ständigem Kontakt mit der CIA und anderen westlichen Geheimdiensten stand.

Das Auftauchen dieses Namens im Zusammenhang mit dem Mordanschlag auf den Onkel seiner Freundin ließ verschiedene Schlussfolgerungen zu. Keine davon war angesichts der ständig steigenden Gefahr neuer terroristischer Aktivitäten in Europa wirklich beruhigend. Für die nächsten Tage wurden Anschläge in England, Deutschland und Polen erwartet.

Dazu kam, dass natürlich im Zusammenhang mit der Europareise der amerikanischen Präsidentin ›Alarmstufe Rot‹ ausgerufen worden war.

Freidler schüttelte den Kopf. Und dann war diese hervorragende Frau, er fand Frau Midgard menschlich und auch, was ihr Amtsverständnis betraf, toll, nicht davon abzubringen, einen Teil der Reise in Österreich mit dem Zug zu absolvieren. Im Salonwagen des alten Kaisers. Das war sicher eine feine Sache für nostalgische Eisenbahnfans. Aber für den mächtigsten und nach wie vor einen der am meisten gefährdeten Menschen der Welt? Eine etwa 300 Kilometer lange Strecke auf dem Landwege zu wählen, das war sicherheitstechnisch der reinste Horrortrip. Oh Gott, wie naiv durfte jemand in so hoher Position eigentlich sein? Und handeln?

Andererseits, vielleicht war es ja gerade diese Naivität, die diese Ausnahmefrau dazu veranlasst hatte, den Weg nach Guantanamo so rasch wie möglich zu verlassen und wieder auf den Pfad demokratischen Handelns zurückzukehren. Vielleicht war es ja einfach unmöglich, alle Tugenden in einem einzigen Menschen zu vereinen. Weil eben die einen andere eo ipso ausschlossen.

Wie auch immer, Major Rudi Freidler hatte bereits mit seinen Vorgesetzten in Wien und Brüssel Kontakt gehabt und war mit beider Segen und damit quasi dienstlich unterwegs nach Vöcklabruck.

Hofrat Dr. Emanuel Radisek wieder sah in Schulmacher vor allem ein kriminelles ›mastermind‹, dem im Zuge der ausufernden Globalisierung die Rolle eines,- tja, wie sollte man diese Funktion am treffendsten bezeichnen, – vielleicht eines ›Liberos‹ zukam. Diese hatten so vor 30, 40 Jahren in der Fußballtaktik die wichtige Rolle des ›Freien Mannes‹ gespielt, der für spezielle Aufgaben in der Abwehr befähigt war und überall dort einsprang, wo Not am Mann war.

Allein die Geschäfte, in die Radisek Einblick hatte und in denen Schulmacher seine Finger im Spiel hatte, gingen in die Milliarden Euro. Das bedeutete, der Mann war ungemein einflussreich. Was konnte ein solcher Mensch mit Anne Marbach …, halt, jetzt hieß sie ja Petrark, komischer Name übrigens, also mit diesem Maurice Petrark zu tun gehabt haben?

Petrark, der Schwager, war Hotelfachmann mit einiger Auslandserfahrung, darunter auch fünf Jahre Hongkong. Nach seiner Heirat mit einer gewissen Janina Domcic hatte er diese viel versprechende internationale Karriere abgebrochen und die Leitung eines relativ kleinen Wiener Hotels am Rande der Innenstadt übernommen. Später hatte er eine Beteiligung an einem Hotel Garni in der Nähe der Wiener Staatsoper und danach an einem Nachtlokal erworben. Beide Investments hatten sich schließlich als totaler Flop erwiesen. Nach der Scheidung von Janina hatte Petrark Katharina Stalownitzky geheiratet, offenbar eine bemerkenswerte Frau, die ihrem Mann sogar in Zeiten des tiefsten Tiefs zur Seite gestanden war.

Nachdem sich Maurice Petrark dann zwei Jahre lang mit Arbeitslosengeld und den Einkünften als geringfügig beschäftigter Mietwagenchauffeur über Wasser gehalten hatte, hatte der völlig mittellose und jeglicher Kreditwürdigkeit bare Mann plötzlich einen Kleinbus Mercedes Viano in Luxus- und mit jeder erdenklichen Sonderausstattung geleast. Bei einem Gesamtwert des Leasingobjekts von geschätzten 60 bis 70.000 Euro war das bemerkenswert. Der Hofrat nahm sich vor, als erstes einmal die näheren Einzelheiten dieses doch eher außergewöhnlichen Vertrages zu prüfen. Irgendetwas stimmte da nicht. Wahrscheinlich gab es eine politische Komponente, die die ökonomischen Sonderheiten relativierte. Der Hofrat hatte da so ein ganz bestimmtes Gefühl. Und das hatte den alten Fuchs bislang selten im Stich gelassen.

*

Irgendetwas hatte Hans Meyerhofer gehindert, sich sofort nach dem Entdecken des versteckten Aufnahmegeräts mit seinem Auftraggeber in Verbindung zu setzen. War es übertriebene Genauigkeit, eine Eingebung oder einfach Zufall gewesen, dass er die ganze Anlage ein weiteres Mal überprüft, einen Funktionstest gestartet und dabei eine interessante Entdeckung gemacht hatte? Wie auch immer, sein Kontrollgerät hatte angezeigt, dass an dem Schaltkreis, an dem das versteckte Aufnahmegerät hing, noch etwas anderes angeschlossen sein musste. Also hatte sich der unerbittlich gewissenhafte Tüftler wieder auf die Suche gemacht. Nach einer knappen Stunde war er dann nochmals fündig geworden. Ein weiteres, etwas veraltetes Aufnahmegerät, das mit einer anderen Einstellung desselben Schalters aktiviert werden konnte. Und das Besondere an diesem Fund war, dass sich im Gegensatz zum ersten Gerät in diesem ein Tonträger befunden hatte. Ein bespieltes Band, wie das ›00121‹ anzeigende Zählwerk vermuten ließ.

Max, der sich mit Meyerhofer in der Kantine des Krankenhauses getroffen hatte, war sehr zufrieden mit der Arbeit des ehemaligen Gendarms. Das war endlich ein Ergebnis, mit dem man etwas anfangen konnte. Und vielleicht enthielt der aufgefundene Tonträger ja sogar den Schlüssel zu Maurice' Schicksal. Oder zumindest einen Hinweis darauf.

Das Wichtigste war jetzt ein Abspielgerät. Um die Spannung, die sich schlagartig eingestellt hatte, als er das Band erstmals in Händen hatte, dieses an das Flattern Tausender Schmetterlinge im Magen erinnernde Gefühl wieder loszuwerden.

»Haben Sie vielleicht ein Abspielgerät mitgebracht?«, wollte er von Meyerhofer wissen. Der ehemalige Polizeitechniker schüttelte bedauernd den Kopf. »Tut mir leid, nein. Aber ich kann Veronika fragen. Sie hört sich immer Musik während der Arbeit an. Vielleicht borgt sie uns ihr Zeugs. Ich bin gleich wieder da.« Er stand auf und verließ den Raum.

Wie sich später herausstellte, war Veronika seine Nichte, die irgendwo in der Verwaltung arbeitete, heute aber leider nicht anwesend war. Grippe, wie es offiziell hieß. »Vielleicht hat sie auch keine Lust gehabt«, räumte der Onkel ein. »Sie ist sehr nett, aber nicht die Zuverlässigste. Diese jungen Leute heute, na, Sie wissen ja vielleicht.«

Die Kassiererin der Kantine schleppte dann ein Abspielgerät an, das leider nicht lief, weil die Batterien schon zu schwach waren und das Kabel für den E-Anschluss bereits voriges Jahr in Verlust geraten war.

Verdammt, es konnte doch nicht so schwer sein, ein solches Gerät aufzutreiben. Gut, notfalls konnte Max ja auch in die Stadt gehen und so ein Ding kaufen. Aber das war's nicht, darum ging es nicht. Er wollte hier und jetzt hören, was auf diesem blöden Band drauf war. Sofort und nicht irgendwann später in der Stadt.

Inzwischen hatte sich in der Kantine offenbar herumgesprochen, dass ein Tonbandabspielgerät gesucht wurde. Plötzlich baute sich ein kleiner, vielleicht zehn Jahre alter Bub vor Max auf und blickte ihn herausfordernd an.

»Was willst du denn, Marni?«, Meyerhofer kannte den Jungen offenbar.

»Stimmt's, dass ihr einen Walkman brauchts?«, wollte der Kleine wissen.

»Ja, das stimmt«, bestätigte Meyerhofer, »hast du vielleicht einen dabei?«

»Könnt' schon sein«, der Bub war, wie es schien, darauf aus, die Situtation zu seinen Gunsten auszunutzen. Warum auch nicht. Nicht jeder war in Geldangelegenheiten so daneben wie er und Moritz, dachte Max.

»Was möchtest du denn dafür haben«, er blickte den Burschen direkt an. »Ich gebe dir, sagen wir … zwei Euro, wenn du uns deinen Walkman für eine viertel Stunde borgst.«

»Na, unter fünf Euro spielt sich gar nichts ab«, erwiderte der ökonomisch erstaunlich frühreife Kerl frech. »Aber ich möchte Ihnen das Gerät lieber verkaufen.«

»Und was soll das Ding kosten?« Irgendwie kam Max die ganze Situation absurd vor.

»Das Gerät ist so gut wie neuwertig, mit frischen Batterien. Modernes Design in fröhlichen Farben«, der junge Mann beschrieb sein Angebot erstaunlich professionell. »Für 20 Euro gehört es Ihnen.«

Nun waren 20 Euro nicht sehr viel Geld. Wenn auch für einen Pensionisten wie ihn, mit knapp 1.200 Euro Rente im Monat, mehr als für viele andere. Aber was sollte er lange feilschen, dachte Max. Inzwischen war seine Neugierde auf das, was auf dem Band gespeichert war, so drängend, dass er einfach nur zustimmend mit dem Kopf nickte und einen Schein auf den Tisch legte.

Zwei Minuten später war das junge Verkaufsgenie wieder da, mit einem aus pink und gelb gefärbten Plastik bestehenden Ding mit der Biene Maja vorne drauf. Es war ein Abspielgerät, wie man es Säuglingen in den Kinderwagen legt, damit sie zu den leisen Klängen eines Liedchens friedlich weiterschlafen.

Aber das funktionierte, die Tonkassette passte hinein und überhaupt, versprochen ist versprochen.

Und dann war es soweit. Das Band war eingelegt und Max drückte auf die Starttaste. Die Wiedergabe des auf Band gespeicherten Gespräches war astrein, ganz klar und deutlich zu vernehmen. Max verstand jedes Wort. Das einzige Problem war lediglich, dass er nicht wusste, was sie auf Deutsch bedeuteten. Denn abgesehen von einigen englischen Sätzen, die eine dritte Person beigesteuert hatte, war das im Wesentlichen von zwei Männern bestrittene Gespräch in einer asiatischen Sprache geführt worden.

Während an einem der Nebentische ein Baby in seinem Buggy immer lauter greinte, hörten sich die beiden Männer das Band nochmals an.

»Sind Sie sicher, dass das Zeugs«, Meyerhofer deutete auf das bunte Plastikabspielgerät, »überhaupt diesem geschäftstüchtigen Knaben gehört hat, der Ihnen die 20 Euro abgeknöpft hat?« Meyerhofers Stimme klang leicht besorgt.

»Ja, warum nicht? Ist ja auch egal«, antwortete Max, der im Augenblick nicht den vollen Durchblick hatte. Denn neben ihm hatte sich eine ziemlich wütend wirkende jüngere Frau aufgebaut.

»Nicht einmal aufs Klo kann man gehen«, begann sie zu schimpfen, »ohne dass man beklaut wird. Wie kommen Sie dazu, meinem Benjamin seinen Biene Maja-Walkman wegzunehmen. Genieren Sie sich gar nicht? Und Sie schau'n da auch noch zu, Herr Meyerhofer.«

Das war noch Glück im Unglück gewesen. Der ehemalige Gendarm konnte das Missverständnis rasch aufklären. Und die resolute junge Mutter gab sich mit einer Entschuldigung von Max zufrieden.

Aber der Schlingel, dieses hinterfotzige zehnjährige Schlitzohr war verschwunden, mit seinen 20 Euro. Es war zwar für einen 63-jährigen reichlich lächerlich, doch es würde wohl am besten sein, er schrieb diesen Vorfall unter ›Lehrgeld‹ ab.

Komisch, dieser junge Mensch schien auch so eine Art Gendefekt zu haben. So jung und schon so viel kriminelle Energie. Ob er es wohl einmal weiterbringen würde als die Petrark Brüder? Sehr wahrscheinlich. Ob er ihn aber deswegen beneidete? Sicher nicht.

Sei's drum, Max hatte andere Sorgen. Wo nahm er jetzt so rasch jemanden her, der des Chinesischen mächtig war? Der Einzige, den er kannte, lag seit vier Tagen im Koma.

Hatte Moritz' Unfall etwa gar etwas mit seinen Sprachkenntnissen zu tun?

# 7.

Antonia und Rudi waren am frühen Abend eingetroffen. Eine ungestellte Frage, man könnte sogar sagen, ein unausgesprochenes Problem hatte bis dahin die Stimmung zwischen Anne und Max belastet. Katharina, mit guten Instinkten und einem klaren Verstand ausgestattet, hatte die Situation rasch erkannt und auf ihre unnachahmliche Art geklärt: »Na bittä, was soll das fir ein Probblem sein. Natierlich chaben die beiden ein Verchältnis miteinander. Sind junge Menschen mit normalen Bedirfnissen. Falls niccht, kennt ihr immer nocch fragen, ob die beiden Einzelzimmer chaben mecchten.«

Damit war dieser Punkt abgehakt gewesen.

Rudi Freidler machte nicht nur einen sympathischen, sondern auch einen sehr kompetenten Eindruck. Nach dem Abendessen, zu dem Max auch Hans Meyerhofer gebeten hatte, hatten die beiden den Major mit den bisherigen Ergebnissen ihrer Ermittlungen vertraut gemacht. Abschließend hatte Max ihm sein wahrscheinlich wertvollstes Beweisstück anvertraut, das Tonband.

Nach einigen Telefongesprächen war Freidler mit Antonia nach Salzburg gefahren, zu einem Kollegen, der ihnen weiterhelfen konnte.

Max hatte dann noch ein, zwei Glas Wein mit seinen beiden Damen getrunken und war gegen 23 Uhr wieder im Krankenhaus erschienen, wo er den braven Adi Praschner nach mehr als sieben Stunden Wache abgelöst hatte.

Obwohl ihn die geprellten Rippen nach wie vor schmerzten, fühlte sich Max hier immer wohler. Besonders in dem neuen Zimmer war es richtig angenehm zu sitzen und in die vom fahlen Mond beleuchtete Landschaft hinauszustarren. Die Menschen, mit denen er zu tun hatte, waren freundlich und hilfsbereit. Und er bewunderte, was sie rund um die Uhr leisteten.

Ein weiterer starker Eindruck, den Maurice bei Max hinterlassen hatte, hatte sich nach seinem ruhmlosen Abgang aus Onkel Lothars Einflusssphäre eingestellt. Er hatte sich zunächst um verschiedene Positionen bemüht, aber vergeblich. Entweder hatte er den Job nicht wirklich gewollt oder man hatte ihn nicht genommen. Meistens mit dem Hinweis, dass er überqualifiziert wäre. Das war der Fluch des Geschäftsführers, der er in Wirklichkeit nie richtig gewesen war.

Also war Max schließlich keine andere Wahl geblieben, als selbst etwas auf die Beine zu stellen. Sich selbständig zu machen. Da er sich als eine Art ›ökonomischer Eunuch‹ sah, also jemand, der zwar wusste, wie es ging, nur selbst nicht imstande war, es auch zu tun, hatte er beschlossen, ein Büro für Wirtschaftsberatung ins Leben zu rufen. Mit den Schwerpunkten Nahrungsmittelwirtschaft und Großverpflegung inklusive Gastronomie.

Das war kurz nach dieser schweren Zeit gewesen, als innerhalb weniger Wochen sowohl der Vater als auch Onkel Berni verstorben waren. Zwar war das Erbe zu diesem Zeitpunkt durchaus recht gekommen. Was Max allerdings in dieser Phase der Neuorientierung besonders vermisst hatte, waren die Gespräche mit den beiden erfahrenen und lebensklugen Männern gewesen. Und sicher war es Moritz nicht viel anders ergangen.

Ein Jahr später war das Geld weg. Das Büro begann zwar langsam, etwas abzuwerfen, aber er war weit davon entfernt, auf Dauer positiv zu wirtschaften. Da war Moritz, der gerade auf Kurzurlaub aus Hongkong in Wien gewesen war, plötzlich mit einem Sparbuch über 400.000 Schilling aufgetaucht und hatte es ihm einfach überreicht. ›Ich bin dein Bruder‹, hatte er dazu gemeint. ›Wenn ich dir nicht helfe, wer soll dir denn dann helfen?‹

Damals war Max sehr gerührt gewesen und eindrucksvoll davon überzeugt worden, dass es trotz manchmal gegenteiliger Empfindungen doch besser war, kein Einzelkind zu sein.

»Das habe ich dir nie vergessen, Kleiner.« Max war aufgestanden und ans Bett getreten. »Und das werde ich auch nie vergessen.« Fast zärtlich tupfte er mit einem Taschentuch die Schweißtropfen von der Stirne des Bewusstlosen.

»Jetzt wird es aber langsam Zeit, aufzuwachen. Du wirst mir einiges erklären müssen, Bruder. Was sollen denn die beiden Aufnahmegeräte im Bus? Offenbar bist du doch nicht nur der sympathische Loser, den du mir seit Jahren vorspielst. Wer bist du eigentlich, Maurice Petrark?«

*

In einem relativ bescheidenen Büro im dritten Stock des riesigen Botschaftsgebäudes der USA am Londoner Grosvenor Square residierte James A. Bugner jun. Offiziell wurde er als stellvertretender Leiter der Handelsmission geführt, tatsächlich hatte er nicht das Geringste mit der Wirtschaft zu tun. Seine Aufgabe war es vielmehr, die Tätigkeiten der freiberuflichen europäischen Mitarbeiter der Organisation, die er vertrat, zu koordinieren. Der Name dieser Organisation, deren aus drei Buchstaben bestehende Kurzform trotz aller Geheimniskrämerei als allgemein bekannt vorausgesetzt werden konnte, tat nichts weiter zur Sache.

Bugner jun. hatte eben James McReardsen, einen seiner wichtigsten Leitoffiziere in Zentraleuropa am Apparat. »Was ist jetzt eigentlich mit diesem … Anatol los. Ist er immer noch im Krankenhaus?«

»Er ist nicht nur noch immer im Krankenhaus, Sir, sondern er ist nach wie vor bewusstlos.« McReardsens Stimme nahm einen bedauernden Klang an. »Ich fürchte, mit Anatol können wir, wenn überhaupt, nicht vor nächstem Jahr rechnen.«

»Schade, war doch ein guter Mann.« Bugner jun. kratzte sich an der Nase. »Besteht die Gefahr, dass er etwas ausplaudert, was besser geheim bleiben sollte?«

»Kaum, Sir«, war sich McReardsen sicher. »Wir haben ihn seinerzeit über eine unserer zivilen Tarnfirmen angeworben. Er weiß eigentlich gar nicht, für wen er die ganze Zeit unterwegs gewesen ist. Er hält das alles bestenfalls für etwas dubiose Geschäfte, an denen er ganz gut mitschneidet. Die ganze Zeit über ordentlich verdient hat.«

»Sehr gut«, Bugner jun. war zufrieden. Dieser McReardsen war ein Mann nach seinem Geschmack. Sprach nicht zu viel und wenn, dann das Richtige. »Und wer kümmert sich jetzt um Anatol? Braucht er etwas?«

»So viel ich in Erfahrung gebracht habe, Sir, kümmert sich seine Familie um ihn. Die Krankenhauskosten sind über die Versicherung gedeckt. Und für die Zeit danach habe ich an eine Prämie gedacht. Damit er mit seinen Zahlungen keine Probleme bekommt.«

»Das ist gut. Dann gibt es also derzeit sonst keinen Handlungsbedarf? Tja, wenn es das war, dann schönen Tag noch, McReardsen.« Bugner jun. wartete die Antwort seines Gesprächspartners gar nicht ab, sondern legte einfach auf.

»Yessir, kein Handlungsbedarf«, Jakob Schulmacher, der von seiner Münchner Wohnung aus angerufen hatte, hatte den Hörer ebenfalls aufgelegt. »Ja, du arrogantes Arschloch«, murmelte er vor sich hin. »Du wirst schon noch rechtzeitig draufkommen, welcher Handlungsbedarf besteht. Aber wahrscheinlich bist du ohnehin zu vertrottelt, um zu bemerken, was da eigentlich läuft.«

*

Gegen 4 Uhr am Morgen erhielt Max Besuch von Schwester Doris. Die kannte den älteren korpulenten Herrn inzwischen schon recht gut, hatte ihn in ihr Herz geschlossen und ihm Kaffee mitgebracht.

Max war aufgestanden und streckte sich. An diesen verdammten Schaukelstuhl würde er sich nie gewöhnen. Das Kreuz schmerzte ihn, ein Bein war, ganz im Gegensatz zu ihm, eingeschlafen und der Hintern fühlte sich an wie nach fünf Stunden Fahrradfahren. Etliche Kilo rohes Fleisch. Nicht, dass er je fünf Stunden hintereinander Rad gefahren wäre und das Gefühl gekannt hätte, nein. Aber genau so musste sich das anfühlen, war er sich sicher. Ganz genau so.

Und dazu kamen dann die zwar nur leicht, jedoch unbarmherzig pochenden Rippen als Erinnerung an seinen ›heldenhaften‹ Einsatz gegen das Böse dieser Welt. Auf eine ganz perverse Art ein duchaus angenehmer Schmerz.

»Was ich Sie fragen wollte«, Doris blickte Max neugierig an. »Einer Cousine von mir gehören die Walcher Stuben in Schärfling. Sie hat mir erzählt, dass ein Dr. Petrark vor vielleicht 15 Jahren ein Konzept zur Reorganisation des Restaurants erarbeitet hat. Ist das ein Verwandter von Ihnen?«

Max erinnerte sich noch genau an das ideal gelegene, damals aber etwas heruntergewirtschaftete Lokal direkt am Attersee. Die Alten hatten den Besitz an die Tochter und deren Mann übergeben, die verständlicherweise etwas andere Vorstellungen als die Eltern hatten. Nach etwa einem halben Jahr Beratung, Reorganisation und bescheidenen optischen Verbesserungen hatten die Walcher Stuben einen guten Neustart hingelegt.

Max wollte das Thema nicht weiter vertiefen. »Ein entfernter Verwandter, mit dem ich keinen Kontakt mehr habe. Soll aber ein tüchtiger Mann sein.«

»Ja, ja«, bestätigte die Schwester, »die Rosie und der Manfred sind sehr zufrieden gewesen. Das Geschäft läuft prima. Muss wirklich recht tüchig sein.«

Obwohl Max über die Jahre der Eitelkeit hinaus war, wie er annahm und auch hoffte, tat ihm dieses indirekte Lob überraschend gut. Doch man sollte sich nie zu früh freuen.

»Rosie hat gemeint, dass ja vielleicht sogar Sie dieser Dr. Petrark sein könnten«, fuhr Doris fort. »Das Alter könnte stimmen. Aber Sie sind viel zu dick, so viel kann ein Mensch in 15 Jahren nicht zunehmen. Und wie ein Doktor schau'n Sie auch nicht gerade aus.«

Doch, ging es Max durchs Gemüt, so viel konnte ein Mensch zunehmen. Es kam nur auf die Umstände an. Aber vielleicht war das auch nur eine Ausrede. Irgendwie hatte er sich schon gehen lassen in den letzten Jahren. Und auf das mit dem Doktor wollte er lieber gar nicht eingehen. So was, wie sah denn ein Doktor überhaupt aus?

In den ersten Jahren hatte sich die Wirtschaftsberatung sehr gut entwickelt. Damals war Max' Büro einer von vielleicht fünf Anbietern dieser speziellen Leistungen in Österreich gewesen. Einmal abgesehen von den renommierten internationalen Unternehmensberatern, die jedoch in diesen Nischen nur bedingt mitgemischt hatten. Sein Fehler war es gewesen, den Wert seiner Leistung ganz einfach zu niedrig angesetzt zu haben. Und das immer wieder. So hatte er zwar viel zu tun gehabt, dem waren aber vergleichsweise relativ bescheidene Einnahmen und damit auch schmale Gewinne gegenüber gestanden. Doch Susanne und er hatten einigermaßen davon leben können. In den ersten Jahren der Selbständigkeit war er darüber hinaus als Journalist und Redakteur einer deutschen Fachzeitschrift für Gastronomie tätig gewesen und seine Frau hatte Anzeigen dafür gekeilt. Eine Arbeit, die den beiden sehr viel Spaß gemacht hatte und in der sie beide gut gewesen waren. Teilweise sogar sehr gut.

Leider war dies auch die Zeit gewesen, in der es zur ersten Entfremdung zwischen ihm und Quexi gekommen war. Diese hatte dann, in aller Freundschaft zwar, aber doch schließlich zur Trennung geführt. Sie war nach Wien gezogen, offiziell zunächst einmal wegen ihrer Anzeigenkunden, die natürlich vor allem in der Hauptstadt saßen. Er war dagegen in dem kleinen gemieteten Häuschen in der Nähe von Herzogenburg geblieben.

In dem darauffolgenden Sommer hatte er Anne kennengelernt. Es war fast wie in einer dieser zu Herzen gehenden Hollywoodinszenierungen zugegangen, die die Menschen zu Tränen rühren. Und dann hatte sich alles sehr schnell entwickelt.

*

Antonia und Rudi hatten die Nacht in Salzburg verbracht. Zunächst hatten sie einen Freund des Majors beim Landeskriminalamt besucht, der die Möglichkeit hatte, eine Kopie des Bandes herzustellen sowie die anderen Beweismittel einer kriminaltechnischen Untersuchung zuzuführen.

Die Suche nach einem Dolmetsch für Chinesisch war schon etwas komplizierter. Arthur, das war Rudis Freund, hatte allerdings eine Idee. Er kannte da einen Deutschen, der mit einer Chinesin verheiratet war und in Hallein ein Sushi-Restaurant betrieb. Ja, tatsächlich eine Sushi-Bude. Die Hausfrau musste eben als Japanerin durchgehen. Zumindest in Hallein klappte das auch meistens.

»Suzy Sturzenbacher kann uns natürlich keine offizielle Übersetzung liefern«, meinte Arthur. »Aber sie kann uns zumindest sagen, was die Männer so miteinander gesprochen haben. Und das ist ja fürs Erste das Wichtigste, oder?«

Das war natürlich völlig korrekt. Sollte das Band einmal Beweisstück in einem offiziellen Verfahren werden, so musste man eben noch einen gerichtlich beeideten Dolmetsch damit betrauen. Jetzt war einmal wichtig, zu wissen, was gesprochen worden war. Und dafür war Suzy Sturzenbacher genau die Richtige.

Genau deswegen saßen sie jetzt, Montag, dem 7. November 2011 um 10 Uhr, im Büro des Sushi-Restaurants Tokio-Palace und warteten auf die Chefin. Sie, das waren Antonia, Rudi und auch Arthur, den Freidler gebeten hatte, sozusagen als beamteter Zeuge mit dabei zu sein.

Die zierliche Suzy erschien mit vier Minuten Verspätung, hatte aber einen guten Grund dafür. Von Antonias Warte aus, die Sushi liebte, sogar einen sehr guten.

»Haben noch schnell ein paal Kleinigkeiten gemacht, zu

Kosten«, entschuldigte sie sich und stellte eine Platte mit kalten Fischköstlichkeiten auf den Tisch. »Bitte, kosten«, forderte sie die Besucher auf und lächelte dazu freundlich. »Ganz flische Fisch.«

Angesichts dieses geballten fernöstlichen Charmes konnte nicht einmal Rudi ablehnen, der sich bisher immer standhaft geweigert hatte, rohen Fisch zu essen. Aber probieren ging wieder einmal über studieren. In der Folge nahm er sich noch zwei Mal, und das völlig freiwillig. Ja, und er musste sich kein einziges Mal übergeben.

Dann erklärte er Suzy und ihrem Mann, worum es ging, ohne bereits auf mögliche Implikationen einzugehen, die sich aus der Übersetzung ergeben konnten. Dazu war Zeit genug, wenn es sich als notwendig erweisen sollte.

Anschließend war es endlich soweit. Sturzenbacher-San hatte sich die Kopfhörer, die Arthur mitgebracht hatte, aufgesetzt und war bereit. Entschlossen drückte sie den Wiedergabeknopf und konzentrierte sich auf das, was sie zu hören bekam.

*

Gegen Mittag hatten spielende Kinder einen Toten in einem Waldstück in der Nähe von Traunreut entdeckt. Der Leichnam des etwa 35 bis 40 Jahre alten Mannes war nur notdürftig mit Laub und Kleinholz bedeckt gewesen und vom Hund eines der Kinder erschnüffelt worden. Mit Ausnahme von Unterhose und Jeans war die Leiche unbekleidet gewesen.

Im Gerichtsmedizinischen Institut der Universität München wurde als Todesursache eine schwere Beschädigung der Medulla oblongata festgestellt, die binnen Sekunden zum Tod geführt haben musste. Auf gut Deutsch, der Mann war in der Folge eines Genickbruches gestorben. Da die besondere Art der Verletzung einen Unfall ausschloss, kam der Gerichtsmediziner zu dem eindeutigen Schluss, dass Tod durch Fremdeinwirken und damit zumindest Totschlag vorlag. Als Zeitpunkt des Todeseintritts wurde etwa 30 Stunden vor dem Auffinden im Wald angegeben. Plus/minus zehn Prozent, versteht sich.

Außer dem Foto der Leiche sowie den Fingerabdrücken entdeckte die Gerichtsmedizin einen weiteren Anhaltspunkt, der die Identifizierung der Leiche möglicherweise erleichterte. Der Mann verfügte über eine Operationsnarbe, die unter anderem auch auf eine vor etwa zwei Jahren erfolgte Nierentransplantation schließen ließ. Falls diese Operation offiziell und in einem europäischen Krankenhaus erfolgt war, war dieses Merkmal in Verbindung mit der Blutgruppe und den übrigen physiologischen Daten so gut wie ein Foto. Wenn nicht sogar besser. Der Gerichtsmediziner wies in seinem Bericht auf diesen Umstand hin und empfahl eine entsprechende Anfrage bei Eurotransplant und direkt bei den infrage kommenden Krankenhäusern.

Daneben bestand natürlich auch noch die Möglichkeit, dass der Ermordete bereits aktenkundig war und daher mithilfe der Fingerabdrücke identifiziert werden konnte.

*

Max' in den letzten Monaten ohnehin schon etwas gestörter Schlafrhythmus war in den letzten Tagen total durcheinandergekommen. Es war verrückt und es war unangenehm. Denn er musste sich untertags fürchterlich konzentrieren, sobald er sich irgendwo hinsetzte. Andernfalls schlief er nämlich sofort ein, wie erst gestern in einem Café am Hauptplatz. Die Serviererin hatte ihn schon recht seltsam taxiert, aber dann doch noch einen zweiten großen Braunen gebracht, extra kräftig.

Daher hatte Max beschlossen, das Krankenzimmer nur mehr zu verlassen, um einige Stunden mit Anne zu verbringen und sich frisch zu machen. Die übrige Zeit saß er da, dachte nach, schlief, redete mit Moritz und schlief neuerlich. Hier störte das niemanden. Die Schwestern, allen voran Doris und Gerlinde hatten sich nicht nur an den älteren, gemütlich wirkenden Herrn gewöhnt, sondern ihn auch irgendwie ins Herz geschlossen. Konkret bedeutete das, dass er nach Strich und Faden verwöhnt wurde. Fast so wie seinerzeit von seiner Oma.

Max hatte sich damals bloß ein paar Lebensmittel aus dem riesigen Supermarkt holen wollen, als ihn dieses wunderschöne Mädchen im Eingangsbereich angesprochen hatte. Nach mehr als einem halben Jahr Trennung von Susanne war er für einen Kontakt mit einer aufregenden Frau mehr als offen. Aber die schöne Unbekannte wollte von ihm lediglich etwas über seine Präferenzen bei Autoreifen wissen. Für die Interviewerin eines Marktforschungsinstitutes kein ungewöhnliches Thema.

Was allerdings außergewöhnlich gewesen sein soll, wie ihm Anne später einmal eingestanden hatte, war der unheimliche, fast schon tierische Ernst gewesen, mit dem sich Max mit der Frage seiner Pneu-Vorlieben auseinandergesetzt und aus den unterschiedlichsten Perspektiven behandelt hatte.

Später, während des Einkaufes, war dem manchmal etwas begriffsstutzigen Max die Idee gekommen, die junge

Frau unter irgendeinem Vorwand zu einem gemeinsamen Essen zu überreden. Aber da war es schon zu spät gewesen. Die Traumfrau, die von diesem Tag an sein Denken und Fühlen beherrschte, war wie vom Erdboden verschwunden.

Derselbe Supermarkt, eine Woche später: Max war wieder da gewesen und auf wundersame Weise auch sie. Nachdem er sich ein Herz und allen Mut zusammengenommen hatte, hatte er sie gefragt, ob sie für ihn nicht auch das machen könnte, was sie für die Reifenschuster machte.

»Möglich«, hatte das märchenhafte Wesen gemeint und gelächelt, »wenn Sie mir erst einmal sagen, wer Sie überhaupt sind.«

Max hätte wahrscheinlich wirklich eine eigene Befragung in Auftrag gegeben, wäre es die einzige Möglichkeit gewesen, mit dieser liebenswerten jungen Frau in Kontakt zu bleiben. Aber das war gar nicht notwendig geworden. Rund zwei Monate nach dem ersten Treffen mit Anne war Max von Susanne geschieden worden. In aller Freundschaft, worauf er heute noch stolz war. Und weitere vier Monate darauf war aus Fräulein Marbach Frau Anne Petrark geworden.

*

Rudi und Antonia waren erst am späteren Nachmittag aus Salzburg zurückgekommen. Nachdem Max erfahren hatte, dass die beiden, die seine Neugierde eigentlich kennen mussten, nicht auf direktem Weg nach Vöcklabruck unterwegs waren, sondern einen Umweg über Bad Ischl machten, war er zunächst sauer gewesen. Er fand den Gedanken, dass die beiden angesichts des im Koma liegenden Onkels unbedingt noch beim ›Zauner‹ vorbeischauen mussten, ein wenig grotesk, ja obszön. Jedoch hatte er sich rasch wieder beruhigt. Die jungen Leute wollten halt ein bisschen was aus ihrer Zeit hier machen. Sich etwas ansehen, von der Gegend mitnehmen. Und sicher auch vom ›Zauner‹, vielleicht die berühmten Mohngolatschen.

Immer, wenn Max früher in der Gegend gewesen war, hatte er diese Spezialität für seine Mutter besorgt. Die hatte dieses luftig leichte Zeug aus Blätterteig geliebt wie nur etwas.

Aber jetzt würde es gleich so weit sein. In wenigen Minuten würde Moritz' Geheimnis gelüftet werden. Komisch, dass Max so felsenfest davon überzeugt war. Genauso gut konnten sich ja nichtssagende chinesische Kalendersprüche auf dem Band befinden, ein paar Kochrezepte oder der Wetterbericht der letzten Woche. Aber nein, er spürte es einfach, dass sich der Schlüssel zum Geschehen mit und um seinen Bruder auf dem Band befand.

Um es gleich einmal vorwegzunehmen, Max wurde schrecklich enttäuscht. Zunächst zumindest, denn das Protokoll der Übersetzung, Rudi hatte ihm eine Kopie davon überlassen, ergab schlicht und ergreifend keinen Sinn.

Einer der Chinesen hatte Englisch gesprochen und für die anderen beiden Gesprächsteilnehmer den Übersetzer gespielt. Was die beiden Asiaten miteinander gesprochen hatten und was sich aus den englischen Einwürfen und Kommentaren ergeben hatte, war entweder totaler Nonsens, so eine Art fernöstlicher Small Talk mit europäischem Zuckerguss. Oder es handelte sich um eine Aneinanderreihung verschlüsselter Informationen, die nun einmal idiotisch klangen.

Da war zunächst einmal von einer ›Schlange‹ die Rede gewesen, die sich sicher noch sehr wundern würde.

Dann hatte der Europäer offenbar das Thema gewechselt und war auf den Fasching zu sprechen gekommen. Vom dem er offenbar nicht sehr viel zu halten schien, weil er ihn mindestens zwei Mal als ›bloody carnival‹ verunglimpfte.

Dann hatte einer der Chinesen um eine Flasche uralten Sake gewettet, dass der ›Sämling‹ besser sein würde als alles bisher Dagewesene. Damit konnte nur der eher seltene, aus der sogenannten Scheurebe gewonnene Wein gemeint sein. Vordergründig zumindest.

Ein chinesischer Kenner europäischer Weine, was es nicht alles gab. Aber warum nicht.

Kurz darauf war plötzlich noch etwas ins Gespräch gekommen, das wie ›Glauslglausl‹ oder so ähnlich geklungen hatte. Eine Bezeichnung, die den Europäer besonders belustigt und sogar zu einem Hustenanfall mit dem Kommentar ›Damned smoking‹ geführt hatte.

Schließlich hatte es nochmal ein verächtliches ›Bloody carnival‹ gegeben. Um den es eigentlich gar nicht ging, wie der eine Chinese versicherte. Gefolgt von einem unverständlichen Ausruf, der vom zweiten Chinesen mit ›But not on Friday‹ übersetzt und von dem Europäer mit einem völlig unmotivierten ›Hoch lebe die Republik Österreich!‹ beantwortet worden war.

Daraufhin folgten noch einige Ausführungen über das Wetter und sonstige Banalitäten. Damit war das Protokoll auch schon fast zu Ende und Max ziemlich enttäuscht. Mit dem, was da stand, konnte er nichts anfangen.

Aber da war dann eben noch der letzte Absatz auf der Rückseite des Blattes.

Plötzlich hatte der eine Chinese dem anderen etwas zugeflüstert. Dieser hatte sich dann ganz leise an den Europäer gewandt und wissen wollen, ob ›er möglicherweise *die Sprache* verstand.‹

Der Europäer konnte sich das zwar nicht vorstellen, denn dann hätte ›Julian sicher etwas gesagt‹. Irgendetwas am Verhalten dieses ›er‹, nach Max' Verständnis konnte es sich dabei nur um Moritz handeln, schien den Chinesen verdächtig vorgekommen zu sein. ›Dann sollten wir Herrn Doremi so rasch wie möglich fragen und bis dahin den Mund halten‹, hatte der Asiate hinzugefügt. Und das war's gewesen.

Max war ganz aufgeregt. Jetzt stand eindeutig fest, dass Moritz in etwas hineingeraten war, das zumindest eine Nummer zu groß für ihn war. Herr Doremi, wer immer das auch sein mochte, musste von Maurice' Sprachkenntnissen gewusst haben. Und sicherheitshalber empfohlen oder sogar befohlen haben, seinen Bruder aus dem Weg zu räumen.

»Damit ist ja wohl klar, dass mein Bruder das Opfer dieser Leute geworden ist«, meinte Max zu Rudi. »Was werden Sie jetzt unternehmen?«

»Das Orginalband ist unterwegs zum Bundeskriminalamt, um dort ganz genau untersucht zu werden. Stimmerkennung, Dekodierung und so weiter und so fort, das ganze Programm«, stellte der Major fest.

»Und was geschieht mit meinem Bruder?« Max war viel mehr an diesem Teil des Geschehens interessiert. Schließlich war das ja auch das einzige greifbare Ergebnis des Bandes. Was interessierte ihn schon Sake oder Sämling, Schlangen oder ein blutiger Karneval. Obwohl, das klang schon reichlich martialisch.

»Ihr Bruder bekommt ab sofort Personenschutz«, klärte ihn Major Freidler auf. »Im Übrigen müssen wir warten, bis er endlich aufwacht. Was sagt denn der Arzt?«

»Wenn es nach den Ärzten geht, könnte Maurice jeden Moment munter werden«, erwiderte Max. »Genaueres wissen sie nicht.«

»Vor allem müssen wir uns jetzt um das kümmern, was hinter dem scheinbar sinnlosen Gespräch steckt. Und das muss etwas Großes, Wichtiges sein. Sonst hätte man sicher nicht versucht, Ihren Bruder so rasch und überhastet aus dem Weg zu räumen. Die Herrschaften hatten Angst, dass Maurice Petrark ihnen einen Strich durch die Rechnung machen könnte. Anders ist diese unprofessionelle Vorgangsweise nicht zu erklären.«

*

Eine der ersten Aufgaben Hofrat Dr. Radiseks als junger Mitarbeiter der Wirtschaftspolizei war es gewesen, sich mit den nationalen Ausläufern der internationalen Verbindungen eines gewissen Roderich Waxmayers und seiner ›Waxmayer Consulting‹ auseinanderzusetzen. Waxmayer, ein begnadeter Softwarespezialist, hatte einige hervorragende Tricks ausgeknobelt, wie man Geld mithilfe des Internets verschwinden und wieder auftauchen lassen konnte, ohne dass Finanz oder Polizei welchen Landes auch immer etwas dagegen hätten tun können. Zumindest nicht offiziell. Denn diese Aktivitäten wurden oft gar nicht, regelmäßig aber erst viel zu spät entdeckt und waren durch ein gewaltiges, mehrmals den Erdball umspannendes Verschleierungsnetz nicht zurück verfolgbar.

Das hatte den gebürtigen Mistelbacher zum bevorzugten Problemlöser zahlreicher internationaler Unternehmen und Organisationen gemacht. Wie zu hören war, auch solcher aus dem Dunstkreis des organisierten Verbrechens.

Das alles waren natürlich nur Gerüchte, denn da es nie zu einer Anklage, geschweige denn zu einer Verurteilung gekommen war, war das alles inoffiziell, alle Überlegungen gründeten lediglich auf Spekulationen. Auf gut fundierten Spekulationen, aber nicht mehr.

Denn der hochintelligente, sehr vorsichtige und einen völlig normalen Lebensstil pflegende Waxmayer hatte den Behörden keinerlei Angriffsflächen geboten. Ja, selbst eine Parkstrafe, falls er sich eine solche überhaupt je eingehandelt haben sollte, hätte er pünktlich bezahlt, um nur nicht aufzufallen.

Obwohl es Interpol gelungen war, einen äußerst cleveren Mann in den engsten Kreis um den Internetmagier in seine Zentrale in Felden am Chiemsee einzuschleusen.

Inzwischen wussten die Experten von FBI, Scotland Yard, Europol und wie die kriminologischen Braintrusts sonst noch heißen mochten, zwar, dass dieses System via Internet funktioniert hatte und dies immer noch tat. Aber sie wussten nach wie vor nicht, wie. Zumindest nicht genau genug, um etwas dagegen unternehmen zu können.

Einer der engsten Mitarbeiter Waxmayers war seinerzeit ein gewisser Jakob Schulmacher gewesen. Das damals knapp 30-jährige Masterbrain hatte den etwa fünf Jahre jüngeren Volkswirt richtig ins Herz geschlossen, in ihm sogar so etwas wie einen jüngeren Bruder gesehen. Wären die eigentlichen Arbeitgeber Jakobs, CIA und Interpol, nicht so ungeduldig, ja gierig auf einen schnellen Erfolg gewesen, hätte Waxmayer den Kuckuck in seinem Nest mit der Zeit sicher von selbst in seine Geheimnisse eingeweiht.

Aber den Eggheads in den Zentralen hatte das alles zu lange gedauert. Und so war es gekommen, wie es kommen hatte müssen. Bei einem nächtlichen Versuch, mit List und Tücke und wohl auch ein wenig Gewalt hinter Waxmayers Geheimnis zu kommen, war Schulmacher aufgeflogen.

Jeder andere Chef aus dem Dunstkreis des organisierten Verbrechens hätte wohl kaum Skrupel gehabt, einen derart ungetreuen Mitarbeiter zu töten, ihm die Zunge herauszuschneiden oder zumindest alle Glieder zu brechen.

Waxmayer war jedoch anders. Er verstand sich als Humanist, hasste jegliche körperliche Gewalt und sah seine Aktivitäten nicht als Verbrechen an, sondern als logische Konsequenz seiner im Grunde genommen eher anarchistischen Gesinnung. Sich selbst hatte er einmal als modernen Robin Hood bezeichnet, als jemanden, der mithilfe des Computers den Reichen nahm und den Armen gab. Und tatsächlich, die Liste der sozialen Einrichtungen und karitativen Projekte, die von Waxmayer Consulting gefördert worden waren und noch wurden, war angeblich sehr beachtlich.

Wie auch immer, er hatte Schulmacher zwar gefeuert, ihm aber gleichzeitig die Möglichkeit geboten, als freier Mitarbeiter weiter für sein Beratungsunternehmen tätig zu sein und gut dabei zu verdienen. Bloß sehen hatte er diese personifizierte menschliche Enttäuschung nicht mehr wollen. Nie mehr.

Während dieser Zeit war es zum Kontakt zwischen dem Hofrat und Schulmacher gekommen. Damals war Dr. Radisek einfacher Sachbearbeiter in der Wirtschaftspolizei gewesen und hatte von dem, was er heute alles über Waxmayer und seinen ehemaligen engsten Mitarbeiter wusste, keine Ahnung gehabt. Im Gegenteil, er hatte den Aussagen Schulmachers, der sich der Wirtschaftspolizei als Experte für Internet-Malversationen angedient hatte, unbesehen geglaubt und ebenso unkritische Schlussfolgerungen daraus gezogen.

Da die zugrunde liegenden Annahmen zwar richtig, die daraus gezogenen Schlußfolgerungen dagegen völlig falsch gewesen waren, hatte sich Radisek mit seinem Bericht – um es vorsichtig zu formulieren – ziemlich lächerlich gemacht.

Schulmacher hatte dafür jegliche Verantwortung von sich gewiesen, für den Beamten hatte diese kurze Episode der Zusammenarbeit eine mindestens dreijährige Unterbrechung in seiner Karriereplanung zur Folge gehabt. Für den ehrgeizigen jungen Juristen, der von Schulmacher in diese Situation gebracht und kräftig gelinkt worden war, war das eine schwere Zeit.

Im Gegensatz dazu hatte der Aufstieg Schulmachers damals erst so richtig begonnen. Der Mann hatte es über die letzten beiden Jahrzehnte hinweg verstanden, sich auf beiden Seiten des schmalen Grates unentbehrlich zu machen. Die Beurteilungen durch seine ›Arbeitgeber‹ bei ›Langley und Lyon‹ waren hymnisch, aber dennoch irgendwie so nichtssagend, dass der Hofrat erhebliche Zweifel an ihrer Seriosität hatte. Besser gesagt, an ihrer Vollständigkeit. So nach dem Motto ›Wer einmal linkt, dem glaubt man nicht.‹

Eines stand für den stellvertretenden Leiter der Wirtschaftspolizei allerdings fest. Falls Moritz Petrark wirklich mit diesem Mistkerl zu tun gehabt hatte, dann steckte er in größeren Schwierigkeiten, als Anne und ihrem Mann bewusst war.

Radisek hatte eine Idee, wer ihm in dieser Angelegenheit vielleicht helfen konnte. Er musste zunächst nur herausfinden, wo sich diese Person derzeit aufhielt.

Denn Roderich Waxmayer hatte vor etwas mehr als drei Jahren seinen Laden sehr gut verkauft und sich im Alter von nur 43 Jahren irgendwohin in den ›verdienten Ruhestand‹ begeben.

Was nicht bedeutete, dass sich dieses Mastermind nicht mehr weiter für Spieler und Spiele interessierte. Und seine Enttäuschung mit Schulmacher gehörte ganz gewiss zu den Dingen, die Menschen wie Waxmayer bis zu ihrem Lebensende nicht vergaßen. Davon war der Hofrat felsenfest überzeugt.

# 8.

Major Freidler hatte Wort gehalten. Als Max kurz nach Mitternacht ins Krankenhaus gekommen war, war neben dem treuen Adi Praschner bereits ein uniformierter Polizist vor Moritz' Zimmer Wache gesessen.

Der hatte ihn zunächst am Betreten des Zimmers hindern wollen, was Max zwar sehr irritiert, gleichzeitig aber auch von der Qualität der Maßnahme überzeugt hatte. Nachdem Schwester Doris die erforderlichen Klarheiten hergestellt hatte, hatte es weiter keine Probleme gegeben.

Adi war schon weg, als Max klar wurde, dass er den guten Mann nun eigentlich nicht mehr benötigte. Aber der Gedanke, dem netten Kerl sagen zu müssen, dass er nicht mehr gebraucht wurde, bereitete Max Bauchschmerzen. Das war eine seiner Schwächen als Geschäftsführer gewesen. Hin und wieder Leute freisetzen zu müssen, wie das Hinausschmeißen euphemistisch bezeichnet wurde. Es war schrecklich gewesen. Einmal hatte er mit einem jungen Vater, den er eben freisetzen hatte müssen, sogar gemeinsam geweint. Das war zwei Tage vor dem Mittwoch gewesen, an dem er selbst hatte gehen müssen. Onkel Lothar, ade.

Max beschloss, über Adis weitere Beschäftigung erst am nächsten Morgen nachzudenken. Frühestens.

Wahrscheinlich war seine Unfähigkeit, Menschen wegzuschicken auch der Grund gewesen, warum er seine Wirtschaftsberatung 23 Jahre lang als ›One Man Show‹ betrieben hatte. Bloß keine fest angestellten Mitarbeiter, die man möglicherweise irgendwann einmal entlassen musste.

Wozu gab es denn Anrufbeantworter und später das Handy, das einen ständig erreichbar machte.

Eigentlich ein Horror, die Vorstellung, immer und überall verfügbar zu sein. Einer der großen Fortschritte für die Menschheit, mit der sie gleichzeitig den Grundstein für ihren Untergang legte.

Andererseits war es, wie das meiste im Leben, eine reine Gewohnheitssache. Mit der Zeit hatte er immer öfter vergessen, sein mobiles Telefon einzustecken. Herrlich, dieses Gefühl, sich die netzfreien Nischen selbst aussuchen zu können. Und nicht ständig mit der SMS einer Versicherung rechnen zu müssen, die einem partout die Großwetterlage im Lande erklären wollte.

Zu diesem Zeitpunkt hatte er sich beruflich bereits auf dem Abstieg befunden. Etwa 15 Jahre lang hatten sich Umsatz und Gewinn kontinuierlich nach oben entwickelt. Nicht überwältigend, für einen Freelancer aber durchaus erfolgreich. Dann hatte eine neue Generation von Beratern begonnen, sich den Markt unter den Nagel zu reißen. Eloquent, hip gekleidet und frei von jeglichen Skrupeln. In vielen Fällen entsprachen diese Typen exakt ihren Gegenübern in den Konzernzentralen. Klar, dass man sich unter diesen Umständen prächtig verstand. In der Vorstandsetage ebenso wie auf dem Golfplatz.

Max hatte weder Lust gehabt noch die Möglichkeit gesehen, mit diesen Glücksrittern mitzuhalten. Außer Pingpong und vielleicht noch Minigolf hatte er wenig Sportives zu bieten gehabt.

In dieser immer schnelllebiger gewordenen Zeit waren Generaldirektoren von Softwarehäusern bereits mit 30 uralt und Berater mit 53 Jahren Auslaufmodelle.

Es war daher nur human, für diese Menschen das Pensionsantrittsalter hinaufzusetzten, um ihnen zu zeigen, dass man fest an sie und ihre Kompetenz glaubte. Nicht auf sie verzichten konnte. Ihnen auf diese Weise wieder Hoffnung machte.

Das war angewandte Psychologie vom Feinsten.

Wie auch immer, einige Jahre hatte Max noch irgendwie weiter gewurstelt. Sogar Dinge getan, auf die er, im Nachhinein betrachtet, nicht unbedingt stolz war. Aber bitte. Fünf Jahre später war es dann soweit gewesen. Das, wovor Max insgeheim immer Angst gehabt hatte, war eingetreten. Er hatte seine Rechnungen nicht mehr zahlen können und beim Handelsgericht seine Zahlungsunfähigkeit erklären müssen.

Maßgeblich erleichtert hatte ihm diese Entscheidung der Umstand, dass das bescheidene Familienvermögen, im Wesentlichen eine Eigentumswohnung, schon von Anfang an bewusst bei Anne angesiedelt worden war. Für alle Fälle eben. Bei bestehender Gütertrennung war es über die Jahre hinweg gelungen, Anne von jeglicher Haftung oder Bürgschaft für seine Schulden freizuhalten. Zwar hatte ihm seine Frau, die über einiges Vermögen verfügte, von Zeit zu Zeit über Liquiditätsengpässe hinweggeholfen. Nie aber in einer Form, die mit einer Unterschriftsleistung und damit einer Verpflichtung gegenüber Dritten verbunden gewesen war.

Das Eigenartige an der Bankrotterklärung war, dass er von dem Moment an, an dem er sich zu diesem Schritt entschlossen hatte, völlig frei von jeder Angst gewesen war.

»Wir Menschen sind schon seltsame Wesen«, murmelte er vor sich hin. »Jeder hat geglaubt, ich muss todunglücklich sein. Dabei ist es mir damals besser gegangen als die ganzen Jahre zuvor. Viel, viel besser. Keine Angst mehr, es war herrlich.«

Er blickte auf Maurice. »Aber du darfst es bloß nicht zeigen, sonst halten dich alle für gewissenlos oder für verrückt. Ich glaube, du bist der einzige Mensch, der das je verstanden hat. Das muss wohl an unserem gemeinsamen Gendefekt liegen, Kleiner.«

*

Hofrat Radisek hatte Roderich Waxmayer einmal sogar persönlich kennengelernt. Das war vor fünf, sechs Jahren, bei einem Seminar, an dem der ›Internet-Guru‹ als Vortragender teilgenommen hatte. Radisek hatte damals ganz kurz mit Waxmayer gesprochen. Beim Frühstück, als sich der Computerspezialist nebenbei mit der Auflösung eines Kreuzworträtsels befasst hatte. Der zweifellos etwas einseitig begabte Mann hatte ein Problem mit der ›Hauptstadt der Insel Menorca‹ gehabt, fünf Buchstaben waagrecht. Der Hofrat, der da einmal seinen Urlaub verbracht hatte, hatte helfen können und in der Folge eine halbe Stunde mit Waxmayer geplaudert.

Dessen Consultingunternehmen war damals wie auch heute noch eines der führenden Unternehmen für Computersicherheit. Antivirenprogramme, Firewalls und dergleichen mehr. Radisek hatte den Mann nicht nur fachlich für ein Genie gehalten, sondern auch menschlich sehr interessant gefunden. Seiner Einschätzung nach war Waxmayer auf Grund seiner inoffiziellen Geschäfte wahrscheinlich ein Verbrecher im strafrechtlichen Sinne, überhaupt kein Zweifel. Aber er war alles andere als ein ›böser Mensch‹, der für seinen Vorteil über Leichen ging. Im

Gegenteil, der bekannte und erfolgreiche Unternehmer hatte ein sehr humanistisches Menschenbild entwickelt und für ein Modell des Zusammenlebens auf dieser Welt plädiert, das Radisek außerordentlich beeindruckt hatte. Zum Abschluss des Seminars hatte er seine Zuhörer und Zuhörerinnen eingeladen, doch in Kontakt mit ihm zu treten, falls sie das für wünschenswert halten sollten. Und ihnen für diesen Zweck eine E-Mail-Adresse genannt.

Diese Adresse musste der Hofrat jetzt nur noch finden. Oder sich daran erinnern. Wenn er sich nicht sehr irrte, war es eine dieser logischen Anschriften gewesen, die man sich ohnehin merkte. Oder dies trügerischerweise zumindest glaubte.

Und dann musste die Adresse lediglich aktiv sein und er konnte Waxmayer das fragen, was er ihn fragen wollte.

Der Hofrat nahm sich vor, am Abend seine alten Notizbücher durchzugehen. Irgendwo musste sich diese Adresse finden lassen.

War es nicht Robby@erwe.com gewesen? Oder so ähnlich?

*

Erfreulich rasch hatte es ein positives Ergebnis bei der Identifizierung der männlichen Leiche aus Traunreut gegeben. Bei dem 34-jährigen Mann, der vor zweieinhalb Jahren in der Universitätsklinik Innsbruck eine neue Niere erhalten hatte, handelte es sich um einen gewissen Dieter Engerich. Als letzte Wohnadresse war Seekirchen, Seebadstraße 19 bekannt.

Die Polizei von München, wo sich die Leiche im Gerichtsmedizinischen Institut befand, ersuchte nun die

Salzburger Kollegen um Einleitung entsprechender Erhebungen. Weiters wurde die Information auch der Europol in Den Haag zugeleitet.

Darüber hinaus hatte ein aufmerksamer Mitarbeiter der Münchner Polizei noch einen interessanten Fund gemacht, der fast übersehen worden wäre. Eher zufällig war er in einer Hosentasche des Toten auf eine kleine Kugel aus Papier gestoßen. Dabei handelte es sich um den zusammengeknüllten Kassenbon des Zeitungs- und Buchladens in der Eingangshalle des … jawohl, des Krankenhauses Vöcklabruck. Von Samstag, dem 5.11.2011, also einen Tag, bevor der Mann ermordet worden war.

Was hatte Dieter Engerich einen Tag vor seiner Ermordung im Krankenhaus Vöcklabruck zu suchen gehabt?

*

Es war bereits kurz nach 4 Uhr, als Max das erste Mal aufwachte. Obwohl er jetzt ein Bett zur Verfügung hatte, war er wieder im Schaukelstuhl eingeschlafen. Trotz der nach wie vor schmerzenden Rippen.

Je öfter er die Nächte sitzend verbrachte, desto besser konnte er in dieser Position auch schlafen. Einerseits wurden die Schlafphasen immer länger, andererseits fühlte er sich danach von Mal zu Mal weniger erschlagen. Er hoffte aber doch, dass er bald wieder ganz normal im Bett landen würde, denn richtig gewöhnen wollte er sich nicht an diese nächtlichen Sit-ins.

Erfreulicherweise hatte Adi Praschner seine Ankündigung wahr gemacht und einen kleinen TV-Portable mitgebracht. Und da das Krankenhaus noch ziemlich neu war und man nicht nur bei der medizinischen Ausstattung nicht gespart hatte, gab es sogar Anschlüsse für Kabelfernsehen in den Zimmern.

Vorsichtig näherte sich Max jetzt dem Gerät und drückte die Powertaste. Dann schnappte er sich die Fernbedienung und zappte durch das frühmorgendliche Angebot.

Da ihm die Zurschaustellungen der ›Ruf mich an, ich warte auf dich‹-Mädels trotz ihrer mit der Zungenspitze angefeuchteten Lippen zu wenig sinnlich war, und die Leute, die selbst um diese Zeit noch Gurkenhobel, Staubsauger oder Gartenmöbel verkaufen wollten, nicht überzeugten, und ihn darüber hinaus die Prophezeiungen der Kartenlegerinnen nicht wirklich berührten, landete er schließlich bei CNN.

Das war einerseits gut so, denn es erinnerte ihn daran, dass die Welt rund und irgendwo immer Tag war. Andererseits war es aber auch schrecklich, wenn man hören musste, was allein in den letzten Stunden alles los gewesen war.

Stimmten die Zahlen, die der Moderator eben genannt hatte, waren während der drei Stunden, die Max geschlafen hatte, mehr als 260 Menschen ums Leben gekommen. Nicht im Schlaf dahingegangen, einem Verkehrsunfall zum Opfer gefallen oder als Folge einer schweren Erkrankung gestorben, nein. Sondern rein als Folge äußerer Gewalteinwirkung durch Dritte. Und das lediglich bezogen auf die in den letzten zehn Minuten zur Wiedergabe ausgewählten Nachrichten. Egal, ob Irak, Afghanistan, Sri Lanka oder Indonesien, laufend wurden Menschen umgebracht. Was eher ungewöhnlich war, dass diesmal auch drei Tote bei Unruhen in der Europäischen Union zu beklagen waren. In Rumänien war es in Timisoara nach Studentendemonstrationen gegen die geplanten Universitätsreformen zu schweren Übergriffen durch die Polizei gekommen. Dabei waren zwei ungarischstämmige Studenten und ein Polizist so schwer verletzt worden, dass sie im Krankenhaus ihren Verletzungen erlegen waren.

Dazu kamen, quasi als eigene Kategorie des ›großen Sterbens‹, die mehr als 200 Passagiere einer Tupolew, die irgendwo über Sibirien abgestürzt war und von denen kein Einziger den Absturz überlebt hatte.

Am meisten erschütterte Max aber die Nachricht von dem 36-jährigen langzeitarbeitslosen Dresdner, der sich, verlassen von Frau und Kindern am fünften Jahrestag seines Jobverlustes offenbar nicht mehr anders zu helfen gewusst hatte, als sich mit Benzin zu übergießen und anzuzünden.

Dank des beherzten Eingreifens einiger Umstehender waren die Flammen relativ rasch erstickt worden. Da die Haut des Mannes jedoch zu mehr als 70 Prozent Verbrennungen dritten Grades aufwies, waren die Ärzte hinsichtlich seiner Überlebenschancen eher skeptisch.

In einem zwischenzeitlich gefundenen Abschiedsbrief hatte der Elektrotechniker, ein Diplomingenieur, seine verzweifelte Lage dargestellt und mitgeteilt, dass ihm nun nichts mehr blieb als auf diese schreckliche, für die Europäische Union entwürdigende Situation der Arbeitslosigkeit in Verbindung mit mangelnder sozialer Absicherung hinzuweisen. Er hatte einfach Bewusstsein schaffen wollen, wie seinerzeit Jan Palach, der 1969 aus Protest gegen den Einmarsch der Truppen des Warschauer Paktes – damit war der ›Prager Frühling‹ schlagartig vorbei – seinem Leben ein spektakuläres und bis heute unvergessenes Ende setzte.

Das war sie also, die vielgepriesene menschliche Wärme,

das Aufeinanderzugehen in einem sozialen Europa, das die Politiker in ihren Sonntagsreden nicht müde wurden zu beschwören. ›Das Netz, das den sozialen Frieden auf diesem Kontinent sichert und allen Menschen die Chance auf ein menschenwürdiges Leben gibt.‹ Bullshit, reinster bullshit, dachte Max zornig. Dieses Gewäsch konnte selbst so friedliche Zeitgenossen wie ihn zum Anarchisten werden lassen.

Das nächste Thema, dem sich CNN widmete, war die bevorstehende Europareise Präsidentin Midgards. Bereits morgen würde es losgehen, zunächst nach London und einen Tag später weiter an die Seine. Der kleine private Abstecher der ersten Frau im Weißen Haus und die Fahrt mit der guten, alten Eisenbahn nach Wien wurde fast anekdotenhaft, als liebenswerte kleine Marotte der First Lady behandelt, fand Max.

First Lady, ja, war sie das eigentlich überhaupt oder war ihr Mann jetzt bloß der ›First Sir‹ oder wie immer die korrekte Bezeichnung dafür auch lauten mochte?

Max freute sich über diese Frau. Endlich wieder ein Mensch an der Spitze der Vereinigten Staaten, den man respektieren, ja, zu dem man aufschauen konnte. Dass Frau Midgard dazu noch blendend aussah, war natürlich kein Fehler.

Jetzt hatte er genug gesehen. Er stand auf und drehte das Fernsehgerät wieder ab. Dann ging er zum Fenster und blickte in die Dunkelheit hinaus.

Vielleicht waren Terrorismus, die Flugzeugabstürze und der ganze andere tägliche tödliche Wahnsinn nur die Antwort auf den Wegfall – nein davon konnte man wirklich nicht sprechen – auf die Reduzierung der konventionellen Kriege und den ständig steigenden Stand der Medizin.

Vielleicht bestand ja irgendwo ein streng geheimer Masterplan, der die vier traditionellen apokalyptischen Reiter durch zeitgemäßere, aber ebenso unangenehme Kerle ausgetauscht hatte?

Max schüttelte den Kopf. Nein, so war es auch nicht. Einen Moment lang wäre er fast in die Falle gegangen, in die viele Menschen im sogenannten Westen so gern tappten. Sie hatten ihre begrenzte Sicht der Dinge und meinten in ihrer Beschränktheit, diese gelte selbstverständlich für den Rest der Welt.

Nein, nein, Kriege gab es nach wie vor jede Menge. Auch wenn es schön und für die Europäer höchst beruhigend war, dass die Deutschen und die Franzosen nunmehr schon seit 60 Jahren immer besser miteinander auskamen. Dafür hatte das Phänomen ›Terrorismus‹ den ersten Reiter in einem Maße ersetzt, dass einem angst und bange wurde.

Hunger, der eigentlich längst hätte besiegt werden können, ja müssen, zeigte nach wie vor seine hässliche Fratze, und das auf allen Kontinenten. Nahm man ihn als Synonym für Armut, so war Hunger sogar im Vormarsch. Wenn zum Teil auch auf einem relativ hohen Niveau. Neu dagegen war der verfressene Halbbruder des Hungers, die immer öfter auftretetende Fettleibigkeit. Die hatte schließlich ihren Anteil daran, dass die Überbevölkerung nicht ganz so zügig vorankam wie das rein rechnerisch möglich gewesen wäre.

Ja, das galt auch für ihn. Max blickte an sich hinunter, was ihm aber nur bis zur Leibesmitte gelang. Sein Bauch verstellte ihm den Blick auf die Schuhspitzen. Er lächelte säuerlich. Sein Übergewicht war schon bemerkenswert und es tat gut, sich das einzugestehen.

Die Pest gab es zwar nicht mehr, zumindest offiziell war sie ausgerottet. Gegen die meisten anderen Krankheiten feierte die Medizin rauschende Erfolge. Aber immer wieder tauchten, einem Menetekel gleich, pandemische Gespenster auf, die regelmäßig für volle Kassen der Pharmaindustrie sorgten.

Oder es kamen neue Krankheiten, die zu den vielen dazukamen, die nicht behandelt werden konnten. Warum? Weil die Anzahl der Erkrankten weltweit eine entsprechende Forschung und die Entwicklung geeigneter Medikamente aus wirtschaftlichen Gründen nicht zuließ. Richtig, Menschen mussten sterben, weil mit ihren Krankheiten nicht genug verdient werden konnte. Manchmal konnte man sich schon genieren, Mensch zu sein.

Dieser apokalyptische Reiter hatte also vordergründig viel von seinem Schrecken verloren, arbeitete aber äußerst erfolgreich im Hintergrund.

›Last but not least‹ war da der Tod, die einzige Konstante in dem Spiel namens Leben. Mein Gott, was sollte man dazu noch sagen.

Max war ans Bett getreten und wischte Moritz vorsichtig einige Schweißtropfen von der Stirn. »Jetzt wird es wirklich langsam Zeit aufzuwachen, Kleiner«, ermahnte er den Bruder scherzhaft. »Oder glaubst du, wir haben wirklich nichts anderes mehr zu tun, als hier bei dir Wache zu schieben?«

*

Das war jetzt schon das zweite Mal innerhalb kurzer Zeit gewesen, dass ihn jemand ›Kleiner‹ genannt hatte. Er hatte nicht alles verstanden, was diese impertinente Person gesagt hatte, eigentlich fast gar nichts, aber dieses gönnerhafte ›Kleiner‹ hatte er gehört. Und zwar zweimal.

Er verstand nicht ganz, warum er sich nicht einfach erhob und diesem unmöglichen Menschen die Meinung sagte. Ein für alle Mal und dann war Ruhe. Er hatte es zwar gewollt, jedoch irgendwie hatte es nicht geklappt.

Was machte er eigentlich hier? Und wo war dieses ›hier‹ überhaupt? Soweit er sehen konnte, war alles in ein freundliches pastellgrünes Licht getaucht. Vor ihm schien ein langer, sehr langer Gang zu sein, dessen Ende er nicht erkennen konnte. Vor einiger Zeit hatte ihn jemand mit einem feuchten Tuch abgewischt. Am ganzen Körper, sehr angenehm. Aber gesehen hatte er niemanden. Komisch.

Ob das derselbe Mensch war, der ihn ›Kleiner‹ genannt hatte? Kaum vorstellbar, denn jemand mit so zarten Händen würde nie so herablassend mit ihm sprechen.

Na, er würde den Kerl schon noch erwischen.

*

Die Stimmerkennungsdatei des Bundeskriminalamtes in Wien hatte bisher keinen Treffer gelandet. Sowohl die Stimmen der beiden Chinesen als auch die des Europäers waren hierorts noch nicht erfasst worden. Man hoffte allerdings, dass Europol, Interpol und vor allem das FBI erfolgreicher sein würden.

Und da waren die Analytiker tatsächlich etwas erfolgreicher gewesen. Nach übereinstimmender Meinung konnte es sich bei der als ›Schlange‹ apostrophierten Person nur um den Präsidenten der EU-Kommission Jan Erik Adder handeln.

Das hatte zunächst zumindest einmal Magister Herwig Bodenstein behauptet, der Assistent des Chefanalytikers. Die anderen Herren hatten den jungen Spund eher erstaunt als wirklich verärgert angesehen. Ihre spontane Ablehnung hatte aber sehr rasch echter Anerkennung Platz gemacht, als der perfekt Englisch sprechende Knabe auf die deutsche Bedeutung ›adders‹ hinwies. Nämlich Otter oder im weiteren Sinne eben Schlange.

›Bloody Carnival‹ war leider eine nur allzu deutliche Metapher und um diese Jahreszeit auch eindeutig zu terminieren. Aus welchen Gründen auch immer begann für sehr viele Menschen im deutschsprachigen Teil Europas Karneval, Fastnacht oder Fasching am 11.11. um 11.11 Uhr. Welch fast schon mystisches Ziffernspiel.

Was der Hinweis auf den ›Sämling‹, diese seltene Weinsorte sollte, blieb vorerst unklar. Möglicherweise sollte ein Anschlag auf den Kommissionspräsidenten in einer Weingegend, bei einer Weinverkostung oder in sonst einem Konnex mit Wein stattfinden. Man hoffte, nach Kenntnis des detaillierten Zeitplanes Jan Erik Adders diesbezüglich klarer zu sehen.

Das Gleiche traf auf dieses seltsame Wort ›Glauslglausl‹ zu, mit dem niemand etwas anfangen konnte. Vielleicht handelte es sich dabei um eine Ortsbezeichnung, um den Spitznamen einer regionalen Persönlichkeit oder was auch immer. Auch hier hoffte man auf Hinweise, die sich wie von selbst nach Kenntnis der terminlichen Verpflichtungen Adders am 11. November einstellen würden.

Das darauffolgende ›Freitags nie‹ war klar verständlich, bloß, was es in diesem Zusammenhang zu bedeuten hatte, war völlig unklar. Der 11.November, also der Tag, an dem der Karneval begann und damit das Attentat auf Adder stattfinden sollte, war ein Freitag. Hieß das jetzt also, alles zurück, kein Anschlag, weil Freitag. Oder bezog sich dieser Einwand möglicherweise auf etwas völlig Anderes, Banales, was nichts mehr mit Adder zu tun hatte? Immerhin tauschten Attentäter ja gelegentlich auch völlig private Informationen aus.

Ebenso unklar war die Bedeutung des abschließenden, recht pathetisch wirkenden Toast auf die Republik. War das bloß Blödelei oder ein Hinweis darauf, dass … ja, auf was eigentlich? Dass das Attentat in Österreich stattfinden sollte oder was sonst? Das war ja kaum vorstellbar. In diesem Land wurde gefressen, gesoffen und gevögelt, Mozart und Strauß verehrt, gut Schi gefahren und schlecht Fußball gespielt.

Aber ein terroristischer Anschlag? Nie und nimmer. Vertraute man den österreichischen Sicherheitsbehörden, so wusste der internationale Terrorismus nicht einmal, wo Austria lag. Oder er dachte, das wäre das riesige Land, in dem einem ständig ein Känguru über den Weg hüpft.

Also, das mit der Republik Österreich war sicher nur so ein Ausruf gewesen. Wahrscheinlich wollte der Deutsche, der ja eigentlich ein Österreicher war, auch etwas gesagt haben.

Fürs Erste und bis auf Weiteres musste also davon ausgegangen werden, dass am 11. November mit hoher Wahrscheinlichkeit mit einem Anschlag auf Jan Erik Adder zu rechnen war. Da der Präsident der EU Kommission der Personengruppe mit dem höchsten Gefährdungspotenzial angehörte und daher ohnehin ständig mit Bedrohungen dieser Art leben musste, überraschte das niemanden wirklich. Einerseits war es lediglich eine Bestätigung schon vorliegender Verdachtsmomente, andererseits ein weiteres Steinchen in dem gewaltigen, sich ständig erweiternden

Puzzle an Erkenntnissen und Informationen, dem sich die Sicherheitsverantwortlichen gegenüber sahen. Auf gut Deutsch, als die Nachricht davon bei Europol in Den Haag eintraf, erfuhr niemand damit etwas wirklich Neues.

*

Kurz nach 9 Uhr waren Anne und Katharina erschienen, die eine, um Max abzulösen, die andere, um sich von ihrem Mann zu verabschieden. Anne musste unbedingt wieder nach Wien, hatte einen dringenden Kundentermin am Nachmittag.

»Falls das noch notwendig sein sollte«, hatte sie allerdings eingeräumt, »kann ich am Donnerstag Abend wiederkommen.«

»Wir werden sehen«, hatte Max gemeint und sie zu ihrem Wagen gebracht. Nach einer Umarmung, einem harmlosen Kuss und einem letzten Blick war er wieder allein.

Es war schon eigenartig. Obwohl er Anne nur selten sah, wenn sie, quasi Wand an Wand, nebeneinanderher lebten, liebte er doch das Gefühl, dass sie da war. Einfach im Nebenzimmer oder in ihrem Büro, 50 Meter die Straße hinauf oder meinetwegen auch irgendwo dazwischen.

Jetzt, da sie gerade drei Minuten weg war und er sie genauso wenig sah wie sonst, überkam ihn eine eigenartige Traurigkeit. Das Gefühl, dass Anne nicht in der Nähe war, ließ ihn sich plötzlich einsam fühlen. Was war das eigentlich für eine seltsame Beziehung geworden?

Max hatte keine Lust, wieder zurück zu Moritz ins Zimmer zu gehen, der war bei Katharina in guten Händen. Er wollte aber auch noch nicht ins Hotel, erstaunlicherweise war er gar nicht müde. Wie es schien, gewöhnte sich der Mensch an das Sitzendschlafen in mäßig bequemen Schaukelstühlen.

Heute konnte man bereits den nahenden Winter spüren. Irgendwie zumindest. In den gestrigen Nachrichten hatten sie davon gesprochen, dass die Schneefallgrenze auf unter 1.000 Meter absinken würde. Das war wohl der Grund dafür, warum man den Schnee schon förmlich riechen konnte. Herrlich, diese Luft.

Max setzte sich auf eine Bank im Zugangsbereich zum Krankenhaus und beobachtete ein ankommendes Ambulanzfahrzeug.

Für seine Familie war der Konkurs ein Schock gewesen. Anne selbst hatte ja wahrscheinlich irgendwie damit gerechnet und war weniger überrascht gewesen als … na ja, als enttäuscht eben. Und nicht sonderlich angetan davon, dass jetzt alles mehr oder weniger auf ihren Schultern ruhte.

Für die drei Mädchen war es allerdings ein echter Schicksalsschlag gewesen. Hatte er doch stets versucht, es ihnen trotz aller Schwierigkeiten an nichts fehlen zu lassen. Zumindest nicht an den ganz normalen Dingen. Richtige Extravaganzen waren ja ohnehin nie drin gewesen.

Auf jeden Fall hatte es eine ausgewachsene Vertrauens- und Glaubwürdigkeitskrise gegeben. Besonders Alexandra und Alma, die Jüngste, hatten einige Zeit lang erkennbare Probleme gehabt, mit den geänderten Bedingungen und dem beschädigten Vaterbild umzugehen.

Antonia dagegen hatte es geschafft, mit ihrer zweifellos auch vorhandenen Enttäuschung ohne Ruppigkeiten fertigzuwerden. Wie auch immer, das waren keine sehr angenehmen Erfahrungen gewesen, für sämtliche Beteiligten.

Max, der keinen Mantel anhatte, wurde langsam kalt auf seiner Bank. Während er aufstand und zurück zum Haupteingang schlenderte, überholte ihn ein junger Mann, der ihm seltsam bekannt vorkam. Das war doch …

»Hallo, Onkel Max«, der junge Mann hielt ihm die Hand hin, »ich bin es, dein Neffe Georg.«

Max wollte sich gerade ärgern, ließ es jedoch bleiben und lachte. Ein wenig verkrampft, aber doch ein bisschen. »Du hast schon recht, ich bin ein Rabenonkel«, räumte er ein und schüttelte dem 26-jährigen die Hand. »Aber erkannt habe ich dich trotzdem.« Was zwar stimmte, doch nicht die ganze Wahrheit darstellte. Da er nicht gewusst hatte, um wen genau es sich bei dem jungen Mann handelte.

»Wie geht es Vater?«, wollte Georg jetzt wissen.

Toll, fand Max, jetzt lag Moritz bereits den fünften Tag im Koma und schon interessierte sich einer seiner Söhne für ihn. Er schluckte die bittere Bemerkung, die ihm auf der Zunge lag, hinunter und meinte nur: »Den Umständen entsprechend gut. Wir warten darauf, dass er jeden Moment aufwacht.« Dies war weder die Zeit noch der Ort für Schuldzuweisungen, schon gar nicht von ihm.

»Kann ich ihn sehen?«, wollte Georg jetzt wissen.

»Sicher, wir gehen gleich hinauf.« Max überlegte, inwieweit er den Burschen vorbereiten musste. »Ich muss dir vorher allerdings noch ein paar Dinge erklären. Erstens, jetzt ist gerade Katharina bei ihm. Falls das ein Problem für dich sein sollte, ist es besser, du wartest, bis sie wieder geht.«

»Also ich habe kein Problem mit Vaters … Frau«, meinte der Junge. »Ich habe sie ohnehin schon kennengelernt. Sie ist nett und er scheint glücklich mit ihr zu sein.«

»Gut«, der nächste Punkt war möglicherweise etwas delikater. »Vor dem Zimmer deines Vaters sitzt ein Polizist und bewacht ihn. Du brauchst nicht zu erschrecken, er ist nicht verhaftet worden. Im Zusammenhang mit seinem Unfall sind einige Unklarheiten aufgetreten. Es ist möglich, dass ihm jemand …«, es fiel Max schwer, das auszusprechen, »nach dem Leben trachtet. Aber keine Angst, wir passen gut auf ihn auf.«

Falls er erwartet hatte, dass Georg bleich im Gesicht oder sonstwie nervös reagieren würde, wurde Max enttäuscht.

»So etwas habe ich mir schon gedacht«, bekannte Georg. Von dem ja der Hinweis auf die zwei Chinesen, den deutschen Geschäftsmann und diesen Dr. Schulmacher oder wie immer er auch hieß, gekommen war, wie Max wieder einfiel. »Mir sind noch einige von Vaters Aussprüchen in den Sinn gekommen, die unter den gegebenen Umständen vielleicht anders interpretiert werden könnten.«

»Was meinst du damit?« Die beiden hatten inzwischen die Halle betreten. Max steuerte sofort das Besucherbuffet an, was er dringend benötigte, war ein kräftiger Kaffee.

Nachdem die beiden bestellt hatten, kam Georg auf das Thema zurück. »Du wirst mir sicher recht geben, wenn ich behaupte, dass Vater gelegentlich … na ja … den Mund ein wenig vollnimmt. Sehr pointiert formuliert. Nicht böse gemeint, sondern einfach, weil er beim Erzählen auch rhetorisch gern aus dem Vollen schöpft.«

Max nickte, er wusste genau, was sein Neffe meinte. Im Grunde genommen hatte der Junge damit auch ihn ziemlich präzise beschrieben. Gelegentliches Schwafeln war eine seiner Schwächen.

»Im vergangenen Jahr hat Vater immer wieder diese ›Wenn ihr nur wüsstet was ich weiß, aber nicht sagen darf‹-Nummer abgezogen«, fuhr Georg fort. »Wenn man dann aber die einzelnen Informationssplitter, die ihm entwichen sind, zusammensetzt und feststellt, dass seine Prognosen erstaunlich oft zutreffen, dann fragt man sich irgendwann, ob da nicht mehr dahintersteckt.«

Als Beispiel führte Georg die Entführung eines italienischen Staatssekretärs Anfang des Jahres an. »Einen Tag vor dem Auffinden seiner Leiche hat Vater beiläufig gemeint, dass der arme Kerl schon tot sei. Gestorben in Sardinien. Und genau dort hat man ihn gefunden. Natürlich kann das auch nur Zufall gewesen sein«, räumte er ein.

»Und was willst du damit zum Ausdruck bringen?« Für Max klang das alles sehr abenteuerlich.

»Es klingt verrückt und wahrscheinlich ist es das auch«, baute Georg vor. »Aber ich glaube, dein Bruder hat seltsame Kontakte. Woher kam denn diese Information? Und von wo ist das Geld für den sauteuren Kleinbus plötzlich hergekommen?«

Da war was dran, musste Max eingestehen. Die Frage hatte er sich zuvor des Öfteren gestellt, dann allerdings nicht weiter verfolgt.

»Das sollten wir Moritz so rasch wie möglich direkt fragen«, meinte Max. »Komm, lass uns jetzt nach oben gehen. Vielleicht gelingt es ja dir, ihn aus seinem Schönheitsschlaf wachzubekommen.«

# 9.

Exakt um 8.30 Uhr Ortszeit beziehungsweise 13.30 Uhr GMT hob die riesige Air Force One vom Luftwaffenstützpunkt Andrews in Maryland ab und nahm Kurs nach Nordosten. Ihr erstes Ziel war London, wo sie flugplanmäßig um 20.32 Ortszeit eintreffen sollte. An Bord der Boeing 747-200B, die bereits seit 21 Jahren im Dienst stand, befanden sich neben Präsidentin Joanna Midgard und ihrem Mann Michael, einem Professor für englische Literatur an der Universität Princeton, auch der US-Außenminister Oliver Thalberg, Sicherheitsberater Rusty Millstein, Stabschef Michael ›Buzz‹ Fulton, der Chef des Secret Service Tim Buckmann sowie zahlreiche andere Mitarbeiter des Weißen Hauses und der Regierung. Daneben begleiteten noch rund 20 ausgewählte Medienleute die Präsidentin auf ihrem Flug nach ›Good old Europe‹.

Midgard hatte ihre berufliche Laufbahn in der Staatsanwaltschaft in Boston gestartet. Wegen einiger gravierender Auffassungsunterschiede mit ihrem Chef war sie dann in die Anwaltskanzlei ihres Patenonkels gewechselt. Nach zwei Perioden im Repräsentantenhaus war die überzeugte Demokratin in den Senat gewählt worden. Dort war die warmherzig wirkende Frau neben ihrer fachlichen Kompetenz und brillianten Rhetorik vor allem durch die unnachgiebige Konsequenz aufgefallen, mit der sie die Scheußlichkeiten des damaligen Präsidenten aufgezeigt und gegeißelt hatte.

Das war die Zeit vor vier, fünf Jahren gewesen, in der die ganze Welt die USA abgelehnt und dabei eigentlich das Staatsoberhaupt und seine Administration gemeint hatte.

Wie eine eben erschienene, im Vorfeld zu dieser Reise gemachte Umfrage zeigte, fanden inzwischen 63 Prozent der Europäer die USA wieder ›sympathisch‹ bis ›sehr sympathisch‹, 18 Prozent ›eher sympathisch‹ und nur mehr 11 Prozent ›unsympathisch‹ bis ›sehr unsympathisch‹. Vor der Wahl Midgards vor drei Jahren war das Ergebnis für den damaligen Amtsinhaber ziemlich genau umgekehrt gewesen.

Joanna Midgard hatte es aber mit ihrer offenen, ehrlichen Art nicht nur verstanden, die Europäer für sich einzunehmen. Nein, die aus keiner der amerikanischen Patrizierfamilien stammende Frau hatte es in kürzester Zeit geschafft, ihren reichlich entzweiten Landsleuten das Gefühl zu vermitteln, eine Präsidentin für alle US-Amerikaner zu sein.

Natürlich waren nicht alle Menschen mit Frau Midgards Attitüden glücklich. Die Rüstungswirtschaft und Teile des Militärs waren empört über die Kürzungen des Beschaffungsbudgets des Pentagons. So etwas hatte es in diesem Staate schon seit Menschengedenken nicht mehr gegeben. Und die knapp 300.000 Amerikaner, die dadurch ihre Jobs verloren hatten, ließen ihre Präsidentin dafür nicht gerade hochleben.

Aber durch die klar versachlichten Abläufe und die ›neue Offenheit‹, wie Midgards Stil in den Medien genannt wurde, verloren die vielen grauen Eminenzen, die geheimnisvollen Macher hinter den Kulissen, die lobbyierenden Intriganten etwas an Einfluss.

Was vor allem den Verantwortlichen für die Sicherheit der Präsidentin immer wieder große Sorgen machte, war der mitunter leichtfertige, ja naiv wirkende Umgang der ›Chefin‹ mit dieser existenziellen Frage. Sie verhielt sich so, als ob sie sowohl von ihrer Unverletzbarkeit als auch von ihrer Unsterblichkeit überzeugt wäre. Mit ihren spontanen Ideen und der Sturheit, mit der sie diese durchsetzte, war sie bei aller Beliebtheit gleichzeitig der ›Schrecken‹ ihrer Mitarbeiter, insbesondere der Sicherheitsleute.

Darüber hinaus gab es mit Vizepräsident Al Henderson Probleme. Der ehemalige Seniorsenator von Nevada und alte Vietnamveteran war als konservative, pragmatische Ergänzung zu der relativ jungen Kandidatin verkauft worden, als bewahrendes Element zur progressiven Jugend.

Aber die schon im Wahlkampf gelegentliche Apostrophierung des Kandidatenpaares als ›die Schöne und das Biest‹ war so falsch nicht gewesen. Henderson hatte sich gern in der Rolle des väterlichen Freundes und Beraters gesehen und war nun enttäuscht worden. Denn Joanna Midgard hörte sich gern Rat und Meinungen ihrer Mitarbeiter an, aber sie pflegte sich ihre Meinung in jedem einzelnen Fall selbst zu machen.

Aus der Rolle des väterlichen Freundes, des Chefberaters, des Kopfes, der hinter den Kulissen die Fäden zog, von der Henderson geträumt hatte, war daher nichts geworden.

Das wurmte den ehrgeizigen alten Mann, sogar sehr. Und er sah nur noch eine Chance, sich selbst zu verwirklichen.

*

Hofrat Radisek hatte auf gut Glück ein E-Mail an die ihm in Erinnerung gebliebene Adresse Roderich Waxmayers auf die Reise geschickt. Mit dem dezenten Hinweis auf das seinerzeitige Seminar und auf Mahon, die Hauptstadt von Menorca. Damit der Empfänger ganz sicher wusste, mit wem er es zu tun hatte.

Und das, womit er eigentlich nicht wirklich gerechnet hatte, war eingetreten.

Auf seinen Hilferuf ›Wir haben ein Problem mit Jakob Schulmacher. Können Sie uns helfen? Bitte.‹ hatte er doch tatsächlich eine Anwort erhalten. Sogar nach relativ kurzer Zeit.

›Ich erinnere mich noch gut an Sie. Was ich aber nicht weiß, ist: Wer sind Sie eigentlich? Und warum sollten wir Ihnen helfen?‹ stand da. Unterschrieben mit dem Kürzel Erwe. Offenbar die phonetische Schreibe für Waxmayers Monogramm RW.

Jetzt stand Hofrat Radisek einigermaßen an. Zuerst sein E-Mail, dann die Antwort Erwe's, das hatte alles noch etwas Spielerisches an sich gehabt. Doch nun ging es erbarmungslos zur Sache. Er musste sich ganz genau überlegen, was er Waxmayer wie fragen konnte. Das musste beim ersten Mal alles passen. Denn eine zweite Chance würde er wahrscheinlich nicht bekommen.

Also, Schulmacher arbeitete auf jeden Fall für die CIA, das wusste Radisek definitiv. Die Frage war allerdings, wie vielen Herrn diente dieser Mensch eigentlich? Und wem gehörte seine Treue, falls er so etwas überhaupt kannte? Fazit: Falls Schulmacher wirklich Moritz Petrark engagiert hatte, dann in wessen Auftrag und mit welchem Ziel?

Gerade war dem Hofrat eingefallen, dass ihnen Waxmayer in dem Seminar damals auch einen Verschlüsselungscode gezeigt hatte. Einfach, aber irgendwie verblüffend und für drei Viertel der Fälle völlig ausreichend, wie der große Meister gemeint hatte.

Radisek hoffte, dass dieser Fall hier zu den 75 Prozent zählte und begann, das E-Mail für Erwe zunächst einmal zu konzipieren und dann zu verschlüsseln.

*

Vor zwei Jahren, am 8. November 2009 war es am Vorabend des 20. Jahrestages des Beginns der Maueröffnung zu einem schrecklichen ›Unfall‹ gekommen. Am Berliner Platz in Erfurt hatten sich damals nach Angaben der Polizei rund 2.000 Menschen eingefunden, die teilweise in nachdenklicher, teilweise in ausgelassener Stimmung der Geschehnisse vor 20 Jahren gedachten.

Plötzlich war eine größere Gruppe neonazistischer Glatzköpfe in ihren paramilitärischen Anzügen und stahlkappenbewehrten Stiefeln auf der Szene erschienen, – die Polizei war später von mindestens 80 gewaltbereiten Personen ausgegangen, – und hatte begonnen, die bis dahin völlig friedliche Veranstaltung zu stören. Neben der verbalen Verpestung der Atmosphäre durch die stakkatoartigen ›Sieg Heil‹-Rufe und ähnlichen Mist war es bald auch zu Handgreiflichkeiten und schließlich zu Prügeleien gekommen. Die mit etwas mehr als 20 Beamten zahlenmäßig weit unterlegene Polizei hatte gerade noch den Abzug eines Teils der Demonstranten, vor allem der Frauen und Kinder, notdürftig sichern können, ehe sie selbst überrannt worden war.

Während sich eine aus ungefähr 30 Skinheads bestehende Gruppe auf die Verfolgung der flüchtenden Demonstranten gemacht hatte, hatte sich der Rest dieser Verbrecher mit der Polizei und dem Rest der Teilnehmer an der Veranstaltung eine wilde Schlacht geliefert. Die erst nach dem

Eintreffen weiterer Polizeitruppen und mit mehr als 40 Verletzten auf beiden Seiten beendet werden konnte.

Die wirkliche Tragödie hatte sich allerdings in der Prager Straße abgespielt. Eine junge Frau, die ihr knapp ein Jahr altes Kind in einem Tragtuch mit sich geführt hatte, war auf der Flucht vor den brutalen Neonazis zu Sturz gekommen. Instinktiv hatte sie ihren Körper schützend über das Baby gelegt. Einige ihrer brutalen Verfolger hatten sich allerdings nicht damit aufgehalten, um die am Boden Liegende herumzulaufen oder zumindest darüber zu steigen. Nein, sie waren mit aller Gewalt und all ihrem Gewicht einfach über die junge Mutter hinweggetrampelt und hatten die Frau schwerst verletzt. Das Schlimmste war aber: Nachdem der Notarzt die Frau herumgedreht hatte, war der leblose Körper der kleinen Anke R. gefunden worden. Das kleine Mädchen war unter ihrer bewusstlosen Mutter hilflos erstickt.

Der Schock, den dieses Ereignis ausgelöst hatte, hatte nicht nur ganz Deutschland erfasst, sondern die gesamte EU. Wie konnte so etwas am Beginn des dritten Jahrtausends geschehen?

Der nächste, möglicherweise weitaus größere Schock stand erst noch bevor.

Dank der umfangreichen Videoüberwachung in Erfurt war es der Polizei gelungen, 32 Skinheads ausfindig zu machen, die jene Gruppe der Demonstranten verfolgt hatten, in der auch Klara R. unterwegs gewesen war.

Allerdings war den Aufzeichnungen auch zu entnehmen, dass lediglich 14 der 32 Verfolger über die am Boden liegende Frau getrampelt waren.

Der Staatsanwaltschaft war es trotz intensivsten technischen Einsatzes jedoch nicht gelungen, jene 14 Angeklagten zweifelsfrei zu identifizieren. Damit war es für die Verteidiger der Beklagten relativ einfach, das Gericht von dem alten Rechtsgrundsatz ›Im Zweifel für den Angeklagten‹ zu überzeugen. So widerlich das für die meisten Beteiligten auch gewesen sein musste, die schweren Verletzungen Klara R.'s und der dadurch verursachte Tod der kleinen Anke waren ungesühnt geblieben. Die Angeklagten waren lediglich wegen einiger allgemein gefährdender Delikte zu bedingten Haft- und Geldstrafen verurteilt worden.

Ein Aufschrei der Entrüstung war damals durch Europa gegangen, das Schlagwort vom ›Unrechtsstaat‹ hatte wieder einmal Hochsaison.

Zu Unrecht, denn die Beweislage war aufgrund der speziellen Bedingungen an der ›Unfallstelle‹ nun einmal leider nicht sehr günstig gewesen. Übrigens, das Oberlandesgericht hatte das Urteil vor Kurzem bestätigt und dabei ausdrücklich auf die Abscheu hingewiesen, die die Rechtsmittelinstanz für das zugrunde liegende Verbrechen empfand. Aber auch auf die schreckliche Hilflosigkeit, die die Möglichkeiten des Gerichts angesichts der unveränderten Beweislage beschränkten.

Um das schreckliche Geschehen zweifelsfrei zu sühnen, hätte man alle 32 Angeklagten dafür bestrafen müssen. Da aber nachweislich nur 14 der Angeklagten am Tod Ankes beteiligt gewesen waren, hätte das en passant die Bestrafung von 18 Unschuldigen bedeutet. Das sei trotz der vordergründig verheerenden Optik für einen Rechtsstaat unzumutbar. ›Recht bedeutet leider nicht immer auch Gerechtigkeit. Sondern Schutz vor Unrecht.‹

Für heute, den 2. Jahrestag des tragischen Todes der kleinen Anke war eine Gedenkfeier geplant. Der enormen politischen und moralischen Bedeutung entsprechend, den der ›Anke-Tag‹ nicht nur in Deutschland hatte, wurden neben der Kanzlerin und der halben Bundesregierung auch prominente Gäste aus ganz Europa in Erfurt erwartet.

Der heutige Abend sollte eine machtvolle, beeindruckende Manifestation der demokratisch gesinnten Menschen gegen die immer mehr erstarkenden Kräfte von den extrem rechten und linken Rändern der Gesellschaft werden. Es war wieder einmal an der Zeit, den Anfängen zu wehren.

*

Über seinen Freund beim Salzburger Landeskriminalamt hatte Major Rudi Freidler von der Anfrage des Bayerischen LKA in Sachen Dieter Engerich erfahren, dem ›Toten von Traunreut‹. Vor allem die Information über den Kassenbon des Kiosks im Eingangsbereich des Landeskrankenhauses Vöcklabruck hatte bei dem Freund Antonias einen ganz bestimmten Verdacht geweckt.

Der Vergleich der von der Leiche genommenen Fingerabdrücke mit jenen, die Antonias Vater nach dem Anschlag auf Moritz Petrark im Krankenhaus sichergestellt hatte, bestätigte Freidlers Vermutung. Engerich hatte sowohl am 4. als auch am 5. November im Krankenhaus versucht, den im Koma liegenden Patienten zu töten.

Inzwischen lag auch die offizielle Transkription des Bandes vor, die sich in allen Punkten mit der von Suzy Sturzenbacher angefertigten Übersetzung deckte und keine neuen Erkenntnisse ermöglichte.

Aber schon vorher war der Major völlig davon überzeugt gewesen, dass sich hinter dem ›Unfall‹ des Onkels seiner Freundin weit mehr verbarg als ein simpler Mordversuch. Nämlich die Vorbereitungshandlungen zu einem oder mehreren terroristischen Anschlägen, mit denen sowohl die nationalen Behörden als auch Europol für die nächsten Tage rechneten. Denn der 11.11.2011 war ein viel zu exponiertes Datum, als dass es der zum Teil auf Symbolik und Zahlenmystik fixierte internationale Terror ungenützt vorübergehen lassen konnte.

So war die herrschende Überzeugung, die sogar durch zahlreiche Verdachtsmomente bestätigt wurde.

Im konkreten Fall deutete alles auf einen Anschlag gegen Jan Erik Adder hin, den Präsidenten der Europäischen Kommission, der bis zum 11.11. vormittags in Brüssel sein würde. Gegen Mittag sollte der Däne nach Sofia fliegen, wo er sich mit einer informellen Runde der ›Neuen‹ treffen wollte, die eine gemeinsame Position in der Frage einer neuen Hauptstadt diskutierten. Unter den ›Neuen‹ waren die seit 2004 zur EU gekommenen 12 Staaten gemeint. Darunter auch Polen, das den derzeitigen Ratsvorsitzenden stellte und gleichzeitig kräftig die Trommel für Warschau rührte.

Dieses Vorhaben Adders wurde von den strikten Befürwortern Brüssels, das waren im Wesentlichen Frankreich, Spanien, die Benelux-Staaten und Deutschland, äußerst kritisch beurteilt.

Die übrigen ›alten‹ Mitgliedsstaaten verhielten sich dagegen eher neutral. Zumindest offiziell, denn hinter vorgehaltener Hand war durchaus zu hören, dass die Skandinavier insgeheim nichts gegen eine der baltischen Hauptstädte an Stelle von Brüssel hätten und Österreich sich sehr gut Bratislava als Europäische Capitale vorstellen könnte.

Am Abend des 11. November wurde Adder schließlich in Warschau erwartet, wo er am nächsten Vormittag mit Ministerpräsident Zbigniew Kamschinski, dem derzeitigen Ratsvorsitzenden, zusammentreffen sollte.

Freidler beneidete die Kollegen nicht, die für die Überwachung des Kommissionspräsidenten verantwortlich waren. Soweit er einen Beitrag zur Sicherheit Adders leisten konnte, würde er das natürlich tun.

Aber hautnah und unmittelbar für das Leben eines Politikers verantwortlich zu sein, sich quasi von Berufs wegen in die Flugbahn jeder Kugel werfen zu müssen, die für den Chef bestimmt war, das war nicht das, was Freidler vorschwebte.

*

Die Beteiligung am ›Anke-Tag‹ in Erfurt sprengte alle Erwartungen. Selbst die kühnsten Optimisten hatten maximal mit 10.000, allerhöchstens 50.000 Teilnehmern gerechnet. Aber dank des riesigen Interesses der Medien sowie der zahlreichen Prominenz waren gegen 19.30 Uhr nach Angaben der bei Schätzungen dieser Art eher vorsichtigen Polizei mindestens 80.000 Teilnehmer mit ihren gelben Kerzen erschienen. Ein überwältigendes Lichtermeer, das für Toleranz, Gewaltfreiheit und friedliches Miteinander stand.

Das Beeindruckende an diesem Abend war auch, dass sich kein einziger der anwesenden Politiker in den Vordergrund drängte und eine Rede zu halten versuchte. Dies war keine Veranstaltung einer Partei, einer Stadt oder eines Landes. Es war eine machtvolle Demonstration der Gesellschaft, die allen, die sich außerhalb ihrer moralischen und weltanschaulichen Grenzen befanden, ein deutliches Signal gab. Die Botschaft vermittelte, dass bei aller Toleranz gewisse Dinge nicht zur Diskussion und schon gar nicht zur Disposition standen.

Und das Erfreulichste war, dass sich rund 40 junge Männer unter den Teilnehmern befanden, deren glattgeschorene Köpfe und martialisch wirkendes Outfit keine Zweifel offen ließen, welcher Gruppierung sie angehörten. Die sich heute aber völlig ruhig verhielten und in den Gesang einstimmten. Es machte Hoffnung zu sehen, dass es auch in dieser Ecke Menschen gab, denen gewisse Dinge doch noch heilig waren.

Nachdem der Bischof und der Superintendent zum Abschluss gemeinsam den Segen gesprochen hatten und die Menge bereits begann, ›You'll never walk alone‹ anzustimmen, der weltberühmte Song hatte sich seltsamerweise zu einer Art ›Anke-Hymne‹ entwickelt, kam es zur Katastrophe.

Vor dem akustischen Hintergrund des immer machtvoller klingenden Chores waren die Schüsse gar nicht zu hören gewesen. Erst die entsetzten Reaktionen der Umstehenden, die es nicht fassen konnte, dass da plötzlich zwei Tote am Boden lagen sowie die einsetzende Fluchtbewegung von Teilen der Demonstrationsteilnehmer ließen Panikstimmung aufkommen.

Jetzt wurde auch auf die Polizei geschossen und die tat, was die meisten Menschen in ihrer Situation gemacht hätten, sie schoss zurück. Teilweise zumindest. Da sie aber nicht wusste, woher die Schüsse gekommen waren, die drei Beamte verletzt hatten, konnte diese Reaktion nur zur weiteren Verschlimmerung der Lage führen.

Inzwischen hatten die bisher friedlichen Skinheads mitbekommen, dass die ersten Schüsse eigentlich ihnen gegolten hatten und die beiden Toten aus ihren Reihen stammten. Es war daher nicht weiter erstaunlich, dass sie plötzlich ausgesprochen aggressiv reagierten.

Gott sei Dank hatten sie keine Schusswaffen bei sich, aber mit den Bleirohren, Schlagringen und ähnlichen Utensilien, die sie jetzt aus ihren Taschen holten, richteten die wild um sich schlagenden Rechtsrechten erheblichen Schaden an.

Nun brach Panik aus, die Menschen rannten kopf- und ziellos davon, walzten andere Menschen nieder oder kamen selbst zu Sturz.

Die Bodyguards der zahlreich anwesenden Politiker hatten alle Hände voll zu tun, ihre Schützlinge rasch fort und in Sicherheit zu bringen. Aus der Ferne konnte man inzwischen schon die aufgeregten Signale der näher kommenden Einsatzfahrzeuge hören, deren Zufahrt allerdings durch die Menschenmassen behindert wurde.

Inzwischen packten die beiden Scharfschützen, die für die Ereignisse da unten verantwortlich waren, eiskalt ihre Präzisionswaffen ein, verließen ruhig und unaufgeregt das Flachdach eines rund 400 Meter entfernten Bürohochhauses und verschwanden in der Nacht.

Eine halbe Stunde später meldete sich eine Aktion ›Rache für Anke – gegen die faschistische Justiz in Deutschland‹ bei der Nachrichtenagentur Reuter und übernahm die Verantwortung für das Geschehen in Erfurt.

*

Als Max gegen 23.30 Uhr ins Krankenhaus zurückkehrte, hatte er natürlich keine Ahnung von den schrecklichen Ereignissen in Thüringen. Er schickte den braven Adi, der heute mehr als zwölf Stunden ausgeharrt hatte, nach Hause und bereitete sich selbst für die Nachtwache vor.

Da er Moritz bei Katharina und Georg in guten Händen gewusst hatte, hatte er es sich den Tag über gut gehen lassen. Das bedeutete, dass er seinen getretenen, zusätzlich noch vom Sitzschlaf im Schaukelstuhl malträtierten Körper fast schon wollüstig im Schwimmbad geaalt hatte, ehe er nach einigen Aufgüssen im Ruheraum der Sauna zwei Stunden lang in tiefen Schlaf gefallen war. Diesmal wieder einmal in der Horizontalen, eine herrliche Erfahrung.

Später hatte er seine Schwägerin und seinen Neffen zum Abendessen getroffen. Jetzt war er wieder hier, in der inzwischen vertrauten, nahezu lieb gewordenen Umgebung des Krankenzimmers und wartete auf die Spätausgabe der Fernsehnachrichten. Man musste ja schließlich informiert sein und er hatte heute den ganzen Tag über nicht gehört, was in der Welt so vor sich ging. Weder grausliche Nachrichten noch andere. Und gute schon gar nicht. Gab es solche überhaupt?

Die schrecklichen Ereignisse dominierten natürlich die Sendung. Nach dem derzeitigen Erkenntnisstand vermutete die Polizei einen Racheakt linker Extremisten an den für den Tod der kleinen Anke verantwortlichen Skinheads. Die beiden getöteten jungen Männer hatten zur Gruppe der Burschen gezählt, die seinerzeit angeklagt worden waren.

Außerdem war ein Polizeibeamter erschossen sowie weitere elf Personen durch Schüsse teilweise schwer verwundet worden. Darüber hinaus waren bei der nachfolgenden Schlägerei zwischen den Rechtsextremisten, mehreren Demonstrationsteilnehmern und der Polizei mindestens 30 Personen verletzt worden. In einer ersten Stellungnahme hatten sowohl die Kanzlerin als auch der Oberbürgermeister von einem der finstersten Tage der Bundesrepublik und der Stadt gesprochen.

›Wir werden diesen Terror nicht zulassen und die Schuldigen bis zum bitteren Ende verfolgen‹, hatte die Kanzlerin angekündigt und eine beschleunigte Verabschiedung verschärfter Sicherheitsgesetze zugesagt. ›Wenn sie Krieg haben wollen‹, hatte sie martialisch gedonnert, ›dann sollen sie ihn auch bekommen. Wir sind gerüstet.‹

Dagegen war die Ankunft von Präsidentin Midgard am frühen Abend in London vergleichsweise friedlich, ja geradezu freundlich verlaufen. Wie hatte sich das Image der USA in den letzten beiden Jahren doch gewandelt. War die Zustimmung der Briten gegenüber Midgards Vorgänger zuletzt bei mickrigen 19 Prozent gelegen, so wurde die Ankunft der Präsidentin immerhin von 54 Prozent positiv zur Kenntnis genommen. Gegen den Besuch waren überhaupt nur vier Prozent, bei Midgards Vorgänger waren es 52 von 100 Befragten gewesen.

Mit einer ähnlich positiven Stimmung konnte Joanna Midgard auch in den anderen Staaten rechnen, die sie während dieser Europareise besuchen wollte. Um die erfreuliche Verbesserung der transatlantischen Gefühle der Europäer optisch zu untermauern, zeigte die letzte Einstellung einige junge Leute mit einem Transparent, dessen Aussage ›Welcome Joanna – we love you‹ an Deutlichkeit nichts zu wünschen übrig ließ.

Der Österreichische Nationalrat hatte heute mit den Stimmen aller Parteien, außer den Grünen, das sogenannte ›kleine Sicherheitspaket‹ verabschiedet.

Dabei ging es nach den beschwörenden Ausführungen

des Innenministers darum, dem ›Bösen im Lande rechtzeitig fest auf die Finger zu klopfen, um Schlimmeres zu verhindern.‹ Das hatte der Mann tatsächlich so gesagt und außer ein paar Grünen hatte kein Mensch gelacht.

Damit war zum Beispiel gemeint, dass die Polizei in begründeten Fällen verdächtige Personen bis zu einer Woche ohne Haftbefehl festhalten durfte. Was ein begründeter Fall war, entschied natürlich … erraten.

Oder das Ende des anonymen Wertkartenhandys. Wer seine Telefongebühr in Zukunft im Voraus bezahlen wollte, musste exakte Angaben zu seiner Person machen und diese entsprechend belegen.

Den größten Aufschrei hatte es erwartungsgemäß gegen die ›erweiterte Konto-Auskunftspflicht‹ gegeben, die Banken und Sparkassen verpflichtete, der Polizei schon bei bloßem Vorliegen einer Anzeige jegliche Auskünfte über Stand und Bewegungen auf dem Konto eines Verdächtigen zu erteilen.

Allerdings kam der Widerstand gegen die De-facto-Beseitigung des Bankgeheimnisses vor allem von den Unternehmen, die negative Auswirkungen auf ihr Geschäft befürchteten. Also von den Banken und Sparkassen selbst.

Die meisten Menschen waren schon derartig abgestumpft, dass ihnen die salamiartige Beschneidung ihrer Rechte gar nicht mehr auffiel. Es wurde ihnen gar nicht bewusst, was sie damit eigentlich alles aufgaben.

Vielleicht würden sie eines Morgens aus Sicherheitsgründen alle in einem Gefängnis aufwachen, überlegte er zynisch. Und diesen Zustand mit dem Hinweis darauf, dass ›Wer nichts zu verbergen hat, auch nichts zu befürchten hat‹ auch noch gutheißen.

Sicher, Sicherheit hatte ihren Preis, aber der wurde langsam verdammt hoch.

*

Kurz nach Mitternacht klingelte das Festnetztelefon am privaten Schreibtisch eines hochrangigen Mitglieds der St. Bernhard Bruderschaft. Bei dem Anrufer am anderen Ende der Leitung handelte es sich ebenfalls um einen äußerst wichtigen Angehörigen dieses exklusiven Zirkels der Macht.

»Ist die Leitung sicher?«, wollte der Anrufer wissen, ehe er etwas Substanzielles von sich gab.

»Diese Leitung wird zweimal täglich untersucht. Die ist so sicher wie …«, der Minister suchte nach einem passenden Vergleich. »Nun ja, eben wie eine zweimal täglich gecheckte und permanent überwachte Leitung. Absolut sicher, St. Bernhard Standard eben.« Das hätte ein Scherz sein sollen, der aber nicht ankam.

»Lassen Sie das«, dem Mann am anderen Ende war nicht zum Spaßen zumute. Er hatte die Leitung ebenfalls überprüfen lassen und war zu demselben Ergebnis gekommen. Die Frage hatte eher zum Ritual der Begrüßung gehört als der Steigerung seines Sicherheitsbedürftnisses zu dienen.

»Also, die Geschichte in Erfurt ist ja hervorragend gelaufen«, kam der Anrufer nun zum Kern seines Anliegens. »Richten Sie unseren Freunden in der Bundesrepublik meine Glückwünsche aus. Das muss ja ein gigantischer Schock für die Menschen gewesen sein«, meinte er. »Scharfschützen, die zwei Skinheads hinrichten, da die faschistische deutsche Justiz nicht imstande war, dieses

Verbrechen an Anke zu sühnen. Hervorragend. Jetzt sind die Linken ebenfalls im extremen Eck. Und das ordentlich. Dann die Konfusion, in die die Polizei geraten ist. Ich bin schon gespannt auf die ersten Umfrageergebnisse.«

»Ich auch«, räumte der Minister ein. »Infostat macht gleich morgen eine Telefonumfrage unter 500 Bürgern. In Kürze wissen wir mehr. Auf jeden Fall geht die Entwicklung in die richtige Richtung.«

»Und dabei ist es noch gar nicht richtig losgegangen, heute haben wir ja erst den 9. November.« Der Mann hüstelte kurz. »Dann wünsche ich Ihnen noch eine angenehme Nacht, mein Lieber. Und die besten Empfehlungen an unseren deutschen Freund. Auf den Inneren Kreis.«

»Ja, auf den Inneren Kreis«, bekräftigte der Minister. »Und auch Ihnen eine gute Nacht.«

*

Der kurze Schlaf im Schwimmbad hatte Max offenbar so erfrischt, dass ihm jetzt gar nicht nach Einschlafen war. Das störte ihn allerdings nicht weiter, im Gegenteil. Die letzten Tage hatten ihn diese Stunden am Bett Moritz' schätzen gelehrt, gaben sie ihm doch die Möglichkeit, einmal so richtig seinen Gedanken nachzuhängen. Etwas Klarheit in die etwas verworrene Struktur seines Lebens zu bringen.

Erwartungsgemäß hatte das Gericht seinen Antrag auf Konkurseröffnung über seine Wirtschaftsberatung ›mangels Masse‹ abgelehnt. Somit war also der arbeitslose 59-jährige Privatmann Max Petrark mit Schulden in Höhe von immerhin mehr als 200.000 Euro dagesessen.

Altersbedingt ohne Aussicht auf einen Job, als einziges Einkommen zunächst das Arbeitslosengeld und später die etwas geringere Notstandshilfe. Beide niedriger als das Existenzminimum und daher nicht pfändbar. Da war es sehr, sehr hilfreich gewesen, eine Frau mit einem eigenen Geschäft zu haben. Für das Max die nächsten beiden Jahre gearbeitet hatte. Als mithelfender Ehepartner und ohne Gehalt natürlich. Für ›Kost und Quartier‹ halt und damit war es ihm gar nicht einmal so schlecht gegangen.

Was ihm allerdings ziemlich zu schaffen gemacht hatte, war das Stigma des Erfolglosen, des Losers, der nicht einmal imstande war, seine Familie zu erhalten. Die unterschiedlichen, von peinlich berührt über offen agressiv bis hin zu mitleidig verständnisvoll reichenden Reaktionen seiner Umwelt auf sein Schicksal waren überwiegend zum Kotzen. Jawohl, zum Kotzen.

Damals musste ihm wohl der Gedanke gekommen sein, zu schreiben. Um zu verarbeiten, aber auch, um sich eine Möglichkeit zu schaffen, sich und der Welt zu beweisen, dass er mehr konnte, als nur auf Kosten der Allgemeinheit zu existieren. Vielleicht war das ja auch eine Chance, den Respekt Annes und der Kinder zumindest teilweise wiederzugewinnen.

Vor allem aber fühlte er sich ungemein stark, sobald er schrieb. Eine Stärke, die aus ihm heraus kam und die er sonst, unter anderen Umständen möglicherweise nie kennengelernt hätte.

Vielleicht war das die Stärke, die aus der Ruhe kam. Die wieder in der Mitte zu Hause war. Oder so ähnlich.

War er trotz allem irgendwo angelangt? Oder vielleicht sogar gerade deswegen?

»Was meinst du, Kleiner?«, murmelte er zu Moritz.

»Wenn du noch einmal ›Kleiner‹ zu mir sagst«, Max

glaubte zunächst, einer Halluzination zum Opfer gefallen zu sein, »dann hau' ich dir eine 'runter.« Moritz blickte auf das Bett hinunter. »Sobald ich wieder dazu in der Lage bin halt. Was ist übrigens passiert?« Er griff auf den Nachttisch, fand aber nicht, was er offenbar gesucht hatte. »Der kleine Moritz hat jetzt vor allem einmal Durst. Kannst du mir etwas Wasser bringen?«

Fassungslos starrte Max in die geöffneten, blutunterlaufenen Augen des Bruders. »Na endlich«, sagte er und ließ ein »Gott sei Dank!« folgen.

Dann lief er zur Tür, öffnete sie und brüllte ohne Rücksicht auf die Tatsache, dass es bereits kurz nach 2 Uhr morgens war, so laut er konnte »Schwester, Schwester, schnell. Der Kleine ist aufgewacht.«

# 10.

Der Tag begann mit zwei überraschenden, erstaunlicherweise nicht unbedingt unerfreulichen Meldungen aus der EU. Beide schienen außer einer gewissen explosiven Originalität zunächst nichts miteinander zu tun zu haben.

Da war zuallererst der gelungene Abgang von Lars Sjoederstadt, dem Staatssekretär im schwedischen Innenministerium, von der politischen Bühne. In einer improvisierten Pressekonferenz teilte der 59-jährige Jurist bereits um 8 Uhr morgens völlig unerwartet den Rücktritt aus seinem Regierungsamt mit. Als Begründung dafür führte er an, dass es ihm immer schwerer fiel, bestimmte Anforderungen seines Amtes mit dem Gewissen und seinen Prinzipien in Einklang zu bringen.

Gleichzeitig stellte der als nicht sonderlich wohlhabend bekannte Ex-Politiker den Gesamtbetrag von 350.000 Euro für mehrere karitative Organisationen zur Verfügung. Als ›bescheidener Versuch, die Auswirkungen von ihm in den letzten Jahren gemachter Fehler zumindest symbolisch wiedergutzumachen‹.

Im österreichischen Parlament war es dagegen vergangene Nacht zu einer bemerkenswerten Abstimmungsgroteske gekommen. Es war bereits kurz nach Mitternacht gewesen, als der letzte Tagesordnungspunkt dieser Marathonsitzung, die Abstimmung über einen Abänderungsantrag der Grünen zum AEVG, dem ›Alternativ-Energien-Verwendungsgesetz‹ stattgefunden hatte.

Zu dem Zeitpunkt waren nur mehr knapp 40 Prozent der Abgeordneten im Plenarsaal des Hohen Hauses anwesend gewesen. Da die Ablehnung des ›grünen‹ Antrages durch die beiden Regierungsparteien ausgemachte Sache war und auch die große Oppositionspartei keinerlei Zustimmung hatte erkennen lassen, hätte der letzte Tagesordnungspunkt nur eine reine Formsache sein sollen. Wurde er allerdings nicht, denn Magistra Renate Mayburger von der großen Koalitionspartei hatte unerwartet mit der komplett anwesenden Grünen Fraktion für den Antrag gestimmt.

Viel überraschender war jedoch, dass sich noch zwei weitere Abgeordnete der Regierungspartei Mayburgers Stimmverhalten angeschlossen hatten.

Der aufmerksame Chef der großen Oppositionspartei hatte das aufmerksam beobachtet und plötzlich eine einmalige Chance für eine ausgewachsene Blamage der Regierungsfraktionen sowie eine Sternstunde für den Parlamentarismus erahnt. Spontan hatte er – und nach einer gewissen Reaktionszeit auch die anderen anwesenden Mitglieder seines Klubs – dem Antrag ebenfalls zugestimmt.

Und damit war die Sensation perfekt. Der Änderungsantrag der Grünen zum AEVG 2011 war angenommen worden, mit einem Vorsprung von zwei Stimmen und begleitet von der frenetischen Begeisterung der anwesenden Opposition.

Damit war allerdings auch aus der ursprünglich vorgesehenen Kürzung der bisherigen Subventionen für die Erzeugung und Verwendung erneuerbarer Energieformen eine Erhöhung der nicht rückzahlbaren Zuschüsse um bis zu 50 Prozent geworden.

Nach Aussagen gewöhnlich gut informierter Kreise soll der Bundeskanzler gegen 2 Uhr morgens vor lauter Zorn zunächst wie ein Jo-Jo gehüpft und dann wie ein kleines Kind in Tränen ausgebrochen sein, ehe er wieder in sein bekannt vielsagendes Schweigen verfiel.

Schade, dass das Fernsehen diesmal ausnahmsweise nicht zur Stelle gewesen war.

Dabei wäre diese ›Panne‹ durchaus zu verhindern gewesen. Denn Frau Magistra Mayburger hatte ihr Verhalten bereits am Vortag über die Austria Presseagentur angekündigt, aber niemand hatte das wahr- oder ernstgenommen.

Ihr Motiv war nicht, wie man möglicherweise hätte annehmen können, der Frust der parlamentarischen Hinterbänklerin, die auch einmal die öffentliche Aufmerksamkeit genießen wollte.

Nein, Frau Mayburger hatte es endgültig satt, häufig nur unter Unterdrückung ihrer echten Überzeugungen als dumpfes Stimmvieh und Mehrheitsbeschafferin zu dienen. »Ich werde in Zukunft bei Abstimmungen nur mehr meinem Gewissen folgen«, hatte sie in aller Deutlichkeit erklärt.

Damit wäre das ›freie Mandat‹ erfunden worden, wenn dieses nicht ohnehin schon in der Verfassung verankert gewesen wäre.

Über die Motive der beiden anderen ›umgefallenen‹ Mandatare wurde zunächst wild spekuliert. Wie sich später herausstellen sollte, waren die Gründe für ihren extravaganten Auftritt, der ihnen im Nachhinein angeblich schrecklich unangenehm gewesen sein soll, allerdings mehr in der Verhaltensforschung zu suchen.

Franz J., der rechts hinter der Mayburger saß, hatte sich angewöhnt, sich bei Abstimmungen über Materien, die er nicht verstand, am Stimmverhalten der intelligenten Frau Magistra zu orientieren. Was praktisch immer der Fall war. Und Erwin K., der neben Franz J. saß, hatte sein Stimmverhalten schon immer an dem seines Nachbarn orientiert.

*

Im Laufe des Vormittags hatte die Besucherkonzentration in Moritz' Zimmer beängstigende Ausmaße angenommen. Neben Katharina, Georg und Max war da noch der treue Adi, der sich aufführte, als ob sein ›Lieblingswasweißich‹ nach Jahren der Verbannung wieder zurückgekehrt war.

Moritz, der den wackeren Lenzinger ja gar nicht kannte, war zunächst entsprechend irritiert.

»Wer ist denn der Mann da, der so tut, als wäre sein verschollener Sohn heimgekehrt?«, flüsterte er Max zu, der ihn kurz informierte und ihm seinen Bodyguard vorstellte.

Aber auch Hans Meyerhofer, der ehemalige technische Gendarmerieexperte war vorbeigekommen. Als lebender Beweis dafür, wie rasch und zuverlässig die Buschtrommeln in diesem Teil des Landes noch ihre Aufgaben erfüllten. Meyerhofer war ein wenig neugierig und hoffte, etwas mehr über Moritz' Abhörauftrag zu erfahren. Auf solche Sachen stand der alte Kriminalist wie der Hund aufs Schinkenbein.

Zudem waren jede Menge Schwestern da, angeführt von der omnipräsenten Doris, die sich, wie es schien, den Tag freigenommen hatte, um Moritz heute nur ja nicht allein lassen zu müssen. Die anderen ›Engel in Weiß‹ kamen und nahmen den eine gewisse Berühmtheit erlangten Patienten in Augenschein. Ganz so, als ob er ein Kunstwerk wäre, das man einfach gesehen haben musste. Eine Ikone, die plötzlich wieder die Augen aufgeschlagen und damit ein faszinierendes Beispiel für das ›Wunder Leben‹ geliefert hatte. Ein Wunder, an dessen Zustandekommen die Schwestern großen Anteil hatten und aus dem sie einen erheblichen Teil ihrer Kraft bezogen.

Primarius Dr. Herbert Hutschaller hatte nach einer ersten Untersuchung des Patienten einen sehr befriedigenden körperlichen Gesamtzustand festgestellt. Die psychische Verfassung dagegen war etwas labil, was in dieser Situation nicht weiter erstaunte. Immerhin litt Moritz Petrark an kongrader Amnesie mit leicht retrograden Tendenzen. Der Chefarzt war optimistisch und meinte, dass sich die Erinnerungslücken mit der Zeit weitgehend schließen würden.

Inzwischen waren auch Major Rudi Freidler und Antonia eingetroffen und erinnerten allein mit ihrer Anwesenheit daran, dass von Moritz dringend Antworten auf einige Fragen erwartet wurden. Besser noch gestern als heute, denn der 11.11. rückte immer näher. Nur mehr 47 Stunden 42 Minuten und 12 Sekunden trennten sie von diesem seltsamen, mit 11.11 Uhr auf die Minute genau terminierten Beginn des Karnevals. Bloody carnival, aber wo überall?

Moritz konnte sich genau an den Abend vor dem Unfall erinnern. Nach dem Abendessen im Hotel Schillerpark hatte er einen kleinen Verdauungsspaziergang durch die Linzer Innenstadt gemacht. Zurück im Hotel hatte ihn eine Nachricht erwartet, in der ihn Ingenieur Hufbach, der Begleiter der beiden Chinesen informiert hatte, dass die Herren am nächsten Morgen um exakt 4 Uhr abfahren wollten. Danach hatte er sich ein

Glas Zweigelt in der Bar genehmigt, als geruhsamen Abschluss eines doch recht hektischen Tages und war dann in sein Zimmer gegangen. Moritz' letzte Erinnerung war, dass er um 3.50 Uhr in der Garage einen Kaffee aus dem Automaten getrunken hatte. Und danach – absoluter Filmriss.

Was Max besonders auffallend fand, war die Tatsache, dass sich sein Bruder nach einer kurzen ersten Information in keiner Weise verblüfft oder eingeschüchtert über die aktuelle Situation und Gefahrenlage zeigte. Im Gegenteil, Moritz verhielt sich eher wie jemand, für den das Gespräch mit einem Major der Europol die selbstverständlichste Sache der Welt war.

Als ihn Freidler auf Dr. Schulmacher ansprach, räumte Moritz ohne viel Herumgerede ein, dass ihm der Doktor den Leasingvertrag verschafft hatte und immer wieder auch Kunden vermittelte.

»Dafür mussten Sie wohl das Aufnahmegerät im Fahrzeug akzeptieren?«, vermutete Freidler.

Moritz nickte. »Als kleine Gegenleistung, ja. Er wollte wissen, was einige der von ihm vermittelten Fahrgäste so dachten«, er verzog das Gesicht zu einem Grinsen. »Wie ihnen Österreich so gefällt halt.«

»Ja, ja«, der Major grinste ebenfalls, »und wie ihnen das Essen geschmeckt hat. Klar, dass man dafür speziell eine Abhöranlage einbaut. Aber warum haben Sie noch eine zweite Anlage installiert, Herr Petrark? Eine, von der ihr Freund und Förderer offenbar nichts weiß.«

Moritz schloss seine Augen und lag einige Sekunden still da. Einen Moment lang befüchtete Max, der neben dem Bett stand, sein Bruder könnte wieder das Bewusstsein verloren haben.

»Strengen Sie ihn mit Ihrem Verhör nicht zu sehr an?«, meinte er mit leicht vorwurfsvollem Ton zu Rudi.

»Möglich«, räumte der Major ein, »ich bin kein Mediziner und kann diese Frage daher auch nicht beantworten. Aber eines möchte ich schon richtig stellen: Verhör ist das absolut keines, sondern ein ganz freundliches Gespräch. Und ich hoffe, dass es dabei bleiben wird.« Er blickte auf Moritz Petrark. »Ich denke eher, Ihr Bruder möchte sich vor einigen heiklen Antworten drücken.«

»Aber …« Max fand zwar, dass Freidlers Befund durchaus zutreffen konnte, wollte jedoch aus brüderlicher Solidarität protestieren.

»Lass nur«, fiel ihm Moritz ins Wort, »er hat ja recht.« Er öffnete die Augen wieder. »Aber machen Sie's möglichst kurz, denn ich bin tatsächlich etwas erschöpft.«

»Lassen wir Ihre Motive für die private Abhöranlage beiseite«, gab sich Freidler konziliant. »Zumindest vorläufig. Haben Sie mitbekommen, was mit dem offiziellen Gerät so alles aufgenommen worden ist?«

»Die Aufnahmen selbst habe ich nie zu hören bekommen. Und mit dem direkten Belauschen war das so eine Sache. Ich spreche zwar einige Sprachen leidlich«, räumte der Befragte ein. »Das wäre nicht unbedingt das Problem gewesen. Aber die Menschen neigen nun einmal dazu, die Stimme zu senken, zu flüstern, wenn sie sich etwas sagen, was andere nicht hören sollen. Ich konnte das meiste einfach nicht verstehen.«

»Ja, haben Sie denn Ihr privates Band nicht mitlaufen lassen?«, wunderte sich der Major.

»Das wäre zu riskant gewesen. Ich habe es einmal versucht, aber dabei ist es zu irgendwelchen Überlagerungen gekommen. Störgeräusche, ich kenn mich da technisch nicht so aus.« Er zuckte mit den Achseln, was im Liegen irgendwie sonderbar wirkte. »Die Gefahr, dass meine … private Initiative entdeckt wird, wäre zu groß gewesen.«

»Ich verstehe. Aber jetzt zu etwas anderem. Wie war das bei dieser Fahrt mit den Herren aus China? Wussten die beiden oder der Begleiter aus Deutschland, dass Sie Chinesisch sprechen beziehungsweise verstehen?«

Moritz schüttelte leicht den Kopf. »Also von mir nicht und von Dr. Schulmacher sicher auch nicht. Das hätte ja die Bereitschaft der Fahrgäste beeinträchtigt, frei von der Leber weg zu quatschen.«

»Dennoch muss jemand geglaubt haben, dass Sie etwas von dem Gespräch mitbekommen haben«, war sich Freidler sicher, »und zwar etwas Entscheidendes. Das ist dem Gespräch auf dem Band zu entnehmen, woraus sich das Motiv für Ihren Unfall ergibt. Denken Sie einmal nach, was Ihnen dazu einfällt.«

»Sie wissen doch, dass ich unter Amnesie leide«, warf Moritz ärgerlich ein. »Wie soll ich also …«

»Ihre Amnesie betrifft das Unfallgeschehen sowie den Zeitraum unmittelbar vor dem Unfall«, stellte der Major dezidiert fest. »Meine Frage hat jedoch auf den Tag vorher abgestellt. Also strengen Sie sich bitte ein wenig an. Immerhin geht es bei dem Ganzen mit Sicherheit um Menschenleben.« Antonias Onkel hin oder her, diese ewigen Ausweichversuche ärgerten ihn einfach.

»Gut, lassen Sie mich noch einmal überlegen.« Moritz schloss die Augen für einige Sekunden. Als er sie dann wieder öffnete, wirkte er plötzlich erregt. »Ich erinnere mich dunkel, das Gespräch im Fahrgastraum mit einem Ohr verfolgt zu haben. Bei Chinesisch ist das besonders lustig, weil es kaum Gelegenheit dazu gibt. Die beiden haben zwischendurch immer wieder ziemlich belangloses Zeug geschwätzt. So wie ›Hier zieht es aber‹ oder etwas in der Art.«

»Ist es möglich, dass Sie unbewusst auf eine dieser Belanglosigkeiten reagiert haben«, warf Freidler ein. »Indem Sie etwa das Fenster geschlossen haben, wegen des Luftzuges?«

»Möglich«, sinnierte Moritz. Dann verdüsterte sich plötzlich sein Gesicht. »Ich fürchte ja. Ich erinnere mich, dass einer der beiden Chinesen gemeint hat, dass ihm die Musik zu laut wäre.«

»Und Sie haben einfach darauf reagiert und den Ton leiser gestellt«, vollendete Freidler den Gedanken. »Wenn so etwas ein, zwei Mal passiert, kann auch schon eine ganz beiläufige Reaktion einem gut geschulten Beobachter auffallen. Und dann wollten diese Leute kein Risiko eingehen und beschlossen daher, Sie aus dem Weg zu räumen.«

So deutlich, wie der Major jetzt, hatte bisher wohl noch niemand Moritz sein mögliches Schicksal vor Augen geführt. Plötzlich stand ihm die Angst ins Gesicht geschrieben.

Wie würde sein Bruder erst schauen, dachte Max, wenn er erfuhr, dass noch zwei weitere Male versucht worden war, das Begonnene hier im Krankenhaus zu vollenden.

»Also müssen Sie irgendetwas wissen«, fuhr Freidler unbarmherzig fort. »Etwas, das so wichtig ist, dass diese Leute auch vor Mord nicht zurückschrecken.«

Moritz starrte ein, zwei Minuten betroffen vor sich hin. Dann zuckte er neuerlich mit den Schultern und meinte fast schuldbewusst: »Tut mir leid, aber ich habe keine Ahnung. Zwischen dem ersten Kaffee am Morgen des 3.11. und dem Aufwachen hier ist ein riesiges dunkles Loch voll Nichts. Reines, unverfälschtes Nichts. Von allerbester Güte, sozusagen.«

Na, wenigstens hatte sein Bruder den Humor nicht verloren, freute sich Max. Doch Major Freidler hatte für derlei Feinheiten im Moment nichts übrig.

»Gut, dann fangen wir einmal ganz am Anfang an, ehe wir das Transkript durchgehen. Erzählen Sie uns einmal über Ihren ersten Kontakt mit Schulmacher.«

*

Ganz Europa und ein großer Teil der restlichen Welt standen wegen der gestrigen Ereignisse nach wie vor unter Schock. Sämtliche europäische und die wichtigsten überseeischen Medien hatten die ›Lynchjustiz nach Skandalurteil in Erfurt‹ in der einen oder anderen Formulierung in ihren Schlagzeilen.

Die Deutsche Bundesregierung tagte seit 9 Uhr morgens in einer Sondersitzung, die Polizei hatte bereits mehr als 200 Personen aus dem linken Spektrum überprüft, die als gewaltbereit bekannt waren oder sich im Verlauf der letzten beiden Jahre auch nur abfällig über das ›Anke-Urteil‹ geäußert hatten.

Natürlich wurde auch nicht ganz außer Acht gelassen, dass es sich bei den Schüssen auf die friedlichen Skinheads um eine Provokation aus den Reihen der extremen Rechten gehandelt haben könnte, wie einige politische Beobachter mutmaßten. Aber die Hauptstoßrichtung des Verdachtes ging derzeit eindeutig und rigoros nach links. Gleichzeitig taten sich ethisch-moralische Gräben auf, die zu denken gaben.

Da waren auf der einen Seite jene, die meinten, die Skinheads hätten dieses Schicksal ohnehin verdient, da sie durch die Schwächen des Rechtssystems ihrer Verurteilung entgangen waren. Lynchjustiz als ausgleichende Gerechtigkeit eben. Wenn schon die Justiz zahnlos war, mussten eben andere nach dem Rechten sehen. Zugegebenermaßen eine unschöne Situation, doch in diesem Fall … Und dazu gab es dann dieses verständnisheischende Augenzwinkern der ideologischen Totengräber des Rechtsstaates. Zum Kotzen.

Dann waren da noch die Menschen, die sich plötzlich mit der Situation konfrontiert sahen, Unrecht auch dann als solches anerkennen zu müssen, wenn es Personen betraf, die der eigenen Position ideologisch und sympathiemäßig diametral angesiedelt waren.

Denn Unrecht war Unrecht, wo immer es auftrat. Auch wenn es manchmal schwerfiel, das einzugestehen, vor allem wenn ein Scheisskerl davon betroffen war.

Innerhalb der ultrarechten Szene wieder herrschte massiver Überdruck. Der Schrei nach Rache für die beiden Märtyrer wurde immer lauter, der ›Furor Teutonicus‹ war nicht mehr zu überhören. Sogar in den rechtsextremen Winkeln anderer europäischer Staaten, wie beispielsweise Frankreichs, der Schweiz und den Niederlanden begann es zu rumoren. Die Globalisierung machte eben auch vor den Ewiggestrigen nicht halt.

Eine Internationale der Nationalen, welch perverse Vorstellung. Und dennoch, dank übermächtiger gemeinsamer Feindbilder wie die Migranten, das Großkapital, die unfähigen Politiker und nach wie vor natürlich die Juden, solidarisierte sich zunehmend auch der braune Bodensatz.

Wie es aussah, stand Deutschland ein heißer Spätherbst bevor. Und möglicherweise nicht nur der Bundesrepublik.

*

Für Major Freidler schien das alles nur schwer vorstellbar zu sein, doch Max erinnerte sich gut an die Zeit, über die Maurice gerade redete.

Vor knapp drei Jahren hatte ihn der Hilferuf seines Bruders erreicht. Es war zwei Tage vor Ende Oktober gewesen, als ihm Maurice gebeichtet hatte, dass Katharina, Nadja und ihm die Delogierung aus ihrer bisherigen Wohnung bevorstand.

In seinem, positv formuliert, unverbesserlichen Optimismus hatte er bis zuletzt gehofft, eine Lösung für dieses Problem zu finden. Entweder in Form von Geld oder … na, eines Wunders eben.

Schließlich war ihm nichts mehr übrig geblieben, außer das zu tun, was er eigentlich schon von Anfang an hätte tun sollen. Oder zumindest hätte tun können, wenn ihn sein Stolz nicht daran gehindert hätte. Nämlich, Max um Hilfe zu bitten.

Als arbeitslosem Pleitier waren dessen Möglichkeiten allerdings nur sehr begrenzt. Immerhin hatte er den beiden, Nadja hatte bei einer Freundin vorläufig Unterschlupf gefunden, für die ersten Wochen eine Notunterkunft bieten können. Und zwar im zweiten Zimmer seines ehemaligen Büros, dessen Mietvertrag auf Anne lief und daher Gott sei Dank noch aufrecht war.

Die folgenden Wochen war Max hautnah Zeuge der rasch wechselnden Befindlichkeiten zweier Menschen geworden, die zwischen himmelhoch jauchzendem Optimismus und tiefer Verzweiflung hin und her taumelten. Eine faszinierende Erfahrung, auf die er liebend gern verzichtet hätte. Oder nicht? Er war sich jetzt gar nicht mehr so sicher, ob er dabei nicht doch eine ganze Menge gelernt hatte.

Ein Bild würde ihm aber ein Leben lang in Erinnerung bleiben. Als sich sein Bruder nämlich eines Tages in Max' Büro vor Katharina hingekniet und ihr etwas theatralisch einen Heiratsantrag gemacht hatte, der von ihr angenommen wurde. Mit Tränen in den Augen, kein Schmäh.

Wider Willen war Max sehr beeindruckt gewesen von diesem wunderbaren ›Realitykitsch‹ und hatte erst jetzt den Dichter Erich Fried und sein ›Es ist, was es ist – sagt die Liebe‹ richtig verstanden.

Nach einem knappen Monat hatten Maurice und Katharina dann doch wieder einen Dummen gefunden, der ihnen eine Wohnung vermietete. Die Delogierung war bereits beim Einzug vorhersehbar gewesen, doch das hatte die beiden zunächst nicht bekümmert.

»Was sollten wir tun?«, Maurice blickte Freidler trotzig an. »Wir konnten doch nicht ewig in dem Zimmer mit zwölf Quadratmetern bleiben und Max auf die Nerven gehen.«

In den folgenden Monaten hatte sich die Einkommenssituation für Maurice und seine Frau stabilisiert. Auf niederstem Niveau. Das Arbeitslosengeld und später die Notstandshilfe, die beide kassierten, hatten gerade so zur Absicherung der nackten Existenz gereicht. Um die wichtigsten anstehenden Verbindlichkeiten, etwa die auf mehr als 1.500 Euro angewachsene Stromrechnung zumindest in Raten abtragen zu können, arbeitete Maurice teils offiziell, teils schwarz als Mietwagenchauffeur. Zwölf Stunden am Tag, zu je 2,50 Euro die Stunde und das sechs Tage die Woche. Ja, tatsächlich, 2,50 Euro, das war kein Schreibfehler.

»Ich bin mir vorgekommen wie auf einem Floß fünf Meter vor dem Niagarafall«, zeichnete Maurice ein Bild seines damaligen Gemütszustandes. »Ich musste heftig rudern, um nicht in den Abgrund zu stürzen, habe mich dabei aber keinen Zentimeter vom Platz bewegt.«

In diese schwere und eher hoffnungslose Zeit war die Bekanntschaft mit Dr. Schulmacher gefallen.

»Eines Tages habe ich den Doktor vom InterContinental zum Flughafen geführt«, erinnerte sich Maurice. »Dabei hat er sich fürchterlich geärgert, weil ihm ein Knopf von seinem sündteuren Seidenblazer abgerissen ist. Da wir noch genug Zeit gehabt haben, habe ich ihm angeboten, den Knopf anzunähen.«

Nach anfänglich leichtem Misstrauen hatte Schulmacher dem Fahrer seines Mietwagens das gute Stück überlassen. Und war begeistert von Maurice' Fertigkeit mit Nadel und Zwirn.

»Das hat mir damals nicht nur ein gutes Trinkgeld eingebracht«, berichtete er. »Von dem Tag an hat sich das Glück gewendet. Der Doktor hat mich jedesmal angefordert, wenn er nach Wien gekommen ist.«

Was ziemlich oft der Fall war und über kleine, zusätzliche Aufträge zu einer nicht unbeträchtlichen Verbesserung seiner Einkommenssituation geführt hatte.

»Welcher Art waren denn die Aufträge, die Ihnen Schulmacher gegeben hat?«, interessierte den Major jetzt.

»Meistens Botenfahrten, gelegentlich musste ich mich mit Leuten treffen und im Namen des Doktors verschiedene Sachen aushandeln. Termine, Treffpunkte und so«, erwiderte Maurice. »Später habe ich auch Bekannte und Geschäftsfreunde von ihm vom Flughafen abgeholt und betreut, bis er selbst gekommen ist.«

»Welcher Art war diese Betreuung?«

»Nun ja, vom Mittagessen bis hin zum Besuch der Oper. Nachtlokale, und Ausflüge in die nähere Umgebung Wiens«, stellte Maurice klar. »Vor einiger Zeit sind wir einmal sogar mit zwei Wagen zum Semmering gefahren. Die Besucher, lauter Amis, waren in einem Ferienhaus in der Nähe von Breitenstein einquartiert.« Er schüttelte den Kopf. »Mein Gott, was die Gepäck mithatten. Das hat sogar speziell von einer Spedition geliefert werden müssen.«

Kurz danach hatte Schulmacher den Vorschlag gemacht, die Bürgschaft für den Leasingvertrag zu übernehmen. »Wir bekommen immer mehr zu tun«, hatte der Doktor unter nonchalanter Einbeziehung von Maurice gemeint, »und wir müssen den Geschäftsfreunden mehr Luxus bieten.«

Neben der Bürgschaft hatte ihm Schulmacher eine monatliche Umsatzgarantie von 3.000 Euro abgegeben.

»Das war für mich damals so etwas wie ein Sechser im Lotto«, erinnerte sich Maurice. »Denn daneben gab es noch genug Zeit für andere Fahrten. Da hat es nicht viel zu überlegen gegeben.«

Das war nur zu verständlich, denn seit damals war kein einziger Monat vergangen, ohne dass sich nicht mindestens 5.000 Euro in der Kasse befunden hätten.

»Haben Sie eigentlich angenommen, dass Schulmacher das alles in eigener Verantwortung gemacht hat?«, wollte Freidler jetzt wissen. »Oder haben Sie sich vielleicht einmal gefragt, ob nicht jemand völlig anderer dahinterstecken könnte?«

»Ich bin ziemlich sicher, dass eine … große Organisation hinter dem ganzen Arrangement steht«, gab Maurice unumwunden zu. »Ich habe durch Zufall einmal ein Telefonat mitbekommen. Aber genauso sicher bin ich, dass der gute Doktor einiges auf eigene Rechnung macht, von dem seine Freunde jenseits des Atlantik nichts wissen.«

»Sie vermuten also den CIA dahinter?«, wollte sich der Major vergewissern. Maurice sagte nichts, zuckte mit den Achseln und schwieg vielsagend.

CIA, Max konnte es nicht fassen. Sein kleiner Bruder war ein Büttel des US-amerikanischen Auslandsgeheimdienstes. Weit hatten es die Petrarks gebracht. Wirklich weit.

*

Roderich Waxmayer saß im eher bescheidenen Büro in seiner Finca in der Nähe von Ciutadella im Westen Menorcas. Der seinerzeitige kurze Kontakt mit diesem Mann, diesem Doktor Radisek, der sich jetzt plötzlich gemeldet hatte, hatte gewissermaßen sein ganzes Leben beeinflusst.

Den ungemein gebildeten Waxmayer hatte es richtig gewurmt, den Namen der Hauptstadt der östlichen Baleareninsel nicht gekannt zu haben. Dass gerade Radisek ihm die Antwort für sein Kreuzworträtsel geliefert hatte, war Zufall gewesen. Hatte dem ›Hofrat‹ aber einen gewissen Sympathiebonus gesichert.

Für neun von zehn Menschen wäre diese Angelegenheit damit erledigt gewesen. Nicht so für den manisch neugierigen Waxmayer.

Bei der nächsten sich bietenden Gelegenheit war er nach Mahón oder Maó, wie es auf menorquinisch hieß, geflogen und hatte seine Bildungslücke unmittelbar an der Wurzel ausgemerzt. In den drei Tagen seines Aufenthaltes hatte er sich unsterblich in die Insel, insbesondere in den westlichen Teil und dessen Hauptort Ciutadella verliebt.

Als Mann von raschen Entschlüssen, kombiniert mit den entsprechenden finanziellen Möglichkeiten, hatte er am letzten Tag vor seiner Abreise noch dieses wunderbare kleine Haus gekauft. In das er sich nach seinem offiziellen Ausscheiden aus der Geschäftswelt zurückgezogen hatte und in dem er jetzt den größten Teil des Jahres lebte.

Wobei das Attribut ›klein‹ für die Finca mit drei Schlafzimmern, drei Bädern und zwei Gästezimmern nur relativ zu verstehen war. Und das war nur der sichtbare Teil der Anlage, die sich angeblich seit Kurzem zwei Stockwerke tief in den felsigen Untergrund fortsetzte. Gerüchteweise sollte sich in diesem Bereich eines der modernsten und leistungsfähigsten Kommunikations- und Informationszentren der Welt befinden.

Waxmayer hatte schon immer eine ausgeprägte soziale Ader gehabt und war gegen die Verteilungsungerechtigkeiten in dieser Welt angegangen. Er nannte das schon sein Leben lang das ›Gewissen der Welt unterstützen‹. Das klang zwar ziemlich großkotzig und vielleicht auch übertrieben, kam den realen Intentionen allerdings recht nah.

Besonders jetzt, nachdem er sich aus dem Tagesgeschäft zurückgezogen hatte und sich ausschließlich auf diese seine Berufung konzentrieren konnte.

Sein ehemaliger Protegé Schulmacher war nach Waxmayers Meinung ein geniales Dreckschwein. Intellektuell ein Gigant, organisatorisch ein Magier, charakterlich eine

Beleidigung für jeden und alles, mit dem man ihn vergleichen könnte und von einer scheinbaren Beliebigkeit, die einen krank machen konnte. Der Mann verstand es, sein Denken und Tun so hinzustellen, dass er sich nie wirklich deklarieren musste oder für sein Handeln zur Verantwortung gezogen werden konnte.

Er war völlig amoralisch und so flexibel wie ein Kompass. Die Nadel zeigte nämlich immer Richtung eigener Vorteil. Dabei hatte sich Schulmacher bisher stets bedeckt gehalten und sich nie eine Blöße gegeben.

Bis jetzt, bis zu der Geschichte, von der ihm dieser Doktor Radisek berichtet hatte. Möglicherweise mit einem Opfer Schulmachers, das überlebt hatte. Dem damit also auch einmal ein Fehler unterlaufen wäre. Etwas, was es nach Waxmayers Wissen bisher nicht gegeben hatte.

Vielleicht war das genau der feste Punkt, den er brauchte, um die Welt dieses Menschen aus den Angeln heben zu können. Diese Chance wollte Waxmayer unbedingt wahrnehmen. Also setzte er sich hin und begann, eine längere E-Mail an den ›Hofrat‹ zu verfassen.

*

Die neuerliche Befragung durch Major Freidler hatte kaum neue Erkenntnisse gebracht.

Diesen letzten Auftrag hatte Maurice am 27. Oktober erhalten. Wie immer per E-Mail und unterfertigt von einer ›Rikki Maringer‹, ihres Zeichens Prokuristin der Agentur Bablitzer&Ohnsorg, Rosenheim, über die schon früher einige Aufträge Schulmachers abgerechnet worden waren.

»Ich sollte einen Ingenieur Kreuthaler und zwei Herren aus Shanghai am Allerseelentag vom Flughafen abholen und nach Linz fahren«, erinnerte sich Moritz. »Am nächsten Tag sollte es dann nach Innsbruck und weiter nach Bozen gehen.«

Der Rezeptionschef des Hotel Schillerpark hatte die Ankunft der kleinen Gruppe am frühen Abend des 2. November bestätigt. Bemerkenswert war, dass sich Ingenieur Kreuthaler beim Portier noch für denselben Abend einen Leihwagen bestellt hatte, einen Ford Mondeo, den er zwei Tage behalten wollte. Davon hatte Moritz aber nichts mitbekommen.

»Die Abfahrt am nächsten Morgen war ursprünglich für 9 Uhr geplant gewesen«, erinnerte er sich. Als er gegen 23 Uhr ins Hotel zurückgekommen war, hatte er allerdings die Nachricht vorgefunden, dass die Abreise auf 4 Uhr vorverlegt werden musste. Keine Begründung und damit basta.

»Das letzte, an das ich mich erinnern kann, ist ein Becher Kaffee aus dem Automaten in der Tiefgarage um 10 vor 4 am nächsten Morgen.«

Von diesem Moment an bis zum Aufwachen hier im Krankenhaus – totales Blackout.

»Können Sie sich wenigstens noch erinnern, warum die Abfahrt auf 4 Uhr vorverlegt worden war?« So rasch gab Freidler schließlich nicht auf. »Immerhin war das ja einige Zeit vor dem … Unfall. Da muss doch irgendein Grund genannt worden sein.«

»Möglich«, räumte Moritz ein, »aber wenn es 4 Uhr Abfahrt hieß, dann war es eben so. Das habe ich eigentlich nie hinterfragt. Immerhin haben die Kunden gut dafür bezahlt, dass ich so früh aus dem Bett musste.«

Dann waren die beiden nochmals das Übersetzungsprotokoll durchgegangen. Ebenfalls ohne irgendwelche neuen Erkenntnisse. Zunächst zumindest.

Mit der Zeit war Max' Bruder, der zu Beginn einen durchaus munteren Eindruck gemacht hatte, immer ruhiger geworden. Freidler und die anderen im Zimmer hatten das auf Übermüdung zurückgeführt. Immerhin dauerte die Befragung inzwischen schon länger als drei Stunden und der Mann war nach wie vor ein schwer verletzter Patient.

Der Major wollte sich eben verabschieden, als Moritz ihn zu sich winkte. »Spielen Sie mir nochmals die Passage der Aufnahme vor, in der die beiden Chinesen miteinander sprechen.«

Freidler hinterfragte den Wunsch nicht weiter, sondern spielte das Band einfach ab. Und danach ein zweites Mal, da der Kranke es so wünschte. Dann blickte er den im Bett Liegenden fragend an und meinte nur: »Na, und, haben Sie die Stimmen erkannt?«

»Wie kommen Sie darauf?«, Moritz schien sich zu wundern. Aber nicht wirklich. »Ich habe mir schon gedacht, dass Sie das bemerkt haben«, räumte er ein. »Ja, ich bin sicher, die Stimme von einem der beiden Chinesen schon gehört zu haben. Und zwar von dem, der kein Wort in einer anderen Sprache gesprochen oder verstanden hat.«

»Und optisch? Ist Ihnen das Gesicht des Mannes nicht bekannt vorgekommen?«, wunderte sich Freidler. Doch Maurice schüttelte nur verneinend den Kopf.

»Halten Sie es für möglich«, fasste der Major nach, »dass Sie der Chinese erkannt und aus diesem Grund Ihre … Ruhigstellung veranlasst hat?«

Maurice überlegte nur kurz, ehe er verneinte. »Das glaube ich nicht. Genauso, wie alle Asiaten für die meisten Europäer gleich aussehen, sind die Europäer für den durchschnittlichen Asiaten kaum zu unterscheiden. Ja, nach groß oder klein, dick oder dünn natürlich schon, aber die meisten Gesichter sehen für sie alle gleich aus.«

Max musste seinen Bruder völlig konsterniert angesehen haben, denn der lachte jetzt laut auf. »Ja, schau mich nicht so ungläubig an. Selbst ich, der ich fast fünf Jahre in Hongkong gelebt habe, habe größte Schwierigkeiten damit.«

»Schade«, Freidlers Stimme klang leicht resignativ. »Da kann man wohl nichts machen.«

Der Major war aufgestanden und wollte schon gehen, als ihn Maurice' etwas zögerliches ›Aber‹ einhalten ließ.

»Aber was?«, er drehte sich um und blickte den im Bett liegenden Mann an. »Was wollten Sie noch sagen?«

»Aber – ich bin ziemlich sicher, dass der Chinese seinerzeit nicht Mandarin gesprochen hat, sondern astreines Amerikanisch. Ja, das war mit Sicherheit ein Amerikaner chinesischer Abstammung.«

# 11.

Die Postgesellschaften zahlreicher europäischer Staaten wie auch einige andere Logistikunternehmen hatten sehr viel zu tun gehabt in den letzten Tagen.

Der Grund dafür war, dass einer der wenigen Nahrungs- und Genussmittelkonzerne der Welt in den ersten Tagen des Novembers eine Kundenaktion von bisher unvorstellbarer Dimension anlaufen ließ. Ein Global Player, der in den letzten Jahren alles geschluckt hatte, was ihm interessant erschienen und von der EU-Wettbewerbsbehörde genehmigt worden war. Dabei hatte sich gezeigt, dass es für die Brüsseler Wettbewerbswächter immer schwieriger, ja fast unmöglich geworden war, ihrer Aufgabe wirklich gerecht zu werden.

Denn wenige, unvorstellbar einflussreiche und kapitalstarke globale Gruppierungen kontrollierten den Markt und manipulierten seine vielgepriesenen Regeln nach Belieben. Zwar waren nach wie vor die WTO, ihre Mitgliedsstaaten beziehungsweise deren Regierungen formal für die Festlegung der Rahmenbedingungen des Welthandels zuständig. Tatsächlich wurde das Geschehen von wirtschaftlichen Oligarchen bestimmt, die es sich untereinander und überhaupt schon lange gerichtet hatten. Was bedeutete, dass sie im Wesentlichen taten was sie wollten. Ausgeheckt in den Zentralen und abgesegnet von den Aufsichtsräten der nationalen Companies. In denen nicht selten auch Ministersekretäre, ehemalige und zukünftige Regierungschefs und andere Feigenblätter saßen.

Tja, heute hieß es nicht mehr, alles für die Bürger, sondern alles für den Standort.

Einer dieser Giganten war dann eben auf die angesichts seiner konkreten Wettbewerbssituation völlig überflüssige Idee gekommen, die Einführung eines neuen Produktes mit einem Preisausschreiben für seine ›cash-cows‹ zu verbinden.

Aufhänger für die sündteure Kampagne war ein weißes Pulver mit der internen Bezeichnung Quasfic. Das stand, nein, nicht dafür, sondern für ›Quick and self freezing icecream‹. Ein Trockenprodukt, also ein Pulver, mit dem man unter Beigabe entsprechender grün, rot oder goldgelb gefärbter Zusatzstoffe ein nach Aussagen einiger Prominenter in der TV-Werbung ›absolut himmlisches Semifreddo‹ in den Geschmacksrichtungen Kiwi, Erdbeer und Zuckermelone anrühren konnte. Und das ›total einfach, einfach geil‹.

Durch irgendeine, für den Menschen natürlich völlig unbedenkliche chemische Reaktion zwischen Basisprodukt und Zusatzstoff kam es zu einer Erkaltung der Masse. So konnte man durch einfaches Anrühren der Trockenmischung mit Milch oder Wasser völlig ohne Kühlung ein Halbgefrorenes, eine Art Eiscreme, Sorbet oder etwas in der Art herstellen. Derzeit allerdings leider nur in drei Geschmacksrichtungen.

Und dafür sollte nun in einer Art gigantischem Brainstorming eine den Konsumenten ansprechende Markenbezeichnung gefunden werden. Von den Mitgliedern jener 18,4 Millionen Haushalte in den 15 alten EU-Mitgliedsstaaten, die man nach welchen soziodemoskopischen Gesichtspunkten auch immer dafür ausgewählt hatte.

Vertraute man den Nachrichten, dann waren heute die

letzten Musterpäckchen mit Begleitschreiben und entsprechenden Instruktionen zugestellt worden.

Jetzt hatten die Auserwählten, auf die neben 3,6 Millionen Mal Quasfic-Jahresbedarf vor allem auch 15 Autos der Luxusklasse, jeweils inklusive 1.000 Liter Treibstoff warteten, bis Mitte Dezember Zeit, Vorschläge zu machen, wie das Zeug in Zukunft heißen sollte.

Quasfic, also wenn das nichts war. Ein echter Meilenstein auf dem steinigen Weg zur Bewältigung der Probleme dieser Welt. Man denke nur an die Möglichkeiten, armen afrikanischen oder asiatischen Kindern endlich einmal einen kühlen Gruß des ›Western Way of Life‹ zukommen zu lassen.

Aber auch in Europa versprach das unaussprechliche Zeug ein unbedingtes Muss für die erwartungsvollen Konsumenten zu werden. Besonders jetzt, Anfang Winter.

Max, der sich früher in dieser Branche wichtig gemacht hatte, inzwischen einige Dinge völlig anders sah, hatte das Anlaufen dieser Aktion in den vergangenen Tagen am Rande verfolgt. Es war ja schließlich kaum möglich gewesen, dem intensiven Einsatz der verschiedenen Medien in dieser Sache zu entgehen.

Scherzhalber versuchte er eben, sich auszurechnen, was für ein Budget für eine Aktion dieser Art und dieses Umfanges wohl zur Verfügung stehen musste. Nachdem ihm aber schon allein der Aufwand für das Porto obszön erschien und auch Maurice inzwischen aufgewacht war, setzte er sich nicht mehr weiter mit diesem globalen Unfug auseinander.

*

Die Recherchen der Kollegen in Linz hatten ergeben, dass der ›Deutsche‹ in Begleitung der beiden Chinesen noch am Abend einen Leihwagen gemietet und zum Hotel bringen lassen hatte. Der Nachtportier wieder hatte bestätigt, dass »der Herr Petrark und sein deutscher Kunde«, also wieder Engerich, das Haus kurz nach 4 Uhr morgens verlassen hatten. Die beiden chinesischen Herren, laut polizeilicher Anmeldung handelte es sich dabei um einen Huan Tse Wong und einen Lin Tsiau Schen, wären etwa fünf Minuten später mit dem Leihwagen abgereist. Das Fahrzeug war dann noch am Tag des Unfalls gegen 14 Uhr ordnungsgemäß in der Münchner Filiale des internationalen Autoverleihs zurückgegeben worden.

Inzwischen galt es als gesichert, dass es sich bei dem ›Deutschen‹ um den Österreicher Dieter Engerich aus Seekirchen gehandelt hatte. Jenem Mann, den Moritz unter dem Namen Ingenieur Kreuthaler kannte und der zwei Mal versucht hatte, ihn im Krankenhaus zu töten. Der aller Wahrscheinlichkeit nach für den vorangegangenen Unfall zumindest mitverantwortlich gewesen war. Und der schließlich selbst umgebracht worden war, wahrscheinlich wegen erwiesener Erfolglosigkeit.

Nun, das waren nicht gerade elektrisierende neue Erkenntnisse, mit denen ihn Freidler eben vertraut gemacht hatte, dachte Max. Aber Polizeiarbeit bestand halt einmal aus dem Sammeln von Informationen, die zu 98 Prozent banal und nichtssagend schienen, zumindest zunächst. Und nur zu zwei Prozent aus aufregenden Erkenntnissen. Wenn man Glück hatte.

Entscheidend war jedoch das Gesamtbild, das sich schließlich aus all diesen Puzzleteilchen ergab. Und das wiederum zeigte, dass der Anschlag auf Maurice im Grunde genommen geklärt war. Zumindest nach Meinung von Max. Obwohl die Rollen, die den beiden Asiaten dabei zukamen, noch näher untersucht werden mussten.

Waren beide die Anstifter des Unfalls gewesen? Und von wem war der Auftrag für die nachträglichen Versuche, Moritz zu töten, ausgegangen? Wer für den Tod des Handlangers Engerich verantwortlich war, interessierte ihn zwar nicht wirklich, gehörte aber auch zu dem Komplex unbeantworteter Fragen.

Antworten darauf würde es wohl nur geben, wenn die beiden Kerle gefasst werden würden. Angeblich lief die Fahndung auf Hochtouren.

Etwas später hatte sich Anne gemeldet und Max mitgeteilt, dass sie beabsichtigte, am Abend nach Vöcklabruck zu kommen. »Kannst du dich bitte darum kümmern, dass das mit dem Hotelzimmer klappt? Übrigens, der Hofrat hat mich angerufen. Er hat irgendetwas in Zusammenhang mit Maurice herausbekommen. Am besten, Tonis Freund ruft ihn einfach an.«

Was konnte der stellvertretende Leiter der Wirtschaftspolizei in Wien wissen, was Maurice betraf? Vielleicht gab es ja Hinweise aus dem wirtschaftlichen Bereich, die Rückschlüsse auf die hinter dem mysteriösen Geschehen steckenden Motive zuließen?

Also gut, Max wählte Freidlers Handynummer und hinterließ auf dessen Mailbox die Nachricht, sich dringend mit Hofrat Dr. Emanuel Radisek in Wien in Verbindung zu setzen.

*

Bei den Vereinten Nationen in New York gab es heute ein kleines Jubiläum zu feiern, wusste der Nachrichtensprecher. Um 10 Uhr Ortszeit würde der Sicherheitsrat die 25. Resolution verabschieden, die den seit mehr als fünf Jahren anhaltenden Krieg im Nahen Osten betraf und von keinem der Adressaten bisher beachtet worden war. Wahrlich kein Grund zur Freude, aber immerhin, man sprach noch miteinander.

Benedikt Moser, ein 29-jähriger Gebrauchs-Designer aus Köln mit Wohnsitz in München hatte die Nachrichten nur mit halbem Ohr verfolgt. Tagtäglich ohnehin der gleiche Scheiß, dachte der bekennende Single. Doch zumindest hatte man sich bei der UNO einen gewissen Optimismus und einen Rest Humor bewahrt.

Jetzt begann Moser, das gefällig wirkende Päckchen, das heute mit der Post gekommen war, zu öffnen. Berufsbedingt hatte er allerdings mehr Interesse an der originellen Verpackung als an dem ›selbst erkaltenden Halbgefrorenen‹, das das Begleitschreiben ankündigte. Als gründlicher Mensch ging er den Dingen gern auf den Grund, öffnete daher auch das verschweißte Säckchen mit dem weißen Basispulver darin und schnupperte daran. Pfui, ekliger Geruch.

Da muss man schon sehr süchtig auf kühles Süßes sein, um das Zeug zu fressen, dachte er abfällig und schob es zur Seite.

Weiters waren noch ein paar Rechnungen in der Post, seine Kontoauszüge und einiger Werbemist. Moser wollte schon alles weglegen und sich der Zeitung widmen, als sein Blick auf ein Kuvert fiel, das aufgrund seines optischen Eindrucks zu der Lieferung Quasfic-Klumpert zu gehören schien.

Wahrscheinlich stand da jetzt irgendetwas der Art drinnen, schoss es dem für seinen schwarzen Humor bekannten Designer durch den Kopf, wie: ›Der Bundesminister für Gesundheit warnt vor dem Konsum dieses Zeugs – es kann sich negativ auf Ihre Gesundheit auswirken.‹ Natürlich rechnete er aber nicht ernsthaft damit.

Umso erstaunter, nein, erschreckter war er über das, was dann tatsächlich auf dem Din-A4-großen Blatt Papier in Times New Roman, Schriftgrad zwölf, zu lesen war.

›Liebes Schleckermäulchen‹, stand da. ›Der Konzern hat wieder einmal zugeschlagen. Mit Quasfic und ähnlichem chemischen Mist will er seine Gewinne neuerlich um mindestens 20 Prozent steigern. Zum Wohle der Aktionäre und – nicht zu vergessen – der Vorstände in der Zentrale und bei den verschiedenen Firmentöchtern. Den mehr als 12.000 Arbeitnehmern, die man weltweit im vergangenen Jahr hinausgeworfen hat, bringt das allerdings nichts mehr. Außer vielleicht die Befriedigung, nicht mehr für solche Schweine im Nadelstreif arbeiten zu müssen.‹

Aha, wieder so eine linke Besudelung der Globalisierung, ging es dem beruflich erfolgreichen und politisch dem herrschenden Mainstream anhängenden Moser durch den Sinn. Er wollte den Schrieb schon weglegen, als sein Blick das Postskriptum am unteren Rand des Blattes erhaschte.

»Am besten, Sie gehen jetzt sofort in das nächste Krankenhaus und stellen sicher, dass es sich bei Ihrem Semifreddopulver nicht vielleicht doch um Anthrax handelt. Denn im Gegensatz zu Quasfic ist mit dem Milzbranderreger nicht zu spaßen.‹

Anthrax, Anthrax, das hatte Moser schon einmal gehört. Da hatte es doch vor einigen Jahren etwas gegeben. Was war das bloß gewesen?

Während er seinen PC anwarf, um sich Informationen zu dem Thema zu beschaffen, überflog er den Rest des Schreibens und wurde blass.

Wie die ›Feinde des ausufernden Kapitalismus‹ ankündigten – so hatten die Mistkerle dieses Pamphlet tatsächlich unterfertigt – handelte es sich bei dem weißen Pulver in rund zehn Prozent der insgesamt 18,4 Millionen Sendungen nicht um die Basis für Halbgefrorenes, sondern um Anthrax. Ja, um den gefährlichen Milzbranderreger.

›Damit wollen wir Ihnen klar machen, wie unüberlegt es ist, alles zu glauben, was man Ihnen weismachen möchte. Und wie gefährlich es ist, an jedem Scheiß, den Sie bekommen, zu schnuppern und ihn dann in sich hineinzustopfen.‹

Dieser Hinweis reichte aus, um bei dem sonst nicht so leicht aus der Ruhe zu bringenden Benny Panik auszulösen. Kalter Schweiß trat ihm auf die Stirne und plötzlich einsetzender unkontrollierter Speichelfluss zwang ihn zu krampfhaftem Schlucken, während er sich schwer atmend in den Stuhl zurückfallen ließ. Plötzlich schnürte ihm die Angst die Luft ab und er fürchtete einen Moment lang, zu ersticken.

Nach einigen peinigenden Minuten hatte sich Benedikt Moser wieder soweit unter Kontrolle, dass er Rudolf anrief. Einen guten Freund, der als Assistenzarzt im Krankenhaus westlich der Isar arbeitete und der sicher wusste, wie er sich jetzt und unter diesen Umständen verhalten sollte.

Korrekterweise musste es aber heißen, ›anzurufen versuchte‹, denn die Leitung blieb trotz wiederholter Versuche ständig besetzt.

*

Heute hatte Moritz das erste Mal das Bett verlassen und sich wieder ins Leben stürzen dürfen. Praktisch bedeutete das, dass Max seinen mit all den Verbänden doch noch sehr marode wirkenden Bruder, der in seinem Rollstuhl wie ein schlampig in einen Puppenwagen gesetzter Teddybär aussah, zum Lift und dann vom Lift in die Cafeteria schob. Was für den Älteren der beiden eine in den letzten Tagen nicht einmal lieb gewordene Routine darstellte, bedeutete für Maurice einen Quantensprung an Lebensqualität.

»Herrlich, dieser Duft nach Kaffee und frischem Gebäck«, schwärmte er. »Und dann dieser wunderbare Geruch nach Frau.«

»Nach Frauen?«, wunderte sich Max, dem dieses olfaktorische Erlebnis verschlossen geblieben war. »Ich rieche nur heißes Fett und abgestandene Luft.« Er drehte sich zur Theke hin und rief dem Kantineur zu: »Herr Martinek, kann hier nicht einmal gelüftet werden? Es stinkt ja schrecklich.«

»Nicht nach Frauen«, korrigierte Moritz und fuhr fort, »sondern nach Frau. Nach sechs Tagen Bewusstlosigkeit riecht für einen Menschen wie mich alles, was nicht an Krankheit erinnert oder ausdrücklich stinkt, an Leben. Und das Leben ist für mich die Frau, meine Frau«, erklärte er und meinte es auch so. Obwohl es ein wenig schwülstig klang. »Wo bleibt übrigens Katharina so lange?«

»Soviel ich weiß, wollte sie Nadja von der Bahn abholen«, erinnerte sich Max. Er blickte auf seine Uhr. »Ich denke, sie wird gegen Mittag wieder hier sein.«

Maurice genoss die Melange und den Topfenstrudel wie ein Verdurstender die ersten Tropfen des lebensrettenden Wassers. »Herrlich«, schwärmte er, »was für ein wundervoller Moment. Den muss ich mir merken. Damit ich etwas habe, das mich wieder auf den Boden zurückbringt, falls ich später einmal unzufrieden sein sollte.«

Dennoch, Maurice' langsam wachsende Anspannung war nicht zu übersehen. Etwas beschäftigte ihn, schien zunehmend von ihm Besitz zu ergreifen.

»Was ist los?«, wollte Max wissen »Hast du Schmerzen?«

Der Befragte schüttelte verneinend den Kopf.

»Aber du hast doch irgendetwas«, insistierte sein Bruder. »Glaubst du, ich bemerke das nicht. Sag schon, was ist los?«

Maurice schien nicht so recht zu wollen. Es war aber kein Sich-Zieren, das ihn am Sprechen hinderte, sondern etwas, was tiefer zu sitzen schien.

»Na ja«, meinte er schließlich, »ich habe ein wenig Angst. Morgen ist der 11. November oder Bloody Carnival, wie diese Scheißchinesen das bezeichnet haben. Falls Sie mich noch vor diesem Termin mundtot machen wollen, müsste das ja in den nächsten Stunden geschehen.«

Darüber hatte Max auch schon nachgedacht, war jedoch zu einem beruhigenderen Schluss gelangt. »Ich glaube nicht, dass du noch etwas zu befürchten hast«, meinte er. »Falls du der Polizei etwas zu erzählen gehabt hättest, dann hättest du das sicher schon getan.« Das klang logisch, fand er, aber ganz sicher konnte man sich natürlich nicht sein.

»Und vor allem, falls sie dir jetzt etwas antäten, so würde das überflüssigerweise viel zu viel Aufsehen erregen. Das wäre ja quasi die Bestätigung für den ohnehin schon vorhandenen Verdacht.« Ja, das war ziemlich überzeugend. »Daher werden diese Leute am besten stillhalten. Denn persönlich haben sie ja nichts gegen dich. Oder?«

Moritz nickte zustimmend.

»Ich denke nicht«, bestätigte er. »Aber lieber wäre mir schon, wenn der morgige Tag endlich vorüber wäre.« Er blickte sich um. »Weißt du, was ich jetzt gern hätte? Noch einen Kaffee.«

Während sich Max an die Freeflow Line begab, um diesen Wunsch zu erfüllen, übertönte eine Durchsage das im Raum herrschende Gemurmel.

»Achtung, Dr. Hermann, Dr. Anzberger und Dr. Giesinger bitte sofort in die Notaufnahme. Dringender Verdacht auf …« Max hatte den wahrscheinlich lateinischen Fachterminus nicht verstehen können und daher keine Ahnung, was los war. Wahrscheinlich hätte er ohnehin nicht gewusst, was der Begriff zu bedeuten hatte.

Allerdings musste es wirklich dringend sein. Denn nicht nur mehrere Angehörige des medizinischen Fachpersonals sprangen auf und verließen fluchtartig die Cafeteria, sondern auch einige andere Personen.

*

Was am Tag zuvor begonnen und zunächst wie Zufall gewirkt hatte, setzte sich heute in einer Massierung fort, die die drängende Frage aufwarf: Was oder wer steckt da dahinter?

Allein bis Mittag hatten 33 Spitzenrepräsentanten des öffentlichen Lebens europäischer Staaten und 13 Angehörige von EU-Institutionen ihren Rückzug ins Privatleben angekündigt. Und zwar sieben Minister, drei Staatssekretäre, drei Angehörige der Höchstgerichte ihres Landes, 17 Volksvertreter und drei hochrangige Diplomaten sowie sechs Vertreter des Europäischen Parlaments und sieben hochrangige Brüsseler Beamte.

Als Grund für diese in vielen Fällen von der Öffentlichkeit durchaus begrüßte, aber völlig unerwartete Entwicklung wurden von den betreffenden Persönlichkeiten vor allem gesundheitliche oder private Gründe genannt. Was letztlich ja auf das Gleiche hinauslief.

Lediglich die stellvertretende Leiterin der Generaldirektion für Brauchtum und Identität, deren Abgang möglicherweise nicht so ganz freiwillig erfolgt war, ließ mit einem etwas kryptisch ausgefallenen Nebensatz aufhorchen. »Es machen sich immer öfter Kräfte bemerkbar, die aus dem Dunkeln agieren und sich jeglicher demokratischer Kontrolle entziehen.«

Das war zwar nicht neu, nein, im Gegenteil, das war eigentlich schon immer so gewesen, seit es Lobbyismus gab. Neu war nur die verhaltene Wut, mit der Lisa de Groof, sonst immer ein Muster an Ausgeglichenheit, diesen Umstand einräumte.

Auf die Frage der Journalisten, in welchem Zusammenhang ihr Rücktritt damit stand, war sie bisher allerdings jegliche Erklärung schuldig geblieben.

Österreichische Politiker waren gegen den ›Rücktrittsbazillus‹ offenbar immun, war es Max durch den Kopf gegangen, während er Maurice beim Mittagsschlaf beobachtete. Aber das hatte schon Tradition in diesem Land und musste wohl damit zusammenhängen, dass die Öffentlichkeit in diesem Lande sehr großzügig bei dem war, was man landläufig unter ›politische Vereinbarkeit und Verantwortlichkeit‹ verstand. Oder war es vielleicht doch so, dass diese Spezies in dem Land von besonderer Unfehlbarkeit war? Ein schöner Gedanke, dessen Naivität ihn allerdings zum Lachen brachte.

Als Max zehn Minuten später das Krankenhaus verlassen wollte, um sich in seinem Hotelzimmer in der Stadt frisch zu machen und langsam auf die Ankunft Annes vorzubereiten, wurde er daran von einigen vor dem Ausgang postierten Polizisten gehindert, die Atemschutzmasken trugen. Die Zustände waren chaotisch. Das ganze Haus war vorsorglich unter Quarantäne gestellt worden.

Quasfic hatte auch Vöcklabruck erreicht.

*

Anne war bereits auf der Höhenstraße unterwegs Richtung Autobahn, als sie von dem möglichen Anthrax-Anschlag auf die europäische Bevölkerung aus den Radionachrichten erfuhr. Auch sie hatte an der Wiener Adresse eines dieser harmlos wirkenden, wie sich jetzt aber herausstellte, möglicherweise tödlichen Päckchen erhalten und nicht weiter beachtet. Sie war sich nicht ganz sicher, was sie mit dem Zeug angefangen hatte. Hatte sie es sofort dem Mistkübel überantwortet oder doch irgendwo liegen gelassen? An einem Platz, an dem es von der neugierigen und experimentierfreudigen Alma entdeckt und … Sie konnte und wollte den Gedanken gar nicht zu Ende denken.

Am nächsten Parkplatz hielt sie kurzentschlossen an und versuchte, ihre jüngste Tochter telefonisch zu erreichen. Doch vergebens, trotz wiederholter Versuche gelang es Anne nicht, eine Verbindung aufzubauen. Die nachfolgenden Bemühungen, Alexandra oder Antonia zu erreichen, blieben ebenso erfolglos. Es war, als ob der Großraum Wien dank Quasfics wunderbarer Eigenschaften selbst zu einem riesigen Funkloch erstarrt wäre und nichts mehr ging.

Kurz entschlossen wendete Anne den Wagen, um an den Ausgangspunkt ihrer bisher nur kurzen Reise zurückzukehren. Die Vernichtung dieses gefährlichen Klumperts hatte absoluten Vorrang gegenüber allem anderen. Falls einer ihrer Töchter oder auch jemand anderem etwas zustoßen sollte, nur weil sie zu bequem gewesen war, diesen Scheißdreck zu entsorgen, würde sie sich das nie verzeihen.

Durch den Wienerwald kam Anne ja noch einigermaßen zügig voran, allerdings begannen bereits in der Salmannsdorfer Straße die Probleme. Der Verkehr kam immer öfter zum Stillstand, es war, als ob halb Wien im Auto unterwegs war.

Inzwischen wurde das Musikprogramm im Rundfunk fortlaufend mit sich teils widersprechenden Warnungen, Empfehlungen und Aufforderungen der Polizei und des Gesundheitsministeriums unterbrochen.

Es bestünde überhaupt kein Grund zur Besorgnis, wurde fast beschwörend immer wieder aufs Neue sehr glaubwürdig betont. Jedoch sollte unbedingt vermieden werden, das weiße Pulver zu berühren oder gar einzuatmen. Am besten, man ließe das verschweißte Päckchen überhaupt verschlossen und brachte es zur Polizei.

Dann hieß es wieder, man solle das bedenkliche Gut nicht selbst zur Polizei bringen, sondern sich bei einer neu eingericheten Hotline melden und einen Abholtermin vereinbaren.

Und überhaupt, am besten wäre es, das Packerl ungeöffnet zu lassen und als Sondermüll zu behandeln.

Da war ja nun wirklich für jeden eine geeignete Empfehlung dabei.

In einem Punkt bestand aber Einigkeit: Wer bereits Kontakt mit dem weißen Pulver hatte, es möglicherweise eingeatmet oder, welch schreckliche Vorstellung, ein Halbgefrorenes damit hergestellt und davon gegessen hatte, der sollte *uuun*bedingt *uuun*verzüglich einen Arzt oder noch besser, das nächst gelegene Krankenhaus aufsuchen.

»Wir wiederholen, *uuun*verzüglich.«

Als Anne die fast zwei Stunden bis zur Einmündung der Krottenbachstraße in die Billrothstraße ›durchgestanden‹ hatte, eine Strecke von vielleicht drei Kilometern, ging endgültig nichts mehr.

Der Verkehr war dank eines Unfalls – ein Tankwagenfahrer, angeblich schwer durch Vergiftungserscheinungen beeinträchtigt, hatte eine Garnitur der Straßenbahnlinie 38 gerammt – definitiv zum Stillstand gekommen.

Aus, Schluss, rien ne vas plus, nichts ging mehr.

Anne hatte noch Glück im Unglück, fand sie doch eine ausreichend große Lücke zwischen zwei am Straßenrand abgestellten PKWs, zwischen denen sie ihren Kleinwagen schräg und mit den Vorderreifen am Gehsteig stehen lassen konnte. Das würde zwar wahrscheinlich ein Strafmandat geben, aber bitte. Immer noch besser, als stundenlang untätig im Auto herumzusitzen.

Knapp 15 Minuten später erreichte Anne zu Fuß die kleine Wohnung in der Sommergasse und fand das besagte Paket verschlossen vor.

Erleichtert sank sie auf die bequeme Couch und atmete einige Male tief durch. Dann holte sie ihr Handy heraus und versuchte neuerlich, eine Verbindung zustande zu bringen. Doch nach wie vor vergebens.

So beschloss sie, einfach in der Wohnung zu bleiben und die Entwicklung abzuwarten. Nach Vöcklabruck konnte sie morgen immer noch fahren. Sobald sich, wie sie hoffte, die chaotischen Zustände im Bezirk, in der Stadt, weiß der Himmel wo noch überall, hoffentlich wieder gelegt hatten.

Der Kurs der Aktien des ›Konzerns‹ war seit den ersten Nachrichten über die ›Quasfic-Katastrophe‹ bereits um mehr als 18 Prozent gefallen. Von 344 Euro auf 281,20. Und es war kein Ende des freien Falles abzusehen.

So zitterten die Börsianer eben um ihr Geld, der Rest der Welt mit den potenziellen Opfern.

*

Abends hatte es zu schneien begonnen, das erste Mal in diesem Jahr. Nein, das war nicht richtig, in diesem Halbjahr. Zunächst nur ganz leicht. Große Flocken, die majestätisch langsam, wie in Zeitlupe der Schwerkraft folgten. Etwas später war Wind aufgekommen und der Schneefall stärker geworden. Inzwischen wirbelte es schon recht arktisch vor dem Fenster des Krankenzimmers und die Landschaft probierte erstmals in dieser Saison das winterliche Kleid an.

Nach der schrecklichen Hektik des Tages, der Quarantäne, die inzwischen mangels medizinischer und gesetzlicher Grundlagen wieder aufgehoben worden war, und der nicht zu übersehenden Angst und Hysterie der Menschen, war die Stille des Raumes und der Natur ein wunderbares Geschenk an seine Seele.

Max blickte auf seinen schlafenden Bruder, der wohl etwas Angenehmes träumte, denn er lächelte im Schlaf.

Na ja, irgendwie hatte das Ganze durchaus auch lächerliche Züge. Da hatte eine übereifrige Verwaltung einfach die Quarantäne über das Krankenhaus verhängt, weil ein gutes Dutzend aufgeregter Menschen in der Notaufnahme erschienen war. Plötzlich beherrschte das Schreckgespenst Milzbrand die Situation und verursachte Panik unter allen Beteiligten.

Insoweit war das mit der Quarantäne durchaus zu verstehen, ja sogar sehr verantwortungsbewusst gehandelt, musste Max anerkennen. Dass man dann aber mehr als sieben Stunden gebraucht hatte, um festzustellen, dass es nicht die geringste Spur des gefürchteten Milzbranderregers gab und daher auch keine entsprechenden Fälle im Krankenhaus geben konnte, erschien ihm doch etwas üppig. Aber bitte, er war kein Fachmann für dieses Thema.

Was wohl mit Anne los war? Eigentlich sollte sie schon längst hier sein. Es war natürlich möglich, dass ihr irgendetwas dazwischen gekommen war, doch dann hätte sie zumindest anrufen können?

Langsam begann Max, unruhig zu werden. Er selbst hatte bereits zweimal versucht, seine Frau zu erreichen, war jedoch nicht durchgekommen. Wahrscheinlich waren die Netze durch die aktuellen Ereignisse überlastet.

Er blickte auf die Uhr. Es war Zeit für die zweiten Abendnachrichten im Fernsehen. Auf die war er gerade heute besonders neugierig.

Klar, dass die Berichterstattungen von der ›Anthrax-Attacke‹ auf Europa dominierten und die Nachrichten ›aus aktuellem Anlass auf 45 Minuten verlängert‹ wurden, wie die Moderatorin mit leicht säuerlichem Gesicht verkündete. Das war auch keine Arbeitsmoral.

Gerade als die Sprecherin im Studio einen Experten zu Wort kommen ließ, der der Bevölkerung durch seine Erläuterungen, was Anthrax eigentlich war und worin die enorme Gefährdung durch diese biologische Waffe bestand, erst so richtig Angst machte, trat Schwester

Doris von hinten an ihn heran und reichte ihm ein Blatt Papier.

»Hier, Herr Max«, meinte sie, »ein Telefax. Ist vor ungefähr zwei Stunden angekommen. Leider ist es erst jetzt bemerkt worden, weil kein Mensch mehr in der Verwaltung ist.«

»Aber vor zwei Stunden hatten wir doch noch Quarantäne«, entgegnete Max leicht verärgert. Hätte er die Nachricht Annes, um eine solche handelte es sich nämlich, früher erhalten, er hätte sich einige Sorgen erspart. »Und die hat doch auch für das Büropersonal gegolten.«

Die altgediente Schwester lächtelte zynisch und zuckte mit den Achseln. »Das war Problemlösung auf oberösterreichisch. Bevor der Direktor Wahnbauer die Quarantäne ausgerufen hat, hat er noch schnell das ganze Büro nach Hause geschickt. Weil sonst hätt' ihm die Sylvia, seine Sekretärin ...«, sie zwinkerte Max verschwörerisch zu, machte klar, dass da mehr war, »die Hölle heiß gemacht. Gott sei Dank war ja nix dahinter. Sonst könnt' jetzt schon halb Vöcklabruck infiziert sein.«

Wie sich zeigte, hatten sich Szenen, wie sie Anne in Wien erlebt und in ihrem Fax beschrieben hatte, in so gut wie allen größeren Städten der EU abgespielt. Totaler Zusammenbruch des Verkehrs, der Krankenversorgung und vor allem der Kommunikation, dazu die absolute Überforderung von Polizei, Rettung und teilweise auch der Feuerwehr.

Und obwohl bisher noch kein einziger Fall des Vorhandenseins von Anthrax bekannt geworden war, geschweige denn von einer entsprechenden Erkrankung, gab es mit 13 Toten und mehr als 200 mittel- und schwerverletzten Personen eine traurige Opferbilanz.

Bei den Toten handelte es sich vor allem um ältere Menschen, die akute Herz-/Kreislaufprobleme bekommen und nicht rechtzeitig ärztliche Hilfe erhalten hatten, beziehungsweise um Opfer von Verkehrsunfällen. Unter normalen Umständen hätten diese Menschen mit größter Wahrscheinlichkeit gerettet werden können.

Besonders dramatisch war der Selbstmordversuch eines jungen Parisers, der sich ein solches Semifreddo angerührt und gerade mit wenig Genuss gekostet hatte, als ihn der Brief mit der fatalen Botschaft erreichte. In seiner ersten Panik hatte sich der labile Marcel S. in panischer Angst aus dem fünften Stock auf die Straße gestürzt. Der junge Mann überlebte den Sturz zwar, würde jedoch sein zukünftiges Leben querschnittsgelähmt im Rollstuhl verbringen müssen.

Aber es sollte noch schlimmer kommen, zumindest aus Sicht der Wirtschaftsredaktion: Bei Börsenschluss hatte die Aktie des ›Konzerns‹ um weitere 13 Prozent an Wert verloren und notierte nunmehr bei 233,40. Die Finanzwelt verfolgte die Entwicklung mit großer Besorgnis.

»Das sind doch Scheißkerle«, murmelte der inzwischen aufgewachte Moritz von seinem Bett her. »Da sterben Menschen und diese Geier haben nichts anderes im Kopf als das Geld.«

Max murmelte etwas von »Arbeitsplätzen«, war aber nicht wirklich überzeugt, ob und inwieweit sein Argument hier und jetzt am Platz war.

*

Wie üblich für Gespräche dieser Art war es bereits nach Mitternacht, als sich das nicht registrierte Telefon am Schreibtisch eines der führenden Mitglieder der St.Bernhard Bruderschaft meldete. Der Anrufer, ebenfalls hochrangiges Member dieser exklusiven Runde und einer der meistzitierten europäischen Politiker, hielt sich nicht lange mit Höflichkeiten auf.

»Wer steckt denn eigentlich hinter dieser Anthrax-Geschichte?«, wollte er wissen. »Das war ja hervorragende Arbeit, enorm effizient und insgesamt wesentlich effektiver als die üblichen plumpen, vor allem auf Effekthascherei bedachten Aktionen wie Flugzeugabstürze und dergleichen.«

»Eine Gruppierung namens ›Feinde des ausufernden Kapitalismus‹ hat dieses Schreiben unterzeichnet. Wer dahintersteckt? Ich muss gestehen, wir haben bisher nicht die geringste Ahnung«, gab sein Gesprächspartner zu. »Ich gebe Ihnen aber völlig recht. Die Sache ist von bestechender Einfachheit. Genial. Man benötigt nur einen Konzern, der blöd genug für eine derartige Aktion ist und setzt sich mit ein paar Tausend Briefen einfach darauf. Herrlich, und vor allem: Falls unsere Analysten recht haben, die die Sache mit dem Anthrax nur für einen Bluff halten, dann war das die mit Abstand humanste Art, Westeuropa zunächst einmal für einen halben Tag zu paralysieren und weite Teile der Bevölkerung in Angst und Schrecken zu versetzen. Was will man mehr, um seine eigene Unentbehrlichkeit unter Beweis stellen zu können.«

»Man könnte fast von einem Quantensprung im Internationalen Terrorismus sprechen«, zeigte sich auch der zweite hochrangige Politiker begeistert, ja euphorisch. »Und Frombard und seinen Vorstandskollegen gönne ich diesen gewaltigen Bauchfleck von Herzen. Die Herren vom ›Konzern‹ waren in den letzten Jahren schon von einer unerträglichen Arroganz.«

»Dumm ist nur, dass mich die Sache mindestens 150.000 gekostet hat«, gestand der Angerufene ein. »Aber der Kurs hat so rasch nachgegeben.«

»Halb so schlimm«, entgegnete sein telekommunikatives Gegenüber, »auch ich habe knapp 100.000 verloren. Aber die hole ich mir doppelt und dreifach wieder. Mein Finanzmarktspezialist schätzt, dass die Aktie noch auf 150 Euro absinken wird. Und sobald die erreicht sind, heisst es kaufen, kaufen, kaufen.« Er lachte schmierig. »Doch das muss ich Ihnen ja nicht näher erklären.«

Der andere Politiker stimmte in das Lachen ein und meinte: »So beinhaltet jede Katastrophe gleichzeitig eine Chance, nicht wahr?«

Mit »Also dann eine gute Nacht« leitete der Minister die letzte Runde ein. »Es lebe der Innere Kreis.«

»Auf den Inneren Kreis«, bekräftigte der Mann aus der Kommission. »Und auch Ihnen eine angenehme Nachtruhe.«

# 12.

11.11.2011, welch ein Datum für Menschen, die auf die Mystik der Zahlen ansprachen. Man musste aber nicht unbedingt bekennender Numerologe oder Anhänger der babylonischen Zahlensymbolik sein, um der 11 eine besondere Bedeutung zuzuerkennen.

Für sehr viele Menschen begann am 11.11. der lang ersehnte Fasching, Karneval oder auch die Fastnacht. Und das exakt um 11.11 Uhr.

Der Grund dafür lag in einer früher mehrwöchigen, dem Geburtsfest Christi vorgelagerten Fastenzeit, die vom 12.11. bis zum 6.1. dauerte. Wohl unter dem Motto ›Der Karneval kann gar nicht lang genug sein‹ nahmen vor allem die rheinischen Jecken und Konsorten diese Gelegenheit war.

Tragischerweise hatte die 11 in den ersten Jahren dieses Jahrtausends anscheinend eine ganz besondere Attraktivität für Terroristen entwickelt. Da war einmal die Urmutter aller terroristischen Anschläge am 11. September 2001 in New York. Dann der Anschlag vom 11. März 2004, dem in Madrid fast 200 Menschen zum Opfer gefallen und an die 2.000 verletzt worden waren.

Am 11. Juli 2006 starben ebenfalls rund 200 Menschen bei dem schrecklichen Terroranschlag in der indischen Stadt Mumbai, nur ein Monat später konnte die für den 11. August geplante Sprengung von zehn Flugzeugen über dem Atlantik von der englischen Polizei noch rechtzeitig verhindert werden.

Dann der 11.5.2011, der gewiss allen in Erinnerung sein

wird. Zeitgleich um 11 Uhr hatten heftige Explosionen die Innenstädte von Frankfurt, Nizza, Göteborg, Pilsen und Patras erschüttert.

Das eigentliche ›Wunder des 11. Mai‹ bestand darin, dass von insgesamt 29 geplanten Anschlägen in ebenso vielen europäischen Großstädten nur fünf tatsächlich stattgefunden hatten. Dank der lückenlosen, immer intensiveren Überwachung durch die Polizei waren die übrigen 24 Angriffe auf Städte der europäischen Gesellschaft rechtzeitig entdeckt und verhindert worden.

Der Sachschaden in den fünf betroffenen Kommunen war zwar gewaltig gewesen, dank der rechtzeitigen Warnung der Bevölkerung hatte es aber glücklicherweise keine Todesopfer, sondern lediglich 14 Leichtverletzte gegeben.

Die Verantwortung für die Anschläge hatte eine Gruppe ›Stoppt die EU‹ übernommen, eine Ansammlung militanter Gegner der Union, die ihre Auflösung verfolgte. Nach diesem Tage hatte man von dieser Gruppierung allerdings nichts mehr gehört.

Und nun war er also da, der 11.11.2011. Der lange erwartete, um nicht zu sagen, heiß ersehnte ›Tag der Tage‹ für Terroristen und Terrorismusbekämpfer. Dementsprechend war auch die Stimmung. In den meisten europäischen Ländern sowie im Umfeld der gefährdetsten Persönlichkeiten herrschte Alarmstufe dunkelrot oder wie immer der allerhöchste Grad an Gefährdung genannt wurde. Für den normalen Bürger bedeutete das praktisch keine sonderlichen weiteren Einschränkungen, da das öffentliche Leben durch die Anthrax-Quasfic-Attacke ohnehin schon so gut wie paralysiert war.

Wie eine erst kürzlich veröffentlichte Studie der ›Generaldirektion für Verbrauchererwartungen‹ aus Brüssel zeigte, hielten 69,2 Prozent aller Europäer dieses Datum für das bisher ›aufregendste in diesem Jahrhundert‹.

81,2 Prozent erwarteten für heute einen außergewöhnlichen terroristischen Anschlag. Also nicht nur eine nichtssagende Explosion irgendwo, sondern etwas von wirklich europäischer, ja globaler Bedeutung.

67,9 Prozent hofften allerdings, dass ein solcher Anschlag nicht in ihrer unmittelbaren Umgebung stattfand.

Und, last but not least, hatten 27,5 Prozent gemeint, dass sie ›sehr‹ beziehungsweise ›ein wenig‹ enttäuscht sein würden, falls dieser Tag ohne nennenswertes Ereignis der genannten Art vorübergehen sollte.

Soziologen und Psychologen fanden es zunehmend bedenklich, dass eine gar nicht so kleine Zahl der Menschen inzwischen nicht mehr von Terroranschlag sprach, sondern bevorzugt Ausdrücke wie ›terroristischer Event‹ oder ›Eventterror‹ verwendete.

Kalmierend verbrämten die Experten diesen Umstand als ›im Grunde positiven Effekt‹. Nämlich die ›Gewöhnung an das Ungewöhnliche‹ beziehungsweise die ›Anpassung an ein Leben mit Gefahr‹.

Es war Freitag, der 11. November 2011, 8.23 Uhr, also noch 168 Minuten bis Karnevalsbeginn, und alles wartete gespannt, was die nächsten Stunden bringen würden.

*

An diesem Morgen war es Major Freidler endlich gelungen, Hofrat Dr. Radisek zu erreichen. Über ein Satellitentelefon, denn über die normalen Verbindungen Festnetz und Mobil war seit gut 18 Stunden nichts mehr gegangen. Und zu allem Überfluss war sogar das polizeiinterne Telefonnetz wegen Reparatur- und Wartungsarbeiten gerade dieser Tage abgeschaltet worden.

Man musste sich das nur einmal vorstellen: um vom 12. in den 1. Wiener Bezirk, über eine Luftlinie von vielleicht sechs, sieben Kilometern ein Gespräch zu führen, musste ein Umweg von zig Tausenden Kilometern über das Weltall genommen werden. Und dafür trugen der Wartungsplan der Wiener Polizei und vor allem Quasfic die Verantwortung.

»Je länger ich darüber nachdenke, desto nichtssagender und unwichtiger erscheint mir das, was ich zum Fall Maurice Petrark beizutragen habe«, baute der Hofrat anfangs gleich vor. »Da ich es Anne Petrark versprochen habe und mein Informant doch ein sehr profunder Kenner Dr. Schulmachers ist, gebe ich aber alles so an Sie weiter, wie ich es erhalten habe. Auch auf die Gefahr hin, mich zu blamieren. Aber vielleicht ergeben die einzelnen Informationen im Kontext mit Ihrem zweifellos erheblich umfassenderen Wissen in diesem Fall einen Zusammenhang.«

Dann berichtete er dem Mann von Europol, dass Schulmacher immer nur einer einzigen Seite die Treue hielt, nämlich sich selbst. Egal, ob er formal für die CIA, die NSA oder für sonstwen tätig geworden war.

»Dabei soll er stets darauf achten, sich nie so weit festzulegen, dass es für ihn kein Zurück mehr gibt«, referierte Radisek. »Das macht es auch so schwer, ihn direkt mit einer Sache in Verbindung zu bringen beziehungsweise ihn gar dafür verantwortlich zu machen. Der Mann lässt sich immer einen Ausweg offen.«

Neben der aktuellen Angelegenheit hatte Schulmacher

seine Finger zunehmend in Südamerika im Spiel, plante offenbar eine Verlagerung seines Lebensmittelpunkts für die nächste Zeit.

»Mein Informant vermutet, dass sich der gute Doktor in unserem Fall vielleicht doch ein wenig zu sehr exponiert hat und daher seinen Absprung plant. Für alle Fälle, sozusagen.«

Das war dem Major neu und das war auch interessant, denn ein Gegner, der dabei war, Brücken hinter sich abzubrechen, reagierte in entscheidenden Situationen anders als jemand, der die Aufrechterhaltung seines persönlichen und örtlichen Status vorhatte.

Man scheißt eben nicht dorthin, wo man isst, dachte Freidler. Zumindest nicht offen erkennbar. Das galt hier ebenso wie für jeden Kleinkriminellen.

Es sei denn, man war dabei, sich auf Nimmerwiedersehn zu verabschieden und es war daher egal, welchen Eindruck man hinterließ. Wollte Schulmacher nach einem gewaltigen letzten Coup aus diesem Teil der Welt verschwinden?

»Vor allem meint Waxmayer aber, dass wir verstärkt auf überraschende Wendungen achten müssen.« Jetzt war geschehen, was der Hofrat scheinbar die ganze Zeit vermeiden hatte wollen. Allerdings wusste Freidler nur zu gut, dass einem alten Fuchs wie Radisek so ein Versprecher lediglich passiert war, weil er das auch gewollt hatte.

Die Botschaft lautete, dass der Name des Informanten unter allen Umständen vertraulich zu behandeln war, dass sich der Hofrat aber aus Respekt vor seinem Gesprächspartner auf diese kleine Indiskretion eingelassen hatte.

»Ich habe verstanden«, bestätigte der Major und meinte damit unter anderem, dass sich der Hofrat auf seine Diskretion verlassen konnte. »Überraschende Wendungen in diesem Fall, von dem wir nur wissen oder …« er korrigierte sich, »… zu wissen glauben, dass er den Kommissionspräsidenten Adder betrifft. Na ja, mehr als Maurice Petrark vor einem neuerlichen Anschlag zu schützen können wir von hier aus ja ohnehin nicht machen. Außer mitdenken«, fügte er nach einer kurzen Pause noch an.

»Aber das ist ja auch schon eine ganze Menge«, erwiderte Hofrat Radisek. »Ich wünsche Ihnen viel Erfolg. Falls ich helfen kann, wissen Sie ja, wie Sie mich erreichen können.«

*

Wie Max von Schwester Gerlinde erfahren hatte, kamen weiterhin verängstigte, zum Teil sogar hysterische Menschen in die Notaufnahme des Krankenhauses und erwarteten Hilfe. Gegen eine, Gott sei Dank bis jetzt noch in keinem einzigen Fall festgestellte Infektion, gegen die Angst oder gegen das Gefühl, irgendetwas unternehmen zu müssen.

Dieser massive Andrang in einer Abteilung führte zwangsläufig dazu, dass in den anderen Bereichen des Hauses das Geschehen zeitweise auf einen Notbetrieb reduziert werden musste. Falls das Krankenhaus frei nach Hebbel die ›kleine Welt‹ war, ›in der die große ihre Probe hält‹, dann musste es im Lande, ja, in Europa überhaupt, nach wie vor chaotisch zugehen.

Und soweit den in Permanenz über Rundfunk und Fernsehen eintreffenden letzten Nachrichten zu trauen war, war dies durchaus der Fall.

Nach wie vor waren wichtige Straßen in den Zentren

der größeren Städte nahezu völlig lahmgelegt, die Telefonverbindungen klappten nur nach dem Zufallsprinzip so nach dem Motto ›Wer's nicht probiert, wird's nie erfahren‹ und die Polizei hatte alle Hände voll zu tun. Vor allem mit dem Einsammeln des als Beweismaterial dienenden ›Sondermülls‹, teilweise aber auch, um jenen miesen Typen Einhalt zu gebieten, die es nicht lassen konnten, die Situation zu ihrem Vorteil nutzen zu wollen.

Anne war es am späteren Morgen gelungen, telefonisch durchzukommen. Sie hatte vorgeschlagen, die Entwicklung bis Nachmittag abzuwarten und dann loszufahren. So, dass sie abends in Vöcklabruck eintreffen würde.

Max freute sich schon auf das Wiedersehen mit seiner Frau. Die letzten Tage hatten ihm wieder einmal klargemacht, wie wichtig sie für ihn war, wie sehr er ihre Nähe brauchte und wie sehr er sie auch nach mehr als 25 Jahren vermisste.

Komisch, wenn er mit ihr beisammen war, hatte er nie das Gefühl, ohne diesen Menschen nicht leben zu können.

Sobald er jedoch Anne nur einen halben Tag nicht sah oder zumindest hörte, vermisste er sie, dass es beinahe schmerzte. Es war schon verrückt.

Das Frühstück in der von Quasfic-Geschädigten und ihren Angehörigen total überlaufenen Kantine wäre heute wirklich kein Vergnügen gewesen. So hatte sich Max mit einem schnellen Kaffee und einer Packung Schnitten begnügt und war dann gleich wieder zu Maurice zurückgekehrt.

Der hatte aber inzwischen Besuch von seiner Katharina erhalten. Also zog er sich diskret zurück und suchte vorübergehend Unterschlupf im Schwesternzimmer. Inzwischen kannte er die Damen gut genug, um sogar auf einen zweiten Kaffee hoffen zu dürfen.

*

Roderich Waxmayer lief unruhig in seinem kleinen Büro in der Finca nahe Ciutadella auf Menorca hin und her. Obwohl er objektiv allen Grund gehabt hätte, äußerst zufrieden zu sein, war er unzufrieden. Nein, das Wort traf seinen Gemütszustand nicht richtig. Er war beschämt, unglücklich, machte sich bittere Vorwürfe.

Einerseits war sein Plan, den von ihm über alles gehassten ›Konzern‹, vor allem aber seinen Vorstandsvorsitzenden etwas zurechtzustutzen, mehr als aufgegangen. Seit Öffnung der Börse heute Morgen hatte die Aktie schon wieder um mehr als acht Prozentpunkte nachgegeben.

Andererseits hatte er die psychologischen Auswirkungen der Anthrax-Bedrohung und damit auch ihre Konsequenzen völlig unterschätzt. Sicher hatte er das Entstehen einer gewissen Panik erwartet sowie die zeitweise Lähmung des Verkehrs, der Kommunikation und der betroffenen öffentlichen Einrichtungen. Womit er jedoch in keiner Weise gerechnet hatte, waren die Toten und Verletzten, die es ohne diese teuflische Inszenierung mit Sicherheit nicht gegeben hätte. Und obwohl ihm sein Assistent vorgerechnet hatte, dass durch den europaweiten Verkehrskollaps statistisch gesehen mindestens 21 Menschen überlebt hatten, die andernfalls Verkehrsunfällen zum Opfer gefallen wären, war ihm das kein rechter Trost.

Was Waxmayer aber auch verblüfft hatte war, wie einfach es war, einen halben Kontinent quasi lahm zu legen.

Inzwischen stand Westeuropa seit fast 24 Stunden nahezu still. Und obwohl sich die Situation ganz langsam zu stabilisieren begann, war ein Ende der massiven Einschränkungen des öffentlichen Lebens noch nicht absehbar.

Vielleicht war das die Zukunft des Terrorismus. Unblutig und mindestens ebenso effizient, was die Erzeugung von Angst und Schrecken in der Bevölkerung betraf. Schließlich kam es ja beim Terrorismus nicht darauf an, Tote zu hinterlassen, sondern die Bevölkerung durch geeignete Aktionen so zu beeinflussen, dass ihr Empfinden und ihr Verhalten in eine ganz bestimmte, gewünschte Richtung gelenkt wurde.

War das eine Art ›humaner Terrorismus‹, der ohne körperliche Gewalt auskam und daher nicht nur radikalen Islamisten mit ihren Vorstellungen von der Direttissima ins Paradies offen stand? Der Gedanke hätte für Waxmayer fast etwas Tröstliches gehabt, wären da nicht diese 13 Todesopfer und mehr als 200 Verletzten gewesen.

Der Gedanke an seinen Vater heiterte Waxmayer wieder etwas auf. Roderich war unehelich auf die Welt gekommen, seine Mutter war als Au-pair-Mädchen in Frankreich gewesen und von dem jüngeren Bruder ihres Dienstgebers … freundlich formuliert, zur körperlichen Liebe überredet worden.

Als die Konsequenz dieser gewalttätigen Vereinigung nicht mehr zu übersehen gewesen war, hatte man das 20-jährige Mädchen nach Hause geschickt. Mit Spott und Hohn und ohne Aussicht auf zumindest finanzielle Unterstützung davongejagt. Dabei hatte es sich bei den Frombards um eine der reichsten Familien des Landes gehandelt.

Julien Frombard, Roderichs leiblicher Vater hatte sich sein bisheriges Leben lang nicht um seinen Abkömmling aus dieser Nacht im Mai gekümmert. Obwohl er von ihm wusste.

Umso mehr hatte sich Waxmayer jetzt auf den Herrn Papa eingeschossen. Dank einiger treuer Freunde, mit denen er ein Finanzkonsortium gebildet hatte, hatte seine Kriegskasse inzwischen ein gewaltiges Volumen angenommen; es sollte ihm möglich sein, in Kürze soviele Aktien des ›Konzerns‹ zu erwerben, dass er in die Lage versetzt werden würde, als Großaktionär den bisherigen Vorstandsvorsitzenden feuern zu lassen. Auf diesen Moment hatte er sein ganzes Erwachsenenleben lang hingearbeitet.

Nun ging es Waxmayer schon etwas besser. Er nahm sich vor, den Opfern seines Manövers beziehungsweise ihren Angehörigen eine Entschädigung zukommen zu lassen.

Mit einigen kundigen Griffen schaltete er das spezielle Programm ein, das ihn in die Lage versetzte, bei sämtlichen Transaktionen einer oder mehrerer bestimmter Banken, in die er sich zunächst hineinhacken musste, einen minimalen Betrag je Überweisung abzuzweigen und so auf eines seiner Konten in Grand Cayman zu transferieren, dass die Spur des Geldes nicht mehr zurückverfolgt werden konnte.

Es war so eine Art ›Tobin-Steuer‹, mit der Waxmayer, wie gesagt ein absolutes Mastermind, seinen nicht unbeträchtlichen Kapitalbedarf sicherstellte.

Das System funktionierte problemlos, da der jeweilige Betrag kleiner war als die Rundungstoleranz der entsprechenden Überweisung. Daher fiel das Verschwinden des Betrages gar nicht auf oder wurde wegen Geringfügigkeit vernachlässigt.

Bei einigen Millionen Überweisungen kamen aber erhebliche Summen zusammen. Und das jede Nacht.

Das erste Mal seit gestern Abend hatte Waxmayer jetzt wieder Lust zu essen. Und eine Melodie auf den Lippen. Seit er beschlossen hatte, die Opfer zu entschädigen, fühlte er sich besser. Definitiv viel besser.

*

Beim Anflug auf Salzburg schien der dicke Bauch der Air Force One fast die bereits verschneiten Gipfel der umliegenden Berge zu streifen. Schließlich setzte der riesige Vogel mit Präsidentin Midgard an Bord sanft und fast ein wenig schüchtern auf der Betonpiste des W. A. Mozart Airports auf.

Am Beginn des Vorfeldes stand das Empfangskomitee aufgereiht da wie eine Volksschulklasse, die aus der tiefsten Provinz kam und erstmals die Hauptstadt besuchte. Neben den Angehörigen der Familie, die sich aus diesem Anlass um mehr als 100 Prozent vergrößert zu haben schien, harrten auch zahlreiche Prominente auf die Ankunft der hohen Besucherin. Darunter die Landeshauptfrau, der Bürgermeister und die Präsidentin der Festspiele.

Das Schöne an privaten Besuchen großer Herrschaften war, dass grundsätzlich jeder bei ihrer Ankunft dabei sein durfte und dass man sich die Scheißarbeit mit dem Aus- und Aufrollen des roten Teppichs ersparen konnte.

Unangenehm dabei war für die Prominenz, dass sie dabei keine oder keine völlig adäquate, ihrer eingebildeten Wichtigkeit entsprechende Behandlung fanden. Im Gegenteil, heute war eine alte Funse, die vorgab, mit der Präsidentin über unendlich viele Ecken verwandt zu sein, genauso bedeutend wie ein Mensch, der sich tagtäglich für die Öffentlichkeit aufrieb. Wenn nicht sogar wichtiger.

Um den dichten Zeitplan nicht zu gefährden, fand der Empfang sofort nach der Ankunft in den VIP-Räumen des Airports statt. Dann noch ein kurzer Pressetermin und schon ging es hinein in die Stadt, zum Bahnhof.

Mit dem Hubschrauber, denn mit dem urspünglich vorgesehenen Autokonvoi hätte es kaum ein problemloses Durchqueren der nach wie vor ›Anthrax-paralysierten‹ Stadt gegeben.

Am Bahnhof hatte sich eine riesige Menge Neugieriger angesammelt zum ›Midgardschaun‹. Zumindest für ein paar Stunden hatte es die amerikanische Präsidentin an diesem Tag geschafft, das allgemeine Interesse vom genius loci abzulenken und auf sich zu konzentrieren. Ob das dem Wolferl wohl gefallen hätte?

*

Als Max ins Zimmer zurückkehrte, war Katharina schon einige Zeit gegangen.

»Sie muss heute zurück nach Wien«, erklärte Maurice, »einige Termine wahrnehmen. Wahrscheinlich kommt sie aber am Sonntag wieder.«

Möglicherweise war das gar nicht mehr notwendig, denn Doktor Sommerauer, der behandelnde Arzt hatte anklingen lassen, dass gegen eine Verlegung von Moritz in ein Krankenhaus in Wien eigentlich nichts mehr spräche.

»Wir machen noch einige Tests und falls die positiv verlaufen, dann kann es Anfang kommender Woche losgehen«, hatte er gemeint.

Max hatte das erfreut zur Kenntnis genommen. Zwar war ihm das Krankenhaus in den letzten Tagen durchaus ans Herz gewachsen. Andererseits war es aber langsam an der Zeit, wieder nach Hause, in seine geliebte Schreibstube zu kommen.

Immerhin hing er jetzt schon mehr als eine Woche hier herum und das mit nur einer Garnitur zum Wechseln.

Seit Maurice aus dem Koma aufgewacht war, lief der Fernseher in seinem Zimmer quasi nonstop. Sein Bruder war schon immer ein begeisteter Konsument des immer fragwürdiger werdenden Programms gewesen und nutzte die Zeit zwangsweiser Untätigkeit jetzt offenbar, um seine Sucht nach› laufenden Bildern‹ auszuleben.

Auch heute wieder wurde das Programm von Nachrichten, Analysen und Kommentaren zur aktuellen Lage beherrscht, gelegentlich unterbrochen von Meisterwerken banaler Unterhaltung.

Im Hafen von Southampton, wo die QE2 lag und auf ihr Auslaufen zu einer Kreuzfahrt in den Golf von Mexico und die Karibik wartete, hatte die Polizei große Mengen von Sprengstoff sichergestellt.

Eine Untersuchung aller im Hafen liegenden Schiffe hatte ergeben, dass der Rumpf der Queen Elisabeth 2 wie auch die einiger kleinerer Kreuzfahrtschiffe mit zeitzünderversehenen Haftminen bepflastert waren.

Nach Aussagen der Experten hätte die für 2 Uhr morgens zu erwartende Explosion die QE2, den Stolz der britischen Schifffahrt zwar nicht unbedingt versenkt, in Verbindung mit gleichzeitigen verbrecherischen Aktionen an Bord aber doch in größte Schwierigkeiten bringen können.

Ähnlich wäre es drei anderen, weniger großen, dennoch sehr beachtlichen Luxuskreuzern ergangen.

Neben dem enormen Sachschaden und den in solchen Fällen natürlich auch nie auszuschließenden Schäden an

Leib und Leben hätte ein derartiger terroristischer Akt die Briten vor allem in ihrem Stolz und Selbstbewusstsein getroffen.

Pikanterweise wurde dieses Vorkommnis gleichzeitig als Beweis für den Erfolg der bisherigen britischen Antiterrorpolitik gewertet. Seit der Einführung der äußerst umstrittenen, von Kritikern als rassistisch verurteilten ›Spezialbehandlung‹ von Muslimen bei Flugreisen waren keine Anschläge auf Passagiermaschinen mehr erfolgt. ›Ein Beweis dafür, dass die Terroristen nunmehr bei Flugzeugen resignieren, wäre durchaus auch in der Auswahl des Luxuskreuzers als Objekt blindwütiger Zerstörung zu sehen‹, meinten einige Experten.

»Das ist eigentlich richtig«, meinte Maurice nach einigen Sekunden des Überlegens. »Seit man die Muslime vor Abflügen einer besonders gründlichen Untersuchung unterzieht, ist nichts mehr bekannt geworden. Oder?« Er verzog das Gesicht. »Rassistisch oder nicht. Wenn dadurch Menschenleben gerettet werden können.«

»Ich glaube, das ist etwas zu kurz gedacht«, widersprach Max. »Da geht man her, schweißt Reisende, die sich als Muslime erkennen lassen, nackt in Plastik ein und schickt sie als Luftfracht los.« Er bemerkte Maurice' zweifelnden Blick.

»O. K.«, schränkte er ein, »das ist etwas übertrieben. Aber was da auf den Flughäfen mit den armen Teufeln aufgeführt wird, die keine andere Chance haben, als ein Flugzeug nehmen zu müssen, ist menschenverachtend und daher abzulehnen. Trotz des vordergründigen Erfolges. Was meinst du, wie viel Hass gegen das ›Herrenvolk‹ sich dabei jedesmal aufbaut. Und nicht nur bei den unmittelbar Betroffenen. Das ist der reinste Zuchtbetrieb für Jungterroristen. Es ist nur eine Frage der Zeit, bis denen etwas Neues einfällt, was uns dann wieder um die Ohren fliegt. Und das im wahrsten Sinn des Wortes, fürchte ich.«

Die Nachrichtensprecherin war während des Diskurses der Brüder schon zu den nationalen Neuigkeiten gekommen. Und die waren auch nicht von schlechten Eltern.

Da hieß es allen Ernstes innerhalb weniger Minuten, dass sich der Finanzminister freute, mitteilen zu können, nach der letzten Steuerreform hätten fast 50 Prozent der Erwerbstätigen keine Einkommenssteuer mehr zu bezahlen, dass die Unternehmensgewinne in den vergangenen fünf Jahren um durchschnittlich 72,4 Prozent gestiegen waren, die Privatvermögen um 41,6 Prozent, die Einkommen aus unselbständiger Tätigkeit dagegen lediglich um 8,2 Prozent. Das war 1,6 Prozent unter der vergleichbaren Inflationsrate. Und dass die Österreicher mit ihrem neuerlich gestiegenen Pro-Kopf-Einkommen nach wie vor den 3. Platz innerhalb der Europäischen Union einnahmen. Österreich also immer noch das drittreichste Land in der EU war.

Wie schön, als drittreichstes Land der EU einen Finanzminister zu haben, der stolz darauf war, dass fast 50 Prozent der Österreicher im Erwerbsprozess so wenig verdienten, dass sie keine Einkommenssteuer bezahlen mussten, ging es Max durch den Kopf. Was für seltsame Kennziffern diese Regierung doch erfand.

Aber auch Maurice hatte das Rechnen nicht verlernt. »Also, ich persönlich kenne niemanden, dessen Einkommen in den letzten fünf Jahren spürbar gestiegen wäre«, überlegte er. »Abgesehen von den Leuten, die ich durch die Gegend kutschiert habe, vermute ich einmal.« Er rülpste leicht. »Wie wird dieses Pro-Kopf-Einkommen eigentlich berechnet?«

»Soviel ich weiß, wird das Volkseinkommen durch die Bevölkerungsanzahl geteilt oder so ähnlich. Und das ist es dann auch schon«, erkärte der nicht ganz sattelfeste Max.

»Das bedeutet schließlich nichts anderes«, gab Moritz zu bedenken, »als dass die Einkommen weniger Superreicher in einem Ausmaß gestiegen sein müssen, dass trotz stagnierender Masseneinkommen im statistischen Mittel je Kopf immer noch ein Plus herauskommt. Wumm.« Die Erkenntnis machte ihm sichtlich zu schaffen. »Na wusch. Da müssen die Reichen um einiges reicher geworden sein.«

»Was eines beweist«, schlussfolgerte Max. »Die Regierung muss lediglich darauf schauen, dass die Reichen von Jahr zu Jahr wirklich reicher werden, genug, dass sich pro Kopf ein jährlicher Zuwachs ausgeht. Klasse, so wird man drittreichstes Land, ohne dass 90 Prozent der Bevölkerung etwas davon bemerken.«

Mitten in die immer tiefschürfender werdende Diskussion hinein kam die Meldung, dass der Wert der ›Konzern‹-Aktie inzwischen bei 183,40 Euro gelandet war.

*

Kurz nach 14 Uhr Ortszeit landete eine Sondermaschine der Air France aus Brüssel kommend am Flughafen der bulgarischen Hauptstadt Sofia. An Bord befand sich Jan Erik Adder, der an diesem Tag nach Ansicht der nationalen und internationalen Sicherheitsbehörden wohl am meisten gefährdete Politiker. Zumindest Europas.

Der als etwas eigenbrötlerisch und stur verschriene Kommissionspräsident war trotz ärgster politischer und seine Sicherheit betreffenden Bedenken mit einigen Kollegen angereist, um an der ab 16 Uhr stattfindenden ›Konferenz für ein neues Europa‹ teilzunehmen.

Die Initiative zu dieser von den ›alten‹ EU-Mitgliedern äußerst kritisch beurteilten Veranstaltung war von Bulgarien, Rumänien, den Baltischen Staaten, der Slowakei und Ungarn ausgegangen und hatte die Hinterfragung mancher unveränderlich wirkender Gegebenheiten in der Union zum Gegenstand.

Vor allem die Frage, ob die Beibehaltung Brüssels als Hauptstadt Naturgesetz und daher tabu war oder angesichts der über die Jahrzehnte, seit der ›Gemeinschaft für Kohle und Stahl‹ geänderten Verhältnisse nicht doch zumindest diskutiert werden durfte, erregte die Gemüter bereits im Vorfeld.

Viele Europäer, aber auch EU-Skeptiker standen dem Gedanken an eine neue Hauptstadt näher als sie sich offiziell zuzugeben trauten.

Immerhin war Brüssel besonders in den letzten Jahren Synomym für all das geworden, was in der Union schieflief und wofür die Stadt darüber hinaus noch verantwortlich gemacht wurde. Ob zu recht oder nicht, war gar nicht entscheidend. Fest stand, dass ›die in Brüssel‹ für alles herhalten mussten, was in den einzelnen Staaten politisch und auch sonst im Argen lag.

Eine neue Hauptstadt brächte zweifellos die Chance einer deutlichen Imageverbesserung mit sich. Gut, da kämen natürlich die Kosten einer solchen Übersiedlung der Institutionen. Doch Symbole hatten nun mal ihren Preis. Und wenn eine neue Hauptstadt half, die Stimmung zu verbessern, den verfahrenen Karren wieder flottzubekommen und das visionäre Projekt abzusichern, dann war diese Maßnahme jeden verdammten Cent wert.

Präsident Adder hatte zwar gewusst, dass die Idee einer neuen Kapitale in den neuen Mitgliedsländern auch bei der Bevölkerung großen Anklang fand. Mit dem, was sich bei seiner Ankunft abspielte, hatte er allerdings nicht gerechnet, ebensowenig die Spezialisten seines Stabes.

Nach Angaben der bulgarischen Polizei waren es mehr als 100.000 Menschen, die sich am Flughafen und entlang der Route in die Stadt eingefunden hatten, um diesen hohen Repräsentanten Europas willkommen zu heißen und ihm ihre Wünsche und Hoffnungen für die Konferenz mitzugeben.

Wider Willen war der sonst eher kühle Politprofi aus Aarhus ziemlich beeindruckt und ein bis vor Kurzem noch undenkbarer Gedanke ging ihm plötzlich erstmals und anschließend immer wieder durch den Kopf.

Nämlich: Warum nicht? Warum eigentlich wirklich nicht?

*

Archimedes, der Chef der belgischen Sektion der LIC, der ›Liga kritischer Intellektueller‹ saß in seinem Büro in der Universität Gent und studierte den Packen ausgeschnittener Pressemeldungen, der vor ihm auf dem Schreibtisch lag.

Die europaweite Aktion der LIC war bisher durchaus als Erfolg zu bezeichnen. Von den insgesamt zum Rücktritt vorgesehenen und aufgeforderten Repräsentanten des europäischen öffentlichen Lebens hatten mehr als drei

Viertel im Sinne der Aufforderung reagiert. Kein Wunder, die Angst vor der angedrohten Veröffentlichung des vorhandenen Materials und die daraus resultierenden Konsequenzen waren groß genug, um sich ins wohlverdiente Privatleben zurückzuziehen.

Jetzt fehlten nur noch einige besonders hartnäckige Sesselkleber, die ihre politischen Funktionen offenbar um jeden Preis behalten wollten. Wahrscheinlich unterschätzten diese Leute die Macht der öffentlichen Meinung, die sie nach Veröffentlichung des unschönen, teilweise sehr unappetitlichen Materials in den Medien zwangsläufig hinwegfegen würde.

Aber bitte, Deadline war erst um 20 Uhr. Bis dahin hatten diese Leute Zeit, ihren Rücktritt bekannt zu geben.

Danach würde das bei ihm und seinen Kollegen in Heidelberg, Lyon, Bologna, Malmö, Santander und Saloniki die Versendung des belastenden Materials an ausgewählte Zeitungen und TV-Sender bedeuten. Und am Montag würde es zur Veröffentlichung kommen.

Archimedes griff gerade mit der Linken nach einem Kugelschreiber und begann, sich etwas zu notieren, als er hinter sich ein Geräusch hörte. Das war ungewöhnlich, denn an Freitagen war das Institut ab Mittag unbesetzt.

»Albert, bist du das?«, rief er in das Halbdunkel im Übergang zwischen Vorraum und seinem Büro. Es konnte eigentlich nur sein Assistent sein, der etwas vergessen hatte.

Es war aber ein Fremder, der den Raum betrat und rasch von hinten an Archimedes' Stuhl herantrat.

»Professor Keyser«, meinte der etwa 40-jährige Mann, »Sie glauben doch nicht, dass Sie mit dem, was Sie mit unserem Präsidenten vorhaben, durchkommen werden? Das wäre ja sträflich naiv.«

»Ich weiß nicht, wovon Sie sprechen«, entgegnete der Professor mit zitternder Stimme. Natürlich wusste er, worum es ging, sogar ganz genau. Und das war es auch, was ihm jetzt Angst machte. Schreckliche Angst. »Bitte, gehen Sie jetzt, sonst muss ich die Polizei rufen.«

Wie um seine Drohung zu unterstreichen nahm er mit der rechten Hand den Hörer und begann, mit der anderen eine Nummer einzutippen.

»Nicht so schnell mit den jungen Pferden«, der Mann, offenbar ein Deutscher, unterbrach die Verbindung, ehe sie zustande gekommen war. »Sie werden schon noch telefonieren können, aber mit wem werde ich Ihnen sagen.«

Er reichte Archimedes den Hörer. »Jetzt rufen wir einmal Ihren Kollegen Professor Bruns in Heidelberg an«, befahl er mit einer Stimme, die keinen Widerspruch duldete.

Eingeschüchtert tippte der Professor die ihm vertraute Rufnummer seines deutschen Freundes ein, der sich nach wenigen Sekunden meldete.

»Hallo, Piet«, freute sich Bruns, »schön, von dir zu hören. Wie läuft's bei euch?«

Während Keyser fieberhaft überlegte, wie er aus dieser Lage wieder herauskommen könnte, hielt ihm der Unbekannte ein Blatt Papier hin. Dazu flüsterte er: »Das lesen Sie jetzt Ihrem Freund vor. Ist das klar?«

Keyser nickte, nahm das Blatt in seine Linke und warf einen ersten Blick darauf. Um Gottes willen, er hatte plötzlich schreckliche Angst.

»Hallo, Emmerich«, er machte eine kurze Pause, ehe er fortfuhr.

Wieso nannte er ihn Emmerich, fuhr es Bruns durch den Kopf. Das war zwar sein zweiter Vorname, den er hasste wie die Pest. Piet wusste das und nannte ihn daher auch immer Fred, alle nannten ihn Fred. Wollte ihm Keyser etwas damit sagen?

»Bist du in Ordnung, Piet?«

Keyser spürte inzwischen den Druck einer Handfeuerwaffe an seiner rechten Schläfe. »Ich bin am Ende«, las er leise vor. »Und ich kann nicht mehr. Alles ist aus …«

Dann hörte Professor Bruns nur noch einen Schuss und das Geräusch, das ein Telefonhörer verursacht, wenn er jemandem aus der Hand fällt und beim Hin- und Herbaumeln gegen ein Tischbein schlägt.

War er eben Zeuge eines Selbstmordes geworden, überlegte Bruns, nachdem er den ersten Schock überwunden hatte. Oder wollte jemand dem Emmerich das nur glauben machen. Egal, er rief einen Freund beim Hessischen Landeskriminalamt an und bat ihn, über seine belgischen Kontakte die erforderlichen Schritte in Gent einzuleiten.

Inzwischen hatte der Unbekannte die Waffe von seinen eigenen Fingerabdrücken gesäubert und sie Archimedes in die rechte Hand gedrückt. Dann hob er den Hörer auf und legte ihn zurück auf die Gabel. Er hatte schon immer größten Wert auf Ordnung gelegt.

Abschließend blickte er auf das gerahmte Foto auf dem Schreibtisch, das einen schreibenden Professor Keyser zeigte, und zwar mit der linken Hand, über dessen Schulter sich eine lächelnde junge Frau beugte. Die Tochter des eben Verblichenen oder seine Freundin?

Indem er das Bild betrachtet und dann wieder weggestellt hatte, ohne irgendwelche Konsequenzen zu ziehen, hatte der Killer endgültig die letzte Chance vertan, einen zusätzlichen Beweis seiner Blödheit und gleichzeitig einen weiteren gravierenden Fehler zu vermeiden.

Aber so ging es Menschen häufig, die sich selbst für wahnsinnig klug und alle anderen für dumm hielten. Es war daher auch nur konsequent und logisch, dass das ›Hirnederl‹ nach mehr als einer Stunde die verzweifelte Suche nach den bewussten Unterlagen wegen Erfolglosigkeit abbrach und den Tatort verließ.

Genau zehn Minuten, bevor die aus Heidelberg über mehrere Stationen alarmierte Genter Polizei eintraf.

Na ja, die Dummen haben eben Glück und die ganz Dummen großes.

# 13.

Langsam begann sich die Situation auf den Straßen und in den Telefonnetzen wieder einigermaßen zu normalisieren. Der Verkehr stockte zwar nach wie vor, aber es ging wenigstens ein bisschen voran. Und auf Telefonverbindungen musste man weiterhin warten. Unverändert lange, doch zumindest nicht mehr vergebens.

Im Gegensatz dazu würden Polizei, Krankenhäuser sowie gerichtsmedizinische und andere Labors noch wochenlang unter Quasfic zu leiden haben. Denn alle Proben mussten geortet, eingesammelt und untersucht werden. Und natürlich waren da noch immer Menschen, die Angst hatten und um die man sich kümmern musste.

Da diesen Aufgaben derzeit in allen betroffenen Staaten absolute Priorität eingeräumt worden war, entwickelte sich durch das zunächst unbemerkte Füllen der entstandenen Vakuen eine Menge neuer Probleme.

Die kleinen Ganoven, aber auch etwas größere Kaliber, hatten rasch mitbekommen, dass sich derzeit kein Mensch außer den Betroffenen um Delikte wie Taschen- und Ladendiebstahl, verbotenes Glückspiel, wie etwa das berühmte Hütchenspiel oder Kleinbetrug kümmerte.

Als nächstes führten die ununterbrochen konfusen Verkehrsverhältnisse zu einem rasanten Ansteigen von Autodiebstählen. Viele Menschen hatten ihre Fahrzeuge wegen der verstopften Straßen einfach stehen gelassen. Später, als sie ihren Wagen wieder holen wollten, aber nicht mehr vorfanden, nahmen sie einfach an, dass ihr bestes Stück eben abgeschleppt worden war. Bis sich dieser Irrtum aufgeklärt hatte, war der BMW, Audi oder VW oft bereits umlackiert, verkauft und auf dem Weg über Polen nach Weißrussland.

Am Morgen hatte sich einer der großen Rentenfonds in den USA entschlossen, sich von seinem ansehnlichen Paket an Aktien des ›Konzerns‹ zu trennen und der Kurs stürzte auf unfassbare 151,30 ab.

Damit stieg die Spannung bei den Analysten ins Unermessliche. Die Frage lautete, wie lange es noch dauern würde, bis die magische Grenze von 150 erreicht war. Gleichzeitig begannen weltweit ganze Legionen von Wertpapierhändlern in den Startlöchern zu scharren. Ihnen allen lagen jede Menge Kauforders vor, sobald das Papier bei der kritischen Grenze angelangt war.

Roderich Waxmayer, der wusste, wie der Hase lief, und der darüber hinaus auch noch ein höchstpersönliches Motiv hatte, möglichst viele Aktien des ›Konzerns‹ anzusammeln, wollte allerdings auf Nummer sicher gehen. Darum hatte er seine über die ganze Welt verstreuten Broker angewiesen, ab einem Kurs von 151 Euro je Aktie zu kaufen, was der Markt hergab. Und wie es aussah, gab der Markt im Augenblick eine ganze Menge her.

Je konsequenter und erfolgreicher Waxmayers erster Schlag ausfallen würde, desto schneller und eindrucksvoller würde der Kursanstieg des Papiers ausfallen und damit die übrigen Interessenten in die Schranken weisen. Und das war dem Mastermind durchaus einen Euro je Aktie zusätzlich wert.

Um 15.12 Ortszeit war ein Kurs von 150,86 erreicht und Waxmayers Brokertruppe begann zuzuschlagen.

Bei Börsenschluss in Wien würde sich der Kurs bereits auf 176,52 ›derrappelt‹ haben. Bis abends die Wall Street schließen würde, sollte die Aktie bereits bei 197,71 angelangt sein.

Roderich Waxmayer und sein Konsortium würden dann durch den Kursanstieg innerhalb von knapp sechs Stunden unfassbare 353 Millionen Euro verdient haben und immerhin etwas mehr als 14 Prozent der Aktien des ›Konzerns‹ besitzen.

Na, wenn das kein Grund für den Herrn Papa sein sollte, auf den Sprössling stolz zu sein.

*

Kommissar van Ackeren von der Kriminalpolizei in Gent war ein erfahrener alter Hase. Nachdem er mit Professor Bruns in Heidelberg gesprochen und sich den Tatablauf beschreiben hatte lassen, hatte der Polizist auf den ersten Blick erkannt, dass hier kein Suizid vorliegen konnte.

Denn selbst der ordnungsliebendste Selbstmörder war nicht in der Lage, nach begangener Tat den Hörer wieder auf die Gabel zurückzulegen. Aber auch die nur schwer zu übersehende Tatsache, dass es sich bei dem Opfer um einen Linkshänder gehandelt hatte, machte den an der rechten Schläfe aufgesetzten Schuss nur sehr schwer nachvollziehbar.

Dazu kamen noch die wunderschönen Fingerabdrücke auf dem Hörer und dem gerahmten Foto am Schreibtisch. Van Ackeren war optimistisch, was die rasche Lösung dieses Falles betraf. Zu Recht, wie die nahe Zukunft beweisen sollte.

*

Anne befand sich bereits fast auf Höhe der oberösterreichischen Landeshauptstadt Linz und würde in knapp einer Stunde in Vöcklabruck eintreffen. Falls sie von keinen unerwarteten Zwischenfällen aufgehalten werden sollte.

In ihrem Kleinwagen führte sie zwei Überraschungen für ihren Mann mit sich. Und zwar Alexandra und Alma, die Max eine ganze Woche lang nicht gesehen und sicher vermisst hatte. Und wahrscheinlich auch umgekehrt. Irgendwie zumindest.

Alma, mit gut 1,88 Körpergröße nicht gerade geschaffen für diese Art von Fahrzeug, hing zusammengekauert in dem Winzling auf Rädern, während die mit 1,68 eher normalwüchsige Alexandra auch auf der Rückbank relativ bequem saß.

Insgeheim hatte Anne den Kauf dieses Wagens gelegentlich bereut, aber Max' polemischer Dauerdiskurs zu diesem Thema verärgerte sie immer wieder aufs Neue. In einer Weise, die dazu führte, dass sie sich lieber die Zunge abbeißen würde als seine sachlich zutreffende Kritik anzuerkennen. Mitunter sehr heftig geführte und von Dritten daher häufig sogar als Streit apostrophierte Diskussionen beherrschten seit Jahren die Kommunikation zwischen den Eheleuten.

Für Außenstehende mochte dabei objektiv durchaus zu Recht der Eindruck entstehen, dass zwischen den beiden die Fetzen flogen, nur war dem nicht so. Sie hatten lediglich ziemlich laute Organe, den starken Drang, immer recht zu haben und nicht den geringsten Anflug einer Streitkultur.

Das bedeutete in der Regel, dass sie sich irgendwann anbrüllten, das Gespräch abbrachen und sich separierten. Wann immer sie sich nach Ablauf, angenommen einmal einer Stunde wieder trafen, schien alles vergessen und sie vertrugen sich wieder.

Das Geheimnis war, beide waren nicht wirklich nachtragend. Im Gegenteil, sie ließen durch ihr Verhalten nach der Abkühlpause erkennen, dass sie faktisch gewillt waren, auf die Argumente des anderen einzugehen. Mehr oder weniger, bis zu einem gewissen Grad und ohne es nur im Geringsten zuzugeben, natürlich. Aber immerhin.

Und sie gifteten sich nur an, wenn sie allein waren. Hin und wieder auch vor den Kindern, das konnte schon einmal vorkommen, machmal auch vor Außenstehenden. Doch meist versuchten sie, das beruhigende Bild eines älteren Ehepaares, das sich auch ohne viele Worte zu verstehen schien, darzustellen.

Die meisten anderen Paare hätten einen derartigen Umgang miteinander wohl kaum länger als ein paar Monate, vielleicht ein halbes Jahr ertragen.

Anne und Max dagegen zogen dies jetzt schon an die 25 Jahre und mehr durch. Und sie genossen ihre Art des Miteinanders auf eine eigenartige, ja perverse Art und Weise sogar. Benötigten sie für ihre ganz spezielle Partnerschaft, wie die Margaritas die Salzkruste am Glasrand.

Alma, die Jüngste, geriet eher nach den Eltern, matchte sich gelegentlich mit den beiden, dass es nur so tuschte.

Antonia führte gelegentlich intellektuelle Gespräche mit ihrem Vater, Alexandra war dagegen von der stillen Art. Und zwar von der ganz stillen. Zumindest zu Hause sprach sie nur das Notwendigste, mit Max so gut wie gar nichts.

Er hatte bisher nicht verstanden, warum das so war, es aber inzwischen akzeptiert.

Der Vorwegweiser am rechten Autobahnrand kündigte das Rasthaus Ansfelden Nord in 2.000 Metern Entfernung an.

»Mama, ist noch Zeit für eine Pause?«, wollte Alexandra wissen. »Ich habe Durst und auch das konträre Bedürfnis.«

Es war kurz vor 18 Uhr und sie hatten mit Max ja keine bestimmte Zeit vereinbart. »Klar«, meinte Anne, »machen wir eine Pause. Ein Kaffee wird mir auch nicht schaden.«

Sie lenkte den Kleinwagen auf die rechte Spur, verlangsamte dann das Tempo, betätigte dann endlich den Blinker und nahm die Ausfahrt zum Rasthaus.

*

Präsidentin Joanna Midgard war bekennender Eisenbahnfan und hatte daher die beiden kurzen Fahrten mit dem Sonderzug nach Traunstein beziehungsweise Elixhausen sehr genossen.

Besonders der alte k.u.k. Salonwagen hatte es ihr angetan. Wie sie den nach strengen Kriterien ausgewählten Journalisten, die sie begleiten durften, anvertraut hatte, freute sie sich schon wie ein Kind auf die Fahrt nach Wien am nächsten Tag.

»Fliegen ist Transport«, meinte sie, »Eisenbahnfahren dagegen eine Lebenseinstellung, die reinste Philosophie. Leider bin ich durch den Job gezwungen, vor allem zu fliegen. Ich würde viel lieber öfter den Zug nehmen.«

Mit solchen Aussagen kam die nicht nur mächtige, sondern auch sehr attraktive, vor allem aber freundliche Frau bei den Medienvertretern hervorragend an. Das war keine abgehobene Dirigentin im Konzert der Mächtigen dieser Welt, sondern ein Mensch wie jeder andere.

Wie sie beispielsweise der um weiß Gott wie viele Ecken mit ihr verwandten Anna Hebsack ein tolles Handy zum Geschenk gemacht, ihr dazu auch ihre private Nummer verraten und sie ermuntert hatte, sie doch anzurufen, wann immer ihr etwas am Herzen lag, war wirklich rührend gewesen.

Diese Geschichte war pures Gold wert und würde ohne Zweifel rund um die Welt gehen.

Inzwischen hatte Midgard den familiären Teil des Programms hinter sich gebracht und war vor Kurzem im Hotel Sacher in Salzburg-Stadt eingetroffen.

Während sich die amerikanische Präsidentin auf die abendliche Sondervorstellung des ›Idomeneo‹ im Haus für Mozart vorbereitete, war Kommissionspräsident Jan Erik Adder viele hundert Kilometer weiter östlich eben am Ort seines zweiten Programmpunktes in Sofia eingetroffen.

In der Aula der St.-Kliment-Ohridski-Universität warteten rund 200 junge und auch ältere Menschen, um mit dem Dänen und einigen Politikern ›Chancen und Probleme in der EU‹ zu diskutieren.

Adder war bester Laune, da er sich seiner Meinung nach in der vorangegangenen Konferenz sehr gut geschlagen hatte und das von den Teilnehmern genauso gesehen worden war. Der kühle, sperrige Skandinavier war daher richtig aufgekratzt, als er jetzt den langen Korridor zur Aula hinabging. Zum Entsetzen der ihn links und rechts flankierenden Security Agents ließ er es sich nicht nehmen, ständig Hände zu schütteln, die sich ihm von allen Seiten aus dem Spalier entgegenstreckten.

Ein für ihn absolut untypisches Verhalten, das seine Sicherheitsleute ordentlich zum Schwitzen brachte. Adder schien das seltene Bad in der Menge so richtig zu genießen, ging sogar von sich aus auf die meist jungen Menschen zu. Ganz so, als ob er seinen Bodyguards justament etwas zu Fleiß tun wollte.

Vielleicht hat er ja doch noch das Zeug zu einem populären Politiker in sich, dachte sein zwei Reihen hinter ihm gehender Assistent. Hoffen durfte man das ja zumindest.

Plötzlich löste sich ein Mann mittleren Alters aus dem Spalier, schien zu stolpern und dem Kommissionspräsidenten trotz sofort versuchten Einschreitens zweier Leibwächter fast in die Arme zu fallen.

Adder versuchte, den drohenden Körperkontakt mit beiden Händen abzuwehren, konnte ihn aber nicht ganz verhindern. Doch da war der Mann schon wieder von selbst ins Gleichgewicht gekommen und schien sich beim Kommissionspräsidenten zu entschuldigen. Dann trat er einen Schritt zur Seite, gab den Weg frei und entfernte sich rasch in Richtung Ausgang.

Adder lächelte verzerrt, nein, schmerzlich berührt, griff sich plötzlich an die Brust, zog seine Hand wieder zurück und sah verstört auf seine blutigen Finger. Sein Blick wanderte ungläubig hinunter zu einem immer größer werdenden roten Fleck auf seinem weißen Hemd. Schließlich brach der Kommissionspräsident zusammen und konnte von einem Bodyguard gerade noch aufgefangen werden, ehe sein Körper am Boden aufschlug.

Wie es schien, war die ›Schlange‹ trotz aller Warnungen und Vorsichtsmaßnahmen wie geplant erlegt worden.

›Bloody Carnival‹ hatte stattgefunden. Oder erst begonnen?

*

Max lief ungeduldig in der Eingangshalle des Krankenhauses auf und ab. Anne hatte kurz nach 18 Uhr angerufen und gemeint, sie würde in spätestens einer Stunde eintreffen. Mit einer, nein, zwei Überraschungen, hatte sie geheimnisvoll angedeutet und verschmitzt gelacht. Jetzt war es bereits 20 Minuten nach 20 Uhr und weit und breit nichts von seiner Liebe und den Mitbringseln zu sehen.

Er versuchte nochmals, sie über Handy zu erreichen, aber vergebens. Also gut, noch 15 Minuten, dann wollte er seine neuen Freunde bei der Autobahnpolizei Seewalchen anrufen und sich erkundigen, ob etwas vorlag.

Um auf andere Gedanken zu kommen, schlenderte er zu dem in einer Ecke der riesigen Halle befindlichen Gäste-Café, dessen Chef Werner Murtzinger gerade dabei war, den Laden für heute dichtzumachen.

»Kann ich noch einen großen Braunen bekommen, Herr Murtzinger?« Max war eigentlich nicht nach Kaffee, aber ihm fiel im Moment nichts anderes ein.

»Klar, gern, Herr Petrark«, meinte der Cafetier freundlich, »dauert nur eine Minute.«

In einer Ecke lief ein Fernsehgerät und übertrug die jüngste Folge des populären Fragespiels ›Wer hat noch keine Million?‹. Noch immer moderierte der nach wie vor beliebte, langsam aber doch schon in die Jahre kommende Ex-Schispringer Erwin Emminger in bewährter ›karntnerischa Mania‹ die nach wie vor beliebte Sendung. Was eigentlich nicht überraschte, denn bis jeder seine Chance auf so viel Geld genutzt haben würde, konnte noch sehr viel Zeit ins Land gehen.

Gerade stand Waldtraud S., 48 Jahre alt und Hausfrau aus Bludenz, vor der 4.000-Euro-Frage.

»Oiso guat, gemmas an, Dirnle«, ermunterte der immer herzerfrischende Emminger in altbewährter Manier die vor Nervosität nägelkauende Frau. »Oiso, wos homma denn do?

Kennan Se sich in Geografie aus?«

Das 48-jährige Dirnle lachte gequält und zuckte mit den Achseln. »Notfalls habe ich ja noch zwei Joker.«

»No donn gemmas on: Wie heißt die größte Insel im Mittelmeer? A) Malta, B) Sizilien, C) Zypern, D) Grönland. Ay, ay, san des Hundling.«

»Das weiß ich«, schoss es aus der Bludenzerin heraus. »Die richtige Antwort ist D) Grönland.«

»No, wenn des koane Hundling san, die sich die Frogn ausdenkn«, Emminger schien ehrlich schockiert, so mit einem Touch Bewunderung gemischt. »Und Se san Sie do gonz siha, liebe Waldtraut?« Er blickte sie intensiv an.

»Ja«, meinte die Gute, bereits ein wenig verunsichert. »Weil nämlich Grönland die größte Insel überhaupt ist.«

»Dos woa oba net die Froge«, wies Emminger völlig zu Recht hin, »sondan wöches Insele des größte im Mittelmeer is?«

Inzwischen war Herr Murtzinger mit dem Kaffee gekommen und hatte ihn vor Max hingestellt. »Der geht aufs Haus«, meinte er und erklärte dazu, »ich hab nämlich schon die Kassa gemacht.«

»Danke«, meinte Max, freute sich aber nicht über den

unerwarteten Zugewinn. Die Einladung bedeutete, dass er nicht verhindern konnte, dass sich der Cafetier jetzt zu ihm setzen und mit ihm plaudern wollte.

Und da saß der Mann auch schon und sah ihn erwartungsvoll an. »Wie lange sind Sie denn jetzt eigentlich schon bei uns?«

Die Kandidatin starrte Emminger noch immer an, als ob er sie in Kisuaheli nach der Zeit gefragt hätte. Dann blickte sie unsicher ins Publikum und rief plötzlich aus: »Um Gottes willen, ja, Mittelmeer, die größte Insel im Mittelmeer. Grönland liegt ja im Pazifik.« Erleichtert atmete sie auf. »Die richtige Antwort muss … Zyp…, nein, Sizilien, es ist Sizilien.«

»Konn i des eingebn?«, Emminger wollte auf Nummer sicher gehen.

»Ja, ja«, meinte die Frau und Murtzinger war es sichtlich scheißegal, dass Max betont auf den Bildschirm starrte. Also die Quizsendung verfolgen wollte. Eigentlich nicht wirklich, aber lieber schon, als jetzt einem vereinsamten Cafetier Rede und Antwort stehen.

»Stimmt es eigentlich, dass Sie Schriftsteller sind?« Was der Mann für einen Freikaffee alles wissen wollte.

»Ja, ja«, meinte Max beiläufig. Und dann: »Schon ganz schön, 4.000 Euro zu gewinnen. Einfach so.« Er hoffte, die Aufmerksamkeit damit wieder auf die Sendung zu lenken.

Da stand die Kandidatin inzwischen schon vor der nächsten Runde. Diesmal war es eine Frage aus der Mythologie, mit der Emminger aufwartete: »Wie heißt die die Welt umspannende Seeschlange aus der germanischen Mythologie? A) Hymir, B) Basilisk, C) Midgard, D) Loki.«

Während Waldtraud versuchte, Emminger einen besonders mitleiderregenden Blick zuzuwerfen, offenbar um damit irgendeine für sie günstige Reaktion des Frageonkels zu provozieren, hatte dieser tumbe, instinktlose Murtzinger noch immer nicht aufgegeben.

»Wissen Sie übrigens, dass meine Schwester auch schreibt? Kurzgeschichten, zwei davon sind schon im ›Mühlviertler Boten‹ erschienen. Helga Brunnberger heißt sie, haben Sie schon etwas von ihr gehört?«

Max hatte keine Ahnung, sowohl was die Brunnberger betraf als auch die mythologische Schlange. Er glaubte lediglich zu wissen, dass Basilisk die falsche Antwort war. Das war zwar irgend so ein Viech aus der Fabelwelt, aber ein germanisches? Nie und nimmer.

»Wenn Sie wollen, kann ich Ihnen die beiden Kurzgeschichten heraussuchen und morgen mitbringen«, versuchte es Murtzinger aufs Neue. Max fand die Hartnäckigkeit dieses Menschen irgendwie bewunderungswürdig, dennoch musste er jetzt weg von hier. So schnell wie möglich, ehe ihm die Hand gegen seinen nervenden Gastgeber ausrutschte.

Während er noch überlegte, wie er es am besten anstellen sollte, sich geringstmöglich unhöflich zurückzuziehen, erschien die Kavallerie in Form von Anne und … ja, war denn das möglich? Das waren ja Alma und Alexandra, also das war wirklich eine Überraschung.

»Tut mir leid, aber ich muss jetzt …«, er deutete auf die drei Frauen und winkte ihnen zu, »meine Familie, Sie verstehen. Danke für den Kaffee und bringen Sie doch die Kurzgeschichten einmal mit.«

*

Die Brunmeyers waren eine Familie wie Tausend andere auch. Der Vater arbeitete als Techniker in einem Unternehmen in St. Pölten, die Mutter war als Sprechstundenhilfe bei Zahnarzt Dr. Metzler tätig. Tochter Susanne war bereits verheiratet und selbst Mutter eines zwei Jahre alten Buben namens Brian. Dass sie durch ihre Heirat eine Nowoschalsky geworden war, hatte sie und ihren Mann nicht an der Auswahl dieses Vornamens gehindert. Brian Nowoschalsky, warum auch nicht.

Brunmeyer junior studierte in Wien Informatik und feierte heute seinen 22.Geburtstag.

Aus diesem Grund hatten sich auch alle Brunmeyers und die Nowoschalskys in dem netten Einfamilienhaus in der Nähe von Prinzersdorf in Niederösterreich versammelt, um das Geburtstagskind so richtig hochleben zu lassen.

Nachdem man gut zu Abend gegessen und schon einiges an Hochprozentigem genossen hatte, alle Besucher würden heute Nacht hier schlafen und mussten daher nicht auf ihren Alkoholspiegel achten, brachte Mutter Brunmeyer, assistiert von Denise, der Freundin des Juniors, die riesengroße Marzipan-Nougat-Torte herein, auf der 22 kleine und dazu noch eine große Kerze brannten. Marzipan-Nougat war die bevorzugte Geschmacksrichtung ihres Kleinen, diese Torte hatte also bereits langjährige Tradition.

Denise war zu Gerhards Geburtstag eingeladen worden und bei diesem Anlass auch zum ersten Mal mit der Familie ihres Freundes zusammengetroffen. Bis jetzt fühlte sie sich richtig wohl bei diesen warmherzigen Menschen und fand die Art, wie sie lebten, also das Häuschen mit Garten, umgeben von jeder Menge Landschaft sehr schön. Das einzige, was sie als ein wenig gewöhnungsbedürftig empfand war der Lärm, den die immer wieder auf der nahe gelegenen Westbahnstrecke fahrenden Züge erzeugten. Aber daran gewöhnte man sich mit der Zeit. »Das geht so weit, dass du es sogar vermisst, wenn du plötzlich woanders aufwachst«, hatte ihr Gerhard einmal in ihrer kleinen Wohnung in Dornbach verraten und dazu entschuldigend gelacht. Er war so süß und sie liebte ihn wirklich.

Nachdem der Junior die Kerzen mit einem einzigen kräftigen Puster ausgelöscht hatte, was für den 1,96 großen, athletisch gebauten Sportler kein Problem bedeutet hatte, begann die Mama die Torte anzuschneiden.

Das wieder war das Signal für Vater Brunmeyer, die beiden Flaschen gut gekühlten Sekt zu öffnen und deren Korken mit lautem Knall an die Wohnzimmerdecke fahren zu lassen. Dieses Geräusch war jedoch nichts im Vergleich zu jenem, der nur Sekunden später von draußen zu hören war und nicht nur die Fensterscheiben sondern auch alle Gläser in der Vitrine zum Vibrieren brachte.

Nach einigen Schrecksekunden fasste sich Gerhard Brunmeyer als erster, schrie »Da ist etwas in die Luft geflogen« und rannte trotz des mahnenden »Gerdi, pass ja auf dich auf« seiner Mutter vor das Haus.

Als ihm die anderen folgten, konnten sie außer einem leichten Widerschein von Feuer an der Mauer des alten, etwa 150 Meter entfernten Stellwärterhäuschens nichts mehr erkennen.

Knapp 15 Minuten später traf die Polizei an Ort und Stelle ein.

*

Eine halbe Stunde später war auch Antonia mit ihrem Major erschienen, sodass einem Familienfest der Petrarks nichts im Wege stand. Der Chinese am Stadtplatz hatte darüber hinaus noch derartige Mengen an Frühlingsrollen, gebratenen Nudeln, sieben Schätzen und wie das Zeug sonst noch hieß in Maurice' Zimmer geliefert, dass auch die komplette Nachtschicht locker mitverpflegt werden konnte. Dazu gab es Bier und Wein und die unerschütterliche Absicht, sich die gute Laune im Krankenhaus durch nichts verderben zu lassen.

So lustig und locker war es nach Aussagen der Oberschwester im LKH Vöcklabruck überhaupt noch nie zugegangen. Und diese Frau wusste, wovon sie sprach.

Was für die einen das ewige Licht, war für Maurice der Fernsehapparat. Nachdem das große Fressen vorüber, der Krankenbesuch quasi beendet und er damit aus dem Zentrum des Interesses verschwunden war, nachdem also die Familienmitglieder ihre Aufmerksamkeit mehr auf Max fokussierten oder mit sich selbst zu tun hatten, konzentrierte sich Maurice verstärkt auf den Bildschirm.

Klar, dass sämtliche Programme heute von den aktuellen Ereignissen, ihren wahrscheinlichen Ursprüngen und voraussichtlichen Konsequenzen bestimmt waren. Es war die Stunde der Analysten, Korrespondenten und Experten.

Bei all den verschiedenen, mitunter stark abweichenden Meinungen bestand doch mehr oder weniger Konsens darüber, dass der 11. November letztlich glimpflicher verlaufen war als erwartet und man nach den vorangegangenen Ereignissen hatte befürchten müssen.

Immerhin hatte der anfänglich schrecklich wirkende Terroranschlag auf Kommissionspräsident Adder in der nachfolgenden Betrachtung eher den Eindruck der Tat eines Geistesgestörten gemacht als den eines lange geplanten Vorhabens. Bei der zunächst lebensbedrohlich wirkenden Verletzung handelte es sich nach Angaben der Ärzte um eine zwar stark blutende, sonst aber relativ harmlose Fleischwunde, die durch einen spitzen, maximal 12 Zentimeter langen Gegenstand verursacht worden war. Dabei musste es sich etwa um einen Schraubenzieher oder etwas Ähnliches gehandelt haben.

Erstaunlich war, dass es trotz der vorhandenen Polizeipräsenz bisher nicht möglich gewesen war, den einfach in der Menge verschwundenen Täter auszuforschen und festzunehmen. In diesem Zusammenhang waren bereits erste kritische Stimmen zu hören, die den Sicherheitsverantwortlichen Adders und der Polizei unangenehme Fragen zu stellen begannen.

Maurice nickte zustimmend vor sich hin und auch Max, der der Berichterstattung mit einem Auge folgte, war der Meinung, dass dieser 11.11. den hochgestochenen Erwartungen absolut nicht gerecht geworden war.

Es war irgendwie so wie bei einem Formel-1-Rennen: schön, dass es keinen nennenswerten Unfall gegeben hatte, aber insgeheim hatte man doch auf eine Riesenkarambolage gleich nach dem Start gehofft.

Natürlich war es gut, beruhigend, ja wunderbar, dass sich keines der befürchteten Szenarien eingestellt hatte. Gott sei Dank. Aber wieso war das so?

Ob das daran lag, dass die Sicherheitsbehörden so gut gearbeitet oder die Terroristen diesmal ganz einfach keine Lust oder aber Schiss gehabt hatten, konnte niemand mit letzter Sicherheit beantworten. Schon gar nicht der einfache Bürger.

Das bedeutete jedoch, es gab zwei grundsätzliche Optionen. Entweder man vertraute den Erklärungen der Sicherheitsverantwortlichen oder man vertraute ihnen nicht beziehungsweise nur bedingt.

Der mündige Bürger musste sich vor allem in einem Punkt Klarheit verschaffen: Wie weit war er gewillt, sich auf ein schützenswertes Rechtsobjekt reduzieren zu lassen, dessen oberste Maxime ein Überleben in Sicherheit war? Mit all den notwendigen Eingriffen, Beschränkungen und Bevormundungen, den Entmündigungen und Entwürdigungen auf den Flughäfen und dergleichen mehr? Um jeden Preis letztlich?

Aber selbst wenn man all dies auf sich nahm, war die Gefahr terroristischer Anschläge damit auch nicht völlig aus der Welt geschafft. Und sie drohte sogar von zwei Seiten.

Nicht nur die Bösen dieser Welt hatten ein Interesse daran, Angst und Schrecken zu verbreiten. Nein, weit gefehlt.

Sogar die, die die Gesellschaft davor schützten, mochten gelegentlich auf einen Anschlag hoffen, auch wenn es ihnen noch so widerstrebte. Um nämlich die Berechtigung ihrer Existenz und aller damit verbundener Konsequenzen immer wieder außer Streit zu stellen. Das gab zwar sicher niemand zu, auf jeden Fall war aber eine derartige Versuchung da.

»Ich muss langsam endgültig raus aus diesem Krankenhaus«, zischte Max seinem Bruder zu. »Sonst werde ich noch wunderlich. Ich verkomme glatt zum Partyphilosophen.«

Inzwischen hatten die Spätnachrichten begonnen. Ein Teil der Berichterstattung befasste sich naturgemäß ausführlich mit dem Besuch Präsidentin Joanna Midgards.

Zeigte die sympathische Staatsfrau in Traunstein, in Hallwang und schließlich vor, während und nach der glanzvollen Aufführung des ›Idomeneo‹.

Und dann geschah das völlig Unerwartete, der ultimative Beweis dafür, dass mit dieser Frau eine ganz besondere Persönlichkeit ins Weiße Haus eingezogen war.

Die offenbar noch etwas unerfahrene Reporterin eines kleinen regionalen TV-Senders nützte die Gunst der Stunde – das berühmte ›zur rechten Zeit am rechten Ort‹ sein – und bat Joanna Midgard völlig unbedarft um ein kurzes Interview. Die alten Hasen unter ihren Kollegen konnten sich ein mildes Lächeln nicht verkneifen. Als die Präsidentin mit einem freundlichen ›ok, why not, let's have a chat‹ völlig unerwartet zustimmte, verwandelte sich diese Überheblichkeit rasch in hysterisches, von nervösen Zuckungen begleitetes Ausrasten.

Der Doyen der österreichischen Adabei-Legion wurde sogar Opfer eines ausgewachsenen Kreislaufkollapses, in seinem Alter war er solch sensationellen Entwicklungen nicht mehr gewachsen.

Wie auch immer, die junge Reporterin hatte, frei nach Warhol, ihre 15 Minuten im Rampenlicht der Geschichte und die Welt eine ausgewachsene Sensation.

Während jetzt selbst die an derlei Berichterstattung normalerweise kaum interessierte Antonia fasziniert dem Interview folgte, fixierte Maurice einen Punkt am linken oberen Rand des Bildschirms. Sein Gesicht hatte etwas Maskenhaftes angenommen, das nach ein, zwei Minuten einem sehr interessierten Ausdruck wich, um schließlich völlig zu entspannen. »Ich glaube, ich habe den Mann da hinten erkannt«, murmelte er vor sich hin. »Die Narbe über dem linken Auge, das kann kein Zufall sein.«

»Zufall oder Schicksal, das sind die beiden … hmck«, Max hatte leichten Schluckauf, »… Seiten derselben Medaille … hmck.«

Er hatte wieder einmal nur halb hingehört und konnte es offenbar nicht lassen, überall seinen Senf dazuzugeben.

»Aber …« wollte Maurice erwidern, unterließ es allerdings. Vielleicht sollte er eine Nacht darüber schlafen, ehe er die Sache mit seinem im Moment bereits etwas beschickerten Bruder besprach.

Doch je länger er darüber nachdachte, desto sicherer war er, dass der Chinese, den er eben sekundenlang im Gefolge der US-Präsidentin im Bild beobachtet hatte, ident mit dem einen Asiaten war, den er vor seinem Unfall gefahren hatte. Und plötzlich wusste er auch wieder, dass der Mann Harry Chen hieß und perfekt Englisch sprach.

Wieso Maurice das wusste, keine Ahnung. Aber das würde sicher noch kommen, hoffentlich.

*

Wie bei den vorhergehenden Anlässen war es bereits gut nach Mitternacht, als das nicht registrierte Telefon am Schreibtisch eines der führenden Mitglieder der St. Bernhard Bruderschaft wieder einmal klingelte. Es war der übliche Anrufer, dem der kurze nächtliche Meinungsaustausch vor dem Zu-Bett-Gehen bereits zur lieben Gewohnheit geworden zu sein schien.

»Ich hoffe, ich störe nicht«, meinte er, um gewissen Regeln der Höflichkeit zu entsprechen, ohne es wirklich zu meinen.

»Aber nein, wo denken Sie hin«, antwortete der Angerufene. Er war alles andere als aufrichtig, sondern ziemlich sauer. Immerhin, er nahm die linke Hand von der üppigen Brust seiner jugendlichen Bettgenossin, mit der er bislang mit wachsender Begeisterung gespielt hatte und deutete ihr, das Bett zu verlassen. Nein, auch das Zimmer. Er zuckte hilflos mit den Achseln, gab ihr damit zu verstehen, dass er sie jetzt viel lieber durchficken würde, viel viel lieber. Aber dass dieses Telefonat nun einmal geführt werden musste, und zwar ohne Zeugin.

Die knapp 20-jährige Blondine mit dem entzückenden Silberblick schmollte ein wenig, stand auf, hüllte ihren üppigen Leib in kühle Seide und rauschte leicht beleidigt aus dem Raum.

»Ist was?«, wollte der Anrufer wissen. »Sind Sie vielleicht gerade nicht allein?«

»Nein, nein«, schwindelte der Angerufene, »alles bestens. Ich habe nur schnell meinen Hund hinausgelassen.«

»Ach, Sie haben einen Hund«, der Anrufer hatte das Stichwort aufgeschnappt wie Lassie ein Leckerlie. »Das wusste ich gar nicht. Welche Rasse?«

Damit brachte er den verhinderten Sexprotz, der sich sein Leben lang nicht für Haustiere interessiert hatte, etwas in Verlegenheit.

»Na ja, so ein … großer struppiger, ein …«

»Ach, Sie meinen wohl so ein Potpourrie«, half der Mann am anderen Ende der Leitung. »Das sind oft die liebsten.«

»Ja, ein Bodburry, ganz genau«, bestätigte der dankbare Ignorant, »mit einem ganz tollen Stammbaum, kann ich Ihnen sagen. Den müssten Sie einmal sehen.«

Falls dem Anrufer etwas auf der Zunge lag, so verstand

er hervorragend, es da auch liegen zu lassen. Er wechselte einfach das Thema.

»Haben Sie schon gehört, dass hinter der Anthrax-Attacke die Chinesen vermutet werden?«, ließ er stattdessen die Topspekulation des Tages raus. »Auf diese Weise wollen sie die westliche Wirtschaft teils ruinieren, teils domestizieren. Auf jeden Fall wollen sie sich den ›Konzern‹ unter den Nagel reißen. Angeblich hat eine Gruppierung bereits an die 15 Prozent der Aktien erworben.« Er lachte selbstzufrieden. »Na, ich kann mich auch nicht beklagen. Ich habe heute schon über 200.000 verdient.«

Sein Gesprächspartner, bei dem die Wirkung des vorhin eingenommenen Viagras nun völlig verflogen war, beschloss, auf Sex heute zwangsläufig wieder einmal zu verzichten und sich stattdessen an seinem ebenfalls satten Zugewinn zu erfreuen. »Bei mir waren es zwar nur knapp 160.000. Ich bin aber zufrieden.«

»Was da mit Präsident Adder gelaufen ist, war schon sehr seltsam. Waren Sie im Vorfeld darüber informiert?«

»Nun ja, Leute in seiner Position sind natürlich permanent gefährdet«, meinte der andere. »Aber wie das gelaufen ist. So etwas von Dilettantismus! Erschreckend.«

»Ich denke, das war ein Amateur«, vermutete der eine. »Und eigentlich ist ja auch nicht wirklich etwas passiert. Von wegen Angst und Schrecken erzeugen. Der Täter kann einem ja fast leidtun bei so viel Unfähigkeit.«

»Haben Sie übrigens schon das Gerücht um Henderson gehört?«, warf der Angerufene ins Gespräch. »Da könnte auch noch einiges kommen«.

»Nein, habe ich nicht«, bekannte der Anrufer. »Aber an seiner Stelle wäre ich vorsichtig. Bei den Umfragewerten seines Chefs.« Er gähnte. »Übrigens, dass es diesen …

Aristoteles jetzt endlich erwischt hat, ist erfreulich. Dieser ethische Eiferer und seine Jünger waren ja nicht mehr auszuhalten. Hat mich doch glatt einen Minister und einen Staatssekretär gekostet.«

»Ja, ja«, bekräftigte der Präsident. »›Hütet euch vor den Selbstgerechten‹, das steht, glaube ich, sogar schon in der Bibel. Keyser umzubringen war ja reinste Notwehr. Übrigens, sein Nickname war Archimedes.«

»Da wissen Sie mehr als ich«, entgegnete der Anrufer. »Ich dachte, es war Selbstmord.«

»Da muss ich mich versprochen haben«, korrigierte der Präsident, »ich meinte, den Professor umzubringen wäre reinste Notwehr. Also Konjunktiv«, betonte er ausdrücklich. »Klar.«

»Aber ja, freilich, wie Sie sagen.« Semantische Feinheiten waren um diese Tageszeit des Anrufers Sache nicht. Er gähnte neuerlich. »So, husch, husch ins Körbchen. Dieser abendliche Gedankenaustausch mit Ihnen tut mir immer richtig gut, mein Freund. Gute Nacht, auf den Inneren Kreis und bis demnächst.«

»Schlafen Sie gut«, wünschte der Angerufene, »es lebe der Innere Kreis. Und wenn Sie mich sprechen wollen, jederzeit. Sie …«

Aus dem Hörer war nur mehr das monotone Signal der bereits unterbrochenen Verbindung zu vernehmen.

In der Nacht hatte es wieder ein wenig geschneit. Auf den Dächern Vöcklabrucks war am frühen Morgen deutlich ein erster Gruß des nahenden Winters zu erkennen gewesen.

Jetzt aber schien die Sonne und die zarte weiße Pracht war innerhalb von Minuten zur flüchtigen Impression verkommen.

Die Luft war kalt und klar und vermittelte den Eindruck, endlich wieder einmal so richtig durchatmen und Sauerstoff tanken zu können. Dazu trug sicher auch das Datum bei. Man schrieb den 12. November, den Tag nach jenem 11.11., an den sich heuer wieder einmal so viele Erwartungen geknüpft hatten. Viele positive und noch mehr negative.

Max hatte das Hotel Auerhahn früh verlassen, um bereits um 8 Uhr wieder im Krankenhaus zu sein. Maurice hatte ihn gebeten, bei seinem Gespräch mit Professor Buchsbaum dabei zu sein. Dabei sollte es vor allem um die Verlegung seines Bruders nach Wien sowie um die damit verbundenen Vorkehrungen gehen.

Gut, dass dieser Terrorismusscheiß fürs erste einmal vorüber war, zumindest bis zum 11. Dezember. Es war erstaunlich, ja verblüffend, wie sehr diese Mischung aus Tschinbumm-Roman und Horrorfiktion selbst ausgeglichene Menschen, und für einen solchen hielt sich Max, in ihren Bann zog. Damit musste jetzt endlich Schluss sein, es war wirklich an der Zeit, mit seinem neuen Roman voranzukommen.

Max langte mit fünf Minuten Verspätung in Maurice' Zimmer ein, aber dem Professor war selbst etwas dazwischengekommen. Er hatte dem Patienten mitteilen lassen, dass er erst gegen Mittag zur Verfügung stehen konnte.

Na bitte, dachte Max. Gerade heute hätte er gegen ein, zwei Stunden länger im Bett nichts einzuwenden gehabt. Das war wieder typisch für diese Ärzte. Die glaubten wirklich, sie könnten sich alles erlauben.

*

Die Sprengung der Gleise der Westbahn im Bereich Prinzersdorf nahe der niederösterreichischen Landeshauptstadt St. Pölten bereitete nicht nur der Bundesbahn gehöriges Kopfzerbrechen. Immerhin war der Schaden so groß, dass diese mit am stärksten frequentierte Strecke Österreichs für mindestens einen Tag unterbrochen sein würde.

Darüber hinaus glühten die Drähte zwischen der Präsidentschaftskanzlei, dem Bundeskanzleramt und dem Außenministerium einerseits und der Botschaft der Vereinigten Staaten andererseits. Der Grund dafür war die für den heutigen Tag vorgesehene Fahrt Joanna Midgards mit dem Sonderzug von Salzburg nach Wien. Die trotz des guten Willens aller Beteiligten nach Stand der Dinge nun einmal nicht möglich war.

Die bevorzugte, von allen Verantwortlichen getragene Empfehlung war, dass die Präsidentin mit der Air Force One nach Wien flog, wo ein ausgezeichnetes Ersatzprogramm vorbereitet werden sowie das geplante Treffen mit dem Bundespräsidenten und dem Bundeskanzler der Republik Österreich stattfinden konnte.

Als Alternative dazu hatten die Österreichischen Bundesbahnen bereits vor Monaten, als der Besuch der Präsidentin vorbereitet worden war, noch eine weitere Routenführung angeboten. Da eine solche zweite Option aus sicherheitstechnischer Sicht geboten war, war die Strecke über Selzthal hinunter zur Südbahnstrecke und dann über Bruck an der Mur und den Semmering noch vor wenigen Tagen von den Sicherheitsverantwortlichen überprüft worden.

Zwar konnte diese Route aus Zeitgründen jetzt nicht noch einmal abgecheckt werden. Da aber niemand von dieser Alternative wusste, hatten auch potenzielle Terroristen keine Gelegenheit, einen entsprechend wirkungsvollen Anschlag vorzubereiten.

Für das Security-Team der Präsidentin stand fest, dass nur der Flug mit der Air Force One infrage kommen konnte. Alles andere wäre unverantwortlich, sicherheitstechnischer Wahnsinn. Aber das letzte Wort hatte natürlich die Präsidentin, der man die jüngste Entwicklung beim Frühstück um 8.30 Uhr vortragen wollte. Bis 9 Uhr würde dann wohl die Entscheidung, die von den österreichischen Gastgebern höflicherweise völlig dem hohen Gast aus den USA überlassen wurde, gefallen sein.

*

»Ich kann mich wieder erinnern.« Mit dieser höchst erfreulichen Nachricht war Max eben von seinem Bruder überrascht worden. »An alles oder zumindest fast alles. Und der Bursche, den ich gestern auf'm Bildschirm gesehen habe und der offenbar zum Stab der Präsidentin gehört, ist derselbe, den ich letzte Woche von Wien nach Linz gefahren habe. Im Auftrag Schulmachers. Da bin ich ganz sicher. Ich habe den Kerl schon früher einmal gesehen, damals, als wir diese Scheißmengen von Gepäck und sonstigem Zeug nach Breitenstein gebracht haben. Damals hat er sich Harry Chen genannt und perfekt Englisch gesprochen. Mit so einem leichten Südstaatenakzent halt. Aber perfekt.«

»Schön, dass du offenbar dein Erinnerungsvermögen wiedergefunden hast«, freute sich Max über die Tatsache, ohne den daraus resultierenden Informationen besondere Beachtung zu schenken. »Ich geh dann wieder und bin zu Mittag da. Rechtzeitig zur Besprechung mit Professor Buchsbaum.«

Maurice blickte ihm eigenartig fragend nach.

»Ja?«, meinte Max provokant und drehte sich bei der Türe nochmals um. »Was ist, passt dir etwas nicht?«

»Ich wundere mich nur über dich«, meinte Maurice. »Da spielst du die ganze Zeit über Geheimagent und dann, sobald wirklich etwas anzuliegen scheint, drehst du dich um und gehst einfach. Interessiert dich plötzlich nicht mehr, warum man drei Mal versucht hat, mich umzubringen? Nur weil dieser blöde 11. November, auf den du fixiert warst wie ein Kaninchen auf die Schlange, vorüber ist.«

Das war hart. Max musste allerdings zugeben, dass Maurice' harsche Kritik etwas für sich hatte. »Nein, so ist das nicht«, versuchte er, die Kurve irgendwie zu bekommen. »Ich gehe bloß frühstücken, weil ich im Hotel noch nichts bekommen habe.«

»Lassen Sie nur«, meinte Schwester Gaby, die inzwischen den Raum betreten hatte. »Ich hole gleich das Frühstück für Herrn Maurice, wenn Sie wollen, kann ich auch für Sie etwas mitbringen.«

»Sehr nett«, anerkannte Max und setzte sich wieder. »Und wie beurteilst du die ganze Sache?«, wandte er sich zu seinem Bruder. »Jetzt, da du dich wieder erinnern kannst.«

»Nun ja«, Maurice überlegte. »Versuchen wir, etwas System hineinzubringen: Erstens: Ein chinesischstämmiger Amerikaner im Dienste der amerikanischen Präsidentin kommt mit anderen nach Breitenstein, angeblich, um dort einige Tage auf einem kleinen Hof Ferien zu machen. Dabei hat er Gepäck mit, das zumindest an einen kompletten Umzug erinnert. Der Mann heißt Harry Chen, spricht perfekt Englisch mit leichtem Südstaatenakzent und hat eine Narbe über dem linken Auge. – Zweitens: Definitiv derselbe Mann taucht vor etwas mehr als einer Woche in Österreich auf, gibt sich allerdings als Geschäftsmann aus Shanghai aus, der lediglich Chinesisch spricht. Jetzt nennt er sich allerdings nicht Chen, sondern anders. Dieser Mann ist direkt oder zumindest mittelbar für meinen Unfall und die beiden Mordversuche im Krankenhaus verantwortlich. – Drittens: Bei ihrem Besuch in Österreich wird Präsidentin Midgard …«

»Guten Morgen«, Antonia betrat das Zimmer, ging zunächst zu ihrem Vater und gab ihm einen Kuss auf die Wange. Dann wiederholte sie dieses Begrüßungsritual mit Onkel Maurice.

»Hallo Toni«, freute sich Max. »Wo ist denn dein Major?«

»Der ist heute morgen sehr früh aufgebrochen«, erwiderte sie. »Er muss wieder einmal nach Den Haag in sein Büro. Jetzt, wo der 11.11. und damit das Schlimmste vorbei ist.«

»Warum nehmen eigentlich alle an, dass das Schlimmste vorbei ist, nur weil heute der 12. November ist?« Maurice wirkte ein wenig verärgert. »Immerhin gibt es noch drei Mordversuche allein an mir zu klären.«

Inzwischen war mit Max eine Veränderung passiert. Bisher eher nur oberflächlich interessiert, machte er plötzlich einen ausgesprochen grüblerischen Eindruck. Ganz so, als ob die Lösung eines Problems seine gesamte intellektuelle Kapazität binden würde.

»Hat jemand von euch gestern diese Quizsendung mit dem Emminger gesehen?«, wollte er auf einmal wissen.

»Ihr wisst schon, die, bei der man so viel Geld gewinnen kann.«

Maurice blickte Antonia fragend an, die wieder gab dem Onkel mit einer etwas frechen Geste zu verstehen, dass sie den Papa manchmal auch nicht verstand. Aber dass man das nicht zu ernst nehmen durfte. »Das geht von selbst wieder weg«, sagte sie dann noch.

»Macht euch nur lustig über mich«, resignierte Max scheinbar, musste allerdings innerlich lachen. »Bei der gestrigen Sendung wurde eine Frage nach dem Namen eines Tieres aus der germanischen Mythologie gestellt. Und eine der vier möglichen Antworten war Midgard. Und ich habe mir nicht gemerkt, um was für ein Viech es sich dabei gehandelt hat.«

»Midgard? Wie die amerikanische Präsidentin?«, wollte sich Maurice vergewissern. »Interessant. Und was war das für ein Tier?«

Antonia zuckte bedauernd mit den Achseln und Max brummte etwas wie »Nicht aufgepasst, genau das gefragt, sitzt auf den Ohren.«

»Na ja, wir können ja einfach einmal checken, was Midgard alles bedeutet«, schlug Antonia vor und bewies damit, dass sie nicht nur hübsch war. »Dabei müsste ja ein entsprechender Hinweis auf die Mythologie herauskommen.«

Während der letzten Worte hatte Schwester Gaby das Zimmer mit zwei Tabletts Frühstück betreten.

»Haben Sie das gestern auch gesehen. Die arme Frau ist doch tatsächlich von 4.000 Euro auf 500 zurückgefallen«, meinte der Engel in Weiß und platzierte ein Tablett auf Maurice' Nachttisch. »Guten Appetit. Schon hart, was? Und nur, weil ihr Telefonjoker, dieser Herr Professor ...«, sie betonte den Berufstitel wie eine obszöne Beschimpfung, »gemeint hat, er sei sicher, diese germanische Schlange heißt Loki.«

Kopfschüttelnd stellte sie das zweite Tablett auf den Tisch vor Max, blickte fragend zu Antonia, die dankend abwinkte und wandte sich wieder zum Gehen. »Loki«, murmelte sie vor sich hin, »so ein Blödsinn« und schüttelte den Kopf. Dann war sie auch schon wieder draußen.

»Midgard ist eine germanische Schlange«, Max sah aus wie ein Christbaum, dessen elektrische Kerzenpracht schlagartig angegangen war und nun den Raum taghell ausleuchtete. »Midgard ist die Schlange« wiederholte er mit glänzenden Augen, »und nicht Adder. Wir haben uns alle auf die falsche Person konzentriert.« Theatralisch schlug er sich auf die Stirne. »Mein Gott, wisst ihr, was das bedeutet. Die Sache ist möglicherweise noch nicht vorüber.«

Maurice und Antonia blickten Max neugierig an.

»Damit erklärt sich auch der Toast auf die Republik Österreich«, fuhr Max fort. »Das Attentat soll bei uns erfolgen.«

»Damit könnte aber auch das Datum gemeint sein«, merkte Antonia an. »Vielleicht hat es ja nichts zu bedeuten, aber die Republik wurde am 12. November ausgerufen. 1918, also heute vor 93 Jahren.«

»Und was für eine Rolle soll der Wein dabei spielen, dieser Sämling?«, knurrte Maurice, der sich bei dem Ganzen erkennbar unwohl fühlte.

»Na ja, alles wissen wir nicht«, räumte Max ein, »aber das Wichtigste. Auf Frau Midgard soll im Laufe des heutigen Tages ein Attentat verübt werden. Hier bei uns in Österreich. Davon bin ich leider überzeugt.«

»Gut und schön«, Maurice nahm das vor Kurzem noch

Undenkbare zur Kenntnis. »Und was machen wir jetzt mit diesem Wissen? Abwarten, bis wir ganz sicher sein können, dass wir recht hatten?«

*

Für die amerikanische Präsidentin war die Reise nach Wien in 25 Minuten mit der Air Force One kein Thema. Trotz intensivster Versuche ihrer Sicherheitsleute, ihrer Chefin den riskanten Landweg in einem vom Boden und aus der Luft gleichermaßen einfach angreifbaren Eisenbahnzug auszureden, blieb Joanna Midgard bei ihrer Entscheidung. Im Gegenteil, als sie hörte, dass die neue Strecke über die erste Gebirgsstrecke der Welt führte, ein Gebiet, das deswegen von der UNESCO ins Weltkulturerbe aufgenommen worden war, war sie richtiggehend heiß auf diese Fahrt.

Sie telefonierte sogar höchstpersönlich und außerprotokollarisch mit Bundespräsident Schiffer und bedankte sich, dass er und seine Frau trotz der schwierigen Umstände in ›Brackmör‹ zu ihr stoßen würden. Bruck/Mur konnte ihr angloamerikanisch getuntes phonetisches System auf Anhieb eben nicht besser aussprechen.

Und so verließ der Sonderzug mit Joanna Midgard an Bord um 10.50 Uhr Salzburg in Richtung Osten. Erster technischer Halt würde die Station Attnang-Puchheim sein. Ja, genau, dieselbe, in der Max Petrark vor knapp 9 Tagen seinen Zug nach Wien verlassen hatte, um ins Krankenhaus Vöcklabruck ans Bett seines Bruder zu eilen. Also ›eilen‹ war vielleicht übertrieben, aber …

Wie klein die Welt doch war, vor allem in Österreich.

*

Nach dem Wunsch der Sicherheitsleute sollte die Änderung der Fahrtroute Präsidentin Midgards vorerst geheim gehalten werden, um allfällige übel gesinnte Wahnsinnige entlang der neuen Strecke nicht auf dumme Gedanken zu bringen.

Doch da waren zu viele, die davon wussten und daher auch zu viele Lücken, die zu stopfen gewesen wären. Das heißt, die erwünschte Geheimhaltung hatte in diesem Fall nie die Spur einer Chance gehabt.

Im Gegenteil, um 10 Uhr, also zu einem Zeitpunkt, da der Sonderzug noch in Salzburg stand, war die Nachricht bereits als aktuelle Topmeldung über den Rundfunk gegangen. Um 11 Uhr folgte dann auch schon bereits das Fernsehen mit einem kurzen Bildbericht von der Abfahrt des Zuges sowie einer grafischen Darstellung der neuen Strecke. Danach berichtete der Sender kurz über den gestrigen Besuch der First Lady in Hallwang.

Antonia war beeindruckt von der ehrlichen, nicht nur auf Wirkung bedachten Menschlichkeit, mit der diese Frau mit ihren Mitmenschen umging. Allein die Szene, wie sie ihre arme, alte Verwandte animiert hatte, sie doch anzurufen, wann immer ihr danach war. Das war nicht nur menschlich berührend gewesen. Nein, das hatte völlig authentisch gewirkt, war perfekte PR. Kein Wunder, dass Joanna Midgard nicht nur bei ihren Landsleuten immer beliebter wurde.

Die Meldung von der neuen Route, über die der ›Midgard-Express‹ die Präsidentin nach Wien bringen sollte, hatte im Zimmer lähmende Stille hervorgerufen.

Maurice fasste sich als erster, auch wenn seine erste Äußerung klang wie das Lallen eines Betrunkenen. »Sämling, Sämeling, Semmering, sie fährt über den Semmering. Sämling bedeutet Semmering, jetzt ist das Puzzle komplett.«

»Halt, da ist noch irgend so ein seltsames Wort gewesen. Etwas, das eine nähere Ortsangabe bedeuten könnte«, warf Max ein. »Wie war das noch? Glauslglausl oder so ähnlich? Was bedeutet das?«

»Das könnte ein Hinweis auf die Krauselklause sein, über die eines der Viadukte der Bahn führt«, wusste Maurice. »Etwa 300 Meter Luftlinie entfernt davon liegt der Hof, den Harry Chen vor einigen Monaten aufgesucht hat. Das war damals, als eine Spedition jede Menge Kisten angeliefert hat.« Er schloss die Augen, so, als ob er sich das Bild vor Augen führte. »Falls da einer dieser mobilen Raketenwerfer, die man sich auf die Schulter legt, dabei gewesen ist, könnte ein Attentäter direkt von der Küche aus den Zug abschießen.«

Max starrte seinen Bruder ungläubig an.

»Na, groß genug waren die Kisten auf jeden Fall«, erinnerte sich Maurice. »Aber wahrscheinlich war etwas anderes drinnen. Obwohl der Chinese, dieser Harry Chen keinen Menschen an die Kisten herangelassen hat.«

Endlich hatte Max seine Erstarrung überwunden und war in der Lage zu reagieren. »Dann wissen wir jetzt auch, wo der Anschlag auf die Präsidentin erfolgen soll. Am Semmering, beim Greisen…, Kreisbach… wie heißt der verdammte Viadukt?«

»Krauselklauseviadukt«, korrigierte Maurice. »Jetzt müssen wir nur noch die Präsidentin oder ihren Sicherheitschef warnen, dann kann ich euch endlich in Ruhe auf ein Eis einladen. Oder auf was immer auch.«

Max kramte in der Tasche herum und holte sein Handy heraus. »Na dann, auf los geht's los. Weiß jemand von euch zufälligerweise die Telefonnummer vom Salzburger Hauptbahnhof auswendig?«

*

Der ›Midgard-Express‹ würde Attnang-Puchheim fahrplanmäßig um 11.34 erreichen und den Bahnhof nach einem technisch bedingten Aufenthalt von zwei Minuten wieder verlassen.

Selzthal, der nächste Halt, sollte um 13.13 erreicht werden. Hier würde der österreichische Bundeskanzler mit seiner Frau und einigen hohen Beamten zusteigen.

In Bruck an der Mur würde man dann um 14.10 eintreffen und nach einer kurzen offiziellen Begrüßung am Bahnsteig Herrn und Frau Bundespräsident an Bord nehmen.

Bis zur voraussichtlichen Ankunft in Wien um 17.55 sollte dann genug Zeit für ein etwas spätes Mittagessen sowie das eine oder andere staatspolitische Gespräch sein.

Zwischen 15.22 und 15.56 würde die aus sechs Waggons bestehende Zugsgarnitur den Semmering queren und dabei gegen 15.44 den Viadukt über die Krauselklause passieren.

Jetzt betrug die Uhrzeit genau 11.13 und 31 Sekunden.

Das bedeutete maximal 4,5 Stunden oder 270 Minuten, um den Zug mit seinen illustren Fahrgästen rechtzeitig anzuhalten.

*

Da weder Antonia noch Maurice die Rufnummer des Salzburger Hauptbahnhofes im Kopf hatten, dauerte es ein wenig, bis Max jemanden ans Telefon bekam, der ihm dann auch keine Auskunft geben konnte. Das Einzige, was er in Erfahrung hatte bringen können war, dass der Sonderzug mit Frau Midgard planmäßig um 10.55 Uhr Salzburg verlassen hatte und dass die Fahrzeit bis Attnang-Puchheim üblicherweise zwischen 40 und 70 Minuten betrug. Je nachdem, um welchen Zugtyp es sich handelte und wie viele Stopps zu beachten waren.

Max schätzte, dass der ›Midgard-Express‹ Attnang-Puchheim zwischen halb und drei Viertel Zwölf erreichen und wenig später wieder verlassen würde.

Entschlossen stand er auf und wandte sich zum Gehen: »Noch maximal 15 bis 20 Minuten, bis der Zug mit der Präsidentin Attnang-Puchheim verlässt. Ich muss versuchen, den Zug zu stoppen.«

Antonia, die gerade wieder versucht hatte, Rudi Freidler zu erreichen, blickte verlegen auf den verschwitzten, schon recht ausgefransten und fleckigen Jogginganzug, der die imposante Leibesfülle ihres Vaters nur mit Mühe und dazu noch unzulänglich bändigte.

»Du bist ja richtig gekleidet für eine Audienz bei der Präsidentin«, meinte sie dann frech. »Ehrlich, so lassen Sie dich ja nicht einmal aufs Häusl, geschweige denn ins Allerheiligste. Lass mich das machen, ich bin auch noch etwas flinker auf den Beinen.« Sie deutete Laufen an. «Du weißt schon, falls der Zug schon fährt und man aufspringen muss.«

Maurice grinste belustigt, was in dieser Situation eindeutig als Bekräftigung von Tonis Aussage zu werten war.

Leider hatte sie ja nicht ganz unrecht, musste Max zugeben. Seine Bekleidung entsprach wirklich nicht einmal den geringsten protokollarischen Ansprüchen.

»Also gut, mach du das, alles Gute, mein Schatz.« Er küsste sie auf die Stirne. »Und melde dich zwischendurch.« Er hielt sein Handy vielsagend in die Höhe.

»Ich brauche noch etwas Geld«, monierte die junge Frau, »ich habe nur knapp 20 Euro bei mir.« Rasch legten die beiden Brüder ihre Barreserven zusammen, gesamt immerhin fast 230 Euro und entließen Antonia mit den besten Wünschen zur Rettung der Welt.

Antonia blickte sich noch einmal um, winkte Vater und Onkel ein letztes Mal zu, dann rannte sie los. Damit begannen ihre Minuten im Rampenlicht der Weltgeschichte. Wieviele es werden würden, war in diesem Moment beim besten Willen noch nicht abzusehen.

*

Joanna Midgard entdeckte verzückt den verstaubten Luxus des k.u.k. Hofsalonwagens, folgte aufmerksam den Ausführungen der speziell dafür ausgewählten mehrsprachigen Zugbegleiterin und schlürfte heiße Schokolade, während Antonia Petrark den jungen Taxilenker mit guten Worten und schönen Augen zu weiteren Überschreitungen der zulässigen Höchstgeschwindigkeit motivierte und die beiden Brüder Max und Moritz zunächst die Polizei, dann die Bundesbahnen, die niederösterreichische Landesregierung und den Bürgermeister von Semmering-Ort anriefen und überall als Spinner abgetan wurden, verloren in anderen Teilen der Welt gleichzeitig Tausende und Abertausende Menschen das Dach überm Kopf, Hab und Gut und häufig auch ihr Leben.

Vulkanausbrüche in Java und Ecuador, ein durch ein Seebeben im Indischen Ozean bedingter Tsunami, der sich in alle Richtungen fortpflanzte und damit erhebliche Schäden für alle angrenzenden Küsten bedeutete, sowie die schlimmsten Überschwemmungen in Japan seit Menschengedenken allein an den beiden letzten Tagen ließen ernsthaft die Frage hochkommen, ob die mit den gigantischen Terroranschlägen durchaus vergleichbaren Naturkatastrophen nicht eine Art ›Terror der Natur gegen den Menschen‹ darstellten.

Wie beim ›herkömmlichen‹ Terror auch wurden dabei hauptsächlich Menschen betroffen, die sich außer ihrer physischen Existenz keiner systematischen Vergehen gegen diesen Planeten schuldig gemacht hatten.

Stimmte das oder stimmte das nicht?

Waren das Wegschauen, das ›Es wird schon nicht so schlimm sein‹ und das stillschweigende Hinnehmen jeglichen Verhaltens der Mächtigen, also das, was in Österreich so trefflich unter ›Nur keine Wellen‹ zusammengefasst wurde, nicht genug Sünden wider die Natur, um ihren häufig scheinbar biblischen Zorn zu rechtfertigen?

Im imaginären Wettrennen zwischen dem ›Midgard-Express‹ und Antonia mit dem Ziel Bahnhof Attnang-Puchheim hatte die Eisenbahn von Haus aus die besseren Karten. Dennoch gelang es dem Taxi, sukzessive einige Sekunden gutzumachen. Dennoch, als Antonia am Bahnhofsvorplatz aus dem Auto sprang und zum Bahnsteig hastete, setzte sich der Zug schon wieder in Bewegung und verließ langsam, aber unbeirrt das Stationsgelände.

Ein in diesem Ausmaß unerwarteter Adrenalinschub ließ sie dem letzten Waggon in einem Tempo nachsprinten, das sie sich selbst nie zugetraut hätte.

Und sie hätte es wahrscheinlich auch geschafft, durch Aufspringen in den immer rascher werdenden Zug zu gelangen. Als allerdings ein Mann mittleren Alters auf der rückwärtigen Plattform, der ihr wild gestikulierend etwas mitteilen wollte, plötzlich eine Pistole zog, statt ihr die Waggontüre zu öffnen, entschied sich Antonia blitzartig dazu, ihre Prioritäten neu zu ordnen.

Damit war Versuch Nummer eins, Joanna Midgard vor dem auf sie geplanten Anschlag zu warnen, fehlgeschlagen.

Es war Samstag, der 12. November 2011, 11 Uhr 38 und noch etwas mehr als vier Stunden Zeit, den Zug rechtzeitig zu stoppen.

*

Inzwischen war auch Anne zu den beiden Brüdern gestoßen. Nachdem ihr Max die aktuelle Situation erläutert hatte, versuchte sie sofort, ihren alten Freund, den Hofrat zu erreichen. Sie hoffte, ja, war sich gewissermaßen ziemlich sicher, dass ihr Tanzschulpartner aus Jugendjahren in seiner Position genau wissen würde, wen man in der Regierung, in der Verwaltung oder wo immer auch ansprechen musste, um einen Anschlag zu verhindern. Nicht irgendeinen, nein, einen auf die mächtigste Frau der Welt.

Hätte das ganze Geschehen einen Tag früher stattgefunden, so hätte Anne Dr. Emanuel Radisek wahrscheinlich dabei angetroffen, wie er sich langsam auf das bevorstehende Wochenende vorbereitete.

Heute war aber Wochenende und lediglich der Portier erreichbar sowie angeblich ein junger Journalbeamter, der sich, falls er wirklich existieren sollte, allerdings erfolgreich hinter einem Anrufbeantworter versteckte.

Ähnlich ging es Max, der sein Glück zunächst im Innen- und gleich darauf im Außenministerium versucht hatte. In beiden Fällen war der Portier am jeweiligen Haupteingang der höchste Repräsentant gewesen, der bis Montag Morgen erreichbar war.

»Was, die private Telefonnummer vom Chef wollen Sie«, hatte der eine sich gewundert. »Ich glaube, Sie spinnen, Mann. Ein Attentat auf die Präsidentin. Na, so ein Blödsinn. Sie sollten nicht schon am Vormittag saufen«, hatte er noch gemeint und dann aufgelegt.

»Bei solchen Idioten wünscht man sich fast, das Attentat gelingt«, meinte Max spontan, um sich schuldbewusst sofort zu korrigieren. »Das meine ich natürlich nicht so, aber ... es ist ja wirklich zu blöd. Kein Mensch glaubt einem so etwas.«

Die Glaubwürdigkeit der Bedrohung, das klassische Problem der Terrorbekämpfer.

Als nächstes kam die US-Botschaft dran, wo ihn ein freundlicher Attaché informierte, dass »seine Exzellenz mit der Frau Präsidentin auf Reisen ist und daher nicht vor Montag erreicht werden kann.« Den dringenden Hinweis, dass es um eben diese Reise und einen ... also die Warnung nahm der gute Mann gar nicht mehr zur Kenntnis, denn er hatte schon vorher aufgelegt.

Dann hatte Anne eine Idee: Minnie Hubschreiber, kein Witz, der Name lautete wirklich so, eine Studienkollegin und nach wie vor gute Freundin, war Redakteurin bei einer wichtigen Nachrichtenagentur. Also, wenn jemand in diesem Zusammenhang wichtige Leute kannte und wusste, wie man an sie herankam, dann war es Minnie. Leider konnte Anne sie zu Hause nicht erreichen und in der Agentur wusste man nur, dass sie mit Präsidentin Midgard unterwegs war.

Um Himmels willen, Minnie war auch in diesem Zug. Anne kämpfte mit einem Schreikrampf. Bisher war die ganze Angelegenheit zwar todernst, aber zumindest war niemand von ihnen persönlich involviert. Der Tod der amerikanischen Präsidentin oder auch jedes anderen Politikers, na, der meisten zumindest, würde sie zwar hart treffen und ihr schreckliche Angst machen.

Doch falls Minnie etwas passierte, wäre das etwas ganz anderes. Noch dazu, wo es in Annes Hand gelegen hätte, das zu verhindern. Bislang war ja nichts verloren. In ihrer Position musste Minnie immer erreichbar sein und hatte daher natürlich ihr Mobiltelefon mit. Die Nummer hatte Anne sogar im Kopf.

Allerdings klappte es nicht, zumindest nicht auf Anhieb. Denn der Teilnehmer war im Moment nicht erreichbar: ›Bitte versuchen Sie es später nochmals.‹

Max beurteilte die Situation nicht ganz so negativ wie seine Frau. »Wer weiß, vielleicht hat Antonia den Zug ja erreicht und der ganze Spuk ist schon vorbei. Und wir machen uns völlig überflüssig Sorgen und reiben uns auf.« Er nahm Anne ungeschickt in die Arme, fuhr ihr über das Haar und küsste sie auf die Stirne.

»Es wird schon alles gut werden und Minnie wird nichts passieren, genau so wenig wie Frau Midgard«, tröstete er sie.

»Habt ihr es eigentlich schon beim Bundeskanzleramt und in der Präsidentschaftskanzlei versucht«, warf Maurice vom Bett her ein. »Immerhin werden in Kürze ein paar wichtige Leute in den Zug klettern.«

Das hatte Max in der Hektik völlig vergessen. »Es müsste doch genügen, den Kanzler oder unseren HBP zu bitten, der Präsidentin und ihren maßgeblichen Leuten die Lage zu schildern. Ihnen wird man hoffentlich glauben.«

Neuer Optimismus klang aus seiner Stimme und übertrug sich auch auf die beiden anderen.

In die besser gewordene Stimmung hinein platzte Antonia, die Max telefonisch von ihrer mangelnden Fortune informierte und besonders die Stelle mit der gezogenen Pistole unterstrich.

»Mein Gott, so eine Scheiße«, entfuhr es Max, dem erst jetzt bewusst wurde, in welch gefährliche Situtation er seine Tochter hineingehetzt hatte. »Tut mir leid, mein Kind, aber damit habe ich nicht gerechnet.«

Antonia mit ihrem jugendlichen Überschwang sah das ohnehin nicht so eng. Sie teilte ihm ihre Absicht mit, kurz etwas zu essen und dann ins Krankenhaus zurückzukommen.

Da sich der Pförtner der Präsidentschaftskanzlei nicht viel kooperativer erwies als seine bisher kontaktierten Kollegen und der des Kanzleramtes mit dem des Außenministeriums ident war, waren Max und seine Mitstreiter um 12.46 noch um keinen Schritt weiter gekommen.

Es war Samstag, der 12. November 2011 und es blieben knapp drei Stunden Zeit, den ›Midgard-Express‹ rechtzeitig vor der Katastrophe anzuhalten.

*

Harry Chen hielt sich im Zug schon die ganze Zeit im Hintergrund. Der sonst omnipräsente Secret-Service-Chef für Sicherheit hatte an seinen Stellvertreter Jonjon Fowler übergeben und sich in ein Abteil zurückgezogen. Er hielt sich die rechte Seite, dort, wo das Bein und der Rumpf zusammentrafen. Kalter Schweiß stand ihm auf der Stirn und er stöhnte immer wieder leise auf.

Plötzlich öffnete sich die Türe und Michael ›Buzz‹ Fulton, der Stabschef der Präsidentin trat ein. »Am besten wird es sein, Harry, wenn Sie sich so rasch wie möglich in Spitalsbehandlung begeben«, meinte er. »Mit einem entzündeten Blinddarm darf man nicht spielen. Und wenn operiert werden muss, dann halt raus mit dem lästigen Burschen.« Er lachte rau. »Die Docs hier zu Lande sollen gar nicht so schlecht sein.«

Harry Chen blickte Fulton bitter an. In solchen Situationen wurde einem bewusst, wie verzichtbar jeder Mensch eigentlich war. Da erzählten sie einem die ganze Zeit, dass ›ohne dich nichts geht‹, aber dann ging es ja doch. Obwohl, Buzz hatte natürlich recht. Mit einem akut entzündeten Blinddarm war nicht zu spaßen. Einer von Harrys zahlreichen Cousins war vor zwei Jahren um ein Haar an einem Durchbruch gestorben.

Chen nickte. »O. K., wir müssen in Kürze einen Stopp in, wie heißt das Kaff bloß, Salesdal haben. Da nehme ich ein Taxi und lasse mich ins nächste Spital bringen.«

Buzz Fulton nickte. »Klar, mach' das. Sollen wir dir einen Kollegen mitgeben?«

»Nein, nein«, Chen winkte energisch ab. »Bloß keinen Wind machen und so wenig Irritation wie möglich. Ich schaffe das allein. So schlecht geht es mir nicht.«

»Also gut«, Fulton streckte dem Secret Service Mann die Hand hin. »Dann viel Glück. Und keine Angst, wir kümmern uns von Wien aus sofort um dich. Leider können wir im Moment nicht mehr für dich tun. Aber bei dieser Reise ist alles so …«, es schien fast, als ob es den mächtigen Stabschef vor Abscheu beutelte, »… improvisiert. Etwas außer Kontrolle. Also, mach's gut.« Er stand auf und wandte sich zum Gehen.

»Einen Moment noch, Buzz, richte der Chefin bitte aus, dass es mir sehr leid tut.«

»Papperlapapp«, erwiderte Fulton, »was soll's. Du bist ja nicht absichtlich krank geworden.«

Nachdem der Stabschef gegangen war, entspannte sich Chen sichtlich und grinste. Er begann, seine Sachen in einer Tasche zu verstauen, und blickte auf die Uhr. Noch sechs Minuten bis Selzthal und alles lief nach Programm.

*

Die Stimmung im Krankenzimmer von Maurice Petrark hatte einen Allzeittiefststand erreicht. Anne baute noch immer auf Minnie und versuchte sie im Abstand von zwei, drei Minuten zu erreichen. Aber entweder hatte die Journalistin ihr Handy abgestellt, aus Höflichkeit oder weil es so vereinbart worden war, auf jeden Fall bekam sie immer nur dieses nervtötende ›Please try later‹ zu hören.

Oder der Zug wurde aus irgendwelchen Gründen elektronisch abgeschirmt. Wahrscheinlich, um unliebsamen Informationsfluss hinein oder vor allem hinaus zu verhindern.

In seiner Verzweiflung war Max als allerletzte Möglichkeit ein Bekannter aus seiner Jugendzeit eingefallen, um Kontakt mit dem Zug aufzunehmen. Dieser war seit damals und auch heute noch ein guter Freund von Bundespräsident Dr. Angler. Das Problem war allerdings, dass Max sich um diesen Bekannten in den letzten Jahren so gut wie nicht gekümmert hatte. Und das war noch geprahlt.

Für den Fall, dass er Dr. Nikolas Friedburger überhaupt erreichte, musste er zunächst mit einer zumindest sehr kühlen Begrüßung rechnen. Aber Niko war ein vernünftiger Mensch und wenn er ihm den Grund des Anrufes klar machen konnte, dann sollte die Chose eigentlich gelaufen sein. Hoffte Max zumindest.

Nach einem ersten Studium des Wiener Telefonbuches war eine neue Schwierigkeit aufgetaucht. Es gab lediglich drei Friedburger im Verzeichnis und die waren alle weiblichen Geschlechts. Niko hatte seinerzeit immer davon gesprochen, Rechtsanwalt werden zu wollen, doch selbst dieser Erinnerungsblitz brachte Max nichts.

Möglicherweise war der alte Kollege an der Uni ja verzogen oder, der Gedanke fiel ihm zwar schwer, aber in dem Alter nicht auszuschließen, dass Niko seine physische Existenz auf dieser Welt schon beendet hatte.

Das wieder erinnerte Max an seine eigene Sterblichkeit, was auch nicht gerade zur Besserung der allgemeinen Stimmung beitrug.

In diese desaströse Stimmung hinein fiel die Rückkehr Antonias, die unterwegs etwas gegessen und dabei eine außerordentlich vielversprechende Idee entwickelt hatte. Wenn das nicht funktionierte, dann würde überhaupt nichts klappen und die USA eben demnächst einen Präsident Henderson haben, waren Anne und Max überzeugt.

Aber soweit war es noch lange nicht. Es war Samstag, der 12. November 2011, 13.31 Uhr, und noch etwas mehr als zwei Stunden Zeit, den Anschlag auf den Zug mit Präsidentin Midgard und dem österreichischen Bundeskanzler zu verhindern.

# 15.

Rudi Freidler, der heute schon sehr früh am Morgen mit dem Wagen nach Den Haag aufgebrochen war, war weiterhin wie vom Erdboden verschwunden. Antonia machte sich langsam Sorgen um den Freund, der sich am Vormittag bei ihr melden hatte wollen. Inzwischen war es schon lang über 14 Uhr und von Rudi fehlte nach wie vor jede Spur.

Inzwischen hatten sich auch der Österreichische Bundespräsident Dr. Hendrik Angler und seine Frau Edrita im ›Midgard-Express‹ eingefunden. Derzeit wurde in den beiden Speisewägen das von Haubenkoch Ritschie Funkbeilner und seinem Team kreierte Menü serviert. Die aus

Carpaccio vom Ausseerland-Flußkrebs
Kürbisschaumsüppchen mit Original Sankt Georgener Pinzencroutons
Im Ganzen gebratener Voralpenlachs in der Kräuterkruste
Garnierte Krone vom Tauernlamm
Waldbeer–Honig Zabaione mit kleinem handgemachten Süßgebäck

bestehende Speisenfolge rief bei den Feinschmeckern im Zug Begeisterung, angenehme Gefühle und hohe Erwartungen hervor. Lediglich einige burgerfixierte US-Boys aus dem Gefolge der Präsidentin bekamen leichte Angstzustände. Die erst verschwanden, als ihnen Funkbeilner versicherte, auch alle Bestandteile für Hotdogs an Bord zu haben.

Im Moment war die illustre Gästerunde beim Geschäumten Süppchen. Hier ergab sich ein erstes Problem, da die gerichtlich beeidete Dolmetscherin nicht wusste, was der englische Begriff für ›Pinze‹ war.

Der Kanzler schäumte innerlich ärger als die Suppe über diese Panne, äußerte sich jedoch in gewohnter Manier nicht dazu. Die beiden Staatsoberhäupter nahmen die Angelegenheit dagegen von der heiteren Seite und ließen es sich einfach munden.

Der Zug näherte sich inzwischen langsam Mürzzuschlag. Der Semmering rückte immer näher. Es war Samstag, der 12. November 2011, 14.34 und noch maximal eine Stunde Zeit, diesen verdammten Zug rechtzeitig vor dem Krauselklauseviadukt zum Stehen zu bringen.

*

Während die Präsidenten und sonstigen prominenten Gäste im Zug noch ihr Süpplein schlürften, zuckelte der Kleinwagen auf der Suche nach dem Emanuel-Frintner-Weg langsam durch Hallwang. Die beiden Frauen im Inneren des Autos, es handelte sich um Mutter und Tochter, wussten, dass sie das Haus der Anna Hebsack so rasch wie möglich finden mussten, denn die Zeit lief ihnen davon.

Endlich, da war das Straßenschild oder wie man das bei einem Weg nannte. Aber war Haus Nummer 18 nun links oder rechts?

Da der Weg links nach knapp 100 Metern zu enden schien, entschloss sich Antonia Petrark, nach rechts abzubiegen.

Und tatsächlich, das dritte Haus auf der rechten Seite trug die Nummer 18. Hoffentlich war Frau Hebsack zu Hause, dann konnte alles noch gut werden.

War sie aber nicht. Nach mehrmaligen Läuten, Klopfen und Rufen hatten die beiden Fremden naturgemäß die Aufmerksamkeit der Nachbarn voll auf sich gelenkt. Auf der Terrasse des Hauses Nummer 20 erschien ein älterer Herr und sagte »Jo?« Nicht mehr und nicht weniger, was auch gar nicht gegangen wäre. Nur »Jo?«.

»Guten Tag, Petrark«, gab sich Anne aufgeregt freundlich. »Wir suchen die Frau Hebrock, ich muss dringend mit ihr sprechen.«

»Hebsack«, korrigierte Antonia leise.

»Hebsack, Sie meinen Frau Hebsack«, stellte auch der Nachbar richtig.

»Ja, Sie haben recht«, gab sich Anne zerknirscht, »ich habe mich versprochen, tut mir leid. Natürlich meine ich Frau … Hebsack. Wissen Sie, wo sie sich befindet?«

»Sie ist nicht da«, stellte der Mann das Offensichtliche nochmals ausdrücklich fest. »Sie ist vor einer halben Stunde weggegangen.«

»Wissen Sie vielleicht, wann sie wiederkommt oder wohin sie gegangen ist«, ließ Anne nicht locker.

»Nein«, erwiderte der Mann, »ich weiß nicht, wann sie wiederkommen wird. Und ja, soviel ich weiß, ist sie am Friedhof. Ihr Mann hat heute Todestag, ist aber schon vor 24 Jahren von ihr gegangen.«

»Danke«, rief Anne dem Mann noch zu, während sich die beiden Frauen schon wieder in den Kleinwagen quetschten und mit Vollgas den Ort des Geschehens verließen.

»Wiener«, murmelte der Mann verächtlich, drehte sich um und ging zurück ins Haus.

*

Maurice' Gehirn kam immer besser in Fahrt. So war ihm eben eingefallen, dass er bei seiner damaligen Fahrt nach Breitenstein am Semmering in einem von einem gewissen Edi Burtscher vermieteten Privatzimmer übernachtet hatte. Genau, dieselbe Fahrt, bei der neben anderen auch Harry Chen in leitender Funktion teilgenommen hatte und bei der so viele im Nachhinein höchst obskur erschienene Kisten abgeliefert worden waren.

Dieser Edi Burtscher, mit dem Maurice an jenem Abend einiges weggesoffen hatte, war gleichzeitig Hauptmann bei der Freiwilligen Feuerwehr Orthof. Die beiden Männer hatten sich nach mehreren Litern Roten als ›beste Freunde‹ getrennt.

»Vielleicht sollten wir einmal schaun, wie viel so eine Freundschaft im Ernstfall wert ist«, meinte Maurice. Nachdem Max die Rufnummer eines Burtscher Eduard, Waldgrund 1 herausgesucht, eingetippt und das Handy seinem Bruder in die Hand gedrückt hatte, war er nahe daran, zu beten. Das war, abgesehen von Antonias brillanter Idee, definitiv die letzte Chance, noch irgendwie Einfluss auf das drohende schreckliche Geschehen am Semmering zu nehmen.

»Burtscher«, meldete sich der ultimative Hoffnungsträger bereits nach dem dritten Signal. Natürlich konnte er sich noch gut an seinen Saufkumpan von vor ein paar Monaten erinnern.

»Dann höre jetzt einmal gut zu, Edi. Da ist eine Riesensauerei bei euch am Laufen. Und an dir wird es vielleicht liegen, das Schlimmste zu verhindern.«

Edi Burtscher, im Herzen ein Verschwörungstheoretiker allerersten Güte, bei dem auch die Prognose einer bevorstehenden Landung Außerirdischer auf der Passstrasse beste Aussichten auf Ernstgenommen werden gehabt hätte, hörte mit wachsender Begeisterung zu, was ihm Maurice so zu berichten wusste. Wenn das alles stimmte, dann konnte das Verhindern dieses Anschlags eine richtige Hetz werden. Den Krauselklauseviadukt sprengen, so eine Gemeinheit. Das würde es aber nicht spielen, nicht solange Edi Burtscher und seine Haberer etwas in der Gegend zu sagen hatten.

Es war Samstag, der 12. November 2011, 14.47 Uhr, und vielleicht noch 50 Minuten Zeit, die Zerstörung des Krauselklauseviadukts zu verhindern.

*

Gott sei Dank war der Hallwanger Friedhof nicht allzu groß, sodass Anne und Antonia die alte Dame relativ rasch gefunden hatten. Sie stand still vor einer Grabstätte und schien zu beten. Oder Zwiesprache mit dem oder den Lieben, die hier lagen, zu halten. Wie auch immer, es war eine Situation, die zu unterbrechen pietätlos gewesen wäre.

Andererseits würde es viel pietätloser sein, eine unbestimmte Anzahl Toter zu riskieren, nur weil man abwarten musste, bis Frau Hebsack aus ihrer Verinnerlichung wieder zurück war.

Anna Hebsack machte es den beiden aber leicht, denn sie blickte sofort hoch und begrüßte die Herankommenden freundlich.

Nachdem Anne sich und ihre Tochter vorgestellt und die alte Dame in das zeitlich immer drängender werdende Problem eingeweiht hatte, brachte sie das Gespräch auf den Punkt.

»Daher möchten wir Sie bitten, uns das Handy, das Ihnen Joanna Midgard geschenkt hat, zu borgen. Und vor allem natürlich auch die Telefonnummer bekannt zu geben.« Sie blickte Anna Hebsack flehend an. »Damit wir sie anrufen können.« Sie blickte auf ihre Uhr. »Und das müsste relativ rasch erfolgen. Bitte, es geht um das Leben der amerikanischen Präsidentin, aber es geht auch um das Leben vieler anderer Reisender in diesem Zug.«

Antonia war das zu viel Herumgerede. »Liebe Frau«, meinte sie ein wenig ruppig zu der alten Dame. »Falls Sie ablehnen, müssen Sie natürlich die Verantwortung dafür übernehmen. Das muss Ihnen schon klar sein.«

»Na gut«, meinte Frau Hebsack, »ich werde Franz fragen.« Sie drehte sich um und blickte auf das Grab.

»Wir haben aber keine Zeit ...«, Antonias grundsätzlich richtiger Einwand wurde von Anne unterbrochen, die auf den Grabstein deutete. Auf dem ›Franz Ferdinand Hebsack 8.1.1924 – 12.11.1987 – Er ruhe in Frieden‹ stand.

»So viel Zeit muss sein«, flüsterte Anne. »Und ich bin optimistisch, Franz macht einen vernünftigen Eindruck.«

Die Situation war derart makaber und von unfreiwilliger Komik, dass Antonia Mühe hatte, vor Lachen nicht laut heraus zu prusten.

Nach einigen Sekunden war es dann soweit. Anna Hebsack drehte sich wieder zu den beiden Frauen und meinte: »Franz findet auch, dass es richtig ist, Ihnen das Telefon zu borgen.«

»Wunderbar«, freute sich Antonia. »Dann nichts wie zurück zu Ihrem Haus. Wir haben noch …«, sie blickte auf ihre Uhr, die bereits 15.12 Uhr anzeigte, »wir haben nur noch 20 Minuten.«

Doch Anna Hebsack bewegte sich nicht vom Platz. Vielmehr stellte sie ihre große Tasche auf den Boden, bückte sich und begann, darin herumzukramen.

»Frau Hebsack«, mahnte Anne mit eindringlicher Stimme, »bitte nicht böse sein, aber …«

Diesmal war es die Tochter, die die Mutter einbremste. Denn als sich die alte Dame aufrichtete, hatte sie … ja, tatsächlich, sie hatte das Handy in der Hand und hielt es Anne hin. »Ich hab es heute mitgenommen, um es dem Franz zu zeigen. Ich bin mir aber nicht sicher, ob er sich mit dem neumodischen Zeug überhaupt auskennt. Können Sie mir später sagen, wie das funktioniert? Damit ich es ihm beim nächsten Mal erklären kann.«

»Ja, ja, natürlich gern«, Anne war die Erleichterung über diese Entwicklung überdeutlich anzusehen. Sie hatte Tränen in den Augen, trat auf die alte Dame zu und umarmte sie. »Danke, Sie retten damit das Leben vieler Menschen.«

Mit der Sachlichkeit der heutigen Jugend begabt sah Antonia das etwas nüchterner. »Jetzt benötigen wir noch die Telefonnummer, sonst nutzt uns das Handy überhaupt nichts.«

Womit sie natürlich völlig recht hatte, wie Anne anerkennen musste.

»Ja, die Nummer«, meinte Frau Hebsack, »die liegt irgendwo zu Hause herum.«

Beide Frauen fühlten sich, als ob ihnen jemand einen Kübel Eiswasser über den Kopf gegossen und dazu noch einen nassen Fetzen um die Ohren gehaut hätte.

»Um Gottes willen, dann schnell«, Antonia hatte sich als erste wieder gefasst und Frau Hebsack am Arm ergriffen.

Doch die rührte sich nicht vom Fleck, sondern grinste blöde vor sich hin.

»War nur ein Spaß«, sagte sie schließlich und lachte hinterfotzig. Dann griff sie in die Tasche ihres Mantels, holte einen Zettel heraus und hielt ihn Antonia hin. »Aber nicht verlieren, bitte.«

Das war kalt-warm vom Allerfeinsten. Und wer noch einmal behauptet, alte Menschen hätten keinen Sinn für schwarzen Humor, der hat keine Ahnung, ging es Antonia durch den leicht verwirrten Kopf. Aber wirklich nicht.

Dann tippte sie vorsichtig die streng geheime Nummer Joanna Midgards in das Handy ein und reichte es ihrer Mutter.

»Du bist besser in Englisch«, meinte sie dazu. »Und altersbedingt wahrscheinlich glaubwürdiger.«

Anne zauderte kurz, dann ergriff sie das Gerät und hielt es ans Ohr. Und nach einigen Sekunden meldete sich auch schon eine weibliche Stimme mit »Joanna Midgard.«

Das erste Mal in ihrem Leben bekam Anne eine vage Vorstellung davon, wie es sein musste, an Inkontinenz zu leiden.

Man schrieb Samstag, den 12. November 2011, 15.23 und es war gerade noch genug Zeit, um den Unglückszug endlich zum Stehen zu bringen. Noch vor dem verdammten Krauselklauseviadukt.

*

Eduard Burtscher, der Feuerwehrchef von Orthof war ein ausgesprochenes Strategietalent. Er hatte sofort nach

Maurice' Darstellung des Problems und Festlegung des zeitlichen Rahmens erkannt, dass keine Zeit für überflüssiges Herumgerede war. Jetzt musste gehandelt werden, viele unnötige Fragen brachten nur viele unnötige Antworten und Menschen, die sauer waren, dass man darauf nicht oder nicht gebührend einging.

So hatte er in kürzester Zeit über 20 Mann zusammengetrommelt und in zwei Teams aufgeteilt.

Team Eins sollte die Geleise zwischen den Bahnhöfen Semmering und Breitenstein durch Errichtung einer Barriere auf den Schienen blockieren und damit sicherstellen, dass der Zug anhalten musste. Das war brutal, aber wirkungsvoll.

Danach sollte dieses Team vorsichtig zum Krauselklauseviadukt vorrücken und die Lage prüfen. Soweit möglich, sollten vorhandene Sprengfallen oder ähnliche Gefahrenquellen inaktiviert werden.

Team Zwei würde zwischenzeitlich vorsichtig und möglichst unbemerkt jenes Haus an der Straße von Breitenstein nach Orthof observieren, von dem vermutet wurde, dass es den Attentätern als Basis diente. Burtscher konnte sich erinnern, in den letzten Tagen ein, zwei Fremde in der Gegend gesehen zu haben, die durchaus in diesem Haus abgestiegen sein konnten. Das war zunächst nicht verdächtig, da die Gegend hier ein beliebtes Feriengebiet war. Andererseits sprachen Jahreszeit und Wetter dagegen, dass sich derzeit allzu viele Touristen hier aufhielten.

Was die Sache besonders spannend machte war der Umstand, dass Edi Burtscher von einem der eben alarmierten Kollegen von einer kürzlich erfolgten Hubschrauberlandung auf einem Parkplatz in Maria Schutz gehört hatte. Dem Fluggerät sollen zwei Männer entstiegen sein, darunter wahrscheinlich ein Asiate, die von einem wartenden Wagen, soweit erkennbar, Richtung Passhöhe weggebracht worden waren.

Im Verdachtsfalle sollte Gruppe Zwei allfällige vom Haus ausgehende Einwirkungen auf die Bahnstrecke unterbinden, Waffen und Sprengstoff sicherstellen und notfalls auch vom Recht jedes Staatsbürgers auf eine zivile Festnahme Gebrauch machen.

Um 15.31 war die Südbahnstrecke zwischen den Bahnhöfen Semmering und Wolfsbergkogel durch Errichten einer Barriere aus Metallteilen, Holz und Steinen unpassierbar gemacht und damit unterbrochen worden.

Ein Mann des Teams Eins wurde als Wache bei dem Hindernis zurückgelassen, die übrigen acht Mann rückten weiter vor zum Krauselklauseviadukt.

*

Maurice machte ein Nickerchen und Max hing leicht groggy im Schaukelstuhl. Es war eine komische Situation. Sie hatten alles getan, um sich in einer extremen Situation richtig zu verhalten. Zumindest fiel ihm nichts ein, was er sich vorwerfen müsste.

Die Dinge waren am Laufen oder schon gelaufen, er wusste es nicht und seltsamerweise interessierte es ihn im Augenblick auch gar nicht. Er fühlte sich total ausgebrannt und wünschte sich im Moment nichts mehr, als in ihrem Haus in Oberstanzing zu sein. Der weite, beruhigende Blick auf das Weinviertel, diese Landschaft, die einem das Gefühl vermittelte, alle Zeit dieser Welt zu haben. Nicht dieser mörderische Wettlauf mit der Uhr, wie er ihn in den letzten Stunden mitgemacht hatte.

Komisch, wie still es plötzlich geworden war. Nicht, dass das Krankenhaus sonst lärmte wie eine Disko im Saturday Night Fever, das nicht. Aber jetzt vermisste er ganz normale Laute wie das Klappern von Schuhen auf dem Steinboden, das Murmeln der Menschen, die sich am Gang unterhielten oder das Öffnen und Schließen von Türen.

Es war, als ob die Zeit innegehalten hätte, um dem ›Midgard-Express‹ noch eine zusätzliche Chance einzuräumen. Typisch, dass er an nichts anderes denken konnte, immer wieder auf diesen blöden Zug zurückkam.

Er glaubte, am Gang ein Geräusch zu hören. Leise Schritte, die sich vorsichtig näherten und dann vor der Türe stehen blieben. Flüsternde Stimmen, als ob man bewusst vermeiden wollte, dass er etwas hörte. Doch seine Ohren waren noch in Ordnung.

Er lachte vor sich hin. Vielleicht stand ja auch schon der amerikanische Botschafter vor der Tür, um Maurice und ihm für die Rettung des Staatsoberhauptes zu danken. Nur dazu war es etwas zu früh. Viel zu früh. Nicht, dass er auf Dank ausgewesen wäre, aber ein paar anerkennende Worte von der richtigen Stelle täten schon ganz gut.

Er blickte auf die Uhr, die 15.55 anzeigte. Jetzt war wohl alles schon gelaufen. Entweder der Zug stand und es ging allen gut. Oder es hatte nicht geklappt. Im Moment war er zu erschöpft, um sich von dem Gedanken an das Unfassbare verrückt machen zu lassen. Hoffentlich rief bald einmal einer an und sagte ihnen Bescheid. Immerhin …

In diesem Moment wurde die Zimmertüre mit unverständlich und überflüssig viel Lärm aufgerissen und drei Männer mit Schusswaffen im Anschlag stürzten unter lautem, martialisch anmutendem Gebrüll in den Raum.

Aufforderungen wie »Hände hoch«, »legen Sie sich mit dem Gesicht nach unten auf den Boden«, »bleiben Sie still liegen und bewegen Sie sich nicht« flogen Max gleichzeitig um die Ohren. Solche Szenen hatte wohl jeder schon einmal im Kino oder Fernsehen erlebt.

Was im vorliegenden Fall aber eher lächerlich denn bedrohlich wirkte, war die Tatsache, dass es sich bei den wild gewordenen Sheriffs um lauter Beamte handelte, mit denen Max in der letzten Woche ständig zu tun gehabt hatte und mit denen er zum Teil inzwischen auf fast freundschaftlichem Fuß stand. Das war auch der Grund, warum Max nicht weiter auf die widersprüchlichen Kommandos einging, sondern einfach sitzen blieb.

Maurice war allerdings aufgewacht und regte sich nicht zu Unrecht auf. »Müssen Sie so einen Krach machen, immerhin sind wir hier in einem Krankenhaus.«

»Sie beide sind verhaftet«, schleuderte der Anführer der Truppe, der schon leidlich bekannte Oberinspektor Herbert Thaler, Kommandant der Autobahnpolizei in Seewalchen, den beiden entgegen.

»Tut mir leid, Max«, meinte Inspektor Fritz Becher von der Polizei Vöcklabruck, »aber wir haben direkt aus dem Innenministerium den Auftrag erhalten, euch festzunehmen.«

»Und warum, um Gottes willen«, wollte der nun doch etwas erschrockene Max wissen. »Was wird uns denn vorgeworfen?«

»Genau weiß ich das auch nicht«, meinte Becher, »es muss aber etwas mit einem Attentat zu tun haben.«

»Gespräche mit den Verhafteten sind verboten, Herr Kollege«, schnauzte der ranghöhere Thaler seinen Kollegen an. »Also schweigen Sie, sonst muss ich Sie melden.«

»Ach, lass doch, Herbert«, beruhigte der dritte Beamte, Max kannte ihn nicht, aber er machte einen vernünftigen Eindruck. »Das sind doch keine Terroristen, das sieht man doch mit bloßem Auge.«

»Aber von diesem Raum wurden von heute Morgen an wiederholt konspirative Telefonate geführt«, beharrte Thaler auf der Gefährlichkeit der beiden Petrarkbrüder. »Telefonate, in welchen ein Attentat auf ein ausländisches Staatsoberhaupt angekündigt worden ist.«

Max brüllte los vor Lachen und Maurice lächelte nur mit schmerzlich verzerrtem Gesicht. Zu intensives Lachen bereitete ihm noch immer Schmerzen.

»Natürlich haben wir eine Menge Telefonate geführt und über das Attentat gesprochen. Doch nicht, weil wir es geplant haben, sondern weil wir davor warnen wollten«, stellte Max klar. »Na, Hauptsache, dass die Botschaft jetzt endlich irgendwo angekommen zu sein scheint. Ist das Attentat jetzt endlich verhindert worden?«

»Das hat Sie nicht zu interessieren«, herrschte ihn der unselige Thaler an. »Damit hat das hier nichts zu tun.«

Max konnte sich nicht mehr halten. »Sie sind ein ausgewachsener Idiot«, brüllte er den Kommandanten der Autobahnpolizei Seewalchen an. »Ich wiederhole zum Mitschreiben: *Idiot*. Jetzt können Sie mich meinetwegen wegen Beamtenbeleidigung festnehmen.«

»Was ich tun werde und was nicht, werden Sie schon rechtzeitig bemerken.« Thaler schien jetzt fuchsteufelswild zu sein. Offensichtlich konnte er sich nur mit Mühe zurückhalten. »Und wofür alles Sie festgenommen werden, auch. So etwas«, er brabbelte jetzt vor sich hin. »Kommt der Kerl daher, spielt sich als Detektiv auf und will uns erzählen, was wir zu tun haben. Also mit mir …«

Das Didelidü didelidei eines Handys unterbrach den Sermon des beleidigten Polizisten. Es war Max' Mobiltelefon, das auf dem Tisch lag. Als er danach greifen wollte, brüllte ihn Thaler an »Sie dürfen nicht telefonieren« und wollte das Gerät an sich nehmen. Aber der wackere Inspektor Becher war ihm schon zuvorgekommen, hatte das Handy ergriffen und sich gemeldet.

Während der Polizist den Worten des Anrufers lauschte, veränderte sich seine Miene von scheißegal zu höchst angespannt, hochachtungsvoll.

»Jawohl«, sagte er, und dann noch einmal »Jawohl« und reichte das Telefon an Max weiter.

»Der Verhaftete darf nicht telefonieren«, brüllte Thaler, doch Becher sagte nur: »Der Herr Bundespräsident möchte Sie sprechen.«

Der Herr Bundespräsident wollte Max Petrark sprechen, das hatte es noch nie gegeben. Auch Thaler hatte bislang noch nicht erlebt, dass ein von ihm Verhafteter vom Staatsoberhaupt angerufen wurde. Das schien ihn doch irgendwie zu beeindrucken, denn er hielt endlich den Mund.

»Hallo, hier Angler«, meldete sich die bekannt ruhige, freundliche Stimme des Oberösterreichers. »Herr Petrark, sagen Sie, was ist denn da für ein Lärm bei Ihnen?«

Max erklärte ihm die Situation, die zu dem Schrei Thalers geführt hatte. »Na, da muss ich ja gleich einmal etwas aufklären«, meinte der Präsident. »Geben S' mir den Herrn Kommandanten bitte einmal.«

Max deutete Thaler, dass man ihn sprechen wollte und reichte ihm das Handy. Der Polizist griff das Telefon, als ob er befürchtete, sich dabei die Hände zu verbrennen.

»Bezirksinspektor Herbert Thaler, Autobahnpolizei

Seewalchen, zu Befehl«, meldete er sich. Langsam wurde sein Kinn immer länger, bis es schließlich nicht mehr länger werden konnte. Die Ausführungen des Staatsoberhauptes wurden nur durch ein gelegentliches »Jawohl« unterbrochen, das von angedeuteten Habachtstellungen begleitet wurde.

Ein letztes »Jawohl, Herr Bundespräsident. Danke, Ihnen auch« beendete dieses Gespräch. Dann gab Thaler das Handy an Max zurück. »Er möchte Sie wieder sprechen«, flüsterte er.

Nun kam Dr. Angler zum eigentlichen Anlass seines Anrufes. Er dankte Max für seine unermüdliche Mitwirkung an der Aufdeckung des Komplotts und der Verhinderung des Attentates. »Damit haben Sie nicht nur Präsidentin Midgard und mir das Leben gerettet, sondern auch allen anderen Menschen hier im Zug. Herzlichen Dank, Herr Petrark.«

»Gern geschehen, Herr Dr. Angler«, Max war wider Willen gerührt ob so viel offizieller Anerkennung. »Das war doch selbstverständlich. Immerhin wäre ja mein Bruder fast das erste Todesopfer dieser Verschwörung geworden.«

»Das müssen Sie mir noch einmal genau erzählen. Ich hoffe, Sie besuchen mich demnächst in der Hofburg.«

Aha, dachte Max, jetzt wird es sogar familiär.

»Übrigens würde mich noch eines interessieren. Früher, bei den Studenten, habe ich einen Max Petrark gekannt. Über einen gemeinsamen Freund. Dieser Petrark war vielleicht um zwei, drei Jahre jünger als ich.«

»Bei dem gemeinsamen Freund meinen Sie sicher Nikolas Friedburger«, warf Max ein.

»Jetzt sag bloß, du bist dieser Max?«, der Präsident, oder Hendrik auf der Du-Ebene, war richtig verblüfft.

»Das gibt es ja nicht. Die Welt ist wirklich klein. Du hast übrigens eine wunderbare Familie, deine Frau und deine Tochter haben ja Tolles bei der Lösung unseres Problems geleistet. Du und dein Bruder natürlich auch. Bitte richte auch ihm unseren herzlichen Dank aus.«

»Ich habe noch zwei Töchter«, ergänzte Max, »die haben euch die Daumen gedrückt.«

»Na, so was«, sagte Hendrik, »da vergehen an die 40 Jahre und plötzlich trifft man sich wieder. Hast du noch Kontakt mit Niko?«

»Eigentlich nein«, erwiderte Max. »Um ehrlich zu sein, als ich ihn vor Kurzem anrufen wollte, habe ich nicht einmal seinen Namen im Telefonbuch gefunden. Na, vielleicht hat er ja eine Geheimnummer.«

»Offenbar weißt du nicht, dass er prominent geheiratet hat«, erklärte Hendrik. »In die Brauereiindustrie. Hat den Namen seiner Frau angenommen und heißt jetzt Zwettler.«

Darauf folgten weitere unverbindliche Freundlichkeiten und dann waren Max' fünf Minuten im Rampenlicht der Weltgeschichte wieder vorüber.

*

Neben Max' Bemühungen und denen seiner Familie, den Zug rechtzeitig zum Stillstand zu bringen, hatte letztlich auch die österreichische Polizei beziehungsweise die Spezialisten der Terrorabwehr mitbekommen, dass und was da im Gange war. Der entscheidende Hinweis war von der NSA gekommen, die über das Echelonsystem Kenntnis von den Anstrengungen der Petrarks, irgendeine verantwortliche Stelle rechtzeitig warnen zu wollen erhalten hatte. Verständlich, denn die Gesprächsversuche von Max und den anderen waren ja gespickt mit Reizworten gewesen, auf die jedes auch nur einigermaßen brauchbare Abhörprogramm anspringen hatte müssen wie ein Rüde die läufige Hündin.

So hatte Präsidentin Midgard nach dem Anruf Annes veranlasst, dass der Zug in der Station Semmering angehalten wurde. Der von seiner Vorgesetzten, von der Direktion III informierten Dienststelle, angewiesene Bahnhofsvorstand wiederum hatte die Weiterfahrt verweigert. Doppelt gemoppelt also, aber besser einmal zu viel als einmal zu wenig.

Als zusätzliche Sicherung war die von den Burschen der Freiwilligen Feuerwehr Orthof errichtete Barrikade direkt auf dem Gleis gewesen. Also, auch wenn es sehr knapp geworden war, gründlicher als dieses war kaum je ein Attentat verhindert worden.

Das war die übereinstimmende Meinung der beiden Experten, die die abendliche Sondersendung im Fernsehen mit ihren Analysen bereicherten. Das dabei die Leistungen einiger engagierter Privatpersonen positive Erwähnung fanden, vor allem auch die der Freiwilligen Feuerwehr, brachte die locker entspannte Runde in Maurice' Zimmer wiederholt zum Applaudieren. Neben dem ›harten Kern‹ des heutigen Tages waren auch Alexandra und Alma anwesend sowie die aus Wien eingetroffene Katharina und ihre Tochter Nadja.

Alle waren froh, dass diese Tage der Anspannung endlich vorüber waren. Vor allem aber wurde die Mitteilung Professor Buchsbaums gefeiert, dass aus medizinischer Sicht nichts gegen die Verlegung Maurice' zu Beginn nächster Woche in ein Krankenhaus in Wien sprach. Das war gut, denn Vöcklabruck war zwar nett, aber mit der Zeit …

Naja, irgendwann war halt genug.

»Eben haben wir neues Bildmaterial von der Verhaftung der beiden vermutlich Hauptverantwortlichen für das Komplott und von der teilweisen Beschädigung des Krauselklauseviadukts erhalten«, kündigte die Moderatorin jetzt an.

»Das ist typisch für den Edi«, wusste Maurice, als die ersten, reichlich verwackelten Bilder des offenbar von einem Amateur aufgenommenen Videomaterials über den Bildschirm flimmerten. »Der Mann muss immer alles dokumentieren. Gut für uns.«

Vorn im Bild konnte man einen Asiaten erkennen, beim näheren Hinsehen stand für Maurice außer Zweifel, dass es sich dabei um Harry Chen handelte, der einem zweiten Mann hektisch Zeichen gab und ihn zu einem Fenster dirigierte. Gleichzeitig richtete er eine Pistole auf den Kameramann oder eine Person neben ihm.

Der Komplize Chens, von dem man nur den Rücken sehen konnte, trug eine Bazooka auf der Schulter, die er aus dem Fenster hinaus in Richtung Berg in Position brachte. Inzwischen war es zwischen Chen und zwei Angehörigen der Freiwilligen Feuerwehr zu einem Gerangel gekommen, das den Komplizen veranlasste, sein Geschoss abzufeuern. Denn kurz darauf war die Spur der abgehenden Panzerfaust deutlich zu erkennen, ebenso wie der wenig später erfolgte Einschlag in … einen eben den Krauselklauseviadukt befahrenden Güterzug.

Wie sich später herausstellte, war die Fahrtstrecke irrtümlich nur talwärts gesperrt worden, bergwärts war dagegen ein Güterzug abgefertigt worden.

Entweder war der Schütze irritiert oder durch einen Schlag geringfügig aus seiner Schussposition gebracht worden. Denn der Schuss war etwas zu hoch angesetzt und traf nicht den Viadukt, sondern einen der Güterwagons in Höhe des Daches. Inzwischen hatten sich zwei weitere Burschen der Feuerwehr auf den Schützen gestürzt, ihm die Waffe abgenommen und den Mann zur Kamera gedreht.

Antonia schrie plötzlich »Nein« und begann heftig zu weinen. Max blickte noch einmal genauer hin, um sicher zu gehen, dass ihn der erste Eindruck nicht getäuscht hatte. Leider war dem nicht so.

Was er bestätigt fand, erschütterte ihn und alle anderen und ließ Anne ihre mittlere Tochter schützend in die Arme nehmen. Bei dem Komplizen Harry Chens handelte es sich um niemand anderen als um … Rudi Freidler, ›unseren‹ Mann bei Europol.

»Warum, warum immer ich?«, Antonia weinte inzwischen leise vor sich hin. Sie haderte mit der Welt und mit sich, konnte nicht verstehen, dass ihre Menschenkenntnis sie so im Stich gelassen haben sollte.

»Na, warten wir einmal ab, was eigentlich dahinter steckt«, meinte Max, versuchte halbherzig, Antonia auf diese Art etwas Hoffnung zu geben.

»Was soll denn wohl dahinterstecken?«, brauste die 22-Jährige zornig auf. »Ein kleiner Spaß, weil das Leben als Polizist so langweilig ist? Oder vielleicht hat er es ja nicht so ernst gemeint. Immerhin ist der Mann fast 32 Jahre alt. Da müsste er doch eigentlich schon langsam wissen, was er tut?«

»Vielleicht hat ihn ja auch Dr. Schulmacher angeheuert. Um zu sehen, inwieweit ich eine Gefahr für das Komplott bin. Ob die Amnesie andauert oder nicht«, überlegte Maurice.

»Und ich war der nützliche Idiot, der ihm die Tarnung dafür verschafft hat.« Antonia war jetzt richtig zornig und das war besser als unglücklich, fand Max. Viel besser. Sie würde schon über diesen Schlag hinwegkommen und schließlich das Beste daraus machen.

Denn die Petrarks waren gut darin, Schicksalsschläge zu verkraften. Vor allem gemeinsam.

Maurice und er waren das perfekte Beispiel dafür. Und Anne, Antonia, Alma und Alexandra, Katherina und Nadja. Es war schon toll, so eine Familie zu haben.

Das war der 12. November 2011, 21 Uhr 46 und rund sechs Stunden, nachdem das Attentat auf Joanna Midgard, Präsidentin der Vereinigten Staaten von Amerika nicht stattgefunden hatte.

# WAS DANACH NOCH PASSIERTE

Logisch, dass das Gott sei Dank missglückte Attentat auf die Präsidentin noch lange die Medien beherrschte und noch viel länger Gegenstand von Spekulationen, Untersuchungen sowie gerichtlichen Verfahren sein sollte.

In einer ersten Einvernahme hatte Rudi Freidler sich damit gerechtfertigt, dass er über einen Julian Doremi von der CIA angeworben worden war. Das wäre vor seiner Entsendung als ›Elos‹ nach Den Haag gewesen, zu einer Zeit, als er Bedenken hatte, in seiner Karriere steckengeblieben zu sein.

Mit diesem Fall sollte seine Zusammenarbeit mit der CIA beendet sein und er hätte sich wieder auf seine eigentlichen Aufgaben konzentrieren können. Im Übrigen hätte er nie die Absicht gehabt, Frau Midgard wirklich zu schaden.

Ein schweres Indiz gegen diese Schutzbehauptung war natürlich der dokumentierte Schuss mit der Bazooka auf den den Krauselklauseviadukt passierenden Zug. Dem widersprach Freidler nicht ungeschickt mit dem Hinweis darauf, lediglich unter Zwang einen Fehlschuss auf einen Güterwagon abgegeben und damit Frau Midgard in keiner Weise gefährdet zu haben.

Europäische Kriminalisten hofften allerdings, endlich etwas gegen den sagenumwobenen Dr. Schulmacher, der offenbar für die Akquisition Freidlers verantwortlich gewesen war, in Händen zu haben. An einer Anklage wurde noch gearbeitet.

Wie auch immer das ausgehen sollte, seinen Job und Antonia war der Rudi auf jeden Fall los.

Harry Chen war dem Druck der Vernehmungen durch die verschiedenen Geheimdienste und die Polizei nicht lange gewachsen gewesen.

Da man aber nicht an seinem Kopf, sondern vielmehr an den Drahtziehern dahinter interessiert war, bot man ihm Kronzeugenstatus und die Aufnahme in das Zeugenschutzprogramm an.

Vor allem seinen detaillierten Ausführungen war es zu verdanken, dass Vizepräsident Al Henderson, der von Chen sehr schwer belastet worden war und der eigentliche Drahtzieher hinter dieser Verschwörung war, einem Amtsenthebungsverfahren entgegen sah. Derzeit bemühte sich Präsidentin Midgard allerdings noch, ihren Stellvertreter von einem Rücktritt mit all seinen Vorteilen für den Betroffenen zu überzeugen. Eine Vorgangsweise, die nicht ganz unwidersprochen blieb. Verstand man vielfach doch nicht, dass ›die Präsidentin dem Mann, der sie fast hätte umbringen lassen, auch noch einen golden handshake verschaffen wollte‹. Gutmütigkeit war ja was Schönes, aber man konnte alles übertreiben.

Vizepräsident Henderson bestritt allerdings jegliche Verbindung zu dieser Verschwörung und kündigte an, bis zum letzten Atemzug um seine Ehre kämpfen zu wollen.

Für Maurice stand fest, dass Harry Chen hinter den drei Mordanschlägen gegen ihn steckte. Da der eigentliche Mörder, besser vielleicht das Werkzeug, nämlich Dieter Engerich bereits tot war, und die Mittäterschaft Chens im Kontext mit all seinen anderen Sünden sicher nur sehr schwer zu beweisen sein würde, rechnete Maurice nicht damit, dass der amerikanische Agent chinesischer Abstammung vor ein österreichisches Gericht gestellt werden würde.

Das war zwar nicht ganz in Ordnung, regte den eher phlegmatischen Maurice aber auch nicht sonderlich auf.

Das Leben eines weiteren Menschen wurde durch die Vorkommnisse an diesem Tag entscheidend beeinflusst.

Nachdem sich herausgestellt hatte, dass der Krauselklauseviadukt tatsächlich in die Luft gesprengt werden sollte, der Sprengstoff war sehr geschickt und kaum erkennbar in den drei Mittelbögen quasi in das Baumaterial hineinverputzt worden und sollte offenbar über Funk gezündet werden, hatte Edi Burtscher einfach und unkonventionell entschieden, die Zünder mit Trockenschaum zu isolieren. Für mehr war zunächst keine Zeit, ohne dass die Männer Gefahr gelaufen wären, mit in die Luft gesprengt zu werden. Offenbar war das Versagen der Zündung auch der Grund dafür gewesen, nachträglich noch mit der Panzerfaust auf den Viadukt zu schießen.

Die Führungsqualitäten Burtschers hatten in der Folge einige Sicherheitsverantwortliche veranlasst, dem Hauptmann der Freiwilligen Feuerwehr ein Angebot zum Eintritt in den Polizeidienst zu machen. Mit der erklärten Zielsetzung, Edis seltene Talente später für Sondereinsätze der Kobra zu nutzen. Burtscher nahm das Angebot ohne Zögern mit Begeisterung an.

*

Im Dezember 2011 verfügte Präsidentin Midgard die Verleihung der ›Goldenen Ehrenmedaille am grünen Band‹ für besondere Verdienste um die amerikanische Präsidentschaft an die österreichischen Staatsbürger Anne, Antonia, Max und Maurice Petrark. Die Verleihung sollte am

Donnerstag, dem 16.2.2012 um 11 Uhr in der US Botschaft in Wien erfolgen.

Davon kann man sich zwar nichts kaufen, dachte Max, aber irgendwie schön fand er den Gedanken schon, auch einmal eine Auszeichnung zu erhalten.

Und dann war es soweit. Der Tag der Verleihung der hohen Auszeichnung war angebrochen. In der Einladung hatte man gebeten, sich mindestens eine Stunde vor Beginn des offiziellen Teiles in der Botschaft einzufinden, um die beim Betreten des Gebäudes notwendigen sicherheitstechnischen Maßnahmen rechtzeitig erledigen zu können. Auf gut Deutsch, man wurde beim Betreten der Botschaft nach allen Regeln der Sicherheit durchleuchtet, gemessen, untersucht, gefilzt und so weiter und so fort. Ganz so, wie man sich als naiver Mensch den Empfang eines Gastes in ›the land of the free and the home of the brave‹ eben vorstellt.

Doch die Petrarks schafften es rechtzeitig. Jetzt saßen sie da, die vier Auszuzeichnenden, in der ersten Reihe, auf so zierlichen, fragilen Barocksesseln, bei denen Max immer Angst hatte, auch nur zu atmen.

In den Reihen dahinter saßen dann Alexandra, Alma, Katharina und Nadja und der Rest der aus guten Freunden und Bekannten bestehenden Mischpoche, die sich durch die Aussicht auf Gratisessen und -trinken im Anschluss an den offiziellen Teil hatte anlocken lassen.

Eine offensichtlich seit Jahrhunderten gelangweilte Putte lächelte Max milde von der reich verzierten Decke des riesigen Raumes an. Es sah fast so aus, als ob sich das Gfrast da oben über ihn lustig machte. Missmutig senkte er wieder den Blick. Er hatte sich das Prozedere netter vorgestellt. Aber das ganze zog sich in die Länge. Allein der Botschafter war mit einer Art Laudatio jetzt schon mindestens zehn Minuten am Quatschen. Und das nur über Anne und Antonia.

Das Jahr 2012 hatte ganz gut für ihn begonnen. Die Ereignisse im Spätherbst davor hatten ihm einen gewissen Bekanntheitsgrad gebracht, der sich derzeit – toi, toi, toi, – recht gut auf den Verkauf seiner Bücher auswirkte. Wenn das so weiterging, konnte er die eine Hypothek auf das Haus doch noch heuer bezahlen.

Wovon sprach der Kerl da vorn eigentlich die ganze Zeit. Der Mann hatte doch keine Ahnung, wie sich die Dinge wirklich abgespielt hatten. Am besten, er sandte ihm eine Ausgabe seines neuen Buches, sobald es erschienen sein würde.

Na endlich, jetzt ging es los mit den Verleihungen. Im Anschluss daran musste auch er eine Rede halten. Die Ansprache, mit der sich die Familie für die hohe Auszeichnung bedankte. Sie hatten sich auf ihn geeinigt, na gut.

Nachdem es bei diesem Bewerb nach Schönheit vor Alter ging, war Max als Letzter an der Reihe, sein ›grünes Band mit Medaille‹ entgegenzunehmen.

Nachdem ihm der Botschafter die Liliput-Ausführung ans Sakko geheftet und das Original überreicht hatte, war es soweit:

»Sehr geehrte Damen und Herren, als Schüler, so vor rund 45 Jahren war ich einmal in Sofia bei einem Fußballländerspiel. Abends im Hotel ging ein Mann mittleren Alters zu den Gästen und fragte, ob er sie zeichnen, also eine Art Karikatur von ihnen anfertigen dürfte. Gegen ein Entgelt, das nach unserem Verständnis ein Bettel war, für den Mann aber eine ganze Menge. Nachdem ich mein Konterfei betrachtet hatte, stellte ich fest, dass ich auf der

Zeichnung ein wenig dem jungen John F. Kennedy ähnlich sah, der ein paar Jahre vorher so schrecklich umgekommen, aber nach wie vor ein Idol nicht nur für uns junge Menschen in aller Welt war. Ich habe diese Zeichnung heute noch zu Hause. Fünf Jahre später, als junger Mann, war ich sehr stolz, als Tourmanager für ›Triple A‹, also für den Amerikanischen Automobil Club in Europa arbeiten zu dürfen. Ich habe die Amerikaner damals als weltoffene, herzliche und liebenswerte Menschen kennen- und liebengelernt. Im Verlaufe einer dieser dreiwöchigen Touren durch Europa, Sie wissen schon, von der Art ›If it's Monday it must be Venice‹, meinte ein Ehepaar mittleren Alters zu seinen Tischnachbarn: ›Don't you think, Max is looking like our president Kennedy?‹ Nachdem die Tischnachbarn die Frage bejaht hatten, war ich so was von stolz, es war unbeschreiblich. Man kann sich das heute nicht mehr vorstellen, aber ich habe John F. Kennedy tatsächlich einmal vom Typ, Frisur und von der schlaksigen Figur her ähnlich gesehen. Umgekehrt betrachtet könnte man sagen: Sehen Sie mich an, dann wissen Sie ungefähr, wie Kennedy in seinen späten Jahren ausgesehen hätte.«

Gedämpftes Lachen unterbrach Max, weniger herzlich als höflich.

»Spaß beiseite. Was ich ausdrücken möchte ist, dass ich diesen viel zu früh verstorbenen Mann unendlich verehrt habe und noch immer verehre. Der kurzen Ära Kennedy folgten Präsidenten, die ich nicht weiter beurteilen möchte. Die ihr Amt mehr oder weniger gut versahen, für mich jedoch nie auch nur annähernd an Kennedy herankamen. Erst jetzt, 46 Jahre nach jenen unseligen Schüssen in Dallas, ist wieder ein Präsident an die Spitze Ihres Landes getreten, der es in meinen Augen mit John F. Kennedy aufnehmen kann. Dass es sich dabei um die erste Frau in diesem hohen Amt handelt, halte ich für eine besondere Fügung des Schicksals. Joanna Midgard ist von dem Kaliber, von dem auch Kennedy war. Und ich verehre sie ebenso wie seinerzeit diesen Mann. Ich halte es für einen ausgesprochenen Glücksfall für die USA, nein, die ganze Welt, dass Ihr Land von einem Menschen geführt wird, dem ich vertrauen und zu dem ich ohne Vorbehalte aufsehen kann. Und mit mir wahrscheinlich Milliarden Menschen in aller Welt. Es war meiner Familie und mir eine Ehre, Ihrer Präsidentin in einer schwierigen Stunde ein wenig helfen zu können. Wir danken Frau Midgard und dem amerikanischen Volk für die hohe Auszeichnung.«

Zögernd setzte der Applaus ein, doch Max unterbrach ihn mit einer Handbewegung. »Gestatten Sie mir noch eine abschließende Bemerkung zu dem Thema, das uns seit zehn Jahren ständig beschäftigt, uns Angst macht und uns letztlich auch heute hier zusammengeführt hat. Terrorismus ist eine ganz schlimme Sache. Doch wir dürfen uns vor lauter Angst nicht verkriechen, nicht von unseren Idealen, Überzeugungen und Meinungen abrücken und unsere Lebensart aufgeben. Nur um uns scheinbar ein wenig sicherer zu fühlen. Je mehr wir das tun, desto mehr hat der Terrorismus gewonnen. Seien Sie natürlich vorsichtig, aber haben Sie nicht ständig Angst vor allem und jedem. Und vergessen Sie nicht das Zitat Ihrer Präsidentin, dass man ›Schnupfen nicht bekämpfen kann, indem man das Niesen verbietet‹. Wir dürfen uns nicht davor fürchten, den Dingen auf den Grund zu gehen. Vielleicht werden wir es dann doch eines Tages schaffen, unseren Feinden von heute die Hände zu reichen, als Freunde von morgen. Also weniger Angst, denn ›zu Tode gefürchtet ist auch gestorben‹. Ich danke Ihnen für Ihre Aufmerksamkeit.«

Starker Applaus beendete seinen Auftritt, mit dem Max ganz zufrieden war.

Anne freute sich. Ihr Mann war immer so glücklich, wenn sie ihn einmal reden ließen. Er schwätzte halt gern. Aber, und das meinte sie wirklich ehrlich, das konnte er auch recht gut. Wirklich.

*

Einige Nächte später und Tausende Meilen weiter westlich klingelte das private Handy einer ganz besonderen Person.

Der Anrufer stellte sich kurz als Bert vor, Bruder eines engen Mitarbeiters der angerufenen Person, der ihr eine dringende Nachricht zu übermitteln hatte. Bert hielt sich nicht lange mit Höflichkeiten auf, sondern kam gleich zur Sache.

»Mein Bruder dreht bereits durch, er hält es einfach nicht mehr aus im Gefängnis, M'am«, stellte er fest. »Ich soll Sie an Ihre Zusage, ihn so rasch wie möglich herauszuholen, erinnern. Falls er nicht innerhalb einer Woche zumindest auf Hausarrest gesetzt wird, könnte es sein, dass er seine Aussagen nochmals überdenkt. Der Herr, dem die Untersuchung im Kongress droht, wäre ihm da sicher sehr verbunden. Oder, M'am?«

»Wollen Sie mir drohen?«, meinte eine angenehme weibliche Stimme.

»Aber nein«, widersprach Bert, »mein Bruder meint nur, Sie hätten erreicht, was Sie wollten. Jetzt wäre es an der Zeit, auch an ihn zu denken. Denn so ganz ist die

Angelegenheit ja noch nicht gelaufen. Sehen Sie das nicht auch so, M'am?«

»Gut«, meinte M'am. »Innerhalb einer Woche wird Ihr Bruder aus dem Gefängnis sein. Ich verspreche es. Und Sie, Sie rufen nie wieder unter dieser Nummer an, ist das klar?«

*

Einen Tag später wurde Bert Chen, ein 33-jähriger Hochschullehrer chinesischer Abstammung bei der Überquerung einer in der Nacht ungeregelten Kreuzung in Georgetown von einem Autoraser erfasst und schwerst verletzt. Das Opfer starb noch an der Unfallstelle, der schuldige Fahrer war nach wie vor flüchtig.

Seinem Bruder Harry Chen, einem ehemaligen Secret Service Agenten, wurde der Besuch des fünf Tage später stattfindenden Begräbnisses erlaubt. Diese Gelegenheit wollte Chen zur Flucht nützen. Dabei wurde er von einem der ihn begleitenden Aufseher erschossen.

Als Präsidentin Joanna Midgard vom Schicksal ihres früheren Mitarbeiters erfahren hatte, soll sie sehr betroffen gewesen sein, ja sogar geweint haben.

*Weitere Krimis finden Sie auf den folgenden Seiten und im Internet: www.gmeiner-verlag.de*

**PIERRE EMME**
Pasta Mortale

*273 Seiten, Paperback.*
*ISBN 978-3-8392-1018-5.*

KALT ABSERVIERT Skandal im Restaurant »Desiree«: Ein Gast fällt tot vom Stuhl, er starb an einer vergifteten Portion Mohnnudeln. Was Kriminologe Mario Palinski, der sich neuerdings auch als Gastro-Kritiker versucht, zu diesem Zeitpunkt noch nicht weiß: Die tödlichen Nudeln waren eigentlich für ihn bestimmt. Und kurz darauf kommt es zu weiteren mysteriösen Vorfällen in der Wiener Gastronomie-Szene …

**PIERRE EMME**
Schneenockerleklat

*424 Seiten, Paperback.*
*ISBN 978-3-89977-803-8.*

MORD AM SEMMERING Noch fünf Tage, dann kann sich Mario Palinski endlich wieder etwas Ruhe gönnen. Die Organisation der in den nächsten Tagen im »Semmering Grand« stattfindenden 50. Jahresversammlung der »Federation Européenne des Criminalistes Investigatives« hat den Chef des Instituts für Krimiliteranalogie in den vergangenen Wochen ganz schön in Anspruch genommen.

Auf der Fahrt mit dem Sonderzug von Wien zum Semmering wird ein ungarischer Journalist tot in der Zugtoilette aufgefunden. Der erste einer ganzen Reihe von Morden, wie sich schon bald herausstellen wird.

GMEINER

*Wir machen's spannend*

**PIERRE EMME**
## Tortenkomplott

*276 Seiten, Paperback.*
*ISBN 978-3-89977-734-5.*

Süßer Tod Das Viertel, in dem Mario Palinski lebt, ist in Aufruhr: Auf offener Straße wurde ein Liebespaar erschossen! Hauptverdächtiger ist der pensionierte Kriminalbeamte Albert Göllner, der normalerweise nachts mit seiner Schreckschusspistole für Sicherheit sorgt.

Gleichzeitig erfährt Palinski, dass er eine Tochter hat, die im fernen Südtirol lebt: Silvana Sterzinger-Godaj stammt aus der berühmten Budapester Konditorendynastie der Godajs, deren süße Wunderwerke schon das österreichische Kaiserhaus verzückten. Als hervorragende Köchin und Patisseuse soll Silvana an der in Wien stattfindenden »Internationalen Kochkunstausstellung« mitwirken. Doch seit ihrer Ankunft vor zwei Tagen ist sie wie vom Erdboden verschluckt. Als erfahrener Ermittler und besorgter Vater wittert Paliniski ein Komplott – und er soll Recht behalten!

**PIERRE EMME**
## Killerspiele

*277 Seiten, Paperback.*
*ISBN 978-3-89977-708-6.*

Wenn Killer UM MEDAILLEN KÄMPFEN Singen am Hohentwiel. Zwei bizarre Morde erschüttern die Stadt. Doch auch im fernen Wien haben sie eine schockierende Wirkung: Mario Palinski muss feststellen, dass die Tötungen exakt so abgelaufen sind, wie er sie in seinem noch unveröffentlichten Kriminalroman beschrieben hat.

Erschrocken über diese Entdeckung, geht er mit seinem Freund Anselm Wiegele, Hauptkommissar bei der Kripo Singen, diesem absurden Zufall auf den Grund. Dabei stolpern sie über eine für den Herbst geplante »Killer-Olympiade« in Las Vegas. Verwirrt von dieser unwirklich scheinenden Idee, geraten Palinski und Wiegele immer weiter in den Sog des Organisierten Verbrechens.

GMEINER

*Wir machen's spannend*

# Unsere Lesermagazine

**2 x jährlich das Neueste aus der Gmeiner-Bibliothek**

*DIN A6, 20 S., farbig*

*10 x 18 cm, 16 S., farbig*

*24 x 35 cm, 20 S., farbig*

# GmeinerNewsletter

**Neues aus der Welt der Gmeiner-Romane**

Haben Sie schon unsere GmeinerNewsletter abonniert? Monatlich erhalten Sie per E-Mail aktuelle Informationen aus der Welt der Krimis, der historischen Romane und der Frauenromane: Buchtipps, Berichte über Autoren und ihre Arbeit, Veranstaltungshinweise, neue Literaturseiten im Internet und interessante Neuigkeiten.

Die Anmeldung zu den GmeinerNewslettern ist ganz einfach. Direkt auf der Homepage des Gmeiner-Verlags (www.gmeiner-verlag.de) finden Sie das entsprechende Anmeldeformular.

# Ihre Meinung ist gefragt!

**Mitmachen und gewinnen**

Wir möchten Ihnen mit unseren Romanen immer beste Unterhaltung bieten. Sie können uns dabei unterstützen, indem Sie uns Ihre Meinung zu den Gmeiner-Romanen sagen! Senden Sie eine E-Mail an gewinnspiel@gmeiner-verlag.de und teilen Sie uns mit, welches Buch Sie gelesen haben und wie es Ihnen gefallen hat. Alle Einsendungen nehmen automatisch am großen Jahresgewinnspiel mit attraktiven Buchpreisen teil.

GMEINER

*Wir machen's spannend*

## Alle Gmeiner-Autoren und ihre Romane auf einen Blick

**MAINKA, MARTINA**: Satanszeichen **MISKO, MONA**: Winzertochter • Kindsblut **MORF, ISABEL**: Satzfetzen • Schrottreif **MOTHWURF, ONO**: Werbevoodoo • Taubendreck **MUCHA, MARTIN**: Seelenschacher • Papierkrieg **NAUMANN, STEPHAN**: Das Werk der Bücher **NEEB, URSULA**: Madame empfängt **ÖHRI, ARMIN / TSCHIRKY, VANESSA**: Sinfonie des Todes **OSWALD, SUSANNE**: Liebe wie gemalt **OTT, PAUL**: Bodensee-Blues **PARADEISER, PETER**: Himmelreich und Höllental **PARK, KAROLIN**: Stilettoholic **PELTE, REINHARD**: Inselbeichte • Kielwasser • Inselkoller **PFLUG, HARALD**: Tschoklet **PITTLER, ANDREAS**: Mischpoche **PORATH, SILKE / BRAUN, ANDREAS**: Klostergeist **PORATH, SILKE**: Nicht ohne meinen Mops **PUHLFÜRST, CLAUDIA**: Dunkelhaft • Eiseskälte • Leichenstarre **PUNDT, HARDY**: Friesenwut • Deichbruch **PUSCHMANN, DOROTHEA**: Zwickmühle **ROSSBACHER, CLAUDIA**: Steirerblut **RUSCH, HANS-JÜRGEN**: Neptunopfer • Gegenwende **SCHAEWEN, OLIVER VON**: Räuberblut • Schillerhöhe **SCHMID, CLAUDIA**: Die brennenden Lettern **SCHMITZ, INGRID**: Mordsdeal • Sündenfälle **SCHMÖE, FRIEDERIKE**: Lasst uns froh und grausig sein • Wasdunkelbleibt • Wernievergibt • Wieweitdugehst • Bisduvergisst • Fliehganzleis • Schweigfeinstill • Spinnefeind • Pfeilgift • Januskopf • Schockstarre • Käfersterben • Fratzenmond • Kirchweihmord • Maskenspiel **SCHNEIDER, BERNWARD**: Flammenteufel • Spittelmarkt **SCHNEIDER, HARALD**: Räuberbier • Wassergeld • Erfindergeist • Schwarzkittel • Ernteopfer **SCHNYDER, MARIJKE**: Matrjoschka-Jagd **SCHÖTTLE, RUPERT**: Damenschneider **SCHRÖDER, ANGELIKA**: Mordsgier • Mordswut • Mordsliebe **SCHÜTZ, ERICH**: Doktormacher-Mafia • Bombenbrut • Judengold **SCHUKER, KLAUS**: Brudernacht **SCHULZE, GINA**: Sintflut **SCHWAB, ELKE**: Angstfalle • Großeinsatz **SCHWARZ, MAREN**: Zwiespalt • Maienfrost • Dämonenspiel • Grabeskälte **SENF, JOCHEN**: Kindswut • Knochenspiel • Nichtwisser **SPATZ, WILLIBALD**: Alpenkasper • Alpenlust • Alpendöner **STAMMKÖTTER, ANDREAS**: Messewalzer **STEINHAUER, FRANZISKA**: Sturm über Branitz • Spielwiese • Gurkensaat • Wortlos • Menschenfänger • Narrenspiel • Seelenqual • Racheakt **STRENG, WILDIS**: Ohrenzeugen **SYLVESTER, CHRISTINE**: Sachsen-Sushi **SZRAMA, BETTINA**: Die Hure und der Meisterdieb • Die Konkubine des Mörders • Die Giftmischerin **THIEL, SEBASTIAN**: Die Hexe vom Niederrhein **THADEWALDT, ASTRID / BAUER, CARSTEN**: Blutblume • Kreuzkönig **THÖMMES, GÜNTHER**: Malz und Totschlag • Der Fluch des Bierzauberers • Das Erbe des Bierzauberers • Der Bierzauberer **TRAMITZ, CHRISTIANE**: Himmelsspitz **ULLRICH, SONJA**: Fummelbunker • Teppichporsche **VALDORF, LEO**: Großstadtsumpf **VERTACNIK, HANS-PETER**: Ultimo • Abfangjäger **WARK, PETER**: Epizentrum • Ballonglühen • Albtraum **WERNLI, TAMARA**: Blind Date mit Folgen **WICKENHÄUSER, RUBEN PHILLIP**: Die Magie des Falken • Die Seele des Wolfes **WILKENLOH, WIMMER**: Eidernebel • Poppenspäl • Feuermal • Hätschelkind **WÖLM, DIETER**: Mainfall **WYSS, VERENA**: Blutrunen • Todesformel **ZANDER, WOLFGANG**: Hundeleben